순천에서 인물 자랑 마라

순천의 인물 100인

순천에서 인물 자랑 마라

순천의 인물 100인

초판 1쇄 인쇄 | 2021년 11월 20일
지은이 | 장병호
펴낸이 | 이승훈
펴낸곳 | 해드림출판사
주 소 | 서울 영등포구 경인로82길 3-4(문래동1가 39)
　　　 센터플러스빌딩 1004호(07371)
전 화 | 02-2612-5552
팩 스 | 02-2688-5568
E-mail | jlee5059@hanmail.net

등록번호　제2013-000076
등록일자　2008년 9월 29일

※ 이 책은 2021년도 순천시와 (재)순천문화재단의 창작예술지원 보조금 사업으로 발간되었습니다.

ISBN　979-11-5634-483-4

순천에서 인물 자랑 마라

순천의 인물
100인

장병호

해드림출판사

인물을 알면 역사가 보인다

"여수에 가서 돈 자랑하지 말고, 벌교에 가서 주먹 자랑하지 말고, 순천에 가서 인물 자랑하지 마라!"

예부터 내려오던 말이다. 그만큼 여수에는 부자가 많고, 벌교에는 주먹 센 이가 많고, 순천에는 인물이 많다는 뜻이다.

그런데 여기서 말하는 '인물'을 어떻게 보아야 할까?

흔히 인물이라고 하면 외모를 떠올리는데, 그렇다면 순천 사람들은 모두 얼굴이 잘생겼을까? 물론 시내 중심가에 나가보면 오가는 젊은이들이 하나같이 잘생긴 얼굴이다. 그러나 그것만 가지고는 인물의 도시라고 뽐낼 수 없는 일이고, 적어도 예전 미인대회에서 여왕 몇 명 정도는 배출한 전력이 있고, 요즘 잘나가는 미남 미녀 배우도 한두 사람쯤은 순천 출신임을 뽐내며 은막을 누비고 있어야 할 것이다. 그렇지만 여태까지 지켜봤어도 잘난 배우들 가운데 순천 출신임을 내세우는 경우를 본 적이 없으니 아쉬운 노릇이다.

따라서 순천의 인물이란 애초부터 외모를 가지고 말했던 것이 아니라고 봐야 하지 않을까. 사실 사람을 판단할 때 생김새보다는 그의 인간성이나 역량으로 따지는 것이 타당한 일이 아닌가.

직장 따라 순천에 흘러와서 이 고장에 뿌리를 내린 지도 어느덧 마흔 해에 이르고 있다.

그동안 지역사회에 일정한 관심을 지니고 어떤 인물들이 이 고장에 살아왔는지 틈틈이 살펴보았다. 그런데 인물의 고장이라는 말이 무색할 만큼 관련 자료를 찾기 어려웠다. 누군가 그런 아쉬움을 해소해주었으면 좋으련만 그동안 기다려보았어도 이렇다 할 기미가 보이지 않았다. 때마침 직장생활을 마치고 시간을 나

름대로 운용할 수 있는 여유가 생겼기에 부족하지만 내가 한번 인물들을 찾아볼까 하고 객기를 부리게 되었다.

작업을 시작하며 우선 순천 출신이나 순천과 관련된 인물들을 찾아서 명단을 작성해보았다. 이때 어떤 이를 명단에 넣을 것인 가 하는 잣대가 필요했다. 순천의 인물이라면 일단 순천에서 태 어나는 것이 중요하다. 혹 순천에서 태어나지 않았더라도 순천에 와서 살아야 한다. 때로는 순천에 태어나거나 거주하지 않았어도 순천이 본관이라는 이유로 문헌에 '순천인'으로 나오는 경우가 있는데, 여기에 현혹되어서는 안 된다.

인물을 선정할 때 그 인물의 공적에 가장 큰 무게를 두었다. 이 땅에서 얼마나 의미 있는 일을 하였는가, 지역사회의 발전에 어 느 정도 이바지하였는가. 사람의 공적을 저울에 달아 경중을 가 리기는 쉬운 일이 아니겠으나 당대에 남다른 노력으로 뭔가를 이 루어냈고 그것이 후대까지 긍정적인 영향을 끼치고 있는 인물을 선정하려고 애썼다.

그리고 인물 선정 하한선은 1945년 출생자로 하였다. 해방둥이 라고 부르는 이분들이 이제 일흔 살 중반을 넘어섰으므로 객관적 인 평가가 어느 정도 가능하겠다는 생각이었다. 단 작고한 인물인 경우는 기준연도를 조금 넘겼더라도 예외로 하였다.

　인물의 배열은 가나다순이나 연대순으로 할 수도 있겠으나 그보다는 유형별로 나누는 것이 좋겠다 싶어 인물의 행적에 따라 정치, 애국, 문화, 예술, 교육 등 다섯 분야로 나누었다. 그리고 해당 항목에서는 연대순으로 배열했다.

　집필 과정에서 누리집의 도움을 많이 받았다. 위키백과와 나무위키를 비롯하여 한국고전번역원, 한국학중앙연구원, 한국민족문화대백과사전, 한국역대인물종합정보시스템 등이 크게 참고가 되었다. 조현범의 『강남악부』도 중요한 구실을 했다. 답사가 필요한 경우에는 틈틈이 현장을 찾았다. 묘비를 찾으려고 숲을 헤치고 다니다 뱀을 만나기도 하고 생가를 찾아 외딴 마을에 가서 이 골목 저 골목 기웃거린 일도 여러 차례였다.

　인물의 생애를 언급한다는 것은 대단히 조심스러운 일이다. 죽은 자는 말이 없으므로 고인에 대한 섣부른 판단이나 추정은 진실과 다를 수 있기 때문이다. 단편적인 정보를 끌어모아 하나의 이야기로 연결하는 과정에서 여러 문헌과 견주어보며 되도록 오류를 줄이고자 애썼다. 생소한 벼슬이나 역사적인 사건, 관련된 인물들에 대해서는 각주를 달아서 이해를 돕고자 했다.

여러 인물의 생애를 살피면서 느낀 것은 '인물이 곧 역사'라는 사실이다. 사람의 일생에 당대의 역사가 고스란히 담겨 있음을 확인할 수 있었다. 그러므로 인물을 안다는 것은 곧 그가 살았던 고장의 역사를 공부하는 셈이다. 사람은 누구나 그가 발을 딛고 선 땅과 숨을 같이 쉴 수밖에 없는 까닭이다.

애초에 순천의 인물을 쉰 명 정도 정리해볼 생각이었는데 일이 진행되면서 미처 생각지 못했던 인물들이 고구마 줄기처럼 딸려 나오는 바람에 기왕이면 완성된 숫자 1백 명을 채워야겠다는 만용을 부리게 되었다. 분에 넘치는 작업에 아무쪼록 착오가 적었으면 하는 바람이다. 혹 여기에 꼭 들어가야 할 인물인데 누락된 경우가 있다면 필자의 과문으로 여겨주기 바란다.

"순천의 역사 인물을 아는 대로 말해보세요."

학생들에게 이런 질문을 던져본 일이 있다.

대부분 입을 열지 못했다. 어쩌다 입을 떼는 경우도 한두 사람 정도 떠올리는 데 그칠 뿐이었다. 저 멀리 유럽 축구선수나 미국 농구선수의 신상에 대해서는 뚜르르 꿰면서 정작 내가 살아가는 고장의 인물에 대해서는 이렇게 관심이 없는 현상을 어떻게 봐야 할까. 이는 비단 학생들만이 아니라 성인들도 크게 다르지 않다.

아는 만큼 보인다는 말이 있듯이 고향에 대한 애착도 향토의 역사에 관한 관심으로부터 출발하는 것이 아니겠는가. 부족하지만 이 책을 통해 그런 부분이 조금이라도 해소될 수 있었으면 좋겠다.

옛날 순천의 인물들이 숱한 어려움 속에서 피와 땀과 눈물로 부지런히 살았기에 오늘의 순천이 있음을 알고, 오늘 우리도 그분들을 거울삼아 내 고장을 더욱 밝고 살기 좋은 곳으로 가꾸어나가야 하지 않겠는가.

끝으로 이 책이 나올 수 있도록 창작예술지원사업으로 후원해 준 순천문화재단에 감사드린다. 그리고 고향의 일이라고 반가워하며 선뜻 출판을 맡아준 해드림출판사 이승훈 대표를 비롯한 임직원 여러분의 노고에도 감사를 표하며 앞날의 발전을 기원한다.

2021년 두 해째 코로나의 가을을 맞으며
한물결 장병호 씀

목 차

제2부 순천의 애국인물

제3부 순천의 문화인물

제4부 순천의 예술인물

제5부 순천의 교육인물

제1부
순천의 정치인물

1

김총

순천김씨의 시조로서 성황신으로 추앙받다

순천을 본관으로 성씨들 가운데 대표적인 성씨의 하나가 순천김씨이다. 그렇다면 순천김씨의 시조(始祖)는 누구인가? 바로 후백제 때 순천의 호족이었던 김총이다. 그는 견훤을 도와 남해안의 적들을 퇴치하여 백성들을 편안케 하였으며, 사후에 성황신으로 모셔졌다. 순천시 주암면에 그의 묘소와 영당이 있다.

김총(金摠, 825~?)은 김알지(金閼智)의 후손으로 825년(신라 헌덕왕 17)에 태어났다.[1] 자는 원령(元領)이고, 무예가 출중하여 박난봉(朴蘭鳳) 장군과 더불어 큰 공을 세웠다. 통일신라 헌안왕(憲安王, 857~861) 때 여수의 진례산(進禮山) 아래 적량에다 치소를 차려 당시 남해안에 출몰하는 적들을 정벌하고 선정을 베풀

---

1) 〈증보문헌비고(增補文獻備考)〉에 김총은 대보공 알지의 후손이라 기록되어 있으나 생몰연대에 대한 자세한 기록은 없다.

었다. 그 공으로 평양군(平陽君)[2]에 봉해졌다.

▲ 김총 영정

〈승평지〉에는 상주(尙州) 가은현(加恩縣)에서 태어나 여수 등 서남해 방위의 공을 세워 비장이 되었으며, 후백제를 건국한 견훤(甄萱)을 섬겨 관직이 인가별감(引駕別監)에 이르렀다고 전해진다. 견훤이 벼슬을 준 것은 김총이 순천을 기반으로 상당한 세력을 지니고 있었기 때문일 것이다. 그는 고려 왕건에 투항하지 않고 후백제를 지키다가 영취산에서 최후를 맞은 것으로 전해지고 있다.

사후에 백성들에 의해 성황신(城隍神)[3]으로 모셔졌으며, 여수 진례산 아래 사당을 마련하고 봄가을로 제사를 지냈다. 조현범(趙顯範, 1716~1790)이 펴낸 『강남악부(江南樂府)』(1784)의 〈김별가(金別駕)〉의 내용을 볼 때 적어도 책이 쓰일 당시까지도 진례산 사당에서 제사를 지냈음을 알 수 있다. 그가 사후에 성황신으로

---

2) 평양(平陽)은 순천의 옛 이름이다.
3) 성곽을 지키는 수호신을 일컫는 중국의 용어였는데 우리나라에서 다양하게 의미가 변화하면서 토지나 마을의 수호신 성격을 띠게 되었다. '서낭신'으로도 불린다.

▲ 김총 묘

추앙받은 것은 그만큼 선정을 베풀어 백성의 신임을 얻었기 때문
일 것이다.

　김총의 묘소는 순천시 주암면 주암리 오성산에 있으며, 비석에
'順天金氏始祖平陽君諱摠之墓(순천김씨시조평양군휘총지묘)'라고
새겨져 있다. 묘소 아래 동원재(同源齋)에 그의 영정이 봉안되어
있으며, 1988년 전남민속자료 제27호로 지정되었다.

2

박영규

순천박씨의 시조로서 해룡산신이 되다

순천 토박이 성씨 중의 하나인 순천박씨는 후백제의 장군 박영규 (朴英規)를 시조로 삼고 있다. 그는 승주(昇州)의 호족으로서 후백 제를 세운 견훤의 사위였다. 견훤은 박영규의 세력을 빌어 남해안 지역을 다스리고자 그를 부마로 삼았다. 박영규는 나중에 장인을 따라 태조 왕건에게 귀부하여 고려 개국공신에 이름을 올렸고, 딸을 왕건에게 시집보내 국구(國舅)의 자리에 올랐다. 죽어서 해룡산신이 되었다고 전해진다.

박영규는 신라 경명왕(景明王, 재위 917~924년)의 일곱째 왕자 인 강남대군(江南大君) 박언지(朴彦智)의 아들로 알려져 있다. 일 찍이 순천 지역의 군장(君長)으로 세력을 키워 해룡산 아래 홍안 동(鴻雁洞)에 웅거하였다. 부인은 국대부인 견씨(國大夫人甄氏)로 후백제를 일으킨 견훤(甄萱, 892~935)의 딸이다.

후백제는 고려와 팽팽히 각축을 벌이던 왕위계승 문제로 금이

▲ 박영규 제단

갔다. 견훤이 넷째 아들 금강(金剛)에게 왕위를 물려주려고 하자, 큰아들 신검(神劍)이 아버지를 금산사에 유폐시키고 왕위에 오른다. 935년 견훤은 금산사에서 탈출하여 고려 왕건에게 의탁한다.

이에 박영규는 대세가 기울어 왕건이 삼한의 패자가 될 것을 예견하고 그의 아내와 상의한 다음 936년(태조 19년) 2월 사람을 보내 귀부의 뜻을 밝혔다. 태조는 크게 기뻐하며 예물을 후하게 보내고, 향후 나라가 평정되면 은혜에 보답하겠노라고 응답했다. 박영규가 재빠른 상황 판단으로 왕건을 지지한 것은 지방 호족의 기득권을 잃지 않기 위한 방책으로 볼 수 있다.

그해 9월 일리천(一利川) 전투[4]에서 신검이 왕건에게 무릎을 꿇음으로써 892년에 일어난 후백제는 45년 만에 사라지게 된다.

태조는 박영규에게 좌승(左承)이라는 벼슬과 밭 1천 경, 역마 35필을 내리고 두 아들에게도 벼슬을 주었다. 좌승은 고려 초기

---

4) 936년(고려 태조 19)에 지금의 경상북도 구미에서 벌어진 고려와 후백제의 전투. 후백제의 장군 흔강(昕康)과 견달(見達) 등 3천2백 명이 포로가 되고 5천7백 명이 전사하였다.

의 관제 16위 중 제6위에 해당한다. 뒤에 그의 벼슬이 삼중대광
(三重大匡)에 이르렀고 그의 딸 셋이 왕비가 되었다.

딸 하나는 태조 왕건의 열일곱째 왕비 동산원부인(東山院夫人)
이 되고, 나머지 딸 둘은 제3대 임금 정종(定宗)의 정비 문공왕후
(文恭王后)와 제2비 문성왕후(文成王后)가 되었다. 태조가 그에게
벼슬을 내리고 혼인 관계를 맺은 것은 그만큼 박영규의 세력이
순천 일대에 막강했음을 말해준다. 박영규에 대한 기록은 조현범
이 지은 『강남악부(江南樂府)』(1784)의 〈인제산〉을 비롯하여 『삼
국사기』와 『삼국유사』, 『고려사』, 『고려사절요』 등에 있다.

순천박씨(順天朴氏)는 박영규를 시조로 모시고 있다. 그의 후손
박난봉(朴鸞鳳)은 고려의 대장군으로서 사후 평양부원군에 봉해
지고 인제산의 산신이 되었다고 전해지나 세계(世系)가 분명하지
않아 문중에서는 고려 충숙왕 때 보문각대제학(寶文閣大提學)과
경상도체찰사를 지낸 박숙정(朴淑貞)[5]을 1세조로 삼고 있다. 순
천시 금곡동에 있는 후손 박난봉 장군 묘역에 박영규 제단이 설
치되어 있다.

---

5) 박숙정의 후손 박팽년은 단종(端宗) 복위를 꾀하다가 아버지는 물론 형제와 아들까지 3대가 멸하
는 형벌을 받았다. 이때 둘째아들 박순(朴珣)의 처 성주이씨가 아들을 잉태하고 있던 상황에서 친
정집 하녀의 도움으로 기적적으로 대를 이을 수 있었다. 아들을 낳으면 죽이고, 딸을 낳으면 노비
를 삼으라는 명이 떨어졌는데, 때마침 하녀가 딸을 낳게 되자 바꿔치기를 함으로써 둘 다 살리게
된 것이다. 그리하여 그 아들이 박비(朴婢)라는 이름으로 성장했는데, 나중에 경상도관찰사로 부
임한 이모부 이극균(李克均)이 조정에 건의함으로써 비로소 성종 임금으로부터 박일산(朴壹珊)이
라는 이름과 함께 사복시정(司僕寺正)의 벼슬을 얻어 대구 달성군 하빈면 묘골에 터를 잡고 대를
이을 수 있었다.

3

박난봉

인제산에 성을 쌓고 왜적을 방어하다

순천시 금곡동 난봉산 기슭에 박난봉 장군의 묘소가 있다. 박난봉 장군은 순천의 호족이자 순천박씨의 시조인 박영규의 후손이다. 그는 고려 초기의 인물로 순천 인제산에 성을 쌓고 왜구를 막아 지역민들을 편안케 하였으며, 사후에 인제산의 산신으로 추앙되었다.

박난봉(朴蘭鳳)은 고려 정종 때의 인물로 순천박씨의 시조 박영 규의 4대손으로 태어났다. 과거에 급제하여 직위가 대장군에 이르렀다. 특히 인제산(麟蹄山)에 성을 쌓고 왜적 방어에 공을 세웠으며, 사후에 평양부원군(平陽府院君)으로 책봉되었다. 평양은 순천의 별칭이다.

박난봉의 증조부인 박영규(朴英規)는 순천의 호족으로서 후백제 견훤의 사위이면서 고려 태조 왕건과 제3대 임금 정종(定宗, 923~949)에게 세 딸을 시집보냈다. 그렇게 후백제에서 고려 왕조에 이르기까지 임금과 인척 관계를 맺고 막강한 권세를 누렸다.

▲ 박난봉 묘

또 박난봉의 후손으로는 고려 충숙왕 때의 인물인 박숙정(朴淑貞)이 유명하다. 그는 보문각대제학(寶文閣大提學)을 지내며 익재(益齋) 이제현(李齊賢, 1287~1367)과 교유하였다. 경상도 체찰사, 국자감 제주(祭酒)에 임명되어 유생들을 가르쳤다. 1326년(충숙왕 13) 관동존무사(關東存撫使)가 되어 고성의 사선정(四仙亭), 강릉의 경호정((鏡湖亭), 울진의 취운루(翠雲樓)를 창건했다.

순천박씨는 박영규를 시조로 모시되, 그 이후의 세계(世系)가 명확하지 않아 박난봉을 득관조(得貫祖)로 모시고, 충숙왕 때의 박숙정을 1세조로 모시고 있다. 후손으로는 공민왕 때 도첨의시중(都僉議侍中)에 오르고 평양부원군(平陽府院君)에 봉해진 박천상(朴天祥)을 비롯하여 조선 단종 때 아들 박팽년과 함께 단종복위를 꾀하다 처형된 박중림(朴仲林), 세조 때 병조참판으로 이시애(李施愛)의 난 토벌에 공을 세운 박중선(朴仲善), 인조반정 정난공신(定難功臣)으로 영의정에 오르고 평성부원군(平城府院君)에 봉해진 박원종(朴元宗), 대한민국 최다선 국회의원(9선)으로 국회의장을 세 차례 역임한 박준규(朴浚圭) 등이 있다.

　박난봉은 사후에 인제산의 산신으로 모셔졌다. 인제산은 사슴의 발굽 모양을 한 산으로 정상 부근에 토석으로 쌓은 성터가 남아 있다. 옛날 도선국사는 사슴의 형상을 한 이 산을 보호하고자 호랑이

▲ 난봉산성 안내판

의 목구멍에 해당하는 바위에 도선암(道詵庵)[6]을 짓고 순천의 안녕을 빌었다고 한다. 순천시의 남쪽에 있어서 남산으로도 불린다.

순천시 금곡동에 박난봉 묘소가 있다. 그리고 묘소의 뒷산을 난봉산(鸞鳳山)[7]으로 부르고 있다. 산에 난봉산성[8]의 터가 남아 있는데, 둘레 약 490m 정도이고 성벽의 너비는 5m로, 성벽은 내외벽을 석재를 이용하여 쌓았다. 축성기법과 기와 등의 출토 유물이 순천검단산성(順天劍丹山城, 사적 418호)[9]과 거의 같아 백제 후기에 축성된 산성으로 추정하고 있다.

조현범이 지은 『강남악부(江南樂府)』(1784)의 〈인제산〉에 그가 '특출한 영웅의 자태'를 지녔다고 소개하며, 순천 고을 아전 이환생(李桓生)[10]과 광주의 승지(承旨) 박치도(朴致道, 1642~1697) 부인[11]의 꿈에 나타나 자신의 제사를 지내주기를 부탁했다는 이야기가 기록되어 있다.

---

6) 순천시 상사면 비촌리 운동산(雲動山)에 도선암이 있다. 이 암자도 신라말 도선국사가 창건하였다는 설이 전한다.
7) 난봉산이라는 명칭은 이 산의 동남쪽 기슭에 박난봉 장군의 묘가 있는 데서 유래되었다고 한다.
8) 순천부성에서 북쪽으로 약 2㎞ 지점인 매곡동 뒷산에 있다. 매곡산성(梅谷山城)이라고도 하며 지금도 산성의 흔적이 남아 있다.
9) 6~7세기에 걸쳐 축성된 백제 때의 성으로 그 당시의 유물(토기, 기와), 연지, 저장공, 건물지, 문지, 수문 등이 발견되었다. 산성의 형식은 산봉우리에 테를 두른 것처럼 보이는 테뫼식이다. 성벽 축조방법은 협축식으로 성의 총길이는 430미터이다. 정유재란 때 조선군과 명군의 연합군이 순천 왜성에 주둔한 왜군과 대치하면서 사용했던 곳으로도 알려져 있다.
10) "나는 바로 뒷산의 박난봉이다. 내가 살아서는 이곳의 군장이었고 죽어서는 이 땅의 지신이 되었는데 고을 사람들이 나를 숭상할 줄 모르는구나. 나는 의지할 데 없는 신이 된 지 오래되었다. 너의 사람됨을 보니 나를 위해 꾀할 수 있겠구나. 기꺼이 할 수 있겠는가?"
11) "나는 그대 시댁 선조의 혼령이니라. 지금 그대 집안의 가장이 멀리 3천리 밖으로 유배되었으나 4월 아무날에는 마땅히 사면되어 가까운 읍의 수령이 되어 올 것이니 지나치게 근심하지 말라. 지금 나의 자손 중에 나를 제사 지내주고 배향하여 주는 자가 없어서 나는 의탁할 곳이 없는 신이 되었다. 이 말을 그대 가장에게 전하여 나를 의탁할 곳 없는 신이 되지 않게끔 하여라."

4

최석

백성이 바친 말을 돌려보내다

순천시 영동에 팔마비가 서 있다. 이 비는 고려 후기 승평부사를 역임한 최석의 공덕을 기리는 비석이다. 그는 승평고을을 다스리고 물러나면서 주민들이 관례로 주던 말 여덟 마리를 받지 않고 돌려주었다. 그로부터 임기를 마친 고을수령에게 말을 바치던 관행이 없어졌다. 팔마비는 청백리(淸白吏)를 기리는 선정비(善政碑)와 송덕비(頌德碑)의 의미를 지니며. 우리나라에서 현존하는 가장 오래된 비석으로 가치를 보유하고 있다.

최석(崔碩)은 고려 충렬왕(재위 1275년~1308) 때의 인물이다. 〈고려사(高麗史)〉에 그의 이름이 두 차례 언급되도 있다. 1277년(충렬왕 3) 탐라도에 가뭄이 들어 굶어 죽는 백성들이 많이 나오자 조정에서 최석을 파견하여 진휼하게 하였다. 그리고 1281년

▲ 팔마비

(충렬왕 7) 승평부사 최석을 비서랑(秘書郎)[12]에 임명하였다.

당시 승평부에서는 수령이 돌아갈 때 말 여덟 필을 바치는 풍습

---

12) 고려시대 경적(經籍)과 축문(祝文) 작성 등에 관한 일을 담당한 비서성의 종6품 벼슬

이 있었다. 고을 사람들이 관례대로 말을 가지고 와서 고르도록 요청하자, 최석은 웃으면서 말하였다. "말이 서울까지 갈 수만 있으면 충분한데, 무엇 때문에 고른단 말인가?" 그리고는 집에 도착한 뒤에 아전에게 말을 돌려보내며 "내가 승평 수령으로 있을 때 나의 암말이 낳은 새끼를 데려왔는데 이것도 나의 욕심이다."라고 하면서 망아지까지 돌려주었다.[13]

그로부터 승평에서는 말을 바치던 폐단이 없어졌으며, 고을 사람들이 그 덕을 칭송하여 1308년(충렬왕 34)에 팔마비를 세웠다. 이런 점에서 팔마비는 백성을 아끼는 목민관의 애민(愛民) 정신과 재물을 탐하지 않는 청렴(淸廉) 정신을 담고 있다.

그 후 1365년(공민왕 14) 승평부사 최원우(崔元祐)가 쓰러진 팔마비를 다시 세웠으며, 정유재란 때 왜군의 손에 파괴되어 버린 것을 1617년 광해군 때 이수광(李睟光, 1563~1628) 부사가 다시 세워 오늘에까지 전해지고 있다. 비석의 크기는 높이 160cm에 너비 77.5cm이며, 재질은 해석(海石)이다.

처음 세울 때는 '崔碩八馬碑'였는데 이수광 때 진사 원진해(元振海, 1594~1651)의 글씨로 '八馬碑'로만 썼다. 비석 뒷면에는 이수광이 손수 지은 〈중건팔마비음기(重建八馬碑陰記)〉를 새겼다. 이 글씨는 김현성(金玄成, 1542~1621)이 썼는데 마멸이 심하여 해

---

13) 이 부분에 대한 세간의 오류 두 가지가 있다. 하나는 말 일곱 마리를 바쳤는데 여덟 마리로 돌아왔다는 설이고, 또 하나는 바친 말 가운데 새끼를 밴 말이 있어서 그 말이 새끼를 낳았다는 설이다. 이를 바로잡자면 여덟 마리를 바친 것이 아홉 마리가 되어 돌아왔고, 되돌려보낸 망아지는 원래 최부사 소유의 말이 승평에 있을 때 이미 낳았던 것이다.

▲ 팔마비각

독하기 어려운 형편이다. 그러나 그 내용이 『승평지(昇平誌)』에 수록되어 있어서 읽어볼 수 있다. 조현범이 지은 『강남악부(江南樂府)』(1784)의 〈팔마인(八馬引)〉에 그의 기록이 나타나 있다.

팔마비의 위치는 원래 연자교 남쪽 도로변이었다가 1930년에 시가지 정비계획에 따라 당시 승주군청 앞 도로변인 지금의 위치로 옮겨졌다. 1977년 8월에 비를 보호하기 위해 재일동포 김계선(金桂善, 1911~1995)의 성금으로 비각을 건립했다. 팔마비는 청렴의 상징이자 순천인의 자랑스러운 문화유산으로 숭상받고 있다. 순천시는 해마다 10월 팔마문화제를 열어 팔마정신의 선양에 힘쓰고 있다. 팔마비는 2021년 보물 제2122호로 지정되었다.

5

조유

옥천조씨 입향조 주암에 자리 잡다

순천시 주암면 죽림리에 겸천서원이 있다. 이 서원은 조유를 비롯하여 아들 조숭문, 손자 조철산 등 옥천조씨 3세의 충절을 기리기 위하여 1711년(숙종 37) 건립하였다. 경내에 겸천사(謙川祠)와 영모재, 상호정 등이 있다. 조유는 옥천조씨의 순천 입향조로 주암에 자리 잡고 순천 명문가의 기틀을 마련하였다.

옥천조씨의 시조는 고려 때의 문신으로 검교대장군(檢校大將軍)과 문하시중(門下侍中)[14]을 지낸 조장(趙璋)이다. 조장의 증손인 조원길(趙元吉)은 공양왕 때 대광보국광록대부(大匡輔國匡祿大夫) 검교문하시중(檢校門下侍中) 겸 전공판서(典工判書)로 1389년(창왕 2년) 정몽주, 설장수와 함께 공양왕을 옹립한 공으로 1등

---

14) 고려시대 종1품 중서문하성의 수상직

▲ 겸천서원

공신이 되고 옥천부원군(玉川府院君)에 봉해졌다. 옥천은 지금의 전라북도 순창이며, 이때부터 옥천을 본관으로 삼게 되었다.

조원길의 호는 농은(農隱)으로서 포은(圃隱) 정몽주, 목은(牧隱) 이색, 도은(陶隱) 이숭인, 야은(冶隱) 길재와 더불어 5은(隱)으로 불렸다. 그는 자녀들에게 "죽고 살고 나아가고 물러남에 의(義)자를 부끄럽게 하지 말라(生死進退無愧義字)."라고 말했는데, 이것이 오늘날까지 종훈(宗訓)으로 이어지고 있다.

조유(趙瑜, 1346~1428)는 옥천부원군 조원길의 둘째 아들로서 자는 유옥(兪玉)이고, 호는 건곡(虔谷)이다. 고려 말에 과거에 급제하여 전농시부정(典農寺副正)[15]에 까지 올랐으나 조선 왕조가 개국하자 두 임금을 섬길 수 없다고 하여 벼슬을 버리고 두문동 72현 가운데 한 사람이 되었다. 뒤에 고향 순창으로 돌아와 은

---

15) 궁중에 제물로 올리는 곡물을 공급하는 벼슬.

거하다가 만년에 부유현(富有縣, 지금의 순천시 주암면)으로 옮겨와 옥천조씨의 순천 입향조가 되었다. 그의 묘소는 주암면 주암리 장군봉 오공혈에 있다. 무학대사가 잡아 준 것으로 한국의 100대 명당 중의 하나로 꼽는다. 조현범이 지은 『강남악부(江南樂府)』(1784)의 〈부정려(副正閭)〉에 그의 기록이 나와 있다

그는 조사문(趙斯文)과 조숭문(趙崇文, ?~1456) 두 아들을 두었다.

조사문은 수의부위 좌군사정을 지냈다. 단종복위 운동에 참여한 동생 숭문의 청에 따라 가문의 대를 잇고자 고향에 돌아왔다가 체포되어 압송 도중에 처형되었다.

조숭문은 자는 무백(武伯)이고, 호는 죽촌(竹村)이다. 세조 때 사육신의 한 사람인 성삼문의 고모부이기도 하다. 세종 때 무과에 올라 함경도 병마절도사에 이르렀으나 1456년 단종복위 사건에 연루되어 아들 철산과 함께 죽임을 당했다. 1799년(정조 23) 병조판서에 추증되었다. 1843년(헌종 9) 절민(節愍)이라는 시호를 받았다. 조현범이 지은 『강남악부(江南樂府)』(1784)의 〈부자절(父子節)〉에 그의 기록이 나와 있다.

조철산(趙哲山 ?~1456)은 조숭문의 아들로 자는 진경(鎭卿)이고, 호는 구천(龜川)이다. 단종복위 사건 때 아버지 숭문과 함께 죽임을 당하였다.

겸천서원(謙川書院)은 1706년(숙종 32) 호남 사림이 발의하고, 1711년(숙종 37) 건립한 사당이다. 조유와 조숭문, 조철산과 함께 순천이 관향인 김종서(金宗瑞 1390~1453), 박중림(朴仲林 ?~1456), 박팽년(朴彭年 1417~1456)도 함께 모셨다. 1868년(고종 5) 서원철폐령으로 훼철되었다가 1920년 복원하였으며, 1955

▲ 조유의 묘

년과 1975년 중건을 거쳐 오늘에 이르고 있다.

영모재(永慕齋)는 조유가 은거하던 곳으로 조숭문과 그의 아들 조철산이 1456년(세조 2)에 화를 당하자 조숭문의 손자가 추념하기 위하여 1706년(숙종 32) 건립했다.

상호정(相好亭)은 조선 성종 때 조유의 장자 조사문(趙斯文)의 아들 지산(智山), 지곤(智崑), 지륜(智崙), 지강(智崗) 등 네 형제가 지은 정자다. 그들은 아침저녁 만나 형제의 정을 나누며 학문을 토론하였다. 조현범이 지은 『강남악부(江南樂府)』(1784)의 〈형제호(兄弟好)〉에 이에 대한 예찬이 나타나 있다. 상호정 현판은 송시열의 글씨다. 1984년 전라남도문화재자료 제49호로 지정되었다.

6

김빈길

낙안읍성을 쌓아 왜구를 막다

낙안읍성 들머리에 씩씩해 보이는 장군의 동상이 서 있다. 누구일까? 바로 낙안읍성을 쌓은 김빈길 장군이다. 본디 낙안읍성은 조선 인조 때의 장수 임경업(林慶業, 1594~1646)이 하룻밤 새에 쌓았다는 전설이 있다. 그러나 그것은 성을 개축한 것이 전승 과정에서 부풀려진 것이다. 그에 앞서 조선 초기에 김빈길이 왜구를 방어하기 위해 토성으로 쌓은 것이 정설로 받아들여지고 있다.

김빈길(金贇吉, 1369~1405)은 조선 태조 때의 무신이다. 본관은 고성(固城)이고, 호는 죽강(竹岡)이며, 시호(諡號)는 양혜(襄惠)이다. 1369년(고려 공민왕 18) 낙안군 낙생동(지금 낙안면 옥산마을)에서 태어났다. 어려서부터 영특하여 열 살 때부터 경서와 사기(史記)를 읽고 무예를 길렀다. 성품이 충직하고 근검하였으며, 특히 기골이 장대하고 위엄이 있어 믿고 따르는 사람이 많았다. 그의 이름 가운데 글자 '贇'처럼 문(文)과 무(武)를 겸비한

인물로 성장하였다.[16)]

그 무렵 왜구들의 노략질이 심하므로 그가 백의로 의병을 일으켜 그들을 물리치고자 했다. 그의 충정에 감복한 군민들이 모여들어 규모가 커지자 왜적들도 놀라 감히 덤비지 못했다. 이에 조정에서 그를 전라도 수군첨절제사(水軍僉節制使)로 임명하였으며, 1394년(태조 3) 만호 김윤검(金允劍), 김문발(金文發) 등

▲ 김빈길

과 함께 왜선 세 척을 섬멸하는 등 여러 차례 전공을 세웠다.

전라감사 안경공(安景恭)이 조정에 승첩을 올려 1397년(태조 6)에는 전라도 수군도절제사(水軍都節制使)[17)]로 벼슬이 오르게 되었으며, 조정에 건의하여 요해처에 만호를 설치하고 병선을 정박시켜 바닷길에 지장이 없도록 했다. 또 여러 섬에 둔전을 설치하고 수군의 식량을 국고에 의존하지 않고 자급할 수 있도록 하

---

16) 장군의 가운데 이름자 '贇'의 독음은 '윤'이다. 그런데 세간에서는 '김윤길'이 아닌 '김빈길'로 불리고 있다.

17) 조선 초기 수군의 으뜸 벼슬. 태조 때에 지은 이름으로 세종 2년(1420) 수군도안무처치사로 바뀌고, 세조 12년(1466)에 다시 수군절도사로 바뀌었다.

여 직위가 도총제(都摠制)에까지 올랐다. 이때 왜구의 침략에 대비하여 낙안에 토성을 쌓고 방비를 튼튼히 하였는데, 이것이 오늘날 낙안읍성의 기초가 되었다.[18]

1398년(태조 7) 낙안군 남쪽 멸악산(현 오봉산) 아래로 왜구가 침입하자 그가 선두에서 분전하며 남해 사천(泗川)까지 뒤쫓아가 무찔렀다. 그 공으로 정헌대부(正憲大夫)와 병조판서에 오르고, 철성군(鐵城君)에 봉해지고, 검교정승(檢校政丞)[19]에 올랐다.

▲ 김빈길 동상

그때 왜적들을 막기 위해 읍성 앞에 세운 석구(石狗)가 지금까지 보존되고 있고, 1400년(정종 2) 8월 멸악산에 '정헌대부 삼도수군도절제사 검교정승 김빈길 승전비'를 세웠으나 임진왜란 후에 없어졌다.

그는 벼슬에서 물러난 뒤

---

18) 조선왕조실록에 따르면 세종 6년(1423) 전라도관찰사가 "낙안읍성이 토성으로 되어 있어 왜적의 침입을 받게 되면 읍민을 구제하고 군을 지키기 어려우니 석성으로 증축하도록 허락하소서." 하고 장계를 올려 세종 9년(1426) 석성으로 증축하기 시작했다는 기록이 있다.
19) 검교란 벼슬의 해당하는 정원 외에 임시로 증원하거나 실제 사무를 보지 않고 이름만 가지고 있게 할 때 그 벼슬이름 앞에 붙여 이르던 밀이다.

낙안 백이산(伯夷山) 옥산봉에 망해당(望海堂)을 짓고 유유자적하게 지내면서 〈망해당기(望海堂記)〉를 남겼으며, 그 안에 '낙안팔경'을 읊은 한시가 있다.[20] 만년에는 전북 고창으로 옮겨갔는데, 1405년(태종 5) 흥덕(興德) 사진포(沙津浦)에 왜구가 침범하자 그들과 싸워 물리치다 순절하였다.

보국숭록대부 의정부 우의정(輔國崇祿大夫議政府右議政)으로 추증되고, 양혜(襄惠)라는 시호를 받았다. 1799년(정조 23) 성균관을 비롯한 전국 유림이 뜻을 모아 낙안향교 서북쪽에 삼현사(三賢祠)를 건립하였으나 1868년(고종 5) 흥선대원군의 서원철폐령에 따라 훼철되었고, 지금은 낙안 충민사(忠愍祠)에 배향하고 있다.

그의 묘소는 고창군 고수면 부곡리에 있다. 또 진안군 안천면 백화리 화천사에서도 영정을 모시고 매년 2월 향사를 지내고 있다. 순천시는 2020년 10월 창극 '낙안읍성 김빈길 장군'을 공연한데 이어, 12월 장군의 동상을 읍성 앞에 세웠다.

---

20) 伯夷淸風 感忠臣之高節 백이산의 청풍은 충신의 높은 절개를 느끼게 하고
　　寶嵐明月 迎醉客之豪興 보람의 밝은 달은 취객의 흥을 북돋우네.
　　玉山翠竹 詠君子之遺篇 옥산의 푸른 대나무는 군자의 노래를 읊게 하고
　　金崗暮鍾 勸道僧之佛說 금강의 저녁종소리는 도승의 염불을 권하는 구나.
　　澄山宿霧 鎖隱士之淸襟 징산의 짙은 안개는 은사의 옷깃을 여미게 하고
　　平地浮槎 駕仙子之遐踪 평지에 떠있는 뗏목은 신선의 수레를 닮았네.
　　斷橋漁火 戱釣叟之投竿 단교에 고기 잡는 불빛은 낚시 노인을 희롱하고
　　遠浦歸帆 送賈客之行舟 원포에 돌아오는 돛배는 장사 떠나는 배를 전송하네.

7

이수

유배지 정자에서 나라의 안녕을 빌다

순천시 용당동의 망북마을은 본디 '다래골'로 불렸는데 정자가 하나 세워지면서 이름이 바뀌었다. 이곳에는 '망북각(望北閣)'이라는 비각이 있다. 비각 안에는 '望北亭遺址碑(망북정유지비)'라고 쓰인 비석이 서 있다. 옛날 이곳에 망북정(望北亭)이 있었음을 말해주는 비석이다. 망북정은 조선 광해군 때 순천에 유배 왔던 이수가 지은 정자이다. 그는 이곳에서 매일 서울을 향하여 절을 올리며 임금의 보위와 국가의 안녕을 기도했다. 오늘날 정자는 없어지고 정각과 비석만 남아서 옛터를 증언해주고 있다. '망북'이라는 지명은 여기에서 비롯되었다.

이수(李晬, 1569~1645)는 본관이 전주(全州)이고 자는 명원(明遠)이다. 조선 중기의 종친으로 정종의 4세손이다. 1583년 보신

▲ 망북정 유지비각

대부구천부정(保身大夫龜川副正)[21]에 예수(例授)되고, 1592년 임
진왜란을 맞아 의주로 몽진한 선조를 호종하였다. 그리고 왕과
세자로 조정이 나누어질 때 광해군을 따라 선전관으로 활약했다.

　1604년 학문이 뛰어난 것을 인정받아 전란으로 흩어진 선록(璿
錄)의 정리에 참여하였고, 명선대부구천부정(明善大夫龜川副正)

---

21) 조선 초기에 왕의 부계(父系)인 종친(宗親)에게 주던 종3품의 벼슬

▲ 망복정 유지비

²²⁾에 올랐다. 1613년(광해군 5) 정의대부(正義大夫)에 오르고 구천군(龜川君)에 책봉되고, 1614년 임진왜란 때 임금을 모신 공으로 중의대부에 제수되었으며, 이듬해에는 사옹원제조(司饔院提調)²³⁾를 겸하였다.

1617년(광해군 9) 인목대비의 폐비를 주장하며 권력을 휘두르던 이이첨(李爾瞻)을 탄핵하였다가 순천으로 유배되었다. 그는 귀양살이 동안 순천 다래골에 손수 초가를 짓고 '망복정'이라 이름을 붙이고 매일 임금이 있는 북쪽을 향해 절을 올리며 국태민안을 기원하였다.

1621년 다섯 해 만에 유배에서 풀려났으며, 1623년 인조반정으로 다시 관직에 올라 숭덕대부(崇德大夫)로 사옹원제조를 겸하

22) 조선 초기에 의빈(儀賓)에게 주던 종3품의 벼슬
23) 임금을 비롯한 궁중의 식사 공급에 관한 일을 관장하는 부서의 책임자

고 종친부(宗親府)[24]도 관장하였다. 1624년 이괄(李适)의 난으로 공주로 피난한 인조를 배종하고 가덕대부(嘉德大夫)에 올랐다. 1627년 후금의 침입으로 인조가 강화도로 피신할 때도 또다시 시종하고 오위도총부도총관이 되어 군정을 지휘하였다. 1645년에 77세의 나이로 세상을 떠났다. 사후에 현록대부(顯錄大夫)로 추증되었다. 현재 묘소가 경기도 성남시 분당구 궁내동에 있다.

그가 지은 망북정이 없어지자 1781년(정조 5) 이수의 6세손인 이동엽[25]이 옛터에 정각을 다시 짓고 '망북각'이라는 현판을 달아놓았다. 그리고 이 정각이 다시 퇴락하자 순조 원년(1801) 전라좌수사였던 6대손 이동선(李東善)이 재차 수리하고 유지비(遺趾碑)[26]를 세웠다. 비문은 앞면에 '朝鮮宗臣龜川君忠肅公諱晬望北亭遺址碑(조선종신구천군충숙공휘수망북정유지비)'라고 음각되어 있고, 그 왼편에 '崇禎紀元後三辛酉十月日六世孫湖南左道水軍節度使東善謙刻立(숭정기원후삼신유시월일육세손호남좌도수군절도사동선겸각립)'이라고 연대와 건립한 이의 이름을 명기해놓고 있다.

---

24) 조선시대 종실제군(宗室諸君)의 일을 관장하던 관서. 조선에서는 종친을 정치에 참여시키지 않고 다만 작위와 녹을 주는 것을 원칙으로 했으므로 종친부와 돈녕부(敦寧府)를 만들어 종실의 군(君)들에게는 종친부의 관직을 주고, 왕의 친족과 외척에게는 돈녕부의 관직을 주었다.

25) 이동엽의 벼슬이 순천부사라고 기록된 문헌이 있다. 그러나 〈순천 역대 지방관 명단〉에는 조선 정조 때의 순천부사로 이동엽이라는 인물은 나와 있지 않다.(『순천시사』 자료편, 1997.)

26) 선현의 자취가 있는 곳을 후세에 알리거나 그를 추모하기 위하여 세운 비. 유허비(遺墟碑) 또는 구기비(舊基碑)라고도 한다.

8

김여물

동천에 제방을 쌓아 물난리를 막다

순천시를 가로질러 흐르는 동천은 오늘날 시민들의 쾌적한 휴식 공간이다. 사람들이 산책로를 거닐며 건강을 도모하며 활력을 찾고 있다. 특히 제방을 따라 심어놓은 벚나무는 봄마다 화사한 꽃을 피우며 새로운 관광명소로 떠오르고 있다. 옛날 동천은 순천성 주위의 농토를 가꾸는 젖줄의 구실을 하면서도 때로는 범람하여 인명과 재산 피해를 주기도 했다. 이러한 동천에 제방을 조성하여 피해를 예방한 이가 있다. 바로 순천부사 김여물이다. 이렇게 순천 백성을 위해 일했던 그는 임진왜란을 당하자 전장에 나아가 나라를 위해 의로운 목숨을 바쳤다.

김여물(金汝岉, 1548~1592)은 조선 중기의 문신으로 본관이 순천이다. 자는 사수(士秀)이고, 호는 피구자(披裘子) 또는 외암(畏菴)이며, 시호는 장의(壯毅)이다. 1548년에 경상도 선산(善山)에서 태어났다. 인조반정을 일으켜 광해군을 몰아내고 영의정을

▲ 동천 제방

지낸 김류(金瑬, 1571~1648)[27])가 그의 아들이다.

김여물은 1567년(선조 1) 스무 살에 진사(進士)가 되었고, 1577년(선조 10) 나이 서른에 알성문과에 장원급제하였다. 풍채가 준수하고 성품이 호탕하고 문무를 겸비하여 궁마술(弓馬術)이 능했으며, 법도에 얽매이는 것을 싫어했다.

호조와 예조, 병조의 좌랑(佐郎)을 거쳐 정랑(正郎)으로 승진하

---

27) 자는 관옥(冠玉), 호는 북저(北渚)이며, 송익필(宋翼弼)에게서 배웠다. 인조반정 일등공신으로 정사공신(靖社功臣)과 승평부원군(昇平府院君)에 봉해졌고, 1627년(인조 5) 정묘호란 때 부체찰사로서 임금을 호종하여 강화도로 피난했다가 환도 후 우의정과 영의정에 올랐다. 1636년(인조 14) 병자호란 때 남한산성에서 최명길과 더불어 화의를 주장하였다. 1644년(인조 22) 심기원(沈器遠)의 반란을 평정하여 영국(寧國) 일등공신이 되었다. 문장에 능하고 명필로 알려졌으며 저서에 〈북저집(北渚集)〉이 있다.

였고, 사간원 정언(司諫院正言)을 역임하고 강원도 및 경기도의 도사(都事)에 임명되었다. 그 후 조정에서 병조 정랑을 맡다가 충청도 도사와 안동현감(安東縣監)에 제수되었다.

이어 다시 병조 정랑을 거쳐 호남지역 어사(御史)가 되었다가 순천부사로 부임하였다. 그의 순천부사 재임 기간은 1584년 10월부터 1585년 12월까지 1년 2개월간이었다. 순천에 있는 동안 동천 제방을 수축하여 물난리를 겪지 않도록 했다. 또 순천부성 동쪽에 망미정(望美亭)이란 정자를 짓기도 했다[28). 그러다 모친상을 당하여 순천부사를 사임하였다.

상제(喪制)를 마친 뒤에 담양 부사(潭陽府使)를 지내고 1591년 의주 목사(義州牧使)에 제수되었다. 그 뒤 기축옥사(己丑獄事)를 일으킨 서인(西人) 정철(鄭澈)이 탄핵을 당할 때 함께 파직되어 의금부에 투옥되었다.

1592년(선조 25) 임진왜란이 일어나자 도체찰사(都體察使) 유성룡(柳成龍)이 그의 재능을 아껴 옥에서 풀어 자기 막하에 두려고 하였다. 그런데 도순변사 신립(申砬)이 종사관(從事官)으로 삼기를 간청하여 그를 따라 왜적 방어에 나섰다.

신립이 단월역(丹月驛)에 이르러 상주에서 패주한 순변사 이일(李鎰)을 만나 왜적의 북상 상황을 듣고 충주 달천(㺚川)에 배수

---

28) 이 망미정에 대하여 〈대동지지(大東地志)〉, 〈호남읍지(湖南邑誌)〉, 〈신증승평지(新增昇平志)〉에 "부사 김여물이 동쪽의 성 위에 지었는데, 지금은 터만 남아 있다(府使金汝岉所創舊在東城上有廢址)."라는 기록이 있다.

진을 치고자 하였다.

이때 김여물은 "적의 군사가 많아 맞서 싸워서는 이겨내기 어렵습니다. 그러니 조령(鳥嶺)을 굳게 지키는 것이 마땅합니다."하고 반대 의견을 냈으나 받아들여지지 않았다.

김여물은 전장에 나가기에 앞서 아들 김류에게 편지를 썼다.

"삼도(三道)의 근왕병(勤王兵)이 오지 않으니 아무리 분발해 싸워도 승산이 없겠다. 남아로 태어나 나라를 위해 몸 바치는 것은 마땅한 일이다. 다만 나라의 치욕을 씻지 못하고 장한 뜻을 이루지 못한 일이 한스러울 뿐이다. 너는 난리를 피할 생각은 하지 말고 반드시 행재소(行在所)로 나아가 임금을 보필하기 바란다."

▲ 일본인이 그린 김여물 전투도

그는 탄금대(彈琴臺)[29]에서 왜적을 맞아 용전분투하다가 결국 힘이 다하여 신립과 함께 강에 투신하였다.

18세기에 나온 일본의 '에혼 타이코기(繪本太閤記)'에는 김여물이 홀로 말을 타고 도끼를 휘두르며 왜적을 무찌르는 내용이 소개되어 있다. 그들이 특별히 장군의 이름까지 명기한 것을 보면 일본인에게 위압감을 줄 만큼 그의 용맹이 두드러졌던 것으로 추측된다.

김여물의 무덤은 경기도 안산시 와동에 있으며, 1622년(현종 3년) 신도비(神道碑)가 세워졌다. 1784년(정조8)에 영의정으로 추증되고, 1788년(정조 12) 장의(壯毅)라는 시호를 받았다. 무덤 인근에는 4세충렬문(四世忠烈門)[30]이 세워져 있다.

---

29) 남한강과 달천이 합류하는 지점으로 가야의 우륵(于勒)이 가야금을 탔던 곳이다. 신립(申砬)이 8천여 명의 군사와 함께 왜적을 맞아 이곳에서 배수진을 치고 격전을 치렀다.
30) 병자호란 때 김여물의 아내를 비롯하여 아들과 손자, 증손자의 며느리까지 오랑캐에게 치욕을 당하지 않기 위해 강화도에서 몸을 던졌다. 4대에 걸친 고부의 절개를 기려 조정에서 정문을 내렸다.

9

이수광

팔마비를 다시 세우고 승평지를 펴내다

순천 팔마비는 고려 때 승평태수 최석의 청렴정신과 애민정신을 기려 세운 비이다. 그런데 지금의 팔마비는 처음 세웠던 것이 아니다. 원래의 비는 정유재란 때 왜적이 파괴해버렸고, 지금 우리가 볼 수 있는 팔마비는 전란이 끝나고 스무 해가 지난 뒤에 다시 만들어진 것이다. 이 비를 다시 세운 이는 순천부사 이수광이다. 그는 또 순천의 역사와 문물을 담아 〈승평지〉를 펴내기도 했다. 그의 정성과 노력 덕분에 우리는 순천의 정신 팔마비를 다시 볼 수 있게 되었고, 또한 순천의 지난 발자취를 되돌아볼 수 있게 되었다.

이수광(李睟光, 1563~1628)은 조선 중기의 학자로 본관은 전주(全州)이고, 자는 윤경(潤卿), 호는 지봉(芝峯)이다. 1585년(선조 18) 별시문과에 급제하여, 승문원부정자(承文院副正字)[31], 전

---

31) 외교 문서를 관장하는 부서의 종9품 벼슬

▲ 이수광

적, 호조 및 병조 좌랑 등을 지냈고, 1590년 성절사(聖節使)[32]의 서장관으로 명나라에 다녀왔다. 1592년에 임진왜란이 일어나자 경상우도방어사 조경(趙儆)의 종사관으로 종군했고, 북도선유어사(北道宣諭御史)[33]가 되어 함경도 지방의 민심 수습에 헌신하였다.

그 뒤 동부승지와 병조참지를 역임하고, 1597년에 성균관 대사성이 되었으며 진위사(陳慰使)[34]로 두 번째 명나라에 다녀왔다. 이때 안남(安南, 베트남)의 사신과 교유했다. 1601년에 홍문관부제학, 1605년에 안변부사, 1607년 홍주목사를 거쳐 1609년(광해군 1) 도승지와 예조참판, 대사헌, 대사간 등을 지냈다. 1611년 세 번째 명나라에 가서 유구(琉球)와 섬라(暹羅, 타이)의 사신들을 만나 견문을 넓혔다.

1616년 10월 순천부사로 부임하였으며, 1619년 3월까지 2년 6개월 동안 재직하였다. 그는 정유재란 때 없어진 팔마비를 1617

---

32) 중국 황제나 황후의 생일을 축하하기 위해 보내던 사절
33) 나라에 병란(兵亂)이 있을 때 임금의 명령을 받들어 백성을 훈유(訓諭)하는 임시 벼슬
34) 중국 황실에 상고(喪故)가 있을 때 임시로 파견하던 조문사(弔問使)

년(광해군 9) 남문교 앞에 다시 세우고 비의 뒷면에 '중건 팔마비 음기(重建八馬碑陰記)'를 지어 새겼다. 그뿐만 아니라 1618년(광해군 10) 순천의 풍물을 종합 정리하여 〈승평지〉를 편찬하는 등 지역문화 발전에 크게 이바지하였다. 또 그는 정유재란 때 왜적이 주둔했던 왜교성(倭橋城)의 이름을 꺼려 '망해대(望海臺)'로 고쳐 부르기도 했다.

순천부사를 마친 후에는 관직을 사양하고 수원에서 살다가, 1623년 인조반정 이후 도승지로 관직에 복귀했다. 1624년 이괄(李适)의 난 때 왕을 공주로 호종했으며, 1625년 대사헌이 되어 정치사회 개혁을 주장한 〈조진무실차자(條陳楙實箚子)〉를 올려 호평을 받았다. 1627년 정묘호란 때는 강화도에 왕을 호종하였고, 이듬해 세상을 떠났다. 경기도 양주군 장흥면 삼하리에 묘소가 있다. 시호는 문간(文簡)이다.

그는 〈주역(周易)〉에 조예가 깊어 홍문관부제학으로 있을 때 〈고경주역(古經周易)〉과 〈주역언해(周易諺解)〉를 교정하였다. 그리고 성리학자로서 도교와 불교, 양명학(陽明學) 등을 이단으로 보되 그 장점을 절충하려는 입장이었고, 사단칠정

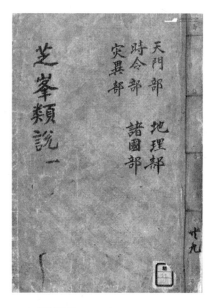

▲ 지봉유설

(四端七情)이나 이기(理氣)에 관한 논쟁에는 관여하지 않았다. 대신 심성(心性)의 존양(存養)에 힘쓰면서 국가와 민생에 필요한 실용지학(實用之學)이면 무엇이든지 수용하려는 학문적 개방성과 실용성을 추구하여 '실학의 선구자'로 불렸다.

저서로는 시문집 『지봉집(芝峯集)』과 실사구시 사상을 담은 『지봉유설(芝峯類說)』이 있다. 1693년(숙종 19) 순천 금곡리의 청수서원(淸水書院)[35]에 배향되었다. 서울시 종로구 창신동에 비우당(庇雨堂) 옛터 표지석이 있다. 그는 비우당이라는 초가삼간에 지내면서 『지봉유설』을 집필했다.

그가 순천에 있을 때 〈환선정 10영(喚仙亭十詠)〉 등 많은 시문을 남겼다. 그는 환선정이 있는 동천에서 뱃놀이를 하며 〈제화선팔수(題畫船八首)〉를 남겼다.

月出玉溪東 달이 푸른 냇물 동쪽에서 뜨니
蒼茫水拍空 아득한 물결이 하늘에 닿을 듯
誰知人世裏 그 누가 알까 인간 세상에
別有廣寒宮 또 다른 광한궁이 있음을

野匯東西水 들판에는 동서의 물이 모이고
波涵上下星 물결엔 위아래의 별이 잠겼네
江山今古興 강산에 고금의 흥취가 있으니
一嘯喚仙亭 환선정에서 한 곡 읊어보노라

---

35) 1727년(영조 3)에 사액을 받았으나 1868년(고종 5) 대원군의 서원철폐령으로 훼철되었다.

10

임경업

낙안읍성의 수호신 전설로 남다

순천 낙안읍성은 해미읍성, 고창읍성과 함께 우리나라 3대 읍성의 하나로서 실제로 이백여 명의 주민들이 거주하는 민속마을이다. 낙안읍성 안에는 기와지붕을 한 아담한 비각이 하나 있다. 바로 임경업 장군의 선정비각이다. 장군은 조선 인조 때 두 해 동안 낙안군수를 지낸 적이 있으며, 이때 누이와 내기를 하여 낙안읍성을 하룻밤에 쌓았다는 전설이 전해진다. 그는 고을 사람들의 협동심과 단결심을 고취하기 위하여 백중놀이라는 민속놀이를 장려하기도 했다.

임경업(林慶業, 1594~1646)은 1594년(선조 27) 충주 달천에서 태어났다. 본관은 평택(平澤)이고, 자는 영백(英伯), 호는 고송(孤松)이다. 어려서부터 말타기와 활쏘기에 능했다. 1618년(광해군 10)에 무과에 급제했다. 1624년(인조 2)에 이괄의 난이

▲ 임경업

일어나자 정충신(鄭忠信, 1576~1636)[36] 장군의 휘하에서 공을 세워 진무원종공신(振武原從功臣) 1등에 올랐다. 이후 우림위장과 방답첨사, 1626년 낙안군수로 부임하였다.

1627년 정묘호란이 일어나자 청군을 무찌르기 위해 서울로 향하였으나 강화가 성립되는 바람에 낙안으로 되돌아왔다. 1633년 청북방어사(淸北防禦使) 및 안변부사로 백마산성(白馬山城)[37]을 보수하고 국방에 힘썼다. 1634년 의주부윤 겸 청북방어사, 의주진병마첨절제사에 임명되었다. 이때 둔전을 개발하고 중국과 교역을 활발히 하였는데, 사사로이 상인을 국경에 드나들게 했다는 이유로 파직되었다가 도원수 김자점(金自點)의 추천으로 의주부윤으로 복직되었다.

---

36) 선조 때의 무신으로 1624년(인조 2) 이괄(李适)의 난 때 도원수 장만(張晩)의 휘하에서 전부대장(前部大將)이 되어 이괄의 군사를 황주와 서울 안산(鞍山)에서 무찔러 진무공신(振武功臣) 1등으로 금남군(錦南君)에 봉해졌다. 광주광역시의 금남로(錦南路)는 그의 호를 딴 것이다.
37) 평안북도 의주군에 있는 산성.

1636년 병자호란 때 청군은 백마산성을 우회하여 서울로 진격하여 남한산성에 있는 인조를 압박하여 화의를 맺는다. 이후 청나라에서 명을 치기 위한 병력 동원을 요청해오자 명나라와 군신 관계에 있는 조선으로서는 마지못해 임경업에게 명령을 받들도록 했다. 그는 군사를 이끌고 명군을 향해 진격하는 시늉만 하고 군사 동원과 군량 조달의 어려움을 들어 전투를 피했다.

1639년 청나라는 명의 금주위(錦州衛)[38]를 공격하기 위해 다시 병력 동원을 요구하였고, 조정에서는 이번에도 임경업에게 책임을 맡겼다. 그는 금주위로 향해 출동했지만 역시 전투는 피했다. 1642년 금주위가 청나라에 점령되면서 임경업의 반청 사실이 드러났고, 청은 조선에게 임경업을 압송해오도록 하였다. 그는 압송 도중 황해도 금천에서 탈출하여 산사에 숨어 지내다가 상인으로 가장해 배를 타고 명나라로 망명한다. 명은 그에게 평로장군(平虜將軍)의 직위를 내렸으나, 결국 청의 공격을 받고 명이 무릎을 꿇으면서 그도 청의 포로가 되었다.

조선으로 송환된 그는 조국을 배반하고 국법을 어겼다는 죄로 심문을 받다가 파란만장한 생애를 마쳤다. 그의 나이 53세였으며 고향인 충주의 달천에 장사지냈다.

임경업은 우국충정에 넘치는 충신이요 장수였으나 지극히 불

---

38) 중국 랴오닝성(遼寧省)에 있던 군사적 요충지로서 1638년 청나라의 홍타이지가 군대를 이끌고 약 4년 간의 전투 끝에 점령하였다. 이 전투의 승리로 청나라는 명나라의 산해관(山海關)으로 진출할 수 있게 되었다.

운했다. 친명반청의 시대착오적인 사대주의 소용돌이에 휘말려 능력을 제대로 발휘하지 못하고 애석하게 사라졌다. 그러나 민중의 가슴속에는 영웅으로 살아남아 고려 시대의 최영 장군과 더불어 민간신앙의 숭배대상이 되었을 뿐만 아니라 그의 무용담을 다룬 고소설 〈임경업전〉이 널리 읽히기도 하였다.

1697년(숙종 23) 숙종의 특명으로 복관되었고, 충주의 충렬사(忠烈祠), 선천의 충민사(忠愍祠), 백마산성의 현충사(顯忠祠), 겸천(兼川)의 충렬사 등에 제향되었다. 시호는 충민(忠愍)이다. 조현범이 지은『강남악부』의 〈백마포(白馬浦)〉에 장군이 백마를 타고 고을을 순행한 일화가 소개되어 있다.

낙안읍성은 1397년(태조 5) 김빈길(金贇吉, ?~1405) 장군이 왜구의 침입을 막기 위해 처음에 흙으로 쌓았다. 이후 1424년(세종 6)에는 석성으로 개축하여 방어력을 높였다. 그리고 1626년 임경업 장군이 낙안군수로 부임하여 석성을 더욱 튼튼하게 고쳐 쌓았다. 임경업 장군이 하룻밤에 쌓았다는 전설은 그만큼 그의 능력이 뛰어났음을 말해주는 방증으로 볼 수 있다.

임경업 장군의 비각 안에는 선정비가 모셔져 있다. 거북돌 받침 위에 있는 비석의 전면에 '군수임공경업선정비(郡守林公慶業善政碑)'라고 쓰여 있고, 그 왼쪽에 비를 세운 때를 숭정원년(崇禎元年) 4월로 기록하고 있다. 숭정은 명나라 연호로서 그 원년은 서기 1628년(인조 6)에 해당하며, 장군이 낙안군수를 마치고 떠난 해이다.

낙안마을에서는 정월 대보름에 임경업장군 비각에서 당산제를

▲ 낙안읍성 동문

올린다. 그는 낙안 사람들에게 수호신으로 추앙받고 있다.

　낙안읍성에는 '백중놀이'라고 하여 성내의 동내리와 남내리, 서내리 세 마을에서 행해지던 민속놀이가 있다. 이는 임경업 장군이 군수로 왔을 때 장정들의 단결심과 협동심을 기르기 위해 장려한 놀이로서 다른 지역에서는 찾아볼 수 없는 독특한 행사로 전승되다가 1945년 광복 무렵에 중단되었다고 한다.

11

이봉징

밤나무를 베어 주민의 고통을 덜어주다

여수 율촌(栗村)은 예부터 밤나무가 많은 고장이었다. 그래서 밤을
공물로 바쳤는데, 수확량이 부족할 경우에는 어떻게든 조달해야 하
므로 백성들의 고충이 심했다. 이에 순천부사 이봉징이 사람들을 동
원하여 밤나무를 모두 베어버리도록 했다. 그렇게 하여 백성들의 부
담을 덜어주었다. 팔마비의 애민정신을 실천한 사례로 꼽을 수 있다.

이봉징(李鳳徵, 1640~1705)은 본관이 연안(延安)으로 자는 명
서(鳴瑞)이고, 호는 은봉(隱峰)이다. 1675년(숙종 1) 생원이 되
고, 이 해 증광문과에 장원으로 급제하였다. 수찬(修撰)³⁹⁾으로 등
용된 뒤 사인과 부제학 등을 거쳐 1691년 개성유수가 되었다. 이
듬해 전라도관찰사, 1694년 대사헌이 되었다. 같은 해 갑술옥사

---

39) 조선시대 궁중의 경서(經書)와 사적(史籍)의 관리, 문한(文翰)의 처리 및 왕의 각종 자문에 응하
는 일을 맡았던 홍문관(弘文館)의 정6품 벼슬.

가 일어나 남인이 제거될 때 함께 파직되었다. 1698년 형조참판
으로 복직되고, 1701년 부사직으로 희빈 장씨(禧嬪張氏)의 사사
(賜死)를 반대, 지도(智島)에 위리안치되었다.

그는 1687년(숙종 12) 3월부터 1688년(숙종 13) 6월까지 1년
3개월 동안 순천부사로 재임하였다. 당시 순천도호부는 여수 지
역까지 관할하고 있었는데 전라좌수사와 늘 마찰이 있었다.

본디 여수는 고려 때
까지 현(縣)으로 독립
되어 있었다. 그런데
조선 개국 때 여수현령
오흔인(吳欣仁)이 역
성혁명에 불복하여 태
조 이성계의 칙사를 영
접하지 않았다고 하여
임금의 노여움을 사서
폐현이 되고 순천부에
귀속되었다.

그런데 1479년(성종
10) 여수에 전라좌수
영이 설치되면서 지역
민들이 전라좌수사와
순천부사의 지시를
함께 받으며 두 군데

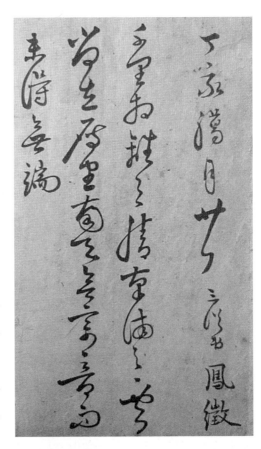

▲ 이봉징의 필적

에 부역하고 세금을 내야 하는 상황에 놓였다. 순천부사는 종4품인 당하관이지만 여수를 다스리는 권한이 있었고, 전라좌수사는 정3품의 당상관으로서 군사적으로는 순천부사를 통괄할 수 있어 서로 갈등이 생겼고 애꿎은 주민들이 고통을 겪었다.[40]

특히 율촌은 밤의 생산지여서 전라좌수사가 매년 밤을 세공(稅貢)으로 받아들였는데, 작황에 상관없이 일정한 세율을 적용하였으며, 흉년에 수량이 모자라면 순천부에 책임을 물었다. 이에 당시 순천부사였던 이봉징이 밤중에 주민들을 동원하여 밤나무를 모조리 베어 버렸다. 그로 인해 율촌의 특산물은 사라졌으나 백성들의 공물 마련 고충은 해소될 수 있었다. 이에 율촌 주민들은 순천부사 이봉징의 공덕을 오래 기리고자 거사비(去思碑)를 세웠다.

조현범의 『강남악부』〈율촌요(栗村謠)〉에 이봉징 부사의 이야기가 전한다. 그의 과감한 조치는 백성을 아끼는 마음에서 비롯되었으므로 팔마비의 애민정신을 구현한 일로 평가할 수 있다.

---

40) 여수는 조선왕조 내내 순천부에 속해 있다가 1897년(고종34)에 이르러 개화의 바람을 타고 마침내 분리독립의 꿈을 이루었다.

12

남구명

팔마비의 애민과 청렴의 정신을 실천하다

순천에 와서 고작 석 달밖에 정사를 펼치지 않았지만 고매한 인품으로 고을을 편안하게 하고 주민들의 신망을 높이 산 인물이 있다. 조선 숙종 때 순천부사를 지낸 남구명이 바로 그 주인공이다. 그는 바른 정사로 고을을 안정시켰을 뿐만 아니라 순천을 떠날 때 고을 사람들이 바치는 말 여덟 필을 사양함으로써 팔마비의 애민과 청렴 정신을 실천하였다.

남구명(南九明, 1661~1719)은 본관이 영양(英陽)으로 자는 기서(箕瑞)이고, 호는 우암(寓菴)이다. 경상북도 영해에서 태어났으며, 어려서부터 총명하고 성품이 강직하고 기개와 도량이 우뚝하였다.

1669년 아홉 살 때 모친을 여의었다. 1687년(숙종 13) 사마시에 합격하고, 1693년(숙종 19) 32세 때 식년문과에 급제하였으나 벼슬에 뜻이 없어 10여 년간 경주에서 살았다. 그러다 1707년(숙종33)에 거창부사를 지낸 백형 남노명(南老明)의 권유로 우승

▲ 팔마비 옛 모습

(郵丞)[41]으로 나아가 단구역(丹丘驛)과 오수역(獒樹驛), 창락역(昌樂驛)에 재직하였다.

1711년(숙종 37) 과천현감으로 발탁되었으나 사양하고, 1712년(숙종 38)에 제주판관을 제수받아 3년간 재임하였다. 이때 1713년과 1714년 두 해 동안 제주도에 극심한 흉년이 들어서 굶주리는 사람들이 많았는데, 구휼(救恤)에 전력하여 백성들로부터 생명의 은인으로 여길 만큼 신망을 얻었다. 애초에 제주에서 2년 재임하고 마칠 작정이었는데 주민의 성원에 따라 한 해 더 연장하였다. 그의 저서 〈우암집(寓庵集)〉에 제주에서 지냈던 내용이 담겨 있다.

제주의 선정 사실이 조정에까지 알려져 순천부사로 영전하였다. 그는 1716년(숙종 42) 6월 순천에 부임하여 같은 해 9월까지 석 달밖에 재직하지 않았다.

---

41) 조선시대 각 도의 역참(驛站)을 관리하던 종6품의 벼슬. 찰방(察訪)의 다른 이름.

제주에 있을 때 망아지 한 마리를 사서 키웠는데 때마침 병이 들었다. 그래서 순천으로 옮겨올 때 그곳 사령(使令)에게 주고 왔다. 나중에 그 사령이 순천에 그 말을 끌고 와서 남부사에게 바쳤다. 그는 돌아가는 여비로 쓰라며 말을 받지 않았다. 제주 사령은 할 수 없이 그 말을 팔마비에 매어 두고 돌아갔다.

▲ 우암선생문집

한편 전임지 제주에서 진휼미 집행에 말썽이 생겨 조정에 보고되는 일이 발생했다. 억울한 일이었으나 그는 구차하게 해명하려 하지 않고 곧장 순천 부사의 직위를 내려놓았다. 이때 고을 사람 1천여 명이 감영에 몰려와 떠나지 말라고 울면서 호소하였으며, 심지어 수레 앞에 드러누워 가지 못하도록 막기까지 했다.

주민들이 말 여덟 필에 송별 물품을 싣고 왔으나 단호히 물리쳤고, 떠나면서 발에 흙을 묻히지 않도록 가는 길에 삼베를 깔아 놓았으나 전부 거두어들이게 하고는 땅을 밟고 갔다. 훗날 순천 백성들이 그 삼베를 경주에까지 가지고 가서 바쳤는데, 그것만은 끝내 물리치지 못하고 받았다.

　남구명 부사의 순천 재직 기간은 석 달밖에 되지 않았으나 고을 사람들은 부사의 선정과 인품에 감읍하여 그를 숭모하는 동비(銅碑)를 세우고, '三月爲政百里太古(석 달을 다스려 고을이 태평해지다)'라고 새겼다. 현재 그 비는 유실되어 남아 있지 않다. 그가 순천을 떠나면서 지은 시가 있다.

　新秋赴任暮秋還 초가을에 왔는데 늦가을에 돌아가네
　笑別江南面面山 강남의 낯익은 산들 웃으며 이별 인사 전하네
　一出城門前路豁 성문 나서니 앞길 시원히 트였으나
　霜風吹打破裘寒 서릿바람이 갖옷을 파고드네

　귀향 후 경주에서 제자를 가르치며 말년을 보냈다. 1719년(숙종 5) 10월 향년 58세로 세상을 떠났다. 제주의 죽림사(竹林祠)에도 배향되었다. 그가 남긴 『우암집』이 제주교육박물관에서 번역되어 『國譯寓庵先生文集』(2010)으로 출간되어 있다. 조현범의 『강남악부』〈모추환(暮秋還)〉에 그의 일화가 전해진다.

13

강필리

가난한 농민들에게 소를 나누어주다

순천시 조곡동 죽도봉공원에는 앉아 있는 소의 형상과 함께 백우비(百牛碑)와 백우탑(百牛塔)을 볼 수 있다. 옛날 가뭄이 든 이 고장 농민들에게 소를 사준 순천부사 강필리의 덕을 기리는 기념물이다. 흉년이 들어 살길이 막막한 고을 사람들에게 농우 서른두 마리를 나눠주었는데 몇 년이 지나 그것이 1백오십 마리로 늘어났고, 덕분에 백성들은 한숨을 돌릴 수 있게 되었다. 어려운 백성들을 도와준 그의 행적은 팔마비에 담긴 애민정신을 실천한 대표적인 사례라고 할 수 있다.

강필리(姜必履, 1713~1767)는 조선조의 문신으로 자는 석여(錫汝)이고, 본관은 진주(晉州)이다. 1713년(숙종 39) 충청도 당진에서 태어났다. 1747년 문과에 급제하여 1762년(영조 38) 지평과 홍문관 교리를 거쳐, 청도군수와 남양어사(南陽御史) 및 강화순심어사(江華巡審御史) 등을 맡으며 영조의 신임을 받았다.

강필리 상

그 뒤 부승지, 호조참의를 거쳐 1763년 순천부사, 1764년에 동래부사, 1766년 승정원 우부승지(承政院右副承旨)[42] 겸 상의원부제조(尙衣院副提調)[43], 대사간(大司諫)[44] 등이 되었다.

그는 1763년 5월 순천에 부임하여 1764년 7월까지 1년 2개월간 재임하였다.

당시 순천은 잇따른 흉년으로 백성들은 기근이 심한 데다 전염병으로 농우의 8할이 폐사하여 농사를 짓기 어려운 형편이었다. 이에 자신의 녹봉과 사재를 모아 농우 서른두 마리를 사서 농가에 나눠주었다. 아울러 부역을 줄이고 세금을 감하는 등 백성의 편의를 위해 노력하였다. 그가 동래부사로 옮겨간 뒤 몇 해 지나지 않아 순천 백성들의 소는 1백오십 마리로 늘어났다. 1780년(영조 46년) 고을 사람들은 그에 대한 감사의 뜻으로 백우비를 세웠다.

그는 1764년 동래부사로 갔을 때도 고구마 재배 보급과 동래온

---

42) 임금의 명령을 전달하고 하부의 보고 및 청원 따위를 임금에게 중계하는 일을 맡아보는 벼슬
43) 임금의 의복을 진상하고, 대궐 안의 재물과 보물 일체를 간수하는 관서의 벼슬.
44) 왕에 대한 간쟁을 맡은 사간원의 우두머리로 정3품 당상관직.

▲ 백우비와 백우탑

천 개발 등 선정을 베풀었다. 그가 부임하기에 앞서 1763년 조엄(趙曮, 1719~1777)[45]이 통신사로 일본에 다녀오면서 대마도의 고구마를 가져와 심었다가 월동방법을 몰라 모두 얼려 죽인 일이 있었다. 강부사는 대마도에서 다시 종근(種根)을 구해다가 동래와 절영도에 심게 하고, 그 재배법을 알리기 위해 『감저보(甘藷譜)』(1764)라는 책자를 펴냈다.

45) 조선 영조 때의 인무로 공조판서와 이조판서, 평안도관찰사 등을 역임했다. 1763년 통신사(通信使)로서 일본에 다녀오면서 대마도에서 고구마 종자를 가져와서 보관법과 재배법을 보급하여 구황작물로 널리 이용할 수 있도록 했다.

▲ 백우비명

　더불어 온천 시설을 확충하여 주민의 이용을 편하게 하였으며, 1766년(영조 42) 동래주민들이 이를 기념하여 온정개건비(溫井改建碑)[46]와 함께 부사 강필리 거사단(府使姜必履去思壇)[47]을 건립하였다.

　1767년(영조 43년) 향년 55세로 세상을 떠났다. 경기도 시흥시 군자동 백마산에 묘가 있다. 조현범은 『강남악부(江南樂府)』(1784)에서 〈사팔우(四八牛)〉라는 제목으로 그를 칭송하였다. 순천에 세운 처음의 백우비는 홍수로 유실되어버렸고, 1991년 전라남도와 순천시, 강씨 문중이 뜻을 모아 죽도봉공원에 백우비와 백우탑을 다시 세워 오늘에 이르고 있다.

---

46) 부산시 동래구 온천동 금강공원에 있다.
47) 부산시 동래구 칠산동에 있다.

14

서정순

흉년에 백성 구휼에 힘쓰다

순천시 승주읍 평중리 옛 승주군청 앞에 비석군이 있다. 이곳 일곱 기의 비석 가운데 오른쪽 두 번째의 비가 서정순 불망비이다. 순천시 황전면 괴목리의 황전면사무소 앞에도 서정순 불망비가 있다. 이 두 비는 조선 고종 때 순천부사 서정순이 흉년에 백성 구휼에 힘쓴 공적을 잊지 않고자 고을 사람들이 세운 것이다.

서정순(徐正淳, 1835~1908)은 조선 말기의 문신으로 본관은 대구(大邱)이고, 자는 원중(元仲)이다. 1846년(헌종 12) 합천군수를 지낸 서긍보(徐兢輔)의 아들이다.

1871년(고종 8) 정시 문과에 급제하여 검열(檢閱)이 되었다. 공조참의(工曹參議)와 동부승지(同副承旨)를 거쳐 1875년 대사간(大司諫)에 올랐다.

1876년(고종 13) 7월 순천부사로 나갔다. 그리하여 1878년 3월까지 1년 9개월 동안 재직하며 선정을 베풀었다. 특히 1878년

▲ 부사 서정순 청덕휼민불망비

(고종 15) 8월 순천에 큰 수해가 나고 흉년이 들었을 때 관곡을 과감히 풀어 주민 구휼에 크게 힘썼다. 〈승정원일기〉와 황현의 〈매천야록〉에 그의 진휼 기록이 전한다.

백성들이 부사의 고마움을 잊지 않기 위해 세운 불망비가 오늘날 승주읍 평중리와 황전면 괴목리에 남아 있다. 평중리의 비는 '부사서후정순청덕휼민불망비(府使徐候正淳淸德恤民不忘碑)' 라고 씌어 있고, 괴목리에는 '부사서후정순영세불망(府使徐候正淳永世不忘)'이라고 씌어 있다.

순천부사 이후로 형조참판과 이조참판, 경주부윤과 여주목사, 이천부사 등 내외직을 두루 역임하였다. 1889년 도승지가 되어 함경도 방곡령(防穀令) 사건[48] 등 일본과 청나라와의 외교 문제를 잘 처리하였다. 1890년 대사성(大司成)에 이어 형조판서에 올랐

---

48) 1889년 함경도에서 흉년으로 콩이 부족해지자 지방관이 콩의 일본 수출을 금지한 사건이다. 일본은 방곡령 시행 1개월 전 통고 조항을 어겨 곡물을 사기로 했던 일본 상인들이 손해를 보았다며, 조선 정부에게 방곡령의 철회와 함께 손해배상금을 요구하였고 조선 정부는 그들의 요구를 들어줄 수밖에 없었다. 백성들은 정부의 무능을 지켜보며 더욱 과도한 조세 수탈에 시달렸다.

고, 1891년 예조판서가 되어 진하겸사은정사(進賀兼謝恩正使)로 청나라에 다녀왔다.

1892년 함경감사가 되었다가 1894년 김홍집(金弘集) 내각의 공무아문대신으로 활약하였다. 1896년 강원도관찰사와 함경남도관찰사로 나아갔다. 1898년 독립협회의 요구에 따른 개각 때 박정양(朴定陽)⁴⁹⁾ 내각의 법무대신 겸 고등재판소재판장이 되었다. 이때 만민공동회(萬民共同會)⁵⁰⁾에 출석하였다. 1899년 중추원 부의장으로 대한국국제(大韓國國制) 제정에 노력하였다. 1900년에는 홍문관 학사와 장례원경(掌禮院卿)⁵¹⁾ 등을 역임하였다.

1904년 기로소(耆老所)에 들어갔고, 1906년 중추원 의장이 되었다. 1908년 규장각제학으로 있다가 세상을 떠났다. 시호는 효문(孝文)이다. 묘는 여주시 북내면 오금동에 있다. 1940년 3월 순조(純祖) 묘정(廟庭)에 배향되었다.

---

49) 온건개화파의 한 사람으로 본관은 반남이고, 자는 치중(致中), 호는 죽천(竹泉)이다. 1896년 아관파천으로 김홍집이 살해된 뒤 내부대신으로 수상을 겸했으며, 내각이 의정부로 개편되면서 참정대신이 되었다. 1898년 만민공동회에 참석해 시정개혁을 약속했으나 수구파의 반대로 실행하지 못했다.
50) 1898년 열강의 이권 침탈에 대항하여 자주독립의 수호와 자유 민권의 신장을 위해 개최된 민중 대회로 42일간 철야 시위로 전개되었다. 러시아와 일본의 외세를 업은 고종과 친러 수구파의 무력 탄압으로 해산당하고 말았으나 향후 삼일만세운동과 같은 민중에 의한 독립운동의 원동력이 되었다.
51) 1895년(고종 32) 관제개혁 이후 모든 궁중의식과 조회의례(朝會儀禮), 제사와 모든 능, 종실, 귀족에 관한 사무를 관장하던 정2품 벼슬.

15

김윤식

순천의 문물을 담아 순천속지를 펴내다

조선 광해군 때 순천부사 이수광(李睟光, 1563~1629)은 순천 지역의 문화, 역사, 지리 등을 모아 『승평지(昇平誌)』(1618)를 간행했다. 우리나라 최초의 읍지(邑誌)이다. 그로부터 100여 년이 지난 영조 때 순천부사 홍중징(洪重徵, 1682~1761)이 그것을 보완하여 『신증승평지(新增昇平誌)』(1729)로 간행하였다. 그로부터 다시 150년 흐른 뒤 순천의 역사는 『순천속지(順天續誌)』(1881)라는 이름으로 집대성되었다. 당시 이 사업을 벌인 이는 고종 때의 순천부사 김윤식이다. 그는 순천에 관한 시도 여러 편 남겼다.

김윤식(金允植, 1835~1922)은 조선 말기의 문신으로 본관은 청풍(淸風)이고, 자는 순경(洵卿), 호는 운양(雲養)이다. 1835년 경기도 광주에서 태어나 여덟 살에 부모를 잃고 숙부 집에서 성장했다. 열여섯 살 때 한양에 올라가 유신환(兪莘煥, 1801~1859)의 문하에서 민태호, 윤병정 등과 함께 수학했다. 스승이 죽자 박규

수(朴珪壽, 1807~1877)[52] 의 문하에서 배우며 개화사상에 눈을 떴다. 강위(姜瑋, 1820~1884)[53]에게도 출입하며 시문을 배웠다.

▲ 김윤식

1874년(고종 11) 증광시(增廣試)[54]에 합격하여 황해도 암행어사를 거쳐, 1880년 6월 순천부사에 임명되었다. 그는 1881년 7월까지 1년간 순천에 재임하는 동안『순천속지』를 간행하였다. 이는 순천의 제반 문물을 정리한 읍지로서 이수광이 펴낸『승평지(昇平誌)』(1618년)와 홍중징이 펴낸『신증승평지(新增昇平志)』(1729)를 잇는 증보판이다. 그의『순천속지』의 간행은 홍중징의『신증승평지(新增昇平志)』(1729)와 1백50여 년의 간격을 두고 있는 만큼 그사이의 변화상을 수록한 점에서 충분히 의미있는 작업이었다고 할 수 있다.

---

52) 개국통상론으로 근대화를 주장한 조선 말기의 개화 사상가. 연암(燕巖) 박지원(朴趾源)의 손자이다.
53) 조선 말기의 한학자, 개화 사상가, 시인, 금석학자다. 김정희, 오경석과 함께 금석문을 연구하였고, 김택영(金澤榮), 황현(黃玹)과 함께 조선말의 3대 시인으로 불렸다.
54) 조선시대 나라에 경사가 있을 때 실시한 비정기 과거시험. 소과(小科), 문과, 무과, 잡과 등이 시행되었다.

1881년 9월 청나라에 선진문물을 배우기 위한 영선사(領選使)로 톈진(天津)에 파견되었는데, 이듬해 임오군란이 일어나자 청군을 데리고 돌아왔다. 임오군란이 평정되고 신설된 통리군국사무아문(統理軍國事務衙門)[55]과 통리교섭통상사무아문(統理交涉通商事務衙門)[56]의 협판(協辦)에 올랐다. 이때 강화부유수(江華府留守)[57]를 겸하여 강화에 진무영(鎭撫營)을 설치하고 신식 군대 8백여 명을 양성했다.

1884년(고종 21) 갑신정변이 일어나자 청나라 위안스카이(袁世凱, 1859~1916)[58]의 원조로 김옥균 일파를 쫓아내고 병조판서에 올랐다. 이때 러시아와 조로수호통상조약(朝露修好通商條約)[59]을 체결하고, 1885년 영국함대가 무단 점거한 거문도사건[60] 처리에 관여했다.

1887년 명성황후의 친러정책에 반대하여 민영익(閔泳翊)과 함께 대원군의 집권을 모의하다가 명성황후의 미움을 사서 충청도 면천(沔川)에 유배되었다. 1895년 명성황후가 시해되고 김홍집

---

55) 1882년(고종 19) 12월 내정사무 일체를 관장하기 위해 설치된 관청.
56) 1882년(고종 19) 12월 외교통상사무를 관장하기 위해 통리아문을 확충 개편하여 만든 관청.
57) 수도 이외에 옛 도읍지나 국왕의 행궁이 있는 곳 및 군사적인 요지에 두었던 유수부의 관직.
58) 청나라 말기의 군벌로 임오군란 때 조선에 들어와 내정에 관여했다. 청일전쟁 후 청나라 신식 군대 북양군을 창설했다. 신해혁명 후에는 쑨원과 함께 선통제를 폐위하여 청 왕조를 멸망시킨 후 중화민국 임시 대총통이 되었다.
59) 1884년(고종 21) 조선과 러시아 사이에 체결된 수교와 무역통상에 관한 조약.
60) 1885년 3월 2일 영국 동양함대 소속 군함 세 척이 거문도를 불법 점령한 사건. 영국과 러시아의 제국주의적인 대립에서 일어났다. 영국군이 1887년 2월 5일 거문도에서 철수했다.

(金弘集, 1842~1896)[61]의 친일 내각이 들어서자 돌아와 외무대신을 맡았다.

1896년 고종의 아관파천(俄館播遷)과 함께 친러파 내각이 들어서면서 명성황후 시해 음모를 미리 알고도 방관했다는 이유로 탄핵을 받았다. 1897년 제주도에 유배되어 10년간 지내다가 1907년 특사로 풀려났다. 1908년 중추원 의장을 맡았고, 1910년 대제학(大提學)으로 발탁되었다. 한일병합 조인에 가담하여 '불가불가(不可不可)'라는 모호한 표현을 썼으나 일본으로부터 자작(子爵)의 작위를 받았다. 그러나 흥사단(興士團)과 대동학회(大東學會), 기호학회(畿湖學會)를 조직하고 대종교(大倧敎) 창시자 나철(羅喆, 1863~1916)을 원조하는 등 민족운동에 참여하였다.

1919년 3·1운동 때는 이용직(李容稙, 1852~1932)과 함께 독립청원서를 일본 정부와 조선총독부에 제출하였고, 그로 인해 자작의 작위를 빼앗기고 두 달 동안 투옥되었다. 징역 2년 형을 선고받았으나 85세의 고령을 이유로 집행유예로 풀려났다. 그 뒤 조선총독부 중추원 부의장에 임명되었으나 사임하고 은거에 들어갔다. 1922년 1월 88세를 일기로 사망하였다. 남긴 책으로는『운양집(雲養集)』과『천진담초(天津談草)』, 관직 일기인『음청사(陰晴史)』,『속음청사續陰晴史』 등이 있다.

---

61) 청일전쟁과 갑오경장, 동학농민운동과 아관파천 등 역사의 격변기 속에서 네 번이나 총리대신직을 맡아 국정을 총괄했던 개혁 관료이다. 임오군란을 뒷처리하고 제물포조약을 체결했으며, 갑신정변 당시 전권대사로 한성조약을 체결하였다. 〈홍범14조〉를 발표하고 갑오개혁을 단행하였다. 선진문물을 수용한 점진적인 개화를 주장하였다.

순천부사로 있을 때 연자루와 임청대, 환선정 등을 노래했다.

鷰子樓前草似煙 연자루 앞에는 풀이 안개처럼 자욱하고
臨淸臺下水潺湲 임청대 아래로 졸졸 흐르는 물
北人如問江南樂 북쪽 사람이 강남의 즐거움을 물으면
道是橙黃橘綠天 등자나무 누렇고 귤은 초록이라 하리라

神仙消息杳茫邊 신선 소식은 저 멀리 아득한데
憑檻回頭憶壯年 난간에 기대어 젊은 시절 돌아보네
碧樹沉沉藏畫閣 푸른 숲은 화려한 누각을 가리고
夕陽冉冉下漁船 뉘엿뉘엿 저녁놀이 고깃배에 내려앉네

煙雲淑氣來三島 안개 구름 맑은 기운 세 섬에서 불어오고
湖海淸風動四筵 호수 바다의 맑은 바람 사방에서 일어나네
此日登樓應有賦 오늘 누대에 올라 마땅히 시를 읊어야겠는데
羨君藻思湧如泉 샘처럼 솟아나는 그대 시상 부럽기만 하네

이범진

환선정을 중수하고 현판글씨를 남기다

죽도봉 공원 환선정의 2층 내부에 큼직한 현판 하나가 걸려 있다. '喚仙亭' 세 글자가 씌어 있는 현판이다. 일필휘지로 갈겨쓴 글씨에 호방한 대장부의 기상이 넘친다. 이 현판 글씨는 언제 누가 썼을까? 바로 조선 말기의 정치가이자 순국 지사인 이범진이 썼다. 그는 순천부사로 재직하면서 퇴락해 있는 환선정을 보수하고 친히 현판 글씨를 써서 붙였다. 그 뒤 수해를 입어 환선정은 휩쓸려 갔어도 현판은 그대로 남아서 옛사람의 체취를 풍겨주고 있다.

이범진(李範晉, 1852~1911)은 본관은 전주(全州)이고 자는 성삼(聖三)이다. 훈련대장 이경하(李景夏)의 아들로 서울에서 태어났다. 1879년(고종 16) 식년문과에 급제하였으며, 갑신정변 때 궁궐에서 숙직하다가 명성황후를 업고 피신하였다. 그 공으로 성천부사와 순천부사 등을 거쳐 1887년 협판내무부사(協辦內務部事)가 되었다.

▲ 이범진

1895년 명성황후가 친러정책을 표방할 때, 친러파에 가담하여 농상공부협판(農商工部協辦)으로 대신서리가 되었으나 명성황후시해사건 후에 사임하였다. 1895년 11월 춘생문사건(春生門事件)[62]을 주도하였으나 실패하여 러시아로 망명하였다.

이듬해 귀국하여 임금을 러시아공사관으로 옮아가게 한 아관파천(俄館播遷)[63]을 일으켜 김홍집(金弘集) 등을 몰아내고 친러내각을 성립시키고 법부대신 겸 경무사가 되었다. 그러나 이완용(李完用) 등의 박해를 받아 신변이 위험하게 되자, 1897년에 자원하여 주미공사로 가서 외교에 노력하였다.

1900년에는 주러시아공사로 전임되었는데, 그때 러시아의 용

---

62) 을미사변 이후 친일정권에 포위되어 불안과 공포에 떨고 있던 고종을 궁궐 밖으로 나오게 하여 새 정권을 수립하려고 한 사건으로 명성황후 계열의 관리와 군인들이 모의했다.
63) 일본공사 미우라 고로는 1895년 8월 20일 을미사변을 일으켜 명성황후를 시해했다. 그 뒤 이범진을 비롯한 친러 세력은 고종에게 안전을 위해 잠시 러시아공사관으로 옮길 것을 종용했다. 마침내 1896년 2월 11일 새벽 고종은 극비리에 러시아공사관으로 옮겨갔다. 이 아관파천을 계기로 친러파가 정권을 장악하고 전제왕권이 다시 강화되었다.

▲ 이범진의 필적 환선정

암포(龍巖浦)[64] 조차(租借)[65] 요구를 반대하여 대한제국 정부가 보낸 승인 공문을 러시아 정부에 전달하지 않는다. 그로 인해 파면당했다가 나중에 수습되면서 복직되었다.

1905년 11월 일제가 을사조약을 체결하고 각국 주재 한국공사들을 소환하자 이에 불응하였다. 그리고 황제의 밀사(密使) 자격으로 러시아 수도 상트페테르부르크에 체류하면서 국권 회복을 위하여 노력하였다.

1907년 헤이그만국평화회의에 고종이 파견한 특사 이상설(李相卨)과 이준(李儁)이 도착하자, 그들과 함께 고종의 친서를 작성

---

64) 평안북도 용천군 압록강 하구에 있는 포구. 수심이 깊어 큰 배가 출입할 수 있었기 때문에 러시아가 점거하여 병영과 창고 등을 설치하는 등 침략 거점으로 정했다.
65) 양국의 일정한 합의에 따라 한 나라가 다른 나라 영토의 일부를 일정 기간 동안 빌려서 통치하는 일.

▲ 송광사 들머리에 새긴 이름

하고 아들 이위종(李瑋鍾)을 통역 겸 특사의 일원으로 동행하도록 하였다.

아울러 러시아 황제에게 요청하여 우리 특사 일행이 러시아 호위병의 보호를 받으며 헤이그에 갈 수 있도록 조처하고, 러시아 대표에게 특사들이 발언할 수 있도록 힘써 달라고 요청하는 크게 노력하였다.

그는 항일혁명가로서도 큰 발자취를 남겼다. 특히 연해주 지역의 항일운동을 후원했는데, 1908년 연해주에서 육촌 아우 이범윤(李範允)이 의병을 조직할 때 지원금을 보냈다.

이범진은 1910년 국치를 당하자 통분을 이기지 못하고 스스로

▲ 선암사 들머리에 새긴 이름

목숨을 끊었다.

"우리나라 대한제국은 망했습니다. 폐하는 모든 권력을 잃었습니다. 저는 적을 토벌할 수도, 복수할 수도 없는 이 상황에서 깊은 절망에 빠져 있습니다. 자결 외에 제가 할 수 있는 일이 없습니다."

고종에게 보낸 그의 유서를 보면 국권을 빼앗긴 외교관의 울분과 무력감으로 자결을 택했음을 알 수 있다. 이때 유언으로 러시아 교민의 자제교육에 써달라며 1천 루블의 금액을 남겼으며, 1912년 블라디보스토크 한민학교(韓民學校)에 설립 기금으로 사용되었다. 그의 항일 외교활동은 하나의 전설로 남아 있다. 1963년 대통령 표창 및 1991년 건국훈장 애국장이 추서되었다. 국가보훈처는 2011년 8월의 독립운동가로 이범진을 선정했다.

이범진은 1885년(고종 22) 11월부터 1887년(고종 24) 10월까지 순천부사로 재임했으며[66] 이때 환선정을 중수하고 비사리나무를 이어붙인 현판에 친필로 정자 이름을 써서 걸었다. 그런데 이것이 1962년 8월 28일 물난리를 겪으면서 건물은 유실되고 현판만 겨우 건져 현재 죽도봉공원 환선정에 보존되고 있다. 또 송광사와 선암사의 들머리 바위에 그의 이름이 새겨져 있어, 순천부사 시절에 이곳을 방문했음을 말해주고 있다.

---

66) 황현은 『매천야록』에서 순천부사 이범진이 잔학하게 백성들의 재산을 긁어모아 '젖먹이는 호랑이'라고 불렀으며, 기생들과 난잡한 놀이를 했다고 혹평하고 있다.

제2부
순천의 애국인물

17

이순신

한 놈의 왜적도 살려 보낼 수 없다

충무공 이순신은 임진왜란 발발 1년 앞두고 전라좌수사로 부임하면서 순천과 첫 인연을 맺는다. 정유재란 시기인 1597년 4월 백의종군 길에 17일간 순천에 머물렀고, 8월 삼도수군통제사로 재임명되어서도 순천에 들러 수군 재건의 의지를 다졌다. 그리고 왜적이 순천왜성에 웅거하고 있을 때는 장도에서 진을 치고 바다를 지키며 그들의 퇴로를 막았다. 그를 도운 이들도 성윤문을 비롯하여 김대인, 박이량, 이기남, 정사준, 성응지 등 순천 출신이 많다. 이순신 장군은 순천과 더불어 전란의 생애를 같이 했다고 할 만큼 순천과 밀접한 관계를 유지하였다.

이순신(李舜臣, 1545~1598)은 1591년(선조 24) 2월 전라좌수사로 오게 된다. 당시 여수는 순천도호부에 속해 있어서 순천부사의 관할 구역이었다. 그러나 벼슬의 품계로 볼 때 전라좌수사가 정3품으로 종3품인 순천부사보다 우위에 있어서 군사적으로

▲ 이순신 장군

순천부를 통할할 수 있었다.

1592년(선조 25) 2월 이순신은 전라좌수영 관내 수군 진지인 여도와 녹도, 발포, 사도, 방답 등 5포(浦)[67]를 아흐레 동안 순시하는데, 일정을 마치고는 3월 14일 순천부를 방문한다. 그리고 3박 4일간 머물면서 순찰사 이광(李洸)을 만나기도 하고, 순천부사 권준(權俊)이 환선정(喚仙亭)에서 베푸는 주연에 참석하고 활쏘기도 한다.

1597년(선조 30) 2월 삼도수군통제사 이순신은 서울로 압송되고 옥고를 치르다 4월 방면된다. 모친상을 당했으나 장례도 못 치르고 권율(權慄) 도원수의 막하로 백의종군하기 위해 남하하는 길에 27일 순천에 들러 5월 13일까지 머물며 순천부사 우치적(禹致績)을 비롯하여 정원명과 정사준, 이기남, 수인 등 순천 고을의

---

67) 전라좌수영 관할 구역으로 5관(官)과 5포(浦)가 있었다. 5관은 순천도호부, 광양현, 낙안군, 보성군, 흥양현(고흥)이고, 5포는 방답진(여수 돌산), 여도진(고흥 점암), 사도진(고흥 영남), 녹도진(고흥 도양), 발포진(고흥 도화)이다.

여러 인물을 만나 전란 상황을 전해 듣는다.

이어서 7월 칠천량해전 패전 이후 삼도수군통제사로 재임명되어 8월 8일 순천에 다시 와서 혜희(慧熙)를 만나 의병장 직첩을 주고 하룻밤을 유숙한 다음 낙안으로 떠난다. 그리고 보성과 장흥, 어란포, 벽파진을 거쳐 우수영에 이르러 9월 16일 명량대첩의 기적을 만들어냈다.

이듬해 1598년(선조 31) 10월 명나라 진린 제독과 연합전선을 구축하고 순천왜성에 주둔한 왜장 고니시 유키나가(小西行長)를 포위 공격하고 왜교성전투를 벌였다. 그리고 토요토미 히데요시(豊臣秀吉)의 사망으로 철군하려는 왜적을 퇴로를 막고 '단 한 척의 배도 돌려보낼 수 없다(片帆不返)'라는 강력한 섬멸 의지를 불태웠으며, 마침내 11월 19일 순천왜성의 적을 구원하러 오는 사천 지역의 왜군을 맞아 노량해전을 승리로 이끌고 순국하였다.

▲ 이순신의 필적, 여수 흥국사에 있다.

▲ 충무사

조현범이 지은 『강남악부(江南樂府)』(1784)의 〈이통제(李統制)〉
에 그의 기록이 나와 있다. 순천에서는 순천왜성이 바라보이는
순천시 해룡면 신성리 언덕에 충무사(忠武祠)를 세우고 이충무공
과 함께 정운(鄭運)과 송희립(宋希立) 두 장수를 배향하고 있다.

18

성윤문

이순신 장군을 도와 왜적과 싸우다

이충무공의 〈난중일기〉에 자주 등장하는 사람들이 있다. 순천부사 권준(權俊)을 비롯하여 광양현감 어영담(魚泳潭)과 녹도만호 정운(鄭運), 옥포만호 이운룡(李雲龍), 전라우수사 이억기(李億祺), 군관 송희립(宋希立), 경상우병사 선거이(宣居怡), 흥양현감 배흥립(裴興立), 방답첨사 이순신(李純信) 등이다. 그런데 한때 이들 못지않게 자주 언급되는 인물이 있으니 미조항첨사 성윤문(成允文)이 그 사람이다. 그는 이순신 장군을 수시로 찾아와 함께 활쏘기도 하고 술도 마시며 왜적을 쳐부술 전략을 짰다. 여러 차례 탄핵을 당하며 벼슬길이 순탄치는 않았으나 왜적과 싸운 공만큼은 인정해야 할 인물이다.

성윤문은 본관이 창녕으로 자는 정노(廷老)이고 호는 만휴(晚休)이다. 생몰연대는 알려져 있지 않다. 판서 성효원(成效元)의 아들로서 승주 해촌(海村)에서 살았다. 용력이 뛰어나고 말타기와 활쏘기를 잘하였으며 의기를 숭상하였다. 순천부성 동쪽의 환선정(喚仙亭) 밑에서 항상 무예를 닦았다. 당시 한 관노(官奴)가 주민들에게 방자하게 행동하자 화살을 쏘아 죽였다. 그 일로 수령 앞에 붙들려 갔다가 오히려 의로운 기상이 있다는 칭찬을 듣고 풀려났다.

1591년(선조 24) 갑산부사로 부임하였는데, 이듬해 임진왜란이 일어났다. 당시 함경남도병마절도사가 임해군(臨海君)과 순화군(順和君) 두 왕자와 함께 왜적에게 잡혀가자 그 후임이 되어. 함흥을 점령한 왜적의 북상을 저지하기 위하여 황초령 전투를 지휘하였으나 큰 전과를 올리지 못하였다. 이어 함경북도병마절도사가 되었으나 1593년 형벌이 너무 엄해 군민들의 불평이 크다는 이유로 탄핵당했다.

1594년(선조 27) 경상우도병마절도사로 옮겼다. 이때 군율이 가혹하고 탐욕스럽다는 이유로 다시 탄핵당하여 미조항첨사로 밀려나면서 이순신 장군과 만나게 되었다.

〈난중일기〉에 그에 대한 기록이 여러 차례 나온다.

이순신이 그로부터 왜적의 진퇴상황에 대해 보고를 받고(1594. 1. 12.), 그와 더불어 활쏘기를 하고(1594. 1. 17.~18.), 정사준이 보낸 술과 고기를 함께 먹고(1594. 1. 22.), 그의 휴가신청서를 승인해주고(1594. 7. 16.), 경상우수사의 동태에 대한 보고를 받고(1594. 10. 21.), 술을 먹여 보내기도 하고(1595. 1. 21.), 그가 진주목사 옮기게 된 내용의 서한을 받으며(1595. 2. 17.) 긴밀한 관계로 지낸 것을 볼 수 있다.

성윤문은 1596년 진주목사로 나아갔다가 경상좌도병마절도사가 되어 의흥과 경주 일대에서 왜군을 무찔렀다. 이 무렵 노계(蘆溪) 박인로(朴仁老, 1561~1642)[68]가 그의 막하에서 그의 명에 따라 가사작품〈태평사(太平詞)〉를 지었다는 사실이 국문학사에 나온다.

특히 성윤문은 1598년 8월 생포한 왜적을 심문한 결과 토요토미 히데요시(豊臣秀吉, 1536~1598)의 병이 중하며, 부산과 동래, 울산의 왜적이 장차 철수할 계획임을 조정에 알려 이에 대비하게 하였다. 또 11월에는 생포한 왜병으로부터 "토요토미가 7월 초에 이미 병사했고 도쿠가와 이에야스(德川家康, 1543~1616)가 국사를 장악했으며, 가토 기요마사(加藤淸正, 1562~1611)가 곧 귀국하기로 되어 있어 그를 데려가기 위해 빈 배 50척이 와서 행장을 꾸리는데 군량과 전마(戰馬) 3분의 1은 이미 배에 실었다."하는 정보를 조정에 알려 노량해전에 대비할 수 있게 하였다. 전란 후 선무원종공신 1등에 책록되었다.

1599년(선조 32) 제주목사로 부임하여 제주성을 5척 높이고 격대(擊坮)와 포대 21개소를 만들었다. 또 조천관(朝天館)을 중수하고, 쌍벽정(雙碧亭)을 연북정(戀北亭)[69]으로 이름을 바꾸었다. 도민을 강제 동원하여 성을 쌓고 건물을 짓자 도민의 원성이 컸다. 그가 죽은 뒤 제주도에서 원한을 품은 사람이 순천에 와서 무덤을 파헤치려다가 뜻을 이루지 못하고 비석만 부수고 간 일이 있다.

---

68) 조선 중기의 문인으로 9편의 가사와 70여 수의 시조를 남겼으며, 정철, 윤선도와 더불어 조선 3대 시가인으로 불린다. 대표작으로 시조〈반중 조홍 감이〉와 가사〈선상탄(船上嘆)〉,〈누항사(陋巷詞)〉등이 있다.
69) 제주시 조천읍 조천리 바닷가에 있는정자로서 제주도 유형문화재 제3호로 지정되어 있다. 1599년(선조 32) 성윤문 목사가 건물을 중수하고 '임금을 사모한다'는 뜻으로 '연북정'이라고 개칭하였다.

▲ 성윤문의 묘, 순천시 해룡면 소안마을에 있다.

그 뒤 충청도수군절도사를 거쳐 1604년에는 평안도병마절도사가 되었다. 성격이 곧고 결백하여 가는 곳마다 군민에게 가혹한 형벌을 가하여 원한을 샀으며 이 때문에 사간원과 사헌부로부터 자주 탄핵을 받았다. 1607년 경상우도수군절도사 겸 통제사가 되었다가 곧 수원부사 겸 방어사로 관직이 교체되었고 그 뒤 파직되었다. 여러 차례 탄핵을 당하여 병마절도사(兵馬節度使, 종2품)에서 첨사(僉使, 종3품)로 강등되기도 한 것을 보면 그는 원칙주의자나 완벽주의자로서 성격이 남달랐던 것으로 추측된다.

조현범이 지은 『강남악부』의 〈성병사(成兵使)〉에 그의 일화가 소개되어 있다. 순천시 해룡면 남가리 호암산의 쉰질바위에 성윤문이 어린 시절 호랑이를 만나 목숨을 구한 민담이 전해지고 있다. 순천향교 유생의 신분으로 의병을 일으켜 이순신을 도와 활약했던 성응지(成應祉, ?~1594)가 그의 당질(堂姪)이라는 설이 있다.

19

김대인

강한 의협심으로 왜적과의 싸움에 몸을 던지다

정유재란 때 왜적이 순천에 왜성을 쌓고 그 안에 버티고 들어앉아 노략질을 일삼고 있었다. 이때 대나무로 화살을 만들어 밤중에 성을 향해 화살을 날려 수많은 왜적을 살상한 이가 있다. 바로 별량 출신 김대인이다. 그는 신분은 낮았으나 나라를 생각하는 마음은 누구 못지않게 뜨거웠다. 전란이 일어나자 분연히 떨치고 일어나 이순신 장군의 막하에 들어가 왜적과 싸우는 일을 마다하지 않았다.

김대인(金大仁, 1546~?)은 본관이 김해(金海)로서 자가 원중(元仲)이며, 시호는 충숙(忠肅)이다. 순천부 관비의 아들로 별량에서 태어났다.[70] 어려서 집안이 가난하여 화엄사에 보냈는데, 기예가 출중하였고 승려 생활을 하며 검술을 익혔다. 나중에 세상에

---

70) 김대인의 부친은 통덕랑(通德郎, 정5품) 김유손(金騮孫)으로 무오사화에 희생된 김일손(金馹孫, 1464~1498)의 후손이라는 설이 있다.

弦竹高弧堅且強斷篠為矢勁且長漕向敵塵夜射義鏃峰棠如

鍋鈀發必中敵必死敵尸如山陣前僵始知此謀亦神密誰信海

隔生思良安得忠良如大仁置之列將狂寇防

雜羽多至盈抱每乘昏覘敵墨故矢無數明視之則敵尸積

如丘陵如是者不一億大仁以闇間之民切於為國其於倉卒

之間戰具未備獨以竹弧殺敵最多此非來蓑之良心歟後在

李統制幕下起拜加德食使秩嘉善

▲ 강남악부의 죽호인

竹弧引

附註金僉使大仁字元仲金海人別良面大間洞人也有膂力

多康乾壬辰海飛啟務播大仁以竹為弧號義筩竹拈以

나와 무과에 급제하였으나 서출 신분이 밝혀져 관직을 받지 못했다.

임진왜란이 일어나자 홍국사(興國寺)의 기암대사(奇巖大師)가 의승병을 모집하자 자원해서 들어갔다. 기암대사는 300여 명의 승병을 모집하여 훈련을 시켰는데, 김대인의 기골이 장대하고 용력이 뛰어난 것을 눈여겨보고 이순신에게 추천하였다.

그는 불의를 참지 못하고 강개한 성격이었다. 전라좌수영의 군졸들이 민가에서 개와 닭 등을 탈취하는 것을 보고 그들을 붙잡아다 매질을 했다. 이 소식을 들은 이충무공이 그를 불러 나무라자, "민폐를 끼친 병졸들은 놓아두고 저를 책망함은 부당합니다." 하고 항의하였다. 이순신이 진상을 알아보고는 비로소 그의 용기와 의협심을 인정하게 되었고, 그를 비장(裨將)[71]으로 임명하고 수군의 훈련을 맡기고 모든 전투에 그를 앞장세웠다.

---

71) 조선시대 감사(監司)나 유수(留守), 병사(兵使), 수사(水使) 등을 수행하던 막료.

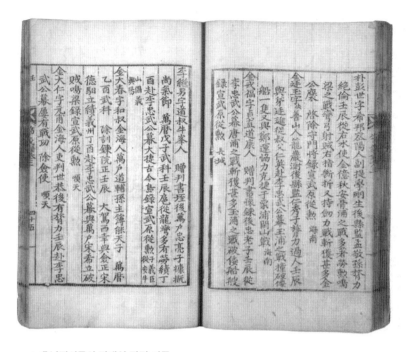

▲ 호남절의록의 김대인 관련 기록

　1597년 이순신이 파직된 후에는 원균 휘하에 있었는데, 칠천량 해전(漆川梁海戰)[72]에서 패하자 물속을 사흘간 헤엄쳐 사지에서 벗어났다. 그 후 의병 수백 명을 모아 광양에서 왜적과 싸웠다. 특히 왜적이 왜교성에 진을 치자 대나무로 활을 만들어 밤중에 적의 보루를 향해 무수히 화살을 날리는 일을 하였다. 그리하여 날

---

72) 1597년(선조 30) 7월 15일 원균(元均)이 지휘하는 조선 수군이 왜군의 야간 기습을 받아 크게 패했다. 임진왜란과 정유재란을 통틀어 조선 수군의 유일한 패전이다.

이 밝았을 때 보면 적의 시체가 산처럼 쌓일 정도였다. 그는 또 능성 예성산(禮星山)[73]에서도 많은 전과를 올렸다. 1600년(선조 33) 순찰사 황신(黃愼, 1562~1617)의 추천으로 당상관에 올라 임치진 첨절제사(臨淄鎭僉節制使)로 임명되었으나 뜻에 맞지 않아 사직하였다.[74]

그는 천성이 강직하여 전라좌수사 이유직(李惟直)의 비행을 공박하다가 원한을 사서 의금부에 갇히게 되었다. 옥졸이 뇌물을 주면 방면될 수 있다고 하자 불의한 세상을 원망하며 죽음을 택했다.[75] 1605년(선조 38) 그의 공적을 인정받아 선무원종공신 2등훈에 책록되었다.

정조 때 병조판서에 추증되고 충숙(忠肅)이라는 시호도 받았다. 함께 의병활동을 했던 김치모(金致慕, 1573~?)와 함께 순천시 별량면 동송리의 송천서원(松川書院)에 배향되었다. 조현범이 지은 『강남악부』의 〈죽호인(竹弧引)〉에 그에 대한 기록이 있다.

---

73) 화순군 춘양면에 있는 산으로 높이가 362.4m이다. 고려 말 왜구의 침입에 대비하여 예성산성을 쌓았는데, 정유재란 때 순천 출신 김대인이 의병을 모아 김명철(金命哲)과 함께 이곳에서 왜적과 싸웠다. 지금도 일부 석축이 남아 있다.
74) 임치진은 무안군 해제면 임수리에 설치되었다. 김대인은 공훈 책정에 대한 불만으로 부임하지 않은 것으로 알려져 있다.
75) 한편 의금부에서 고문을 당하다 죽었다는 설도 있다.

20

권준

순천부사로서 이순신 장군을 보좌하다

이순신의 〈난중일기〉에는 휘하 장수들의 이름이 자주 등장한다. 그 가운데 가장 많이 언급되는 인물이 순천부사 권준이다. 이순신 장군은 권준 부사와 자주 만나 작전을 논의하고, 활쏘기를 하는 등 친밀한 관계를 유지하였다. 권준은 광양현감 어영담(魚泳潭, 1532~1594)과 녹도만호 정운(鄭運, 1543~1592), 지도만호 송희립(宋希立, 1553~1623), 방답첨사 이순신(李純信, 1554~1611), 웅천현감 이운룡(李雲龍, 1562~1610), 소비포권관 이영남(李英男, 1566~1598) 등과 함께 이순신이 신임했던 장수 중의 하나다. 그는 이순신을 잘 보필하여 왜적과의 전투에 승리하는 데 크게 기여하였다.

권준(權俊, 1547~1611)은 본관이 안동(安東)으로 자는 언경(彦卿)이고, 호는 원당(元堂)이다. 조선 개국공신이자 혼일강리역대국도지도(混壹疆理歷代國都之圖)를 만든 양촌(陽村) 권근(權近,

▲ <불멸의 이순신>에 등장하는 권준

1352~1409)의 7대손이며 병조참판을 지낸 권눌(權訥)의 아들이다. 그의 부인은 창녕(昌寧) 조씨(曺氏)로 도원수 권율의 처제이다. 권율과는 벼슬로는 차이가 크지만 같은 안동 권씨 추밀공파 문중으로서 동서지간이 되었다.

권준은 1579년(선조 12) 식년시 무관 방목에 기효근, 이기남, 변응성, 이시언, 선거이 등과 함께 급제하였다. 1588년 1월부터 순천부사 재직 중에 임진왜란이 일어났다. 그는 전라좌수영 관할 구역인 5관 5포[76]의 장수 가운데서 유일한 문관 출신으로서 이순신의 명을 직접 받아 전달하는 중위장(中衛將)의 역할을 맡았다.[77] 〈난중일기〉를 보면 그는 평상시 이순신 장군과 자주 만나 장기를 두고 활쏘기를 했는데

---

76) 5관(五官) : 순천도호부, 광양현, 낙안군, 흥양현, 보성군, 5포(五浦) : 사도진(고흥 영남), 여도진(고흥 점암), 발포진(고흥 도화), 녹도진(고흥 도양), 방답진(여수 돌산)

77) 임진왜란 이전부터 이순신과 권준은 안면이 있었다. 1589년 이순신이 전라도관찰사 이광(李洸, 1541~1607)의 군관 및 조방장으로 순천에 갔을 때, 순천부사 권준이 "이 고을이 아주 좋은데 그대가 한번 나를 대신해 보겠소?"라 말하니 이순신이 그냥 웃기만 했다. 그해 12월 이순신이 정읍현감으로 갔다가 1591년 2월 전라좌수사로 오면서 그들은 다시 만나게 된다.

忠順 宋繼先 拔貢 本礪山 居京
父折衝將軍京畿水軍節度使 重器
其養下鴈行 兄緫祖從河 嫡宗祟緫曾

忠順 許 謙 士諭 本楊川 居呂州
父將仕郞 祥脩
其養下鴈行

內禁 權 俊 彥卿 丁未 本安東 居京
父禦侮將軍前行全甲鳥爲戶曹
其慶下鴈行 第微

乙科七人

保人 洪廷瑞 仲聖 本南陽 居京
父禦侮將軍忠佐衛副司直逸
嚴侍下鴈行

內禁 李愼忠 景㳑 本金義 居京
父通故大夫刑曹叅議 元琛 兄愼言 愼儀
永感下鴈行

忠義 南 瑜 時望 本宜寧 壬子
父通故大夫刑曹叅議 元琛 兄愼言 愼儀

▲ 권준 관련 옛 문서

재주가 있어 내기에 이겼다는 내용이 많다.[78] 그는 이순신에게 사슴을 잡아 보내기도[79] 하는 등 장군을 가까운 거리에서 잘 보필하였다.

<hr>

78) 동지 권준과 장기를 두었는데 권준이 이겼다(1594. 3. 25.). 활 스무 순을 쏘았는데, 동지 권준(權俊)이 잘 맞추었다(1594. 5. 16.). 경상수사(권준)가 와서 같이 활 스무 순을 쏘았다. 경상 수사가 잘 맞추었다(1595. 6. 9.).
79) 이 날 사슴떼가 동서로 달려가는데, 순천부사가 한 마리 잡아서 보냈다.(1593. 2. 20.)

1592년 6월 2일 당포해전에서 적장을 화살로 쏴 맞추는 등 많은 공을 세웠다.[80] 그러나 1594년 탐관오리라는 죄목으로 처벌을 받기도 한다.[81] 1595년 6월 배설의 후임으로 경상우수사에 임명되었는데, 이순신의 신임에도 불구하고 상당히 실망스러운 점을 보였던 것 같다.[82]

그는 원균이 삼도수군통제사에 임명되자 사직했다가 칠천량해전 패배 이후 이순신이 다시 삼도수군통제사로 복직될 때 충청도 수군절도사로 임명되었다. 전란이 끝난 뒤에는 경기도방어사, 충청도병마절도사[83] 등을 지냈다. 1604년 선무공신(宣武功臣) 3등으로 책록되었으며, 안창군(安昌君)의 작호를 받았다. 묘소가 경기도 여주에 있다.

---

80) 1592년(선조 25) 6월 2일 당포해전에서 좌우 거북선이 앞장서서 돌격하는 가운데 중위장 권준(權俊)이 쏜 화살에 대장선에 탄 왜장이 쓰러졌고, 사도첨사 김완(金浣)과 군관 진무성이 배에 올라가 목을 베었다. 이때 죽은 왜장이 도쿠이 미치유키(得居通幸)인데, 그는 명량해전에서 전사한 왜장 구루시마 미치후사(来島通総)의 형으로 알려져 있다.

81) 흥양현감이 암행어사(유몽인)의 비밀 장계 초본을 가져왔는데, 순천부사는 탐관오리라고 첫 번째로 거론하고(1593. 2. 16.), 순천부사 권준이 잡혀갈 적에 들렀는데, 그를 보고서 마음이 편치 않았다(1593. 10. 25.).

82) 정사립을 통하여 들으니 "경상수백(권준)이 모함하는 말을 거짓으로 꾸미는데 손이 가는 대로 글을 작성하고, 문서로 작성하면 오로지 알려지지 않게 했다."고 하였다. 매우 놀랍다. 권수사의 사람됨이 어찌하여 그처럼 거짓되고 망령된 것인가. 늦게 미조항 첨사 성윤문이 와서 권준 수사의 형편없는 모습을 많이 말했다.(1594. 10. 21.) 경상우후 이의득이 와서 수사(권준)의 경박하고 망령됨을 전했다(1595. 1. 22.).

83) 조선 시대 군사 지휘를 효율적으로 하려고 각 도(道)에 설치한 종2품 무관 벼슬. 대개 '병사(兵使)'로 약칭하였으며, 유사시 군사적 전제권을 행사할 수 있었다.

21

박이량

거북선 돌격장으로 용맹을 떨치다

이순신 장군 3대첩으로 명량해전(1597)과 노량해전(1598)과 더불어 제일 먼저 꼽는 것이 한산도해전(1592)이다. 견내량에 머물러 있던 왜선을 유인해내어 학익진법으로 왜군의 전선 1백여 척 격침시키고 1만여 명의 왜군을 물귀신으로 만들었다. 이때의 승리로 우리 수군은 비로소 남해안의 제해권을 장악할 수 있었다. 이 한산도 싸움에서 종횡무진 활약하며 왜적을 공포에 떨게 만든 것이 거북선인데, 당시 오른쪽 거북선의 돌격장을 맡은 장수가 순천 출신 박이량이다.

박이량(朴以良, 1548~?)은 본관이 순천으로 자는 여현(汝賢)이다. 중종반정의 주역으로 영의정을 역임한 박원종(朴元宗)의 직계 후손으로 순천시 해룡면에서 태어났다. 부인 초계최씨(草溪崔

探望軍進告故與本道右水使及慶尚右水使
初九日加德指向安骨浦倭船四十餘隻留泊
困日且曛黑窮追不得見乃梁內洋結陣經夜
望焚船斬殺之狀促櫓追終日接戰將士勞
船一隻中船七隻小船六隻等接戰時落後逃
窮力盡自知難逃於閑山島棄船登陸其餘
逢箭投水溺死者不可勝數倭人四百餘名勢
船十七隻小船五隻等左右通諸將同力焚破
我國人小男三名生擒其餘倭大船二十隻中
船二隻放砲追逐登山五領將前奉事崔道傳

忠武公書 卷之二　狀啓　三十六　一

臣听騎船船斬首五級遊軍一領將孫久文倭小
華斬首一級右突擊將及第朴以良斬首一級
右別郡將萬戶宋應珉興陽統將前朴以良斬
前縣監崔天賞斬首三級斬退將前僉使李應
闇船一隻撞破諸船挾攻合力焚滅斬首二級
一隻洋中全捕斬首三級鉢浦萬戶黃廷祿層
級我國人二名生擒呂島權管金仁英倭大船
闊大船二隻銳筒貫穿諸船挾攻焚破斬首三
船一隻洋中全捕斬首七級鹿島萬戶鄭運層
二隻洋中全捕斬首六級樂安郡守申浩倭大

一三七

▲ 이충무공전서에 나오는 박이량

氏)는 광양의 선비 신재(新齋) 최산두(崔山斗, 1483~1536)[84]의 외동딸이다. 1591년(선조 24) 무과 별시 병과에 이기남(李奇男, 1553~?)과 함께 합격하였다.

　그의 부친 박성춘(朴成春, ?~1592)은 1573년(선조 6) 무과에 급제하여 훈련원주부(訓鍊院主簿)[85]와 상주포권관(尙州浦權官)[86]

---

84) 본관은 초계(草溪)이며, 자는 경앙(景仰), 호(號)는 신재(新齋)이다. 광양 출신으로 태어날 때 북두칠성의 광채가 내린 까닭으로 '산두'라고 이름을 지었다. 18세에 상경하여 조광조(趙光祖)의 문하에서 수학하고 1513년(중종 8) 31세에 별시 문과에 급제하였다. 이후 홍문관 저작·박사, 홍문관 수찬·홍문관 정언 등을 역임하였다. 조광조의 도덕정치에 뜻을 같이하여 훈구파를 비판하였다. 1519년(중종 14)에 사인(舍人)으로 승진되었으나 기묘사화를 맞아 화순 동복으로 유배되었다. 문장이 뛰어나 유성춘(柳成春), 윤구(尹衢)와 더불어 '호남 삼걸'이라고 불렸다.
85) 무과 시험과 군사훈련을 담당하는 관청의 종6품 벼슬.
86) 변경의 진보(鎭堡)에 두었던 종 9품의 벼슬.

을 지냈다. 아들 박이량과 함께 이순신 장군 휘하에서 싸웠으며 옥포해전에서 왜선을 쫓다 적탄에 맞아 전사하였다. 선무원종공신(宣武原從功臣) 1등에 책록(策錄)되고 절충장군(折衝將軍)[87]의 시호를 받았다.

박이량은 부친의 시신을 해룡 송산 옥녀봉 기슭에 안장하고 곧바로 이순신 장군의 휘하로 복귀하였다. 그리고 1592년 7월 8일 한산도해전에 우귀선(右龜船) 돌격장으로 참전하여 왜군의 머리 1급을 베는 전과를 올렸다. 7월 10일의 안골포해전에서도 돌격장으로 활약하였다.

〈광양시지(光陽市誌)〉에는 "아버지와 처자가 적중에서 피살되자, 순천부사 권준(權俊)과 토량에서 왜군을 크게 격파하여 덕진관적량수군도위(德鎭官赤梁水軍都尉)에 제수(除授)되었다."라고 나와 있다.

〈선조실록〉 1597년(선조 30) 11월 28일 조에는 "순천부에 사는 훈련원첨정 박이량이 처자가 적중에서 피살되자, 울분을 견디지 못한 나머지 군인을 모아 적을 토벌하여 복수할 것을 결심하므로 장수로 정할 것을 허락했는데, 순천의 많은 적과 싸워 머리 1급을 베고 말 1필을 탈취하였기에 머리 1급을 올려보냈다."라는 순천부사 김언공(金彦恭)[88]의 보고 내용이 들어 있다.

---

87) 무신 정3품 당상관의 품계명
88) 정유재란 때인 1597년 11월부터 1598년 6월까지 여덟 달 동안 순천부사로 재임하며 조방장(助防將)을 겸했다.

▲ 박이량 묘

박이량은 전란이 끝난 뒤 선무원종공신 2등훈에 올랐다. 또한 과의교위(果毅校尉)와 소위장군(昭威將軍)[89], 건공장군(建功將軍)[90]이 주어졌다.[91]

박이량의 무덤은 순천왜성이 바라보이는 해룡면 선월리 천마산 자락에 있다. 부친 박성춘의 무덤은 본디 해룡 송산에 있었는데 2009년 광양만권 경제자유구역 신대 배후단지 조성에 따라 아들의 묘소가 있는 곳으로 옮겨 왔다.

---

89) 조선 시대 정4품 하계(下階) 무관(武官)의 품계.
90) 조선 시대 종3품 상계 무관의 품계.
91) 박이량의 죽음에 대해서는 분명하지 않다. 그의 묘비명에는 당포해전에서 왜적을 추격하다가 전사하였다고 씌어 있으나, 당포해전은 1592년 6월 2일의 일이고, 순천부사 김언공이 박이량의 전공을 보고한 시기가 1597년 11월인 것을 보면 서로 맞지 않음을 알 수 있다. 그리고 〈광해군일기〉 1612년(광해군 4) 11월 13일 조에 적량만호(赤梁萬戶) 박이량을 파직했다는 기사가 나오는 것을 보면 그때까지 생존한 것으로 볼 수 있다.

22

허일

한가족이 여섯 명이 전장에 목숨을 바치다

순천시 조례동에 충렬사(忠烈祠)가 있다. 여기에는 임진왜란 때 나라를 위해 몸 바쳐 싸운 허일과 그의 아들 허곤 및 재종제 허경을 배향하고 있다. 허일은 이순신 장군을 도와 여러 전투에서 왜적을 무찔렀고, 1593년 진주성 싸움에서 세 아들과 함께 왜적과 싸우다 모두 장렬한 최후를 맞이하였다. 이처럼 한 가족 여섯 명이 전장에 나아가 나라를 위해 목숨을 바친 것은 흔치 않은 사례이다.

허일(許鎰, 1549~1593)은 본관은 양천(陽川)이고 자는 여중(汝重)이며 호는 일심재(一心齋) 또는 남포(南圃)이다. 문경공(文敬公) 허공(許珙)의 9세손으로서 부친은 양천 허씨 순천 입향조인 허혼(許渾)이고, 어머니는 옥천조씨이다. 성품이 강개하고 무예가 출중하였으며, 선조 때에 무과에 급제하여 사헌부 감찰(監察)이 되었다.

그 후 웅천현감으로 임진왜란이 발발하자 이충무공을 따라 동

▲ 충렬사

래와 부산, 남해 등지에서 몸소 적진에 뛰어들어 적선을 불사르는 등 수십 척을 격파하는 전과를 올렸다. 또한, 막하의 사람을 보내 적정을 탐지하여 충무공에게 보고하기도 했다. 또한, 충용장 김천일(金千鎰) 장군의 의거 소식을 듣고 애용하던 말을 보내 격려하기도 하였다.

1593년(선조 26) 진주성으로 나아가 의병장 김천일, 최경회 등과 함께 성을 방어하다가 성이 함락되자 남강에 몸을 던져 순절하였다. 이때 아들 장남 허증(許增)을 비롯하여 넷째아들 허은(許垠)과 다섯째아들 허탄(許坦)도 부친을 따라 남강에 투신하였다. 뒤에 선무원종공신(宣武原從功臣) 1등훈에 책록되고 숙종 때 호조참판이 추증되었으며 순천 충렬사(忠烈祠)에 배향되었다. 조현범이 펴낸 『강남악부』의 〈허웅천(許熊川)〉에 그에 대한 기록이 있다.

허곤(許坤, 1566~1592)은 그의 셋째 아들로 자는 성대(聖大)이고 호는 재헌(載軒)으로 어려서부터 효성이 지극하고 무예가 탁월했다. 임진왜란 때 아버지를 따라 왜적과 싸우다 한산도(閑山島) 전투에서 순절하였고, 선무원종공신 2등훈이 수여되고 군자판관(軍資判官)과 병조참의(兵曹參議)가 추증되었다.

허경(許鏡, 1564~)은 그의 육촌동생으로 자는 여명(汝明)이고 호는 장암(莊菴)이며, 승평사은(昇平四隱)으로 알려진 강호(江湖) 허엄(許淹)의 아들이다. 타고난 성품이 온순하고 효행이 높았으며 지조가 강개하였다. 장연부사(長淵府使)를 역임하였으며 임진왜란 때 동생 전(銓)과 수백 석의 군량을 가지고 의병을 모아 재종형 허일을 따라 충무공 막하에서 싸웠다. 이러한 전공으로 경

▲ 부자순국육충지비

▲ 육충사

주판관에 제수되었으며 선무원종공신 3등훈에 녹훈되었다.

충렬사는 1593년에 건립되었다고 전하나 원래의 장소는 알 수 없다. 1868년(고종 5년) 대원군의 서원철폐령으로 훼철되었다가 1974년 순천시 조례동 지금의 장소에 다시 세워졌다. 허일과 허곤, 허경이 받은 선무원종공신녹권과 교지(敎旨)가 보관되어 있다.

순천시 황전면 월산리 자은마을에 있는 육충사(六忠祠)에도 허일 장군과 그의 다섯 아들 허증(許增), 허원(許垣), 허곤(許坤), 허은(許垠), 허탄(許坦) 등 6부자를 배향하고 있다. 이 사우는 허곤의 10대손 허방(許枋)이 주도하여 1915년 건립했으며, 1942년 일제에 의해 강제 훼철되었다가 1958년 강당을 다시 세우고 1971년 사당을 신축하여 오늘에 이르고 있다.

23

장윤

왜적에 짓밟히는 나라를 보고만 있을소냐

순천시 저전동 순천여자고등학교가 내려다보이는 언덕에 솟을대문을 한 기와 건물이 자리 잡고 있다. 이는 임진왜란 때 의병을 이끌고 진주성에 나아가 장렬히 싸웠던 의병장 장윤을 모신 정충사(旌忠祠)이다. 장윤은 왜적의 침략으로 나라가 위기에 처하자 분연히 일어나 국토수호에 몸을 던짐으로써 의기 넘치는 순천인의 모습을 보여주었다.

장윤(張潤, 1552~1593)은 본관은 목천(木川)이고 자는 명보(明甫)이며, 승주 쌍암에서 태어났다. 목천장씨의 순천 입향조이자 순천 교수관을 지낸 장자강(張自鋼, 1461~1526)의 손자이고, 선전관(宣傳官) 장응익(張應翼, 1523~1585)의 아들이다. 장자강은 본디 진주에 살았는데, 1501년(연산군 7) 사마시(司馬試)에 합격하고 순천향교 교수관으로 부임하면서 순천에 뿌리를 내리게 되었다. 특히 그는 순천에서 귀양살이하는 조위(曺偉, 1454~1503)

▲ 장윤

와 교유하며 임청대를 짓고 진솔회(眞率會)를 꾸려 활동함으로써 순천 성리학의 정착과 발전에 공헌하였다.

장윤은 성품이 강직하고 담력이 뛰어났으며 팔척장신에 기골이 장대하였다. 유학에 뜻을 두고 경사자집(經史子集)[92]에 통달하여 문과에 여러 차례 응시하였으나 낙방하였다. 그러나 자존심이 강하여 청탁과 같은 다른 수단으로 벼슬을 구하려고 하지 않았다.

이후 활쏘기와 말타기에 전념하여 1582년 무과 병과에 급제하였다. 1583년 발포만호(鉢浦萬戶)[93]에 부임하였으나 강직한 성품으로 전라좌수사와 뜻이 맞지 않아 과감히 벼슬을 버리고 고향으로 돌아왔다. 1588년 다시 선전관에 임명되고 훈련원정을 거쳐 사천현감에 제수되었으나 그마저 오래 지나지 않아 내려놓았다.

그는 사람들이 왜 벼슬을 하지 않느냐고 물으면 이렇게 대답했다.

---

92) 경부(經部), 사부(史部), 자부(子部), 집부(集部)의 준말로서, 동양의 전통적인 도서 분류법. 중국 동진(東晉)의 원제(元帝) 때 이충(李充)으로부터 시작되었다.
93) 고흥군 도화면 발포리에 있던 발포진의 지휘관으로 종4품이다.

"벼슬하는 자는 필경 상관에게 제약을 받기 마련이니, 옥에 갇힌 죄수의 신세와 다를 바 무엇이겠는가?"

1592년 임진왜란이 일어나자 3백 명의 의병을 모아 보성 출신 전라좌의병장 임계영(任啓英)[94]과 합세하였다. 그는 호령이 공정하고 분명하여 사졸들이 즐겨 따랐으므로 임계영이 신임하고 부장(副將)을 맡겨 군사를 지휘하도록 하였다. 임계영 부대는 전라우의병장 최경회(崔慶會)[95] 등과 함께 남원, 장수현에 주둔하고 적을 방어하다가 성산(星山)과 개령(開寧)에서 대승을 거두고 성주성(星州城)을 탈환했다.

1593년 6월 진주가 위태롭다는 급보를 받고 군사를 정비하고 진주로 출동했다. 1592년 10월 김시민이 지켰던 제1차 진주성 싸움의 패배를 설욕하기 위해 왜군 9만 3천의 병력이 다시 공격해 온 것이다. 이때 일부 장수들이 겁을 먹고 피하려고 하자 그는 비분강개하여 말했다.

"진양(晉陽)은 영남과 호남의 인후(咽喉)에 해당하는 곳이므로 강회(江淮)의 보장(保障)이 실로 수양성(睢陽城)을 방어하는 데 있

---

94) 1576년 별시문과에 급제해 진보 현감을 지냈으며 1592년 임진왜란이 일어나자 1천여 명의 의병을 규합해 남원에서 최경회의 의병과 합류하고 전라좌도의병장이 되었다. 장수와 거창, 합천, 성주, 개령 등지에서 왜군을 격파했고, 제2차 진주성 전투 때 장윤에게 의병 300명을 주어 관군을 지원하도록 했다. 자신도 적을 막을 세 가지 계책으로 군량(軍糧)과 병기(兵器), 전사(戰士)에 관한 상소로 올린 뒤 진주에 이르렀으나 성이 이미 함락된 뒤였다.
95) 본관은 해주(海州)이고 자는 선우(善遇), 호는 삼계(三溪), 일휴당(日休堂)이다. 전라남도 능주(陵州) 출신으로 임진왜란이 일어나자 의병을 규합, 장수와 금산에서 왜적을 크게 격파하였다. 1593년 6월 왜군이 진주성을 다시 공격하여오자 창의사 김천일(金千鎰), 충청병사 황진(黃進), 복수의병장(復讐義兵將) 고종후(高從厚) 등과 함께 분전하였으나 9일 만에 성이 함락되어 남강에 투신하였다.

▲ 정충사

음과 같을진대 어찌 장순(張巡)과 허원(許遠)[96]의 죽음을 본받지 아니하리오."

그리고 진주성에서 진주목사 서예원(徐禮元)을 대신하여 순성장(巡城將)을 맡아 창의사(倡義使) 김천일(金千鎰), 충청병사 황진(黃進), 경상우병사 최경회(崔慶會) 등과 힘을 합쳐 여드레 동안 용전분투하다가 성의 함락과 더불어 운명을 같이 하였다. 그의 나이 마흔두 살이었다.

이후 병조참판에 증직되고 충의(忠毅)라는 시호를 받았으며,

---

96) 당나라 현종 때의 장수들로 안록산(安祿山)의 난 때 수양성을 지키다 식량이 떨어진 상태에서 쥐와 새를 잡아먹고 심지어는 인육까지 먹어가며 버티다가 구원병이 오지 않아 마침내 성이 함락되어 순절하였다. 『구당서(舊唐書)』에 기록되었다.

1649년(인조 27) 승주읍 서평리에 정려(旌閭)와 신도비(神道碑)가 세워졌다. 1859년(철종 10) 좌찬성에 추증되었다. 순천 정충사와 진주 창렬사(彰烈祠)[97]에 배향되었다. 조현범이 〈강남악부(江南樂府)〉의 〈장판서(張判書)〉에서 그의 공을 예찬했다. 그에 관한 저서로 장영주(張永株)의 『임란공신 충의공 장윤장군 사실록』(1983)과 조원래(趙湲來)의 『장윤의 의병활동과 정충사』(2013), 허석의 『장윤 장군』(2017) 등이 있다.

▲ 충의공 장윤 장군 유허비

---

97) 경상도 관찰사 정사호가 건립하였고, 1607년(선조 40)에 사액을 받았다. 충무공 김시민 장군을 비롯하여 창의사 김천일과 충청도 병마사 황진, 경상우도 병마사 최경회 등 임진왜란 순국선열 39인의 신위를 모시고 매년 음력 3월 초정일에 제향을 올리고 있다.

24

정사준

이순신 장군을 도와 조선식 조총을 만들다

임진왜란 때 우리 조선군이 가장 크게 놀란 것은 왜적의 새로운 무기였다. 우리나라는 칼과 활로 싸우는 데 반해 왜는 조총이라는 신무기를 가지고 조선을 마음껏 유린했다. 이에 우리도 뒤늦게나마 조선식 조총을 만들었는데, 그 일을 한 사람이 바로 순천 출신 정사준이다. 정사준 가족은 형제와 아들, 조카까지도 전쟁에 참여하여 왜적 소탕에 힘을 쏟았으며, 아버지 정승복과 함께 옥계서원(玉溪書院)에 배향되었다.

정사준(鄭思竣, 1553~1604)은 본관이 경주로서 자는 근초(謹初)이고, 호는 성은(城隱)이다. 옥계(玉溪) 정승복의 셋째 아들로 순천에서 태어났다. 위로 정사안(鄭思安)과 정사익(鄭思翊) 두 이복형이 있었는데, 이 가운데 정사익은 승평사은(昇平四隱)으로 알려진 인물이다.

정사준은 포부와 도량이 크고 무예가 뛰어났다. 1584년(선조

17)에 별시 무과에 급제하여 봉사(奉事)를 거쳐 선전관(宣傳官)[98]으로 재임하였다. 1590년(선조 23)에 모친상을 당해 시묘(侍墓)하던 중에 임진왜란이 일어나 이충무공 막하에서 복병장(伏兵將)을 맡아 경상도와 접경인 광양현을 지켰다. 이때 기발한 계책을 써서 적들이 접근을 막았다.

1593년(선조26)에 예빈시주부(禮賓寺主薄)[99]를 거쳐 선전관에 복귀하였고 왜군의 화포 원리를 해득하여 대장장이 네 명을 지휘하여 조총보다 더 성능이 좋은 총통을 주조하여 수군의 화력 증강에 이바지하였고, 거북선 건조에도 참여하였다.

이순신의 장계[100]에 그의 활약상이 잘 나타나 있다.

"신이 여러 번 큰 전투를 겪어 왜군의 소총을 얻은 것이 많사온데, 항상 눈앞에 두고 그 묘법을 실험해보니 총신이 길고 총구멍이 깊어서 위력이 강하여 맞기만 하면 파손이 되는데, 우리의 승자(勝字)나 쌍혈총통(雙穴銃筒)은 총신이 짧고 총구멍이 얕아서 그 위력이 조총보다 못하고 그 소리도 크지 못하므로 항시 조총을 만들고자 하였습니다. 이에 신의 군관 정사준(鄭思竣)이 그 묘법을 알아내어 낙안 출신 야장(冶匠) 이필종(李必從)과 순천의 사노(私奴) 안성(安成), 김해의 사노(寺奴) 동지(同志), 거제의 사노(寺奴) 언복(彦福) 등을 데리고 정철(正鐵)[101]을 두들겨 만들었습니다."

---

98) 형명(形名), 계라(啓螺), 시위(侍衛), 전명(傳命) 및 부신(符信)의 출납을 맡았던 무관직.
99) 빈객의 연향(燕享)과 종실 및 재신(宰臣)들에게 음식물을 공급하던 벼슬.
100) 〈화포를 봉해 진상하는 장계(封進火砲狀)〉(1593.8.)
101) 잡것이 섞이지 않은 순수한 쇠

정사준이 만든 신무기는 각 수군진뿐만 아니라 권율 휘하의 육상군에도 보급되어 사용되었다.

그는 정유년(1597) 4월 27일 백의종군 길에 순천에 들른 이순신 장군을 만나 원균의 패악을 이야기하기도 하고, 8월 5일 삼도수군통제사로 복직된 이순신 장군을 아우 사립과 함께 옥과에서 맞이하여 수군 재건에 힘을 보탰으며, 군량을 조달하는 모속관(募粟官)으로 크게 노력했다. 전란이 끝난 뒤 그가 주도하여 이순신의 타루비(墮淚碑)[102]를 세웠다.

1599년(선조32) 결성현감으로 재임 중 탐욕스럽다는 탄핵을 받아 파직되어 고향에 돌아와 지내다가 1604년(선조 37) 작고하였다. 1801년(순조 1) 유생들의 상소로 병조참의로 추증되었다. 조현범이 지은 『강남악부』의 〈주병사(主兵事)〉에 그에 대한 기록이 나와 있다.

1821년(순조 21)에 순천 장천리에 옥계서원(玉溪書院)이 세워지고, 정지년을 주벽으로 하여 부친 정승복과 아들 정사준, 정사횡, 손자 정빈과 정선 등 여섯 명이 배향되었다. 대원군의 서원철폐령으로 훼철되었다가 1953년 순천시 연향동 명말마을에 복원되어 오늘에 이르고 있다.

정승복(鄭承復, 1520~1580)은 정사준의 부친으로 세조 때 단

---

102) 의롭게 죽은 이의 충절을 기리기 위해 눈물을 흘리며 세운 비석,

▲ 옥계서원

종 폐위에 즈음하여 벼슬을 버리고 산수에 묻혀 학문을 벗 삼은 노송정(老松亭) 정지년(鄭知年)의 현손이다. 어려서부터 총명하여 1544년(중종 39)에 무과에 2등으로 급제하고 2년 뒤에 중시(重試) 무과에서 장원을 하여 절충장군[103]으로 승진했다. 1552년(명종 7) 옥구현감이 되었으며 1555년 을묘왜변 때 도원수 이준경(李浚慶, 1499~1572)을 보좌하여 왜구 소탕에 큰 공을 세웠다.

1559년 기미왜변(己未倭變)이 터지자 어란진만호로 출정하여 추자도에서 큰 승리를 거두고 왜선 1척을 포획하였다. 그 공으로 웅천현감이 되었고, 영덕현령을 거쳐 함흥판관을 역임했다. 그는

---

103) 조선시대 무신 정3품 당상관의 품계명

첫 부인 죽산안씨와 2남 2녀를 두었는데, 아들은 정사안(鄭思安), 정사익(鄭思翊)이고 사위는 정유경(鄭惟敬), 한척(韓惕)이다. 둘째 부인 연안김씨와는 3남 2녀를 두었는데, 아들은 정사준(鄭思竣), 정사횡(鄭思竑)[104], 정사정(鄭思靖)이고 사위는 이명남(李命男), 안방준(安邦俊, 1573~1654)[105]이다. 측실 소생 아들도 한 명 있는데 그가 정사립(鄭思立)이다.

정승복은 을사사화가 일어나자 벼슬에서 물러나 현 순천시 옥천동으로 퇴거하여 스스로 장계거사(長溪居士)라 칭하며 산수를 벗 삼아 학문을 연마하였다. 옥계서원은 그의 호에서 비롯되었다. 조현범이 지은 『강남악부(江南樂府)』(1784)의 〈옥계곡(玉溪曲)〉에 그의 기록이 나와 있다.

정사횡(鄭思竑, 1563~1640)은 정승복의 넷째 아들이자 정사준의 첫째아우로서 자는 여인(汝仁)이고, 호는 매헌(梅軒)이다. 임진왜란이 일어났을 때 모친의 시묘를 하는 중이었는데, 의주로 파천한 임금의 행재소에 식량이 떨어졌다는 소식을 듣고 조카 정빈(鄭憤)과 함께 곡식 1천여 석을 모아서 뱃길로 가져가 헌상하였다. 이에 조정에서 그 충심을 높이 사서 지평(持平)의 벼슬을 내렸다. 정유재란 때에도 아우 사정(思靖)과 함께 다시 수백 석의 군량미를 모아 이충무공의 휘하에 들어가서 노량해전에 참전

---

104) 일부 문헌에는 '정사굉(鄭思竑)'으로도 쓰여 있다. 여기에서는 다수 문헌의 표기를 따른다.
105) 보성 출신의 성리학자로서 임진왜란과 정묘호란, 병자호란 때 의병장으로 활동했다.

하여 적선을 격퇴하였다. 후일 연천현감과 안음현감에 제수되고, 1801년에 통정대부 승정원좌승지에 추증되었다. 조현범의 〈강남악부〉에 그에 대한 기록 〈근왕충(勤王忠)〉이 있다.

정사정(鄭思靖, 1565~?)은 정승복의 다섯째아들이자 정사준의 둘째아우이다. 자는 자 유강(幼康)으로 정유재란 때 형 사횡(思竑)과 함께 군량미 수백 석을 모아서 이순신의 휘하에 들어가 노량해전에 참전하였다. 1599년 무과에 합격하였다.

정사립(鄭思立, 1564~?)은 정승복의 서자(庶子)이다. 자가 여신(汝信)으로 문장이 뛰어나 이순신의 장계를 작성하기도 하였다. 정유재란이 끝나고 1599년(선조 32) 무과에 급제하고 훈련원주부(訓鍊院主簿)로 일했다. 〈난중일기〉에 1597년 5월 12일 백의종군한 이충무공이 순천에 머무를 때 그가 양정언 등과 공의 숙소에 가서 밤늦도록 이야기를 나누다가 새벽닭이 운 뒤에 돌아갔다는 기록이 있다. 또 8월 5일 삼도수군통제사가 된 이충무공이 곡성에서 옥과로 갈 때 그가 정사준과 함께 마중을 나온 기록이 있다.

정선(鄭愃)은 정사준의 아들로서 무과에 급제하고 선전관이 되었다. 임진왜란 때 선조를 모시고 의주로 피난하는 데 공을 세워 훈련원부정(副正)을 제수받았다. 정유재란 때 이충무공을 도와 많은 공을 세웠다. 〈난중일기〉(1597. 4. 27.)에 백의종군하는 이충무공이 구례에서 출발하여 순천으로 가는 길에 송원(松院)[106]에 도착했을 때 정선이 문안한 기록이 있다.

정빈(鄭憤, 1566~1640)은 자는 공백(恭伯), 호는 곡구(谷口)이고, 정사준의 형 정사익의 둘째아들이다. 스물일곱 살 때 임진왜란을 당하여 숙부 정사횡을 도와 의주에 곡식을 진상하였다. 그 공으로 사온서봉사(司醞署奉事)의 벼슬을 받았고, 임금을 호종(扈從)하고 환도하여 군기시직장(軍器寺直長)[107]과 주부(主簿)로 승진하였으며, 선무원종공신 이등에 녹훈되었다. 이후 낭천현감(狼川縣監)과 직산현감(稷山縣監), 전의현감(全義縣監)을 거쳐 아산현감(牙山縣監)을 역임하였으며 1640년(인조18)에 75세로 생애를 마쳤다.

▲ 의주로 향한 정씨 형제들의 충절과 의곡
(김만옥 작)

---

106) 지금의 순천시 서면 운평리
107) 조선시대에 병기(兵器)와 기치(旗幟), 융장(戎仗), 집물(什物) 등의 제조를 관장하던 벼슬

25

이기남

거북선 돌격장으로 용맹을 떨치다

2016년 9월 5부작으로 방영된 KBS1 〈임진왜란 1592〉에 거북선 안에서 격군과 병사들을 지휘하는 인물이 등장한다. 바로 거북선 돌격장을 맡은 이기남이다. 배우 이철민이 역할을 맡은 그는 이순신 장군에게 이렇게 말한다.

"저는 내일이 없어요. 순천에서 온 이기남입니다. 아무도 기억하지 못할 이 이름, 장군님은 꼭 기억해주십시오. 그것이 제 목숨값입니다."

이 말을 들은 이순신은 즉시 지시한다.

"귀선 돌격장 이기남! 전투가 시작되면 귀선이 홀로 적에게 들어간다. 선봉에서 모든 공격을 받아 낸다!"

이기남(李奇男, 1553~?)은 본관이 광산으로 자는 대윤(大胤)이다. 1553년(명종8) 순천 상사 마륜리에서 태어났다. 조부는 1589년(선조 22) 기축옥사(己丑獄事)를 만나 벼슬에 뜻을 접고 광주

▲ <임진왜란 1592>에 등장하는 이기남

에서 순천으로 이거한 광산이씨 순천 입향조 이천근(李千根)이다. 부친은 선략장군(宣略將軍)[108] 이사관(李思寬)이다.

효성과 우애가 남다르고 무예가 뛰어났다. 1591년(선조 24) 별시 무과에 을과 1등으로 급제하였다. 이때 같은 순천 출생으로 그보다 다섯 살 위인 박이량(朴以良, 1548~?)도 함께 합격했다. 임진왜란이 일어나자 사촌 동생 이기윤(李奇胤)과 이기준(李奇俊) 등과 더불어 의병을 모아 이순신을 도왔다.

1592년(선조 25) 6월 2일 당포(唐浦)[109] 해전에서 왼쪽 거북선 돌격장으로 참가하여 적선 21척을 격파하는 데 앞장섰다. 이때 오른쪽 거북선 돌격장은 박이량이 맡았다. 이때 거북선 돌격장이 좌우 한 명씩인 것을 보면 거북선 두 척이 참가했음을 짐작할 수 있다. 두 거북선의 돌격장을 모두 순천 출신의 장수가 맡은 것은

108) 조선시대 종4품 이하의 무신 품계. 이상의 무신 품계는 선절장군(宣節將軍)이다.
109) 지금의 통영시 산양읍 삼덕리이다. 이때 당포 선창에는 왜군 대선 9척과 중선 및 소선 12척이 주둔하고 있었다. 가장 큰 배는 조선 수군의 판옥선과 같은 크기로 붉은 일산이 세워져 있고, 장막 안에는 왜장이 앉아 있었다. 아군은 거북선을 앞세워 화포와 화살을 왜장선에 집중적으로 발사하며 뱃머리로 왜장선을 들이받았다. 중위장 권준(權俊)이 쏜 화살에 왜장이 쓰러졌고, 사도 첨사 김완(金浣)과 군관 진무성이 배에 올라가 목을 베었다. 이때 죽은 왜장 도쿠이 미치유키(得居通幸)는 명량해전에서 전사한 왜장 구루시마 미치후사(来島通総)의 형이다.

그들의 용맹성이 가장 뛰어났기 때문일 것이다.

이어서 이기남은 7월 8일 적선을 격파하고 적병 7명을 일시에 참살하고 훈련원정(訓練院正)에 제수되었다. 또 전라좌수영에서 군량을 보충하기 위하여 돌산도와 흥양의 도양에 둔전을 설치했을 때 도양 감농관(監農官)이 되어 군량 확보에 공헌하였다. 그는 노약한 군사들을 동원하여 둔전 경작에 힘써 전라좌수영에 매년 300석 이상의 군량을 공급하였다.

또 그는 1597년(선조 30) 감옥에서 나와 백의종군한 이순신 장군을 순천에서 영접하여 수군 재건에 전력을 다했다. 〈난중일기〉에 1597년 5월 6일과 7일, 12일 백의종군한 이순신이 순천에 왔을 때 이기남과 이기윤(李奇胤)이 문안하러 온 기록이 있다. 삼도수군통제사로 복귀한 이충무공이 8월 5일 옥과에 갈 때도 이기남

▲ 광산이씨사충기적비

부자가 동행한 기록이 있다. 이 때 정사준(鄭思竣)과 정사립(鄭思立) 형제도 이순신과 합류하는데, 결국 이들의 적극적인 뒷받침이 명량해전의 승리로 이어졌다고 볼 수 있다.

이기남은 왜란이 끝난 후 1604년(선조 37) 6월 4일에도 27명의 장수와 함께 당포에서 일본 선단을 무찔렀으며, 그 공으로 당포전

양승첩지도(唐浦前洋勝捷地圖)[110]를 하사받았다. 선무원종공신 1
등훈에 책록되었다. 그의 묘소는 순천시 상사면 마륜리에 있다.

이기윤은 자는 기승(奇承)이고 호는 월탄(月灘)이다. 광산이씨
순천 입향조 참봉 이천근이 조부이고, 부친은 동지중추부사(同知
中樞府事) 이사홍(李思弘)이며, 이기남의 사촌 동생이다. 임진왜
란 때 아우 이기준과 함께 의병을 일으키고 작은아버지 이언자
(李彦貲)를 따라서 군수품을 모았다. 군자감첨정(軍資監僉正)[111]
으로 이순신의 휘하에서 싸웠으며 1592년 당포해전과 1598년 노
량해전에서 큰 공을 세웠다. 이에 훈련원첨정(訓鍊院僉正)에 제수
되었고, 선무원종공신으로 녹훈되었다. 순천부 유향좌목(留鄕座
目)에 이기남, 이기준과 함께 이름이 올랐다.

이기준은 이기윤의 아우로서 자는 극언(克彦)이다. 스무 살 때
임진왜란을 당하여 백의(白衣)로서 식량 30곡을 전라좌도의병장
임계영(任啓英, 1528~1597)의 군진에 보내고 직장(直長)에 제

---

110) 1604년 6월 4일 경상도 통영의 당포 앞바다를 침범한 일본 무장상선을 나포한 사건을 그린 기
록화. 당시 조선수군은 스물네 시간이 넘는 전투 끝에 그들의 선박을 제압했으며, 정체를 파악
해보니, 일본의 쇼군(將軍) 도쿠가와 이에야스(德川家康)의 명령에 따라 캄보디아와 교역하기
위해 파견된 무역 사절단이었다. 그들은 도쿠가와가 지급한 은 500냥을 가지고 캄보디아에서
상아·코뿔소 뿔 등을 사서 일본 나가사키(長崎)로 귀환하던 중 폭풍으로 인해 조선 해안에 밀려
온 것이었다. 선박에는 무역을 중계한 선주 황정(黃廷)을 비롯한 중국인, 일본인, 포르투칼 상인
등이 타고 있었다. 조선 조정에서는 배의 선주가 중국인인 점을 고려하여 그들을 국적에 상관없
이 중국으로 강제 송환했다. 중국에서는 조선의 대응이 타당했다고 인정하고 조선 수군통제사
에게 은 20냥을 상금으로 지급했다.
111) 조선 시대 군수품의 저장과 출납을 맡았던 관청의 종4품 벼슬.

수되었다. 군자감정(軍資監正)으로 이충무공의 막하에서 싸웠다. 1598년 9월 22일 왜교성 전투에서 크게 싸웠고, 10월 1일 야간전투에서 적선 10여 척을 불태웠다. 그 공으로 훈련판관(訓鍊判官)에 올랐다. 그는 노량해전에도 참전하여 왼쪽 어깨에 탄환을 맞고도 기세가 꺾이지 않고 분전하여 훈련첨정(訓鍊僉正)의 벼슬을 받았다. 전란이 끝나고 1603년 무과에 급제하여 선전관(宣傳官)[112]이 되었고 만호(萬戶)로 옮겼다. 1605년(선조 38) 선무원종공신 2등에 책록되었다.

1624년(인조 2) 이괄(李适, 1587년~1624)의 난에 도원수 장만(張晚, 1566~1629)[113]의 종사관이 되어 군량 보급을 담당하였고 진무원종공신(振武原從功臣)에 녹훈되었으며 도총부도사(都摠府都事)에 제수되었다. 조현범이 지은 『강남악부』의 〈노량전(露梁戰)〉에 그의 일화가 전한다.

순천시 상사면 마륜리에 이기남의 재실과 함께, 이기윤, 이기준, 이기현 등 임진왜란 때 네 충신의 사적을 기록한 '광산이씨 사충기적비(光山李氏四忠紀蹟碑)'가 세워져 있다.

---

112) 조선시대 형명(形名), 계라(啓螺), 시위(侍衛), 전명(傳命) 및 부신(符信)의 출납을 맡았던 관직.
113) 본관은 인동(仁同)이고 자는 호고(好古), 호는 낙서(洛西)이다. 1624년(인조 2) 이괄(李适)이 반란을 일으키자 관군과 의병을 모집해 진압하였다. 그 공으로 진무공신(振武功臣) 1등에 책록되고 보국숭록대부(輔國崇祿大夫)에 올라 옥성부원군(玉城府院君)에 봉해졌다. 이어 우찬성에 임명되고 팔도도체찰사 및 개성유수, 병조판서 및 도체찰사를 겸하였다. 그러나 1627년 정묘호란 때 후금군을 막지 못한 죄로 관작을 삭탈 당하고 부여에 유배되었으나 앞서의 공으로 복관되었다. 문무를 겸비하고 재략이 뛰어났다. 1635년 영의정에 추증되고, 통진의 향사(鄕祠)에 제향되었다. 저서로는 『낙서집』이 있으며, 시호는 충정(忠定)이다.

26

정숙

의병장으로 순천왜성 전투에서 몸을 바치다

순천시 별량면 우산리 간동마을에 율봉서원(栗峯書院)이 있다. 여기에는 가사(歌辭) 문학의 효시인 〈상춘곡(賞春曲)〉의 지은이 정극인과 더불어 그의 후손 정숙과 정승조를 배향하고 있다. 이 두 사람은 정유재란 때 의병을 일으켜 순천왜성 전투에서 몸 바쳐 싸웠다.

영광정씨의 내력을 살펴보면, 시조는 당(唐)나라의 대양군(大陽君)이었던 정덕성(丁德盛)으로 알려져 있다. 그는 당나라에서 정변이 일어나자 853년(신라 문성왕 15) 전라도 압해도(押海島)로 유배되어 그곳에 뿌리를 내리게 되었다.

그 후 후손 정진(丁晋)이 고려 때 태학생원(太學生員)을 지내고, 정진의 손자 정찬(丁贊)이 공민왕 때 공을 세워 영성군(靈城君)에 봉해졌다. 그로부터 후손들은 정진을 중시조(中始祖)로 삼고 영성(靈城)을 본관으로 삼아 세계(世系)를 이어오던 중, 영성이 영광(靈光)으로 개명되면서 영광을 본관으로 삼게 되었다.

영광정씨의 대표 인물은 정찬의 8세손인 불우헌(不憂軒) 정극인(丁克仁, 1401~1481)인데, 그는 과거 급제를 통해 정언(正言) 등의 벼슬에 올랐으나 세조의 왕위 찬탈에 환멸을 느끼고 벼슬을 버리고 초야에 묻혀 후학 양성에 힘쓰는 한편, 국문학사상 최초의 가사작품인 〈상춘곡(賞春曲)〉을 지었다. 그로부터 후손들은 정극인을 파조(派祖)로 삼아 불우헌공파를 이루었다.

정숙(丁淑, 1556~1598)은 영광을 본관으로 삼은 불우헌공파 5대손으로서 자는 청부(淸夫), 호는 퇴재(退齋)이다. 1556년(명종 11) 부친 정응일의 장남으로 순천 별량에서 태어났다. 동생은 정식인데 후사가 없어서 자신의 둘째 아들 정승조(丁承祖, 1573~1598)[114]를 양자로 보내 대를 잇도록 하였다. 정숙은 학문을 좋아하고 경사(經史)에 밝고, 지절(持節)이 강개하였다. 천거로 참봉이 되었다.

1592년(선조 25) 임진왜란 때 신병(身病)으로 인해 나라를 위해 의병을 일으키지 못하고 한탄하였다. 1597년(선조 30) 정유재란이 일어났을 때는 다행히도 병세가 호전되어 스물다섯 살의 정승조와 함께 300여 명의 의병을 이끌고 전투에 나섰다.

당시 왜군은 1597년 9월부터 1월 말까지 해룡면 바닷가에 성을 쌓았다. 그 성의 이름은 왜교성(倭橋城) 또는 예교성(曳橋城)이라

---

114) 자는 계열(啓烈), 호는 야암(野庵)이다. 1573년(선조 6) 정숙의 둘째아들로 태어나 숙부 정식의 양자로 입적되었다. 그는 평소 포부가 크고 충의(忠義)가 높았으며, 세속의 명리(名利)를 좇지 않았다. 음사(蔭仕)로 참봉을 지냈다.

▲ 율봉서원 편액

고 불렀는데, 성 둘레의 땅을 파내고 바닷물을 끌어들여 해자(垓字)를 만들고 다리를 놓았다. 그리하여 낮에는 건너다니는 다리로 쓰다가 밤에는 통행하지 못하도록 다리를 끌어올렸다. 그래서 '끌 예(曳)'자를 써서 예교(曳橋)라는 이름을 붙였다.

정숙은 1598년(선조 31) 9월 순천왜성에서 왜군과 격전을 벌이던 명나라 장수 유정(劉綎, 1558~1619)[115] 이 왜군에게 포위를 당했다는 소식을 들었다. 그리하여 정승조와 함께 의병을 이끌고 달려가 왜군과 격전을 치르던 중, 중과부적으로 전세가 불리해지자 함께 바다에 몸을 던져 최후를 맞이하였다.

1605년(선조 38) 두 사람의 공훈이 인정되어 선무원종공신(宣武

---

115) 명나라 신종(神宗) 만력제(萬曆帝) 때의 무장으로 임진왜란을 맞아 부총병(副摠兵)으로 조선에 왔다. 휴전 중에도 조선에 머물렀으며, 정유재란 때는 총병으로 승진하여 서로군(西路軍)의 대장이 되어 순천에 진주하였다. 1백 20근의 큰 칼을 잘 써서 '유대도(劉大刀)'로 불렸다.

▲ 율봉사

原從功臣) 2등에 녹훈되었다. 1824년(순조 24)에 지역 유림의 발의
로 율봉서원(栗峰書院)[116]이 건립되었고, 1868년(고종 5) 서원철폐
령으로 훼철되었다가 1948년 옛터에 다시 지어 오늘에 이른다.

　1805년(순조 5)에 나온 『해동삼강록(海東三綱錄)』에 두 사람의
창의와 순절, 공신 녹훈 및 1804년(순조 4)에 정려(旌閭)가 내려
진 사실 등이 전한다. 1992년에 간행된 『광주·전남오란충의사록
(光州·全南五亂忠義士錄)』에도 두 사람의 행적이 실려 있다.

116)　전남 순천시 별량면 우산리에 있다.

27

삼혜

의승수군을 이끌고 왜적과 싸우다

여수 흥국사(興國寺)는 임진왜란 때 의승수군(義僧水軍)의 본거지 사찰이었다. 오늘날 이 절의 의승수군유물전시관(義僧水軍遺物展示館)에는 임진왜란 때 승군들이 사용했던 칼과 창, 철퇴 등의 무기와 피묻은 승복 등 20여 점이 전시되어 있다. 당시 이 절에서 순천의 승려 삼혜와 수인을 비롯하여 고흥의 의능, 광양의 성휘, 화엄사의 신해, 곡성 실상사의 지원 등이 이순신 장군을 도와 왜적과 싸웠다. 1593년 1월 이충무공의 장계에 4백 명이 넘는 승군이 해전에 참여한 것으로 나와 있다. 이때 송광사 출신 삼혜가 승군 최고 지휘자를 맡아 전투에 참여했음을 주목할 필요가 있다.

임진왜란 때 4백여 명의 승군이 다섯 개 부대로 편성되어 이순신을 도왔다. 그들은 규모 있는 조직체계를 갖추고 열심히 싸워 전투에서 큰 전과를 올렸다.

1593년 1월 25일 이순신의 장계에 따르면, 그는 1592년 8월과

▲ 흥국사 의승수군유물 전시관

9월에 전라도의 각 사찰에 통문을 보내 승군을 모집하였고, 한 달 만에 4백 명에 이르는 인원을 확보하였다.

삼혜(三惠)는 순천 송광사의 승려로서 의승군 가운데 지략과 용맹이 가장 뛰어났다. 이순신 장군은 그를 승군 최고 지휘자인 표호별도장(豹虎別都將)으로 임명하고, 흥양의 승려 의능(義能)을 유격별도장(遊擊別都將)으로 임명하였다. 그밖에도 광양 옥룡사의 승려 성휘(性輝)를 우돌격장으로, 화엄사의 승려 신해(信海)를 좌돌격장으로, 곡성 실상사의 승려 지원(智元)을 양병용격장으로 임명하였다.

그리고 광양 의승장 성휘는 하동 두치(豆恥)로 파견하고, 신해를 구례 석주관(石柱關)으로 보내고, 지원을 운봉 팔양재로 가게 하여 요해처를 지키도록 하였다. 특히 삼혜는 순천을 지키고, 의

능은 전라좌수영을 지키게 하였다.

일부 의승장들의 칭호가 '돌격장'이나 '유격장'인 것을 보면 그들은 후방부대가 아니라 전투에 앞장서는 선봉대나 산발적으로 적을 기습하는 유격대로 활약했음을 짐작할 수 있다.

의승수군의 활약은 대단했다. 1593년 2월 웅천상륙작전에 대한 이충무공의 장계에 "의승병들은 창검을 휘두르며 활이나 화포로 종일 싸워 무수한 적병을 사살하였다."라고 기록하고 있다. 일본의 기록에도 "아군의 선박은 이들 유격대에 의해 번번이 불에 타 부서졌다."라는 내용이 있다. 일부 의승군은 거북선과 판옥선 등의 노를 젓는 격군(格軍)으로도 힘을 보탰다.

1594년 3월 제2차 당항포 해전에서 큰 승리를 거두고 이순신은 장계를 올려 승장 수인(守仁)과 의능 등이 각각 3백 명을 이끌고 큰 공을 세웠다며 포상을 요청하였다. 그는 이 장계에서 승려들이 스스로 군량을 마련해 전투에 나섰으며, 일반 군사들보다 노고가 곱절 이상 컸음을 밝히고 있다.

임진왜란과 정유재란에 걸쳐 전라도 동부 지역의 승려들이 이순신 장군을 도운 사례는 무수히 많다. 1597년 정유재란 시기를 보면 이순신이 백의종군을 할 때 순천 정혜사 승려 덕수(德修)가 이순신을 찾아와 미투리를 바쳤고, 수인은 승려

▲ 혈흔이 남아 있는 의승수군 의복

두우(杜宇)를 데려와 충무공의 식사를 돕도록 했다. 8월 8일 충무 공은 송광사 승려 혜희(慧熙)에게 의병장의 작첩을 수여하였다. 김한민 감독의 영화 〈명량〉(2016)에서 창을 들고 싸우는 승려들 이 등장하는데, 끝의 등장인물 자막에 그들을 '혜희'와 '옥형'으로 기록하고 있다.[117]

장편소설 『이순신의 7년』(작가정신, 2016)을 펴낸 정찬주 작가 는 전라좌수영에 의승군이 머무는 의승청이 있었으며, 그 우두머 리를 수승(首僧) 또는 의승장(義僧將)으로 불렀다고 증언하고 있 다. 또 그는 삼혜가 이순신 장군의 자문 역할을 했고, 나대용(羅大 用) 장군에게 거북선 모양도 제안했다고 밝혔다.

흥국사 의승수군유물전시관에 '영취산 흥국사 심검당 중건 상량 문'이 있다. 이 글은 1812년 효암충일 스님이 썼는데, 의승수군 300 여 명의 명단이 기록되어 있다. 흥국사는 임란이 끝난 후에도 만일 의 사태에 대비하여 300여 명의 승군이 상설조직으로 주둔했다.

임진왜란 때 의승군의 활동은 대개 서산대사 휴정(休靜, 1520~1604)과 사명대사 유정(惟政, 1544~1610)[118]에게 집중되 고, 금산전투에서 싸운 영규(靈圭)나 권율 장군과 행주산성에서 싸운 처영(處英) 등의 활약에 국한되는 경우가 많다. 그러나 이순

---

117) 혜희의 역할은 배우 신유람이 맡고, 옥형(玉泂)의 역할은 배우 김현태가 맡았다. 옥형은 송광사 승려로서 노량해전이 끝나고 충무공의 충절을 추모하여 여수 석천사에서 여든 살이 넘도록 제 사를 지내며 장군의 극락왕생을 빌었다.
118) 의승군을 이끌고 명군과 합세하여 평양성을 탈환했고, 죽음을 무릅쓰고 적진에 들어가 적장 가 토 기요마사(加藤淸正)와 네 차례에 걸쳐 회담했으며, 전란이 끝나고 일본에 가서 조선인 포로 3천여 명을 데리고 오는 등 외교관으로서 큰 성과를 거두었다.

▲ 영화 <명량>에 등장하는 승군

신 장군을 도와 의승수군을 이끈 삼혜를 비롯한 4백여 명에 달하는 의승수군들의 공로를 간과해서 안 될 것이다.

임진왜란과 정유재란이 끝난 뒤에 조정에서 불교와 승려를 대하는 태도가 크게 달라졌다. 유교국가를 표방하며 억압하고 천대했던 승려들이 국난을 당하자 자발적으로 의승군을 일으켜 큰 공을 세웠기 때문이다.

28

박성무

죽어서도 귀신이 되어 적을 무찌르겠노라

순천시 서면 판교마을에 충의문(忠義門)이 있다. 임진왜란 때 의병을 일으켜 왜적과 싸운 박성무의 공을 기려 세운 것이다. 그는 본디 충청도에서 났으나 순천에 와서 살다가 임진왜란을 만나 자신의 안위를 생각지 않고 분연히 나서서 왜적과 맞서다가 장렬히 순절하였다.

박성무(朴成茂, 1563~1597)는 조선 선조 때의 인물로 본관은 밀양이고, 자는 항덕(恒德)이며, 호는 죽포당(竹圃堂)이다. 충청북도 충주에서 태어났으며, 일찍이 실천적 학문을 주장하는 남명(南冥) 조식(曺植, 1501~1572)[119]의 제자로서 과거에 뜻을 두지

---

119) 본관은 창녕이고, 자는 건중(楗仲), 호는 남명(南冥)이다. 이황과 더불어 영남 사림의 지도자 역할을 했다. 열세 차례나 나라의 부름을 받았으나 나아가지 않고 평생 산림처사(山林處士)를 자처하면서 학문 연마와 제자 양성에만 힘썼다. 특히 수기치인(修己治人)의 성리학적 토대 위에서 실천궁행을 중요하게 여겨 '경(敬)'과 '의(義)'를 강조했다.

▲ 서면 판교마을 안내판

않았고, 의병장 김천일(金千鎰, 1537~1593)[120]의 문하에서도 수학하였다.

1592년(선조 25) 임진왜란이 일어나기 직전에 순천으로 옮겨왔다. 왜적의 침공으로 나라가 위기에 처하자 장정을 모아 의병장 고경명(高敬命, 1533~1592)[121]을 좇아 충청도 금산으로 향하던 중에 고경명의 패전 소식을 들었다. 그는 동지 최양치(崔養恥)

---

120) 본관은 언양(彦陽)이고, 자는 사중(土重), 호는 건재(健齋)이다. 임진왜란 때 나주에서 의병을 일으켜 양화도전투, 행주산성전투 등에 참가하여 공을 세웠다. 1593년 6월 진주성으로 들어가 10만에 달하는 왜군을 맞아 싸우다 성이 무너지자 아들 김상건(金象乾)과 함께 촉석루에서 남강에 투신 순절하였다.

121) 본관은 장흥이고, 자는 이순(而順), 호는 제봉(霽峰)이다. 임진왜란 때 담양에서 6천여 명의 의병을 이끌고 임금이 있는 의주로 향하다가 충청도 금산에서 왜적과 싸우다 전사했다. 아들 고인후(高因厚) 역시 남은 의병과 함께 싸우다 전사하였다.

▲ 박성무 정려 충의문

와 최택암(崔澤岩) 및 그의 종형제들과 손을 맞잡고 "왕이 몽진하신 터에 백성이 어찌 살기를 바라겠는가?"고 말하며 왜적과 맞서 싸울 것을 다짐했다.

이어 1597년 정유재란 때도 최양치, 최택암과 더불어 의병을 모집하여 구례에서 남원으로 향하는 숙성치(宿星峙)에 매복했다가 다수의 왜적을 무찌르고 그 수급(首級)을 명나라 부총병(副總兵) 양원(楊元, ?~1598)[122]에게 보냈다.

같은 해 11월 15일 섬진강에서 왜군과 싸우다가 총탄을 맞고 "죽어서도 여귀(厲鬼)가 되어 적을 무찌르겠노라." 하는 말을 남기고 서른다섯 살의 나이로 숨을 거두었다.

그의 전공이 조정에 알려져 선무원종공신(宣武原從功臣)에 녹훈되었으며, 1806년(순조 6) 그가 살았던 서면 판교리에 정려(旌閭)가 세워졌다. 일제강점기에 지주들의 횡포에 맞서 소작쟁의를 일으킨 박병두(朴炳斗, 1883~1935)가 그의 후손이다.

---

122) 명나라 장수로 임진왜란 때 제독 이여송(李如松) 휘하에서 평양성 전투와 벽제관 전투에 참여했다. 정유재란 때 3천 병력을 이끌고 남원성에서 왜군과 맞서 싸웠으나 결국엔 패하자 기병 50명을 데리고 탈출하였다. 나중에 패전의 책임으로 경리(經理) 양호(楊鎬)에게 처형되었다.

29

성응지

향교 유생으로서 국토수호에 몸 바치다

향교 유생으로 임진왜란 때 의병을 일으켜 왜적과 싸운 인물이 있다. 바로 순천 출신 성응지이다. 그는 의병을 이끌고 이순신 장군의 휘하에 들어가 군량미를 운반하기도 하고, 섬진강 유역을 지키기도 하고, 파손된 전선을 수리하여 해상 전투에 참가하여 적을 무찔렀다. 이순신 장군은 나라를 생각하는 그의 의기를 높이 사서 전공을 낱낱이 기록하여 그를 포상해달라는 장계를 올렸다.

성응지(成應祉, ?~1594)는 본관은 창녕(昌寧)이고, 순천 출신이다. 그에 관한 기록이 많지 않아 생몰연대나 가계는 알기 어렵다. 임진왜란이 일어나자 향교의 유생 신분으로 의병을 일으켰다. 이순신 장군을 도와서 전라좌수영과 한산도를 왕래하면서 순천 지역의 군량미를 모아 삼도수군통제영으로 수송하는 데 힘썼다.

〈난중일기〉에 그의 활약상이 그려져 있다.

1593년 2월 22일 웅포해전에서 이순신 장군은 삼혜와 의능 두

승병장과 의병장 성응지를 웅포왜성 서쪽인 제포로 보내어 상륙하는 척하는 위장전술로 적을 섬멸하였다. 이어서 같은 해 6월 9일에는 의병 성응지가 전라좌수영에 갔다가 돌아올 때 군량미 50섬을 실어 왔다고 기록하고 있다. 또 7월 5일 이순신 장군은 하동 두치(豆恥)[123]의 복병장 성응지로부터 진주성 함락 소식을 보고받는다.

또 '의승들을 나눠 보내어 요해처를 지키게 한 장계(分送義僧把守要害狀)'에는 이순신 장군이 순천의 성응지에게 순천성의 수비를 전담케 한 내용과 함께, 수군 전력을 보강하기 위해서 순천의 의병장 성응지와 의승장 삼혜 및 의능에게 파손된 전선을 수리해 타고 해상전투에 참전하도록 지시했다는 내용이 담겨 있다.

그리고 이순신은 1594년(선조 27) 3월 '여러 의병장에 대한 포상을 요청한 장계(請賞義兵諸將狀)'를 조정에 올린다.

"수군에 자원해 들어온 의병장 순천교생 성응지와 승장 수인(守仁)과 의능(義能) 등은 일신의 평안을 생각지 않고 의기를 격발하여 군사들을 모집해서 각기 3백여 명씩을 이끌고 나라의 수치를 설욕하고자 하였으니 지극히 가상합니다. 해상에서 싸운 2년 동안 스스로 군량을 마련하여 두루 공급하며 근근이 이어댄 그 고초야말로 관군들보다 배나 더했는데, 아직도 그 고생을 꺼리지 않고 더욱더 애쓰고 있습니다. 전투 시에 적의 토벌에도 뚜

---

123) 경남 하동군 두곡리(豆谷里)로 추정한다.(노승석 옮김 『난중일기』 154쪽)

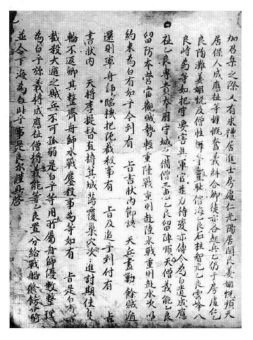

▲ 임진장초의 성응지 관련 장계

렷한 공이 있고, 나라를 위해 의기를 떨치는 마음은 시종 변함이 없습니다. 성응지와 승장 수인과 의능 등에게 마땅히 포상하여 후인들에게 장려해야 할 것입니다."

이 내용을 통해 성응지가 300여 명의 의병을 이끌고 이순신 휘하에서 2년여 동안 참전했으며, 군량 마련에도 크게 공헌을 했음을 알 수 있다.

그런데 이순신이 장계를 올리고 여섯 달이 지난 뒤에 성응지는 사망했다. 1594년 8월 29일 〈난중일기〉에 "해남현감이 들어왔는데, 의병장 성응지가 세상을 떠났다고 한다. 매우 슬프다."라고 쓰여 있다. 그를 잃은 슬픔을 일기에 기록할 만큼 그는 이순신 장군의 신뢰와 아낌을 받았음을 알 수 있다. 당시 남해 미조항첨사로 이순신을 도운 성윤문(成允文)이 그의 당숙(堂叔)이라는 설이 있다.

30

강씨녀

부엌칼로 왜적을 죽이다

정유재란 때 여성들은 몸소 무기를 들고 전투에 나서지는 않았으
나 민가에서 개별적으로 왜적과 싸운 사례가 있다. 바로 강씨녀의
경우이다. 세금을 거두러 와서 협박하는 왜군을 술을 먹여 취하게
하고 부엌칼로 찔러 죽였다. 아녀자로서 왜군에 대한 공포심도 컸을
텐데 큰 용기를 내어 과감한 일을 했으니 장한 일이 아닐 수 없다.

강씨녀(姜氏女)는 누구의 딸인지 모른다. 정유년에 왜적이 용두
(龍頭)와 해촌(海村) 사이에 주둔해 있으면서 농사를 권하고 민가
에서 세금을 거두어 갔다. 왜적 한 명이 강씨녀의 집에 찾아와 세
금을 내라고 협박하였다. 강씨녀는 왜놈이 남의 나라에 쳐들어와
협박하면서 세금을 거두는 것에 분기가 일어나 이내 그를 죽이고
자 마음먹었다. 먼저 술을 주어 먹이고 식사를 준비하겠다고 하
고서 부엌에 들어가 식칼을 갈아두었다가 왜적이 취해 쓰러질 것

을 기다려 찔러 죽였다.[124]

조현범(趙顯範, 1716~1790)이 지은 『강남악부(江南樂府)』의 〈강씨녀〉에 소개된 내용이다. 이름 없는 평범한 시골 아낙이 왜군을 해치운 이야기이다. 정유재란 때 왜장 고니시 유키나가(小西行長)가 해룡면 신성포에 순천왜성을 쌓고 주둔하고 있었다. 그들은 순천과 광양 일대를 장악하고 주민들에게 회유책을 써서 패를 나누어 주고 마을에 정착하여 농사를 짓도록 하고 세금으로 곡물을 바치도록 했다.[125]

강씨녀의 일은 이런 배경에서 벌어졌다. 그는 평소에 침략군인 왜적에 대하여 적개심을 품고 있었을 것이다. 더욱이 민가에 찾아와 세금을 강요하자 반발심이 치솟았을 것이다. 그러나 여자 혼자의 힘으로 왜군을 당해낼 수는 없기에 술에 취하게 하는 꾀를 내었다. 그리하여 자기 손으로 왜군을 처치했으니 일개 촌부로서 대단한 용기가 아닐 수 없다. 진주성에서 적장을 안고 강물에 뛰어든 논개에 비교할 만하다. 조현범은 강씨녀를 소개한 다음 이렇게 그를 예찬하고 있다.

강씨녀여!
여인네가 왜적 때문에 나라가 위태로운 때를 만났네.

---

124) 순천대남도문화연구소 역주, 『국역 강남악부』(순천문화원, 1992), 56~57쪽.
125) 오타 히데하루(太田秀春), 허지은 옮김, "정유재란 중 일본군의 점령정책", 조원래 외, 『한중일 공동연구 정유재란사』(범우사, 2018), 525쪽.

강씨의 칼이여.

항아리 가에 칼을 가는 것은 쓸데가 있어서라네.

적의 머리를 베어서 나라의 수치를 씻었으니

한 여자가 백 명의 군사보다 낫구나.

강씨에게 죄인될 이가 당시에 많았으니,

그대는 보지 못했나

장군들이 분분이 성을 버리고 도망가던 것을.

여기서 "한 여자가 백 명의 군사보다 낫구나."라고 한 것은 1598
년 9월부터 10월에 걸쳐 있었던 순천왜성 전투에 대한 조롱이다.
그때의 순천왜성 전투의 상황을 돌이켜볼 때 왜군은 바다와 육지
의 아군에 둘러싸인 채 그야말로 독 안에 든 쥐와 같은 형세에 놓
여 있었다. 당시 순천왜성에 웅거한 왜군은 1만 3천 7백 명 정도
인 데 비해 수군과 육군으로 편성된 조명연합군(朝明聯合軍)은 5
만이 넘는 병력이었다.[126] 왜군에 비해서 네 갑절이 많은 병력인
만큼 충분히 해볼 만한 싸움이었다.

그러나 작전권을 가진 명나라 유정(劉綎) 제독(提督)이 적극적
인 공략 의지를 갖고 있지 않은 탓에 공격력이 날카롭지 못했고,
육군과 수군의 협공작전마저 손발이 맞지 않아 힘을 발휘하지 못

126) 육지의 조명연합군은 명나라 유정 제독이 이끄는 2만 6천 명과 도원수(都元帥) 권율(權慄)의 조
선군사 1만여 명을 합치면 3만 6천여 명이었고, 수군은 진린(陳璘) 도독(都督)과 수군통제사 이
순신(李舜臣)의 군사로서 모두 합쳐 1만 5천 명이었다. 모두 합치면 5만 1천 명의 병력이었다.

▲ 강남악부의 강씨녀 기록

張判書眞臣有勇毅亦絕倫遘亂知有國臨戰不有身提釖躍馬

自泗川晉陽城中多義人天與一城爲國蔽公能守城城隣峋城可

陷不可去但顧死爲城下塵敵兵登城將士憤張拳冒刃呼蒼旻力

戰而死公成仁君不見晉陽城高雎陽城當時烈士不獨遠與巡

姜氏女

附註姜氏不知誰人之女而丁酉間倭冦屯居龍海間定勸震

以爲徵租于閭閻有一敵來到姜女家恐喝索租姜女憤其敵

奴之脅徵本國乃圖殺之先給酒飮之稱以供飯入廚磨其食

刀于盆邊侯其敵奴之醉臥仍以刺殺之

姜氏女女達海傾國擧姜氏釖釖磨盆邊有用處快斬敵頭圖

恥一女子勝百萬旅姜氏罪人當時多君不見紛紛守將棄城去

勤王忠 編修處處別無思國西閭唐謁橫牙山杜記 縱曰此行臣職分其歎父子弟兄情噂時作此

했으며, 얼마 후에는 야간을 이용하여 퇴각해버리고 말았다. 당시 종군했던 명나라 화공이 그렸다는 정왜기공도권(征倭紀功圖卷)의 순천왜성 전투(戰鬪圖)는 지극히 과장된 것이라고 할 수 있다.

조현범은 수적인 우세에도 불구하고 순천왜성의 공략에 실패한 당시 조명연합군을 강씨녀 한 사람만도 못하다 보고 야유한 것이다.

31

양신용

앵무산 망성암에서 국권 회복을 빌다

조선 시대에 용두면 앵무산 중턱에 망성암이라는 암자가 있었다. 이 암자는 당시 용두면 사호에 살던 양신용의 은거지이다. 양신용은 인동도호부사(仁同都護府使)와 경주영장(慶州營將)을 지냈던 인물로 암자 곁에 대를 쌓고 매월 초하루와 보름날 임금이 계신 북쪽을 향해 분향하고 네 번 절하며 병자호란으로 인해 상실된 국권 회복과 국태민안을 염원했다.

양신용(梁信容, 1573~1645)은 조선 중기 유학자로 본관은 제주이고, 자는 경중(景仲)이며, 호는 장춘(長春)이다. 기묘사화로 능성(綾城)으로 귀양 와서 사약을 받은 조광조(趙光祖, 1482~1519))의 시신을 거두었던 양팽손(梁彭孫, 1488~1545)[127]의 증손이다. 그는 능성(綾城)에서 순천으로 옮겨와 용두(龍頭) 사호(沙湖), 즉 지금의 해룡면 하사리에 살았다. 사람됨이 충성스럽고 강개하였으며, 항상 대의를 좇아 행동하였다. 1603년 무과에 급제하여 비변랑(備邊郎)[128]에 올랐다. 인조 때에 인동부사를 제수받았다가 바로 경주영장으로 전임되었다.

1636년(인조 14) 병자호란이 일어나자 나이든 몸으로 전장에 나가지 못함을 한탄하며 아들 양유남(梁有南, 1593~1653)을 재종제가 되는 의병장 양만용(梁曼容, 1598~1651)에게 보내 싸우게 하였다. 그러나 임금이 오랑캐의 포위 속에서 남한산성에서 갇혀 지내다가 굴욕적인 군신관계를 맺었다는 소식을 듣고 통분해마지않았다.

1637년 이후 세상사에 뜻을 버리고 해룡면 앵무산(鸚鵡山) 중턱에 망성암(望聖庵)을 짓고 은거하며 국권 회복을 기원하다 세상을 떠났다. 조현범의 『강남악부』〈망성암〉에 그의 행적이 전한다.

망성암에 대해서는 많은 선비들이 시를 남겼다. 최행(崔荇), 양회선(梁會璇), 정영하(丁永夏), 양현윤(梁顯胤), 조영훈(趙泳薰),

---

127) 본관은 제주(濟州)이고, 자는 대춘(大春), 호는 학포(學圃)이다. 능성(綾城) 출신으로 1510년(중종 5) 조광조(趙光祖)와 함께 생원시에 합격하고, 1516년 현량과(賢良科)에 발탁되었다. 이후 정언(正言), 전랑, 수찬(修撰), 교리(校理) 등을 역임했으며, 호당(湖堂, 독서당)에 뽑혀 사가독서(賜暇讀書)하였다. 1519년 10월 기묘사화가 일어나자, 조광조, 김정 등을 위해 소두(疏頭)로서 항소하였다. 그로 인해 벼슬을 잃고 고향으로 돌아와 쌍봉리(雙鳳里)에 학포당(學圃堂)을 짓고 독서로 소일하였다. 이 무렵 친교를 맺은 인물들로 기준(奇遵), 박세희(朴世熹), 최산두(崔山斗) 등이 있다. 1539년 관직을 제수받았으나 사양하였다.
128) 조선 중·후기 의정부를 대신하여 국정 전반을 총괄한 관청의 종6품 벼슬.

허영(許永), 조병관(趙炳寬), 양상보(梁相寶), 양홍묵(梁鉷默), 양태교(梁台敎), 양해교(梁海敎) 등이 차운(次韻)한 시가 지금까지 전해지고 있다.

1821년(순조 21) 양팽손과 양신용의 위패를 봉안한 사우를 해룡면 중흥리에 세웠는데, 1871년(고종 7) 흥선대원군의 서원철폐령으로 훼철되었다. 그 뒤 1971년 후손들이 순천시 금곡동에 다시 세우고 용강서원(龍岡書院)이라 명명하여 음력 2월과 8월에 향사하고 있다.

▲ 용강서원

32

문경홍

독립선언서를 배포하여 만세운동의 불을 지피다

1919년 3월 독립 만세운동이 들판의 불길처럼 전국에 퍼져나갈 때 순천에서도 이에 호응하여 만세운동을 독려한 인물이 있다. 바로 문경홍을 비롯한 천도교인들이다. 그는 경찰의 감시를 피해 독립선 언서를 순천 관내를 비롯한 인근 지역에 붙이고 다니며 독립의식을 고취하고자 힘썼고, 마침내 경찰에 붙잡혀 옥고를 치렀다.

문경홍(文京洪, 1863~1932)은 1863년 10월 순천군 순천면 행 리 111번지에서 태어났다. 그는 천도교 교인으로서 1919년 3월 만세운동이 일어나자 이에 발 빠르게 호응하였다. 3월 2일 남원 군(南原郡)의 천도교 교구장 유태홍(柳泰洪)의 지시에 따라 김종 웅(金鍾雄)이 구례군의 천도교인 윤상윤(尹相鈗)과 함께 독립선 언서 35매를 순천에 숨겨 가지고 와서 저전리(楮田里)의 천도교 구소에 전달했다. 이에 문경홍은 강영무(姜瑩武)를 비롯하여 김 희로(金希魯), 염현두(廉鉉斗), 윤자환(尹滋煥), 윤상윤 등과 함께 조선독립선언서를 읽은 다음 그것을 관내와 인근 지역에 붙이고 다니며 독립사상을 고취하였다.

그들은 지역을 나누어 맡았는데, 강영무는 순천읍 군청과 면사무소, 헌병분견소 앞 게시판과 동서남북 4대문에 붙이고, 김희로는 광양읍 보통학교에 붙이고, 윤자환은 해룡면(海龍面) 면사무소와 여수경찰서, 및 율촌면(栗村面)에 부착하고, 윤상윤은 순천군의 황전면(黃田面)과 구례군에 부착하였다. 그리고 문경홍과 염현두는 천도교인들에게 만세운동의 취지를 알리는 일을 맡았다.

3월 16일 오후 2시경에 난봉산(鸞鳳山)에 예수교 청년회원을 비롯한 수백 명이 모여 만세를 부르려고 하였으나 헌병분견대에 의해 해산되고 관련자 다섯 명이 검속되어 뜻을 이루지 못했다.

문경홍도 마침내 경찰에 체포되어 1919년 4월 26일 광주지방법원 순천지청에서 보안법 위반 혐의로 징역 6개월을 선고받고 옥고를 치렀다. 이후 순천에서 천도교 포교 활동에 전념하다 1932년 6월 19일에 세상을 떠났다. 정부에서는 고인의 공

▲ 독립운동가 생가터

▲ 문경홍 묘소 안내판

훈을 기려 2008년에 대통령표창을 추서하였다. 2019년 순천시는
삼일운동과 대한민국임시정부 수립 100주년을 맞이하여 순천시
행동 111번지에 독립운동가 생가터 표지판을 세웠다.

33

권병안

의병으로 목숨과 재산을 조국에 바치다

외침을 받아 나라가 흔들릴 때 그에 반응하는 사람들의 행동 양식은 크게 세 가지로 나뉜다. 하나는 재빨리 힘센 쪽에 빌붙어 자기 안위를 보전하려고 애쓰는 축이고, 또 하나는 나라가 걱정스럽긴 하지만 '내가 뭘 어떻게 할 수 있단 말인가?' 하며 속앓이만 하는 축이고, 나머지 하나는 '나라가 위태로운데 가만히 있을 수가 없지.'하고 분연히 떨치고 일어나는 축이다. 임진왜란 때나 일제강점기의 의병들은 모두 이 세 번째에 해당하는 사람들이다. 승주 쌍암에도 위태로운 나라를 구하고자 과감히 일어선 사람이 있으니 바로 권병안이다. 그는 의병 활동을 지원하기 위해 자기의 재산을 모두 바쳤으며 끝내 목숨까지 던졌다.

권병안(權柄顔, 1871~1909)은 본관이 안동으로 호는 남강(南岡)이다. 서른다섯 살 무렵이던 1905년 당시 대한제국은 을사보호조약의 강제 체결로 국권을 빼앗기고, 1907년 7월 정미7조약

▲ 권병안 동상

으로 군대까지 해산당하는 등 식민지나 다름없는 상황이 되었다.

  이에 나라가 망국의 길로 접어드는 것에 의분을 품고 무력투쟁을 통해 국권을 회복하고자 의병 활동에 뛰어들었다. 그는 강진원(姜振遠, 1881~1921) 의병장 휘하에서 군자금 조달을 맡은 종숙 권덕윤(權德允)과 함께 전 재산을 담보로 하여 500여 의병들의 전투에 필요한 군자금을 조달에 힘쓰는 한편 전투가 있을 때

마다 자진해서 나아가 열심히 싸웠다.

그러다 일제 관헌들이 그가 순천 거점 의병들의 자금조달책이라는 것을 탐지하고 추적하기 시작했고, 마침내 1909년 6월 20일 순천군 쌍암면 서변리(西邊里)에서 붙잡히고 말았다. 그는 자신의 투쟁 행적으로 볼 때 극형에 처해질 것을 알고 필사적인 탈출을 시도하였으나 끝내 적의 감시망을 벗어나지 못하고 총상을 입고 순국하였다.

군자금 조달에 재산을 바쳐버린 관계로 유족들은 큰 빚을 떠안고 끼니를 잇기도 어려울 정도로 곤란해졌다. 급기야 뿔뿔이 흩어져 남의 집 심부름꾼으로 전락하다 행방불명이 되는 등 오랜

▲ 권병안 생가

세월 동안 고초를 겪었다. 부인 밀양손씨는 의연히 수절하면서 어린 다섯 남매를 키워낸 후 58세의 나이로 작고하였다. 2005년 순천향교와 성균관에서 열부로 선정하여 표창하였다.

정부는 권병안의 공훈을 기리어 2003년 건국훈장 애국장을 추서하였다. 순천부시장을 지냈던 권준표(權俊表, 1933~)가 그의 손자이다.

그의 생가는 승주읍 봉덕리 249에 있다. 1967년 호남고속도로 건설로 인해 철거되었다가 2009년 음력 5월 순국 1백 주기를 맞아 접도구역을 제외한 나머지 대지에 생가 일부를 복원하였다. 2019년 음력 5월 순국 110주년을 맞아 순천시 승주읍 평중리 595에 '순국선열 권병안 선생상'을 세웠다. 2019년 국가현충원 선정 〈꼭 가봐야 할 독립운동 현충 시설 베스트 100〉에 포함되었다.

34

박항래

연자루에 올라 독립 만세를 외치다

1919년은 삼일 만세운동으로 우리 민족의 자주독립 의지를 힘차게 외친 해이다. 만세운동이 들불처럼 퍼져나가자 일제도 크게 놀라 종래의 무단정치를 문화정치로 방향을 바꾸며 유화정책을 쓰게 된다. 삼일 만세 때 순천에서도 만세운동이 일어났는데, 맨 처음 불을 댕긴 이가 상사면 출신 박항래 지사이다. 그는 1919년 4월 7일 순천부성 남문 연자루에 올라 힘차게 독립 만세를 외치며 순천 민중으로 하여금 만세운동에 동참할 것을 호소하였다.

박항래(朴恒來, 1871~1919)는 순천시 상사면 용암리에서 출생했다. 본관은 밀양(密陽)이고, 자는 인언(仁彦)이다. 선비 출신이지만 집안 형편이 어려워 집에서 농사를 짓고 살았다.

평소 일제의 식민 통치에 불만을 품고 있던 그는 1919년 삼일운동이 일어나자 4월 7일 순천장날 군중들이 많이 모인 기회를 타서 백지 1백 장을 사 들고 순천부성 남문 연자루(燕子樓)에 올라갔

▲ 박항래상

다. 그리고 "지금 경성을 비롯하여 전국 방방곡곡에서 독립 만세를 부르고 있습니다. 우리도 함께 독립 만세를 외칩시다!"라고 외치고는 백지를 뿌리면서 대한독립 만세를 여러 차례 선창했다.

그의 만세 소리를 듣고 수많은 군중이 연자루 아래로 몰려들었다. 순사들이 쫓아와 그를 체포하려고 하자 격렬히 저항하며 독립만세를 더욱 연호하였다. 마침내 체포되어 징역 10개월 형을 선고받았으며, 광주형무소에 수감되어서도 만세를 부르며 저항했다. 1919년 11월 3일 옥중에서 고문의 후유증을 이겨내지 못하고 마흔아홉 살의 나이로 세상을 떠났다.

박항래의 만세시위에 힘입어 이웃 낙안과 벌교에서도 대규모 만세운동이 벌어졌다. 승주 출신 안호형(安鎬瑩, 1873~1948)을 비롯한 이팔사 결사대원들이 장날을 택하여 세 차례에 걸쳐 만세시위를 벌였다.

▲ 박항래 기적비

1974년 후손들이 순천 죽도봉공원에 그의 행적을 추모하는 기적비(紀跡碑)를 세웠다. 현재 이 비석은 출생지인 상사면 용암마을에 옮겨져 있다. 정부는 1983년 대통령 표창과 1991년 건국훈장 애국장을 추서했다. 2011년 8월 남문터 광장에 흉상을 설치하였다. 순천시는 2019년 11월 삼일운동 및 대한민국임시정부 수립 1백주년을 맞아 그 공훈을 널리 알리고자 용암마을에 '독립운동가 마을' 표지판을 세웠다.

35

안호형

벌교와 낙안에서 만세시위를 벌이다

1919년 3월 1일 기미독립선언서 낭독과 함께 만세 소리가 울려퍼지자 순천에서는 박항래(朴恒來, 1861~1919)가 연자루에 올라 만세를 외쳤다. 이것을 시발로 이웃 고을까지 만세운동이 번져나갔는데, 가장 격렬했던 곳이 낙안과 벌교였다. 당시 만세시위를 주도한 인물은 안호형을 비롯하여 안용갑(安鏞甲, 1889~1947), 안규삼(安圭三, 1890~?), 안상규(安尙圭, 1890~1973), 안덕환(安德煥, 1897~1958), 안규진(安圭晉, 1898~1978) 등이다. 임진왜란 때 보성 출신 의병장 안방준(安邦俊, 1573~1654)의 후예인 이들은 치밀한 계획으로 조직적으로 만세시위를 벌여 억눌림을 받던 고장 사람들의 독립 의지를 대변했다.

안호형(安鎬瑩, 1873~1948)은 본관이 죽산(竹山)으로서 승주(昇州)에서 태어났다.

일찍이 대한제국 말기에 친일매국 단체인 일진회(一進會)를 규

▲ 낙안 삼일운동기념탑

탄하기 위하여 이병채(李秉埰, 1875~1940), 안규휴(安圭休), 안주환(安周煥), 오병원(吳炳轅), 김진두(金鎭斗), 안태섭(安兌燮), 안용술(安鏞述), 안덕환(安德煥, 1897~1958), 안규인(安奎仁), 안규진(安圭晉, 1898~1978), 이한혁(李漢赫), 안계순(安桂淳), 서병기(徐炳冀), 김귀석(金貴錫) 등과 함께 매국노 이용구(李容九)와 송병준(宋秉畯) 등을 성토하는 격문을 만들어 각처에 발송했다.

1919년 3월 서울의 독립만세 소식을 듣고 결사 투쟁을 계획하였다. 4월 2일 낙안면 신기리에서 이병채, 안규휴, 안주환, 오병원, 김규석(金奎錫), 김종주(金鍾胄, 1864~1947) 등과 '도란사(桃蘭社)'라는 비밀결사를 만들었다. 〈삼국지〉의 도원결의(桃園結義)[129]와 진나라 문사들의 모임인 난정(蘭亭)[130]에서 한 글자씩 따온 이름이었다.

독립운동의 모체(母體)로 도란사가 조직된 후 안주환과 전평규(田坪奎, 1875~1949), 안용갑(安鏞甲, 1889~1947) 등은 또 결사 대원 32명을 모아 '이팔사(二八社)'를 조직하였다. 여기에는 1919년 2월 8일 일본 유학생들의 독립선언일[131]을 기념하고 이팔청춘의 기백으로 싸우자는 의지를 담았다. 그들은 일제의 눈을 피하여 위친계(爲親契)[132]라는 친목회로 가장하고 민족대표 33인을 본떠 대원을 33명으로 구성하였다.

그리고 효과적인 만세시위를 위해 그것을 3개 대로 분산하여 계획을 세웠다. 제1대는 전평규를 중심으로 1919년 4월 9일 벌교의 장좌리 아래 장터에서 만세시위를 벌이고, 제2대는 김종주를 중심으로 유흥주(劉興柱, 1870~1952) 등이 1919년 4월 13일 낙

---

129) 나관중의 『삼국지연의(三國志演義)』에서 비롯되었다. 후한(後漢) 말 환관의 발호와 황건적의 난으로 세상이 어지러울 때 탁현(涿縣)에서 미투리를 삼던 유비와 푸줏간을 운영하던 장비, 포악한 관료를 베어 버리고 떠돌던 관우 세 젊은이가 의기투합하여 복숭아 동산에서 의형제를 맺었다.
130) 353년 진나라의 서성(書聖) 왕희지(王羲之)가 문인들과 함께 회계 산음 물가의 난정(蘭亭)에서 봄맞이 연회를 열었다. 그 연회는 곡수연(曲水宴)으로서 아홉 개의 구비에 물을 끌어들인 후 술잔을 띄워 흐르는 술잔이 멈춘 자리의 사람이 시를 짓도록 했다. 이때 나온 시 37수를 묶은 것이 『난정집서(蘭亭集序)』인데, 왕희지가 쓴 서문 〈난정아집시서(蘭亭雅集詩序)〉는 자유분방하면서도 법도에 어긋남이 없는 정교한 필법을 보여준다. 행서 제일의 서체로 서예가들의 찬사를 받았다.
131) 1919년 2월 8일 일본 도쿄[東京] 유학생들이 독립선언을 발표했다.
132) 부모의 상사(喪事) 따위에 서로 도울 목적으로 조직하는 계(契).

안읍성 장날을 이용해 만세시위를 일으키며, 제3대는 안용갑을 대장으로 하여 1919년 4월 14일 다시 벌교 장좌리 아래 장터에서 만세시위를 전개하기로 하고 실행에 옮겼다.

그들이 '대한독립기'라고 쓴 깃발을 흔들며 만세를 외치자 군중이 호응이 높아졌고, 일본 헌병대가 총칼을 들고 무력진압에 나섰다. 안호형을 비롯한 이팔사 대원들은 체포되어 보안법 위반으로 징역 8개월을 선고받아 옥고를 치렀다. 안호형은 1948년 10월 15일 순천에서 세상을 떠났다.

박은식(朴殷植, 1859~1925)[133]은 『한국독립운동지혈사(韓國獨立運動之血史)』에서 기미독립선언 때 순천에서 여섯 차례의 시위가 있었으며, 1천 5백 명이 참가하여 여덟 명이 죽고, 서른두 명의 부상자가 발생했다고 기록하였다. 낙안과 벌교의 만세운동 결과로 볼 수 있다.

이들의 숭고한 독립 정신을 기리고자 1956년 낙안국민학교 교정에 독립만세운동 기념탑을 세웠다. 이때 비문은 기미독립선언 민족대표였던 이갑성(李甲成)이 썼다. 이후 낙안민속마을 조성으로 1998년 3월 기념탑을 동문 밖으로 이전했고, 해마다 이곳에서 삼일절 기념행사를 치르고 있다.

---

133) 애국계몽사상가, 학자, 언론인, 독립투사로서 전 생애를 민족 해방과 독립에 바쳤다. 1904년 2월 러일전쟁이 일어나자 〈황성신문〉을 통해 일제의 침략정책을 비판하고 자주독립 정신을 고취했다. 민족주의적 사관으로 우리나라의 근대사를 종합 정리한 『한국통사(韓國痛史)』(1915)와 한민족의 독립투쟁사를 3·1운동을 중심으로 쓴 『한국독립운동지혈사』(1920)를 중국 상해에서 간행했다.

▲ 낙안 삼일운동기념탑 안내문

정부에서는 안호형의 공훈을 기려 1977년 대통령 표창, 1990
년 건국훈장 애족장을 추서하였다. 안용갑, 유흥주, 전평규도
1990년 건국훈장 애족장을 추서 받았고, 1992년 안덕환과 안상
규, 1993년 안규진도 대통령표창을 추서 받았다.

36

조규하

의병을 일으켜 항일투쟁에 몸을 던지다

임진왜란 때 순천 지역에 장윤과 허일, 김대인, 박성무 등 수많은 인물들이 창의하여 국토수호에 몸을 바쳤다. 그로부터 3백여 년이 지나 다시 일본이 우리나라에 마수를 벋쳐오기 시작했는데, 이때 분연히 관직을 버리고 대일 항전에 나선 이가 있다. 바로 승주 출신 의병장 조규하이다. 그는 을사보호조약이 체결되던 대한제국 시기에 의병장으로 나서서 대의를 위해 목숨을 던짐으로써 의로운 순천인의 표상이 되었다.

조규하(趙圭夏, 1877~1908)는 본관은 옥천(玉川)으로 자는 공삼(公三)이고, 호는 송죽당(松竹堂)이다. 순천시 송광면 대곡리에서 출생했다. 일찍이 관직에 나아가 임실군수로 재직하였다.

평소 어지러운 나라의 형편을 걱정하고 있던 중 1905년 을사늑약 소식이 체결되자 의분을 참지 못하고 일본과 싸우기로 마음

▲ 최후의 전투지 곡성 선주산

먹었다. 때마침 1906년 최익현(崔益鉉, 1833~1906)[134]과 임병찬

(林炳瓚, 1851~1916)[135] 등이 전라북도 태인(泰仁)의 무성서원

(武城書院)에서 의병을 일으켰다. 그의 창의문(倡義文)은 이러하

---

134) 호는 면암(勉菴)으로 대원군의 정책을 비판하는 등 직언을 아끼지 않았다. 1876년 1월 일본과
    통상조약이 추진되자 도끼를 지니고 궁궐 앞에 엎드려 배척 상소를 올리고 흑산도로 유배되었
    다. 1905년 을사늑약의 무효를 선언하고 조약에 승인한 박제순 등 을사5적의 처단을 주장했다.
    1906년 의병을 일으켜 태인, 곡성, 순창 등지에서 싸우다가 붙잡혀 대마도로 유배되어 단식투
    쟁 끝에 병을 얻어 순국했다.
135) 1899년 7월 낙안군수 겸 순천진관병마동첨절제사(順天鎭管兵馬同僉節制使)에 임명되었다.
    1906년 2월 최익현과 태인에서 의병을 일으켜 6월 순창전투에서 일본군과 격전 끝에 붙잡혀
    최익현과 함께 대마도로 유배되었다. 1914년 대한독립의군부를 조직하고 활동하다가 체포되
    어 거문도로 유배되어 1916년 5월 병사하였다.

였다.

"지금 왜적들이 국권을 농락하고 역신들은 죄악을 빚어내 오백년 종묘사직과 삼천리 강토가 이미 멸망지경에 이르렀다. 나라를 위해 사생(死生)을 초월하면 성공 못 할 염려가 없다. 나와 함께 사생을 같이 하겠는가!"

조규하는 이에 동조하여 임실군수의 관직을 버리고 최익현과 동맹록(同盟錄)을 작성하였다. 그리고 전라남도 곡성군 출신의

▲ 의병장 면암 최익현

신정우(申正宇, 1877~1909) 등과 협력하여 순천 조계산에 근거지를 구축하고, 순천, 보성, 구례, 곡성 등지에서 의병모집에 힘쓰는 한편, 무기와 군자금 조달을 위해 백방으로 노력했다.

1908년 4월 구례군 계사리(季肆里)에서 일본군 수비대와 싸우고, 곡성 출신 노인선(盧仁先, 1876~1911)의 의병부대와 연합하여 곡성군 죽곡면 동계리(桐溪里)에서 일본 군경과 교전하기도 했다. 이어서 5월에는 순천군 송광면 낙수장(洛水場)에서 순천경찰서 순사대와 격전을 벌이기도 했다. 이때 화승총 4정을 빼앗겼으나 인명피해는 없었다.

1908년 6월 그는 남원 출신의 전규문(田圭文, 1881~?) 의병부대와 연합하여 곡성군 죽곡면 하도리(下道里) 마륜산(馬輪山)에

서 광천수비대를 공격하여 2명을 살해하는 전과를 올렸다. 또 그는 일진회(一進會)와 같은 친일인사를 처단하고, 전라남도 동부 지역에 이주해온 일본인들을 공격대상으로 삼아 그들을 공포에 떨게 했다.

이 무렵 보성에서 머슴 출신으로 의병을 일으킨 안규홍(安圭洪, 1879~1910)[136] 의병장과 만나 시 한 수를 지어주기도 했다.

逢君語意重 그대를 만나 무거운 말을 나누노니
營外月光深 군영 바깥에 달빛만 깊네.
計窮力盡日 계책은 궁해지고 힘도 날로 다하는데
莫作小人心 나의 마음을 드러내지 못하네.

1908년 9월 그는 1백여 명의 부대원들과 곡성군 목사동면(木寺洞面) 선주산(仙住山)에 주둔해 있었는데, 일제 군경의 기습작전으로 그를 비롯한 스물여섯 명의 의병이 아깝게 최후를 맞이하였다. 그의 동지 신정우가 나머지 병력을 수습하여 의병항쟁을 이어갔다.

1980년에 이르러 그의 항일투쟁 공적이 인정을 받아 건국포장이 주어지고, 1990년 건국훈장 애국장이 추서되었다.

---

136) 보성 출신으로 머슴살이를 하며 홀어머니를 모셨다. 1907년 정미7조약 체결 이후 순천 인근에서 활동하던 의병장 강성인(姜性仁) 부대에 들어갔다. 보성 동소산(桐巢山)에서 군사훈련을 하고 대원산을 거점으로 활동했다. 문병란의 시 〈동소산의 머슴새〉는 그에 대한 내용이다.

37

강진원

의병장으로 항일투쟁에 목숨을 바치다

순천시 석현동 향림사 앞 소나무 숲에 특별한 비석이 하나 서 있다. 그것은 '성산 강진원 순의비(聖山姜振遠將軍殉義碑)'이다. 강진원은 일제강점기에 순천에서 의병을 일으켜 항일투쟁을 벌인 끝에 체포되어 순국했다.

강진원(姜振遠, 1878~1921)은 본관은 진주(晉州)이고, 자는 형원(亨遠), 호는 성산(聖山)이다. 순천시 서면 운평리 당천마을에서 태어났다.[137] 부친은 몰락 양반인 강대룡(姜大龍)이고, 모친은 경주 김씨다. 형제로는 위로 충원(忠遠)과 효원(孝遠)이 있었는데, 큰형 충원이 부친의 큰형 강대유의 양자로 입적되면서 강진

---

137) 강진원의 출생일에 대해서는 두 가지 설이 있다. 〈독립유공자 훈록〉에는 1881년 7월 30일로 기재되어 있고, 민족문화협회에서 편찬한 〈강진원 의병장 약전〉(횃불사, 1981)과 진주강씨 박사공파 족보에는 1878년 3월 15일로 기재되어 있다.

▲ 성산 강진원 순의비

원과 족보상으로 사촌이 되었다. 순천 죽도봉공원에 동상으로 있는 호산(湖山) 강계중(姜桂重, 1914~1983)이 바로 강충원의 아들이다. 그러니까 강진원에게 강계중은 사촌형의 아들, 곧 당질(堂姪)이 되는 셈이다.

강진원은 일찍이 부친을 여의고 불우한 가정환경 속에서 농사를 지으면서 서면 구만리 월곡서당에서 한학을 배우고 손자병법 등의 병서를 탐독했다. 스물여섯 살 때는 두모리 신기마을에 서당을 열어 후학을 양성했다. 1896년 병신의병(丙申義兵)에 참가하여 기삼연(奇參衍) 부대의 의병장으로 활약했다.

1906년 6월 4일 최익현(崔益鉉, 1833~1906)이 전북 태인 무성서원에서 의병을 일으켰다. 이것이 기폭제가 되어 전남 지역에도 백낙구와 고광순, 기우만, 양회일 등이 일어났다. 1907년 일본의 압력으로 고종이 퇴위당하고 군대가 해산되자 그는 항일운동을 결심하고, 1908년 같은 고향 출신 김명거(金明巨)와 김화삼(金化三), 권덕윤(權德允), 김병학(金柄學) 및 곡성의 김양화(金良化) 등과 의병을 일으켰다.

무기를 확보하고 조계산을 근거지로 훈련하였다. 얼마 지나지 않아 보성과 곡성 등지에서 활약하던 조규하(趙圭夏, 1877~1908)의 부대원 40여 명을 받아들여 1백여 명으로 규모가 늘어났다. 그의 의병일지 〈취웅록(取熊錄)〉에 따르면, 1908년 8월 하순에 의병군이 총 93명이었고, 이듬해 4월 하순에는 237명으로 늘어났다. 그들은 주로 일제 관청과 일본 군경을 공격 대상으로 삼았다.

1908년 8월 곡성군 석곡면의 조지촌(鳥枝村)에서 일본군 수비대와 첫 전투를 벌인데 이어 목사동(木寺洞)으로 진격하여 일본군과 교전하였다. 이때 불행히도 조규하 의병장이 전사하였다. 9월에는 기습 공격으로 일본군 3명을 사살하고, 10월에는 남해 장도(樟島)에서 싸워 승리하였다. 이어 고흥군 과역면(過驛面) 시장에서도 일본군과 접전하여 다수를 사살하고 무기를 노획하였다.

그러다가 여수 화양면 원포리(遠浦里) 전투에서 패배하여 승주 쌍암으로 회군(回軍)하게 되었다. 그 후에도 각지에서 유격전을 전개하고, 승주, 곡성, 화순 등지에서 산병전(散兵戰)으로 적을 격파하여 전라도 일대에 그 명성을 떨치게 되었다. 이듬해 1909년 승주 서정(西亭)의 적군 병참소와 곡성 압록(鴨綠)의 병참소를 습격하였으며, 곡성의 서순일(徐淳一) 의병부대와 합류하여 240명 정도의 병력을 확보하게 되었다.

그는 전남 동부지역을 활동 무대로 삼아, 순천 괴목장을 비롯하여 고흥 과역시장, 동복 운알치, 쌍암 접치와 서정, 남원 가정, 곡성 압록과 동리산 등지에서 전투를 벌였다. 또 친일 세력 응징에도 힘을 기울여 일본어 통역원과 헌병 보조원, 의병 밀고자와 세무 관리, 밀정 등을 처단했다. 특히 군율을 엄격히 하여 주민들에게 폐를 끼치는 일이 없도록 했다.

▲ 성산강진원순의비 안내판

6월 승주군 서면 운평리 당천마을 색천사정(索川社亭)에서 노숙하던 중 일본군 앞잡이 김원학(金源學)이 이끄는 구례헌병대의 기습을 받아 참패하였으며, 해룡면 신성포에서 배를 타고 경남 통영의 섬으로 피신하였다. 당시 일본군은 의병 토벌 작전을 크게 펼쳤는데, 그 작전이 종료되자 고향으로 돌아와 쌍암면 두모리 오성산(五聖山)의 동굴에 은신했다.

10여 년의 은신 기간에 남평문씨와 혼인하여 1남 1녀를 두었고 장영섭 등의 제자들을 가르쳤는데, 1921년 7월 일경의 급습을 받고 붙잡혀 순천헌병대로 이송되었으며, 10월 향년 44세를 일기로 순국하였다.[138]

〈강진원 의병장 약전〉에 따르면, 순천의 유학자 남파(南波) 김효찬(金孝燦)이 강진원의 시신이 헌병대 앞에 방치된 것을 보고 장례를 치러주려 했다고 한다. 이에 일본 헌병대에서 "무엇 때문에 폭도 대장의 제사를 지내려고 하느냐?"고 힐난하자, 그는 "이 사람이 당신네들을 얼마나 괴롭혔는가. 죽어 귀신이 되어서도 당신들을 괴롭힐 터이니 이 사람의 혼백을 달래줘야 할 것 아니냐." 하고 대답했다. 마침내 인부를 동원하여 그의 시신을 거두어 동천 건너 삼산동 호랑이골짜기 부근에 매장했는데 나중에 찾지 못했다고 한다. 여태까지 그가 묻힌 장소는 알려지지 않고 있다.

1968년 성산양로원 회원들이 향림사 솔밭에 순의비를 세웠다. 정부에서는 1977년 11월 건국훈장 독립장을 추서하였고, 국가보훈처에서는 2006년 7월의 독립운동가로 선정하였다.

---

138) 이때 옥중에서 혀를 깨물고 자결했다는 설도 있고, 혀를 깨물어 자살을 시도했으나 실패하고, 일본 헌병의 고문 속에 끝까지 비밀을 지키다가 12월 29일 사망했다는 설도 있다.

38

박병두

순천 농민운동의 선두에 서다

일제강점기에 일본과 결탁한 지주들의 착취에 견디다 못한 농민들이 팔을 걷어붙이고 투쟁에 나섰다. 이러한 소작쟁의가 처음 시작된 곳이 순천이며 그것을 주도한 이가 서면 출신 박병두이다. 1922년 12월 순천 서면에서 일어난 농민운동은 1920년대 소작쟁의의 시발점이 되어 인근 지역으로 파급되었고, 항일운동의 성격을 띠고 전국으로 퍼져나갔다. 이렇게 시작한 순천의 농민운동은 1934년 12월 순천농민조합이 해산될 때까지 장장 열두 해 동안 전개되었다.

박병두(朴炳斗, 1883~1935)는 1883년(고종 20) 순천군 서면 판교리 추동마을에서 태어났다. 임진왜란 때 의병장으로 활약했던 박성무(朴成茂, 1563~1597)의 11대손으로 호는 무전(撫田)이다. 일찍이 1905년 마을에 관경정(觀耕亭)이라는 정자를 짓고 농사를 살피면서 강학소로 활용하였다. 그러다 조선일보 순천지국장을 맡아 일하게 되었는데, 이때 동아일보 순천 주재 기자 이영민(李榮珉,

1881~1964)과 함께 1923년 6월 전라남도 최초의 사상단체인 순천연학회(順天硏學會)를 조직하였다. 또 순천군 서면청년회 부회장, 순천군농민연합회 집행위원 등을 맡아 농민운동을 전개하였다.

이때 농민들은 지주의 고율 소작료 부과에 시달리고 있었다. 그는 살인적인 이팔제(소작인 2, 지주 8)제를 취소하고 사륙제(소작인 6, 지주 4)로 소작료를 조정할 것을 주장하면서 1922년 12월 13일 서면 삼거리에서 농민들과 함께 궐기하였다. '서면민요(西面民擾)'로 불린 이 농민대회에는 1천 6백여 명의 소작인들이 모여 투쟁을 선언했다. 이것이 기폭제가 되어 서면과 낙안, 쌍암과 별량의 농민들도 잇따라 일어났고, 이듬해 1923년부터 1925년까지 전국으로 번지면서 단순한 소작쟁의가 아닌 항일 민족운동으로까지 확대되었다. 박병두는 1923년 2월 여수와 광양, 보성의 농민 지도자들과 함께 순천 환선정에 모여 남선농민연맹(南鮮農民聯盟)을 조직하고 전남 지역 농민운동을 주도하였다.

당시 암태도 소작쟁의도 유명한데, 6백여 명의 암태도 농민들이 법원 앞에서

▲ 박병두 마을 표지

▲ 관경정

단식농성에 돌입하였고, 조선인 변호사들이 무료변론에 나서고 모금
운동을 전개하면서 언론에 크게 보도되었으며, 마침내 지주와 협
상을 통해 당시에는 파격적인 '4할 소작료'의 관철에 성공하였다.

1924년 1월 강태윤과 김기수, 이영민, 이창수, 박정래 등과 함
께 순천무산자동맹회(順天無産者同盟會)를 창립하였다. 같은 해 4
월 조선노농총동맹(朝鮮勞農總同盟) 중앙집행위원에 선임되었으
며, 일경에 체포되어 상당 기간 옥고를 치렀다.

1925년 순천군수가 향교 토지에 무리한 소작료를 징수하고, 일
제의 농업 수탈 기관인 동양척식주식회사가 농민들에게 횡포를
부리자 농민들을 이끌고 시위운동을 전개하였다. 1925년 3월 이
영민과 함께 경성에서 비밀리에 개최된 조선공산당 조직발기대

회에 참석하고 4월 조선공산당이 창당되자 순천지부에서 활동하였다. 같은 해 7월 대홍수를 겪자 이재민을 구제하기 위해 순천의 사회단체와 함께 을축수재구제회(乙丑水災救濟會)를 창립하였다. 1926년 6월 제2차 조선공산당 검거사건 때 체포되어 징역 1년을 선고받고 서대문형무소에서 복역하였다.

출옥 후 1929년 4월 순천농민연합회가 전남순천농민조합(全南順天農民組合)으로 조직을 변경하면서 집행위원장을 맡았다. 1932년 7월 광주에서 적색노동조합(赤色勞動組合)을 조직하여 치안유지법을 위반한 전남노농협의회 사건으로 김호선(金好善), 김득부(金得富) 등과 함께 검거되었다. 옥고를 마친 후 고문 후유증을 이기지 못하고 1935년 12월 향년 53세로 세상을 떠났다.

정부에서는 그의 공훈을 기려 2005년에 건국포장을 추서하였다. 2006년 12월 순천대학교 남도문화연구소는 1920년대 순천 농민운동 재조명 학술심포지엄을 열었다. 순천시는 2019년 11월 삼일운동 및 대한민국임시정부 수립 1백주년을 맞아 그의 공훈을 널리 알리고자 서면 판교리 추동마을 관경정 앞에 '독립운동가 마을' 표지판을 세웠다.

관경정은 관운정(觀耘亭)으로 불리기도 한다.

39

서정기

유인물 배포로 만세운동을 펼치다

　1919년 삼일 만세운동 때 서울에서 학생 신분으로 독립운동을 펼친 열혈청년이 있었다. 바로 순천 출신 서정기이다. 그는 1919년 4월 1일부터 4월 25일에 걸쳐 독립사상을 고취하는 유인물을 만들어 서울의 여러 집에 배포하는 등 인쇄물을 통한 독립만세 운동을 전개하였다. 그는 일본 유학 중에도 유학생을 중심으로 비밀 조직 활동을 했고, 나중에 북간도에까지 진출하여 독립운동을 전개했다.

　서정기(徐廷基, 1897~1964)는 본관이 이천(利川)으로 1897년 3월 순천군 장천리에서 태어났다. 일찍이 서울로 가서 사립 중앙학교(中央學校)에 다녔는데, 4학년 때 삼일 만세운동이 일어났다.

　그는 경성부 와룡동(현 서울시 종로구 와룡동)의 서병조(徐丙祚)의 집에 거주하고 있었는데, 1919년 4월 그 집에서 동창생 이춘봉(李春鳳, 1900~?)과 배재고등보통학교 3학년 장용하(張龍河, 1900~1978)를 비롯하여 염형우(廉亨雨), 공흥문(孔興文) 등

과 함께 모두 다섯 차례
에 걸쳐 독립사상을 고
취하는 인쇄물을 제작하
여 여러 집에 배포했다.

먼저 1919년 4월 1일에
는 〈반도의 목탁〉 제1호
를 1백여 매, 4월 12일에
는 〈반도의 목탁〉 제2호
를 1백여 매, 다음날 13
일에 〈8면에서 관찰한 조
선의 참상〉이라는 제목
으로 일제 식민통치의
만행을 폭로하는 8쪽에
달하는 유인물 20여 부
를 등사하여 배포하였다.

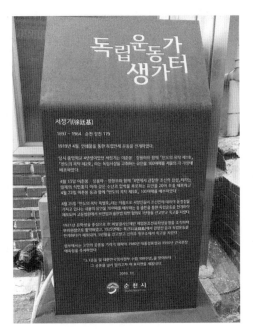

▲ 서정기 생가터 표지

이어서 4월 22일에는 〈반도의 목탁〉 제3호를 1백여 매, 4월 25
일에는 서양인들이 조선인에 대하여 동정심을 가지고 있다는 내
용의 〈반도의 목탁〉 특별호를 70여 매 등사하여 배포했다.

마침내 4월 말 경찰에 체포되어, 1919년 11월 24일 고등법원에
서 보안법과 출판법 위반 혐의로 징역 1년 형을 선고받고 옥고를
치렀다.

출옥 후 1921년 일본 메이지대학에 유학했는데, 그때도 유학생
을 중심으로 한 비밀결사 단체인 재일본조선유학생동맹(在日本

朝鮮留學生同盟)을 조직하고 부위원장으로 활동했다.

1925년에는 북간도에 가서 김창진(金昌珍) 등 동지들을 모아 독립운동을 전개하다가 길림성에서 체포되어 징역 5년을 선고받고 신의주형무소에서 옥고를 치렀다. 출옥 후 고향으로 돌아왔으며, 1964년 8월 30일 세상을 떠났다. 2008년 국립대전현충원 독립유공자 묘역에 안장되었다.

정부에서는 고인의 공훈을 기려 1980년 대통령 표창, 1990년 건국훈장 애족장을 추서했다. 순천시는 2019년 11월 삼일운동 및 대한민국임시정부 수립 1백주년을 맞아 그의 공훈을 널리 알리고자 시내 장천동에 '독립운동가 생가터' 표지판을 세웠다.

40

조경한

임시정부 활동에 몸을 던지다

순천금당고등학교 뒤편의 금당공원에 순천 출신 독립운동가의 추모비와 조형물이 세워져 있다. 바로 조경한의 추모비와 흉상이다. 그는 일제강점기에 만주로 망명하여 독립운동에 참여하고 임시정부의 국무위원으로 활동했다. 순천시에서는 그의 공적을 기려 금당공원에 추모비를 세우고, 시내 연향동에서 서면에 이르는 도로를 '백강로(白岡路)'로 명명하였다.

조경한(趙擎韓, 1900~1993)은 본관은 옥천(玉川)이고, 호는 백강(白岡)이다. 순천시 주암면 한곡리 한동마을에서 태어나 일찍부터 조부와 부친으로부터 한학(漢學)을 수학하였다. 조부 조병

▲ 조경한

조(趙炳祖)는 연재(淵齋) 송병선(宋秉璿, 1836~1905)[139]에게 수학하여 유림으로 명망이 있었다. 조경한은 어린 시절 조부가 1905년 을사늑약에 반대하여 자결한 스승의 빈소에 대성통곡하며 다녀오는 것을 보았다. 이때의 인상이 깊이 남아 항일의지를 굳히는 계기가 되었다.

스무 살 때 3·1운동을 겪으며 망국의 현실에 눈을 뜬 그는 일제에 대한 투쟁의지를 불태우며 1921년부터 만주에서 활동하는 독립단의 국내 지하공작원으로 활약하였다. 1926년에는 만주로 옮겨가서 홍진(洪震), 지청천(池靑天, 1888~1957)[140] 등과 한국독립당(韓國獨立黨)을 조직하는 한편, 배달청년회와 배신학교를 창설하고 동포들에게 애국 항일 사상을 고취하였다. 1927년 중국 북경으로 건너가 신채호(申采浩, 1880~1936)의 지도를 받고 독립운동에 몸담았다.

---

139) 대한제국 시기의 학자로 우암 송시열의 9대손이다. 1905년 을사늑약 체결에 항의하여 「흉적 토벌을 청하는 소(請討凶賊疏)」를 올리는 등 여러 차례 조정에 상소하였다. 12월 30일 국권 강탈에 대한 통분으로 황제와 국민, 유생들에게 유서를 남기고 독약을 마시고 자결하였다.
140) 1914년 일본 육군사관학교를 졸업하고 장교로 복무하였다. 1919년 삼일 만세운동에 자극을 받아 만주로 망명하여 신흥무관학교에서 독립군 양성에 힘썼다. 김구가 이끄는 임시정부에서 광복군 총사령관을 맡았다.

▲ 조경한 생가

　1931년 일제가 만주를 침략하여 만보산사건(萬寶山事件)[141]을 일으키자 한국독립당은 한국독립군을 조직하게 되었는데, 이때 그는 수백 명의 유격독립여단을 이끌고 3년 동안 100여 차례 대일항전에 참여하였다.

　1933년 지청천 등과 함께 난징[南京]의 김구(金九)에게 가서 합류하였고, 1934년 2월 김구의 주선으로 낙양군관학교가 개교되자 그는 교관을 맡아 군사 간부 양성에 힘썼다. 또 만주의 한국독립당과 난징의 한국혁명당을 합당하여 신한독립당(新韓獨

---

141) 중국 길림성 창춘[長春]에 있는 산. 일제는 조선인 이주민에게 이 산을 개간하도록 하여 현지 중국인들과 충돌을 일으키도록 함으로써 두 민족을 분열시켜 만주사변 촉발에 이용하고자 하였다.

立黨)을 창당하였다. 그리고 1935년 7월 다섯 개의 단체가 통합하여 민족혁명당(民族革命黨)을 결성하였으나 김원봉(金元鳳, 1898~?)[142]과 마찰을 빚게 되자, 1937년 4월 지청천, 최동오(崔東旿) 등과 조선혁명당(朝鮮革命黨)을 창당하였다.

중일전쟁 발발 직후인 1937년 한국광복운동단체연합회(韓國光復運動團體聯合會)에서 선전위원으로 선임되고, 1939년 임시정부의 규모 확대에 따라 의정원 의원으로 선출되어 1944년까지 활약하였다. 1940년 5월 충칭[重慶]에서 민족주의 계열의 한국독립당 창당에 참여했으며, 중앙상무집행위원 겸 훈련부장을 역임하였다. 1943년 3월 국무위원회 비서장에 임명되었다.

1944년 한국독립당 중앙상무집행위원 겸 훈련부장에 지명되고, 임시정부 국무위원으로 임명되어 백범 김구를 위원장으로 하는 국내공작위원회의 일원으로 활동하였다. 1945년 광복이 되어 귀국하여 임시정부의 14개 정책을 국내에 반포하는 등 민족정기의 진흥에 전력했다.

1962년 정부로부터 건국공로훈장을 받았고, 1963년 11월 고향 순천·승주 선거구에서 제6대 국회의원에 당선되었다. 1981년 독립유공자협회장 등을 역임하고, 1993년에 별세하여 국립묘지에 안장되었다.

---

142) 호가 약산(若山)이며 일제강점기에 의열단장으로 활동하다가 대한민국 임시정부에 합류하여 군무부장을 맡았다. 1948년 김구, 김규식 등과 함께 남북협상에 참여하고 북한에 남았는데, 김일성과의 정치 투쟁에서 패배하여 정치범수용소에서 죽었다. 경남 밀양에 의열기념관이 있다.

▲ 백강 조경한 선생 추모비

    순천시에서 2009년 금당공원에 백강 추모비와 조형물을 설치하였다. 아울러 시내의 도로를 백강로(白岡路)[143]로 이름 지었다.

---

143) 연향동 팔마오거리에서 조례사거리와 고속도로 순천나들목을 거쳐 서면 선평삼거리까지의 도로이다.

41

성동준

학병에서 탈출하여 항일투쟁에 나서다

순천시 행동 문화의 거리에 한옥글방이 있다. 이 건물은 지역 주민과 문화예술인들의 소모임이나 강연, 공연, 전시 등으로 활용되고 있는 복합문화공간이다. 이곳은 본디 일제강점기에 항일투쟁에 나섰던 성동준의 집이다. 그는 광복 후에는 교육계에 몸담고 문교부 차관과 전라남도교육감 등을 맡아 교육 발전과 후진양성에 힘썼다.

성동준(成東準, 1912~1980)은 1912년 8월 전라남도 순천군 소안면 행정, 곧 지금의 순천시 행동에서 태어났다. 1944년 일본 규슈제국대학(九州帝國大學) 법과를 졸업하고 학병으로 동원되어 중국 강소성(江蘇省) 소주(苏州)에 있는 일본군 60사단에 배치되었다.

그곳에서 을종간부 후보생 훈련을 받으면서 탈출을 계획하고, 김영남(金暎男)을 비롯하여 정병훈(丁炳勳), 유재영(柳在榮), 최용덕(崔龍德), 박영(朴英), 김봉옥(金鳳玉) 등 여섯 동지를 포섭하였다. 1945년 2월 일요일 외출시간을 이용해 동지들과 함께 기관총 1정, 소총 7정, 대검, 실탄 300발, 방독면 9개 등의 무기와 비서문서를 휴대하고 최전선 시찰을 가장하고 병영을 탈출하였다. 당시 일본군은 잔류 학병 전원을 동원하여 색출에 나섰으나 끝내 찾아내지 못했고, 색출 책임자는 총살형에 처해졌다.

▲ 성동준

그는 동지들과 함께 김구(金九, 1876~1949) 주석의 임시정부가 있는 충칭(重庆)으로 향하던 중 태호(太湖)에서 활동하는 중국군 유격대와 만나 그들과 합류하였다. 그때 유격대장이 일본군에게 매수되어 학병 일곱 명을 그들에게 인도하고 유격대의 무기까지 팔아넘겨 사욕을 채우려 하였다. 이것을 탐지한 성동준은 다른 중국군 장교에게 그 사실을 알려서 유격대장과 그의 무리를 제거하하도록 하였다. 그리고 그 장교 휘하의 부대에 편성되었다.

1945년 3월 중국군 유격대와 함께 승산의 일본군 분견대를 습격하여 70여 정의 무기를 노획하고 중국인 70여 명을 새로 가입시켰다. 또 촉산의 친일 중국보안대를 습격해 20명을 생포하고 소총 20정을 빼앗았으며, 일본군이 점령하고 있는 경덕을 습격해 소총 70정을 노획하기도 했다.

이후 효풍에 주둔하고 있던 충의구국군(忠義救國軍) 별동대와 합세하여 700명의 병력을 확보했으며, 충의구국군사령부에 도착한 뒤 미국 고문관에게 일본군 문서와 정보를 제공했다. 이 사건은 중국 전선일보(戰線日報)에 대서특필되었고, 그는 이 공적으로 충의구국군 정치부 대일선전과에서 박영과 함께 소교대우관(少校對遇官)으로 임명되어 일본군 포로 심문과 통역관으로 활동했다.

이후 1945년 4월 김영남과 함께 천태산맥 일대 동강 반안전투에 참가했다. 1945년 6월 천태산에서 일본군의 공격을 받았으나 격전

▲ 성동준 상

끝에 물리치는 등 여러 유격전에 참가하였다.

조국광복 이후에는 상해로 이동하여 상해교민단의 박용철(朴容喆), 구익균 등과 귀환 동포들의 입국 편의를 돕고, 1945년 10월 잠편지대(暫編支隊)[144] 참모에 임명되었다. 성동준은 박철원(朴哲遠)을 비롯하여 김영남, 정병훈, 유재영, 박영 등과 함께 항주(杭州) 잠편지대의 참모로 활동하다가 광복군 일원으로 귀국했다.

---

144) 광복군 총사령관 지청천(池靑天, 1888~1957)의 명령으로 일본군 가운데 한국인 국적의 징병 사병들을 받아들여 중국 일곱 개 주요 도시에 설치한 부대이다.

1946년부터 영암군수를 시작으로 나주군수, 순천군수를 거쳐 1965~1967년 문교부 차관과 1968~1970년 제3대 전라남도 교육감을 역임하였다. 이때 순천이수중학교와 순천삼산중학교의 개교에 힘썼다. 1966년 KBS 신춘문예에 수기 〈하늘 끝 바다 끝〉이 당선되어 라디오연속극으로 방송되었다.

▲ 성동준 생가터 표지

1980년 10월 순천시 행동 자택에서 향년 69세로 별세했다. 일본군 탈출 과정에서 얻은 말라리아 등 풍토병의 후유증을 평생 지니고 살았다. 1988년 수기 『하늘 끝 바다 끝』(고려원)이 출판되었다. 1990년 항일 독립운동 공로를 인정받아 건국훈장 애족장을 받았다. 2008년 국립대전현충원 독립유공자 묘역에 안장되었다. 2020년 8월 제75주년 광복절을 맞아 전라남도교육청에 그의 흉상이 건립되었다.

순천시는 2019년 11월 삼일운동 및 대한민국임시정부 수립 1백 주년을 맞아 그의 공훈을 널리 알리고자 행동 문화의 거리 한옥 글방에 '독립운동가 생가터' 표지판을 세웠다.

42

강계중

오사카의 별, 조국애로 빛나다

순천시 조곡동 죽도봉공원 백우탑 광장에 동상이 하나 서 있다. 양복을 입은 모습으로 봐서 조선 시대 인물이 아니고 현대의 인물이다. 그는 누구인가. 바로 호산(湖山) 강계중이다. 그는 일본에 건너가 남다른 민족의식으로 재일거류민단의 권익 신장에 힘쓰는 한편 모국 발전을 위해 수많은 지원으로 조국애를 발휘하였다.

강계중(姜桂重, 1914~1983)은 1914년 순천시 황전면 수평리에서 부친 강충원(姜忠遠)의 다섯 아들 가운데 둘째로 태어났다. 본관은 진주이며, 조선 세종~성종 대의 문신 강희맹(姜希孟, 1424~1483)[145]의 19세손이자 순천 출신 항일의병장 강진원(姜振

---

145) 조선의 문신으로 뛰어난 문장가이며 공정한 정치를 하여 세종과 성종 때 모두 총애를 받았다. 신숙주 등과 함께 〈세조실록〉과 〈예종실록〉을 편찬했고, 저서로 농업에 관한 〈금양잡록(衿陽雜錄)〉, 해학을 모은 〈촌담해이(村談解頤)〉 등이 전하고 있다. 서울 종로 탑골공원에 있는 원각사지 대원각사비가 그의 글씨이다.

遠, 1881~1924)[146]과 한집안이다. 그는 유년시절 강진원 의병장의 활약을 보면서 일본에 대한 적개심과 조국애를 키웠다.

1940년 함경북도 성진 고주파 공장으로 가서 일했다. 이때 일본인의 한국인 노무자에 대한 가혹한 매질과 차별을 참지 못해 한국인 노무자 3천여 명을 규합하여 파업투쟁을 이끌었다. 그 후 몸을 피해 고향에 내려와 지내다

▲ 재일사업가 강계중

가 징용을 자청하여 일본으로 건너갔다.

일본에서도 동포 보호에 적극적으로 나섰다. 1944년 '죽음의 길'로 여기는 남방행 징용열차에 끌려가는 한국인 노무자 33명을 구출하고, 1945년 불우한 동포 여성들이 자유의 몸이 되도록 도왔으며, 특히 귀국동포를 실은 우키시마호(浮島丸)[147]의 침몰을 계기로 국제노동동맹을 활성화하여 동포들의 안전한 귀국을 위

---

146) 강계중의 당숙으로 경술국치에 의분을 품고 8백여 명이 넘는 의병을 모아 왜병과 수십 차례에 걸쳐 싸우다 순국하였다.

147) 일본 해군 수송선으로 1945년 8월 24일 한국인 징용자를 태우고 가다가 의문의 폭발사고로 침몰했다. 일본이 항복한 직후인 1945년 8월 22일 오전 10시 조선인 7천여 명이 이 배를 타고 일본 아오모리현 오미나토항을 출항해 부산항으로 향했다. 그런데 도중에 방향을 틀어 교토부 마이즈루항으로 회항하다가 폭발과 함께 침몰하였다. 이 사고로 한국인 524명, 일본군 25명 등 549명이 사망하고 수천 명이 실종되었다.

해 노력하였다.

그는 광복 후에도 계속 일본에 거주하면서 재일동포의 단결을 위해 1946년 신조선건설동맹을 결성하고 오사카를 중심으로 아홉 개의 지방조직을 활성화하여 동포들의 단합에 힘썼다. 1959년 북송 반대를 위한 재일동포 총궐기대회를 주도하였고, 1961년 대한반공순국단을 결성하여 한일 국교 정상화를 위해 노력하였다. 1963년 이후 재일거류민단 오사카 단장과 중앙본부 상임고문 등을 맡아 민단 발전에 크게 공헌하였다.

또 1964년 긴키지구협의회 사무국장으로 재일동포의 법적 지위 요구 실천 민중대회를 주도하였고, 재일동포 학생의 모국방문단을 인솔하였다. 1965년에는 재일동포 학생들의 민족교육을 위해 자비로 한국어 교본 1만 부를 출판 배포하였다.

그는 조국이 부강해야 재일동포가 자긍심을 갖고 당당하게 생활할 수 있다고 생각했다. 그리고 1인당 국민소득 80달러에 불과한 한국이 잘살기 위해서는 선진 농업기술 도입이 급선무라고 판단하여 1965년 순천 농업연수생 16명을 초청하여 일본의 영농기술을 배우게 하였다. 이듬해에도 전국 농업연수생 61명을 초청하였다. 이때 제주도 출신 연수생 3명에게는 제주도와 기후와 토양이 유사한 와카야마현에서 6개월간 밀감재배 기술을 배우도록 하고 귀국할 때 묘목 1백 주를 주어 제주도에 시험 재배토록 하였다.

이어서 1970년에는 밀감 묘목 60만 주를 제주도에 보내기도 했다. 이때 일본 정부에서 출항 허가를 해주지 않아 묘목들이 말라죽을 지경이 되었는데, 그가 백방으로 노력하여 출항 허가를 받아넘으로써 오늘날 제주도 밀감 산업의 기초를 닦을 수 있었다.

그는 남다른 애향심으로 발휘하여 1969년에는 전기가 들어오지 않는 순천시 황전면과 월등면 800여 세대에 전기공사를 해주었고, 순천경찰서 건축기금도 지원하였다.

1970년에는 광일장학재단을 설립하여 인재 육성에 공헌하였고, 전남 출신 재일동포와 힘을 합쳐 전라남도에 농약 살포용 헬리콥터 한 대와 전남경찰국 대공경비용 헬리콥터 한 대를 기증하였다. 순천 시내 초등학교 4개교와 중학교 5개교, 고등학교 2개교에 부지 대금과 교재교구 구입비도 지원하였다.

1971년 순천시 가두 노동자와 미화요원, 행상인들에게 방한복 1천여 벌을 기증하는가 하면, 재일본전남도민회를 결성하고 초대회장에 선임되어 다섯 차례에 걸쳐 모국방문단을 인솔하였으며, 이때 수재의연금 1천여만 원과 완도 해양경비정 구입비 2천만 원을 전라남도에 기탁하였다. 1972년 순천시 황전면 수평대교 건설비 지원을 비롯하여 승주군 458개 마을 라디오 기증, 경찰 특별기동대 오

▲ 강계중 동상

토바이 1천2백 대 기증 등에도 힘썼다.

1979년 MBC에서 〈대판(大阪)의 별 강계중〉이 방송되었고, 남도예술회관 건립 및 순천체육회 발전 기금, 1983년 독립기념관 건립 기금 및 전라남도 장학기금을 헌납하였다. 1971년 재일 한국인의 영주권 신청 촉진과 복지향상에 이바지한 공로로 대통령 표창을 받았고, 1974년 국가 발전과 국민복지 향상에 노력한 공로로 국민훈장 무궁화장을 받았다.

1983년 8월 21일 숙환으로 별세하였고, 그의 일생을 기록한 『호산 강계중 전기』가 있다. 청암대학교[148] 설립자 강길태(1921~2013)는 그의 둘째 아우이다. 막내아우 강길만(1928~)은 대한민국 제9대 국회의원을 지낸 바 있다. 1999년 11월 순천시에서 죽도봉공원에 그의 동상을 건립하였다.

---

148) 1954년 순천간호고등기술학교로 개교한 이래 1972년 순천간호전문학교를 거쳐 1998년 순천청암대학에서 2012년 청암대학교로 교명이 바뀌었다.

43

강상호

일본유학생으로 독립투쟁을 벌이다

　순천인으로 일제강점기에 일본 현지에서 항일운동을 했던 인물이 있다. 바로 순천 해룡면 출신 강상호이다. 그는 일본으로 유학을 떠나 유학생들을 규합하여 조국 독립과 조선인의 자주성 회복을 위해 힘썼다. 학생의 신분으로 일본 현지에서 민족운동을 한다는 것은 어지간한 항일의지나 용기가 아니고는 어려운 일이었을 것이다. 마침내 그는 두 차례에 걸쳐 옥고를 치렀으며 광복의 기쁨을 맛보지 못하고 끝내 옥중에서 눈을 감았다.

　강상호(姜相湖, 1919~1945)는 1919년 전라남도 순천군 해룡면 상삼리에서 태어났다. 1940년 전북 고창고보를 졸업한 뒤 일본으로 유학을 떠나 요코하마전문학교(橫濱專門學校)에 입학했다. 그는 일본인의 민족차별에 모멸감을 느끼고 민족의식이 싹텄다. 1941년 도쿄 유학생 배종윤(裵宗潤)과 원용학(元容鶴) 등을 만나 동지 관계를 맺고 민족차별정책에 반대하고 창씨개명과 조선어

▲ 학생시절의 장준하, 문익환, 윤동주의 모습, 강상호도 윤동주와 같은 길을 걸었다.

사용 금지 등을 반대하기로 결의하였다.

아울러 조선인 유학생들을 규합하여 민족정기를 수호하고 민중 지도자로서 독립투쟁의 역량을 키우고자 노력했다. 그러던 중 1941년 10월 일본 경찰에게 체포되어 고초를 겪다가 1942년 9월 기소유예로 풀려났다.

이후 요코하마전문학교를 졸업하고, 태평양전쟁 도발로 일제가 패망할 것을 예견하고는 요코하마전문학교 후배들을 포섭해 1943년 2월부터 8월까지 10여 차례 모임을 통해 일제의 패망에 대비하여 미국과 영국 등의 원조를 받아 독립을 쟁취할 계획을 협의하였다.

그러다 1943년 9월 경찰에 체포되었다. 1944년 9월 요코하마지방재판소에서 치안유지법 위반 혐의로 징역 2년형을 선고받고 요코하마형무소에 수감되었다. 옥고를 치르는 동안 혹독한 고문의 후유증을 이겨내지 못하고 1945년 5월 순국하였다. 조국광복을 불과 3개월 앞둔 스물여섯 살의 나이였다.

그의 죽음은 시인 윤동주(尹東柱, 1917~1945)의 경우를 떠올리게 한다. 윤동주도 도지샤대학(同志社大學) 재학 중인 1943년 7월 치안유지법 위반으로 체포되어 2년 형을 선고받고 후쿠오카형무소에 수감되어 옥고를 치르다가 1945년 2월 눈을 감았다. 조국광복을 겨우 6개월 앞둔 스물여덟 살의 나이였다. 두 사람의 사례가 판에 박은 듯 똑같은 것을 알 수 있다.

강상호의 유해는 요코하마형무소 공동묘지에 묻혀 있다가 1998년 9월 우리나라로 송환되어 국립대전현충원 독립유공자 묘역에 안장되었다. 정부에서는 그의 공적을 기려 1977년 대통령표창과 1991년 건국훈장 애국장을 추서했다.

44

박순동

학병으로 탈출하여 첩보훈련을 받다

일본 유학 중에 학도병으로 전장에 끌려갔다가 탈출하여 인도와 미국을 거쳐 극적으로 생환한 인물이 있다. 순천 출신 박순동이 그 사람이다. 그는 태평양전쟁의 소용돌이에 휘말려 미얀마에 투입되었으나 한국인으로서 민족의식을 잃지 않고 사지에서 탈출하여 우여곡절을 겪으며 광복 조국의 품에 안길 수 있었다. 그의 탈출기는 한 편의 드라마로서 조정래와 김성종 소설로 형상화되기도 하였다.

박순동(朴順東, 1920~1969)은 본관은 밀양이고 호는 진관(津觀)이다. 1920년 5월 순천군 순천면 행정(현 순천시 행동)에서 태어났다. 그는 1928년 순천공립보통학교(현 순천남초등학교)에 들어가 1933년 졸업하고, 1934년 서울 중동중학교에 진학했다. 1938년 무렵 일본인 교사가 일기 검사를 하자 사생활 침해이자 인권 유린이라고 항의했다가 경찰서 고등계로 끌려가 호된 문책을 당했다. 그 일을 계기로 반일감정을 품게 되었다.

1941년에 중동중학교를 졸업하고 고향에 돌아와 선암사의 승려이자 매형인 조종현(趙宗玄) 밑에서 승려 수업을 받았다. 그러다가 조종현의 권유로 1943년 4월 일본 고마자와대학(駒澤大學)에 입학했다. 그러나 당시는 태평양전쟁 기간이라 대학을 1년도 채 다니지 못하고 1944년 1월 학도지원병으로 전장에 끌려갔다. 6월 부산에서 수송선을 타고 출발하여 해로와 육로를 거쳐 9월 버마(지금의 미얀마)에 도착했다.

그는 일본의 버마원정군 사단에 소속되어 부대를 따라 버마 동북부와 운남성의 변경을 넘어 버마 남중부까지 진군했다. 그가 속한 분대에는 두 명의 조선인 학도병이 있었다. 한 명은 영암군 도포면 출신 도쿄 니혼대학 졸업생인 이종실(李鍾實)이고, 또 한 명은 목포 출신 일본 도쿄제국대학 재학생인 이가형(李佳炯)[149]이었다. 그들 세 사람은 곧 의기투합하였다.

어느 날 그들은 일본군이 인도와 버마의 접경지대인 임팔(Imphal) 전투[150]에서 패배했고 영국군 탱크부대가 곧 일본군의 퇴로를 끊을지도 모른다는 소식을 들었다. 이에 그들은 탈출을 모의했다. 그런데 이가형은 말라리아에 걸려 건강상태가 좋지 않은 관계로 박순동과 이종실 두 사람만 탈출하기로 마음먹었다. 그

---

149) 1944년 학도병으로 징집돼 전쟁에 나갔고, 1945년 연합군 포로가 되어 싱가포르수용소에서 생활하다가 귀국했다. 중앙대학교와 국민대학교의 영문학과 교수 및 한국추리작가협회 회장을 지냈다.
150) 1944년 3월부터 7월까지 북동인도 임팔 일대에서 벌어진 전투였다. 일본군은 임팔에 주둔한 연합군을 공격하고 인도로 침공하고자 했으나 오히려 연합군에게 큰 패배를 당하고 미얀마로 후퇴했다. 임팔 전투는 그때까지 일본군 전투 중에서 가장 큰 패배였다.

▲ 박순동 생가터 표지

들은 수통 2개와 쌀 두 줌, 38식 소총 1정, 실탄 30발을 들고 병영을 빠져나왔다.

그들은 다섯 가지 행동계획을 준비했다. 첫째, 도중 불심 검문을 당하면 잔류부대 연락병으로 가장한다. 둘째, 탈출에 저해되는 자는 죽이되, 되도록 칼을 쓰고 총성이 나지 않도록 한다. 셋째, 싸울 때는 이종실이 먼저 총으로 상대를 겨누어 상대를 위협하고, 그 틈을 타서 박순동이 칼이나 총의 개머리판으로 제압한다. 넷째, 상대가 두 사람 이상으로 부득이한 상황에서는 총을 발사한다. 다섯째, 다수의 적에 포위되어 도저히 헤어날 수 없을 때는 총으로 자결한다.

그들은 사흘 동안 사막 40리를 포함해 70리를 걸었다. 도중에 일본군 병사와 장교들을 만났지만 별다른 제재를 받지 않았다. 그러다가 마지막 위병소에서 일본군 보초 한 명이 출입을 제지하자, 이종실이 그의 시선을 잡아끄는 사이 박순동이 기습 공격해 단도로 처치했다. 그리하여 1945년 3월 23일 두 사람은 모든 관문을 돌파하고 영국군 부대로 찾아가 투항의사를 밝혔다.

두 사람은 영국군 사단사령부에서 심문을 받은 뒤 3월 28일 인도 뉴델리로 이송되었다. 그리고 뉴델리 사령부 관할 포로수용소에 들어가 영국군 포로 번호를 부여받고 다른 일본군 포로들과 함께 생활하게 되었다. 거기서 일본군 기병대를 탈출한 박형무(朴亨武)를 만났다.

때마침 뉴델리 주재 미국 첩보기관 OSS(Office of Strategic Services, 미군전략정보처)가 그들을 주목하고 그들의 탈출 과정과 출신 지역 등을 조사하였다. 그리고 그들의 투철한 반일감정까지 확인한 다음 그들을 일본군 섬멸 작전에 활용할 생각으로 미국으로 보냈다. 세 사람은 5월 24일 워싱턴에 도착하였으며, 로스앤젤레스를 거쳐 캘리포니아주 태평양 연안에 있는 산타 카탈리나(Santa Catalina)섬에 들어갔다. 그곳에서 미국의 한반도 침투를 위한 '냅코(Napko) 작전' 요원이 되어 1945년 6월부터 석 달 동안 유격훈련과 무선훈련, 폭파 훈련 등의 특수훈련을 받았다.[151]

그런데 뜻밖에도 1945년 8월 15일 일제가 무조건 항복을 선언하면서 모든 계획이 백지화되었다. 상황이 돌변하자 OSS는 세 사람을 하와이 포로수용소로 보내버렸다. 박순동은 포로수용소에서 〈자유한인보(自由韓人報)〉라는 주간지를 발행하며 2천 7백 명

---

151) 장준하(張俊河, 1915~1975)와 김준엽(金俊燁, 1920~2011)도 학도병으로 징집되어 중국에서 탈영하여 충칭의 대한민국 임시정부 광복군(총사령관 지청천)에 들어갔다. 1945년 중국 시안[西安]에서 미국전략정보처의 국내 밀파 특수공작원 훈련을 받았으나 일본의 항복으로 작전에 돌입하지는 못했다. 장준하의 『돌베개』(돌베개, 2015)와 김준엽의 『장정』(나남, 2003)에 그 내용이 담겨 있다.

▲ 중국에서 첩보 훈련을 받은 장준하, 김준엽, 노능서의 모습.
박순동도 미국에서 같은 훈련을 받았다.

에 달하는 한인 포로들의 이익 도모와 단결 유지에 힘썼다. 포로
수용소장도 세 사람을 일반 포로들과 달리 배려해주었고, 1945년
12월 21일 세 사람은 하와이에서 배를 타고 출발하여 이듬해 1월

11일 인천항에 도착할 수 있었다.

박순동은 그 뒤 순천에 주둔한 미군정청의 통역관으로 근무하다가 순천과 벌교, 목포 등지에서 영어 교사로도 일하다가 제지회사 이사를 맡기도 했다. 1965년 9월 〈모멸의 시대〉라는 제목으로 학도병으로 참전했던 이야기를 수기로 써서 〈신동아〉 논픽션 최우수상을 받았다. 1967년 광주의 중고등학교에 근무하던 중 병을 얻어 1969년 1월 향년 49세로 세상을 떠났다.

정부는 1999년 건국포장을 추서했다. 2002년 그의 유해를 국립대전현충원 독립유공자 묘역에 안장했다. 조정래의 장편소설 『태백산맥』에 등장하는 김범우는 작가의 고모부 빅순동을 모델로 한 것이다. 김성종의 장편소설 『여명의 눈동자』에 나오는 장하림 또한 박순동이 모델이다.

순천시는 2019년 11월 삼일운동 및 대한민국임시정부 수립 1백 주년을 맞아 그의 공훈을 널리 알리고자 시내 행동에 '독립운동가 생가터' 표지판을 세웠다.

45

조달진

육탄으로 북한군 전차부대를 쳐부수다

한국전쟁 때 육탄전으로 북한군의 전차부대를 제압하고 그들의 남하를 저지한 군인이 있다. 바로 순천 출신 조달진이다. 그는 북한군이 전차와 자주포를 앞세워 강원도로 진입하자 특공대원으로 자원하여 홍천 말고개와 상주 유곡에서 적의 전차를 육탄전으로 격파하고 '말고개의 전쟁영웅' 또는 '탱크 잡는 불사조'라는 별명을 얻었다.

조달진(趙達珍, 1928~2008)은 1928년 11월 18일 전라남도 순천시 주암면 대광리에서 태어났다. 1949년 8월에 육군에 입대하여 당시 제6사단 19연대 3대대 소총수로 복무하였다.

이듬해 6월 25일 북한군의 기습적인 남침으로 한국전쟁이 일어났다. 그로부터 나흘째인 6월 28일 전차와 자주포를 앞세운 북한군이 춘천으로 우회하여 서울로 가기 위해 홍천으로 진입하고 있었다. 만약 홍천이 점령되면 서울까지 밀리게 되는 국가 존망의 위급 상황이었다.

이에 제19연대장 민병권(閔丙權) 대령은 막강한 북한군의 전차부대를 정상적인 공격 방법으로는 저지하기 어렵다고 판단하고 육탄공격을 위한 특공대 편성에 착수했다.

조달진은 특공대 선발에 지원하여 81밀리 박격포탄 한 발과 수류탄 두 개를 지급받고 강원도 홍천 말고개에 잠복하고 적을 기다렸다. 그리고 북한군의 전차가 산길을 올라오자 선두 전차에 뛰어

▲ 조달진

올라 해치 안에 수류탄을 넣고 뛰어내렸다. 큰 폭발음과 함께 화염이 치솟으며 선두의 전차가 파괴되자 뒤에 오르던 전차들은 주춤거렸고, 그 기회를 탄 특공대원들이 나머지 전차를 공격했다. 그리하여 북한군 전차와 자주포 10문을 파괴하는 전과를 올렸다.

이렇게 북한군의 막강한 전차부대를 저지함으로써 국군의 사기를 드높이고 전투에 자신감을 불어넣었다. 그 결과 북한군의 서울 공략은 차질을 빚게 되었고, 결과적으로 6·25전쟁의 승패에 상당한 영향을 미쳤다. 조달전 일등병은 이 전공으로 2계급 특진했다.

이어서 7월 24일 북한군 전차 여덟 대와 보병 1개 연대가 경북

▲ 조달진 기념공원

문경과 점촌 간의 도로를 따라 상주 유곡(幽谷)으로 침공해왔다. 이때도 조달진을 비롯한 일곱 명의 특공대원은 TNT와 수류탄으로 무장하고 잠복해 있다가 선두 전차에 대전차포를 쏘아 명중시킨 다음 특공대원들이 일제히 전차에 올라가 수류탄을 투척하고 전차 4대를 파괴하였다. 당황한 북한군은 모두 전차를 버린 채 도주하였고, 조달진은 다시 특진하여 이등중사가 되었다.

이와 같은 홍천과 상주의 육탄전 승리로 말미암아 그는 '말고개의 전쟁영웅' 또는 '탱크 잡는 불사조'라는 별명을 얻었다. 1950년 10월 을지무공훈장을 받고, 개전 이후 한국군 최초로 미국 제8군 사령부로부터 미국 동성(Bronze Star)무공훈장 수여의 영예를 안았다. 이어서 1951년에는 화랑무공훈장을 받았다. 그는 제19연대 수색 중대의 선임하사로 근무하며 최전선을 지키다가 전쟁이 끝나고 1955년 2월 소위 진급과 동시에 예편했다.

2008년 10월 향년 80세로 타계하였고, 유해는 국립대전현충원에 안장되었다. 2011년 10월 국군의 최고 무공훈장인 태극무공훈장이 추서되었다. 1975년 홍천 군민들이 성금을 모아 홍천 말고개에 육탄용사 전적비를 세웠다. 전쟁기념관에서는 그를 2014년 6월, 2020년 6월 두 차례 '이달의 호국인물'로 선정하였다.

순천시에서는 2018년 10월 주암면 구산리에 조달진 기념공원을 조성하고 그의 흉상을 건립하였다. 또 2019년부터 조달진 추모사업 추진위원회에서는 '조달진추모제'를 연례행사로 열고 있다.

제3부
순천의 문화인물

46

손억

연자루에서 애달픈 사랑의 전설을 낳다

순천시 죽도봉공원(竹島峰公園)에서 가장 눈에 띄는 건물이 연자루이다. 본디 이 누각은 옛 순천부성의 남문, 지금의 남내동 남문교 앞에 있던 것인데, 일제강점기인 1930년에 철거되었다가 1976년 지금의 자리로 옮겨져 복원되었다. 제비처럼 날렵한 모습으로 옛날 순천도호부의 관문 구실을 하던 이 연자루에는 고려 시대에 이 고을을 다스렸던 태수 손억과 관기 호호(好好)의 사랑 이야기가 전해지고 있다.

손억(孫憶, 1214~1259)은 고려 고종(재위 1213~1259) 때의 인물로 승평 태수로 재임할 때 호호라는 관기를 몹시 사랑하였다. 두 사람은 연자루(燕子樓)에 올라 주변 경관을 감상하며 정겨운 시간을 보냈다. 그러다가 태수가 임기를 마치면서 여인과 헤어지게 되었고, 여러 벼슬자리로 옮겨 다니다 보니 다시 만날 기회를 얻지 못했다. 그렇지만 태수의 사랑은 변함이 없었고 언제

▲ 연자루 옛 모습

든 다시 만나고 싶은 마음을 갖고 있었다.

마침내 그가 관찰사의 직위에 올라 승평에 올 기회가 생겼다. 그는 누구보다 먼저 호호를 찾았다. 그러나 다시 만난 여인은 옛날의 모습이 아니었다. 꽃처럼 아리땁던 모습은 간데없고 머리에 서리가 가득 앉은 여인으로 변해 있었다. 홍안의 어디 가고 백발만 남았는가! 열흘 붉은 꽃이 없다는 세월의 무상함을 절감하면서 그는 여인의 손을 부여잡고 세월을 보내버린 회한의 눈물을 뿌릴 수밖에 없었다.

연자루에 얽힌 손억 태수와 관기 호호의 애틋한 사연은 『신증동국여지승람(新增東國輿地勝覽)』(1530)의 순천도호부편에 나와 있다. 이렇게 실존 인물의 이름이 전해지는 것을 보면, 연자루의 연애담은 흥밋거리로 지어낸 것이 아니고 실제로 있었던 일임을 알 수 있다.

그 뒤로 연자루를 찾는 선비들이 손억과 호호의 안타까운 이야기를 떠올리며 시를 읊기 시작했다. 조선 영조 때의 문신 최정익(崔正益, 1750~?)은 연자루에 올라 두 주인공에 대한 사연을 떠올리고 있다.

孫郞同好好 손랑은 호호와 같이
燕子樓中遊 연자루에서 놀았네
人去樓猶在 사람은 가고 누만 남아 있지만
燕飛水自流 제비는 날고 물은 절로 흐르네

정조 때의 조현범은 『강남악부(江南樂府)』(1784)의 〈손태수(孫太守)〉에서 이렇게 노래했다.

기생 이름은 호호인데
누각 위의 가무는 봄바람처럼 일찍 왔었다오
예부터 젊음은 다시 오지 않나니
낭관(郞官)은 어디에서 꽃을 그리워하는가
그대는 미워하지 말지니
손태수가 다시 와서 옛 사람을 찾았다오
한번 왔을 때 젊었던 이가 다시 와보니 늙어 있었다오.

판소리를 사랑했던 벽소(碧笑) 이영민(李榮珉, 1881~1964)도 〈순천가〉에서 연자루를 노래하며 손억과 호호를 언급하였다.

연자루(燕子樓)에 올라 사면풍경을 바라보니 반구정반도화발(伴鷗亭畔桃花發)이요 팔마비전(八馬碑前) 벽옥류(碧玉流)라. 손랑(孫郎)은 어디 가고 호호가인(好好佳人)은 제비가 되어 연연(戀戀)한 봄바람에 누상(樓上)에서 춤을 춘다.

이밖에도 장일(張鎰, 1207~1276)을 비롯하여 서거정(徐居正, 1420~1488)과 정철(鄭澈, 1536~1593), 이수광(李睟光, 1563~1628)), 한재렴(韓在濂, 1775~1818), 김윤식(金允植, 1835~1922), 황현(黃玹, 1855~1910), 윤종균(尹鍾均, 1861~1941), 양홍묵(梁鈺默), 조영채(趙泳彩), 장낙현(張洛鉉), 오용묵(吳容默) 등이 연자루에 관한 시를 남겼다. 연자루는 제비처럼 선이 고운 지붕의 멋과 더불어 손억과 호호의 사랑 이야기가 곁들여져 더욱 운치 있는 모습으로 보는 이의 감동을 자아낸다.

한편 순천의 연자루는 2019년 베이징 세계원예박람회 때 우리나라 전통 정원 한국원(韓國園)에 축소된 모습으로 건립되어 세계인의 눈길을 끌었다.

47

장일

연자루에 관한 시를 최초로 짓다

제비가 날개를 펼친 모습을 한 연자루(燕子樓)는 옛날 순천부성 남문의 문루(門樓)로서 풍류객들의 놀이터 구실까지 하였다. 순천을 방문한 수많은 가객이 이 누각에 올라 빼어난 풍광과 그윽한 정취를 노래했다. 무엇보다 이 누각에 얽힌 애틋한 남녀의 사연은 더욱 가슴을 사무치게 했을 것이다. 연자루를 노래한 여러 시편 가운데 가장 오래된 것은 고려 때 승평판관을 지낸 장일의 작품이다. 이수광이 편찬한 〈승평지〉에는 70여 편의 연자루 시가 수록되어 있는데, 시기적으로 가장 먼저 지어진 것이 바로 그의 작품임을 알 수 있다.

장일(張鎰, 1207~1276)은 고려 후기의 문신으로 본관은 창녕(昌寧)이고, 초명은 민창(敏昌), 자(字)는 이지(弛之)이다.

고종(高宗, 재위기간 1213~1259년) 때 창녕군리(昌寧郡吏)로 급제한 뒤 승평판관(昇平判官)[152]에 임명되어 부사를 보좌하여 선정을 베풀었다. 조선 시대 인문지리서 〈신증동국여지승람〉의 순천도호부편에 "장일은 고려 고종 때 판관이었는데 행정 능력이 뛰어났다(張鎰高麗高宗朝爲判官以政最聞)."고 소개되어 있는데 바로 이때의 일로 짐작된다.

그가 순천과 관련하여 지은 시 〈승평을 지나며(過昇平郡)〉가 『동문선(東文選)』〉에 전한다.

霜月凄凉燕子樓 서리 내린 달밤에 처량한 연자루
郞官一去夢愁愁 떠나신 낭군을 꿈에서도 그리워했네.
當時座客休嫌老 그때 좌객 늙었다고 탓하지 마오
樓上佳人亦白頭 누각의 고운님 또한 백발이 되었으니

일찍이 순천에는 승평태수 손억(孫億)과 관기 호호(好好)의 사랑 이야기가 전해지고 있다. 두 사람은 연자루에 올라 함께 노닐며 사랑을 나누었는데, 세월이 흐른 뒤 다시 승평에 와서 호호를 찾으니 그는 이미 백발이 되어 있었다는 사연이다. 그는 이 고사에 대한 감회를 시로 썼다.

그 후 벼슬에서 물러나 고향 옛집으로 돌아왔다가 안찰사 왕해(王諧)의 추천에 힘입어 직사관(直史館)을 거쳐 전중시어사(殿中

---

152) 지방의 관찰부 및 주요 주부(州府)에 설치된 종5품 벼슬. 지방관을 보좌하여 소속 관아의 행정 실무를 지휘, 담당하였다.

▲ 연자루

侍御史)가 되었다.

　1252년(고종 39) 사신 이현(李峴)의 서장관(書狀官)으로 원나라에 다녀왔다. 원종 초에 전라도와 충청도, 경상도 3도를 안찰하여 좋은 평가를 받았다. 그 이후 병부시랑(兵部侍郞)[153]과 예부시랑(禮部侍郞), 좌간의대부(左諫議大夫)를 역임하였다.

　1270년(원종 11) 삼별초 항쟁 때 경상수로방호사(慶尙水路防護使)로 임명받아 남해도(南海島)의 삼별초부대 진압에 힘썼다.

---

153) 고려 시대 상서(尙書) 6부(部)의 정4품 관직. 정3품인 상서를 보좌함.

▲ 연자루와 남문교의 옛 모습

　그는 몽골어에 능통한 외교관으로서 모두 여덟 차례에 걸쳐 원
나라에 사신으로 갔으며, 1274년 충렬왕이 귀국할 때 몽골 복장
을 하는 것을 만류하였으나 뜻을 이루지 못했다.

　같은 해에 여몽연합군이 일본원정에서 합포(合浦)로 돌아올 때 동
지추밀원사(同知樞密院事)로서 그들을 맞아 위로하였다.[154] 1276년

---

154)　여몽연합군은 총병력 3만 9천 7백 명(몽골군 2만 5천, 고려군 1만 4천 7백)으로 1274년 10월
　　3일 합포에서 일본 정벌에 나섰다. 그러나 10월 20일 밤부터 21일 새벽까지 하카타만(博多灣)
　　에 몰아닥친 폭풍으로 200여 척이 침몰하면서 큰 타격을 입고 11월 20일 합포로 귀환했다. 이
　　때 돌아오지 못한 군사가 1만 3천 5백여 명이라고 〈고려사〉에 기록되어 있다. 일본은 이때 자기
　　네를 구원해준 바람을 '가미가제(神風)'이라고 칭했다.

(충렬왕 2)에 지첨의부사 보문서태학사 수국사(知僉議府事寶文署太學士修國史)로 치사(致仕)하였다.

1276년 5월 향년 일흔 살에 세상을 떠났다. 묘소는 창녕군 대지면 용소리에 있다. 임금이 장간(章簡)이란 시호(諡號)를 내렸다. 『고려사』에 열전(列傳)이 실려 있고, 성품이 온순, 공손, 정직하고 글을 잘 지었으며, 행정을 수행하는 재주가 뛰어났다고 평하였다. 조현범이 지은 『강남악부(江南樂府)』(1784)의 〈통판정(通判政)〉에 그의 기록이 나와 있다.

48

박충좌

연자루에서 또 하나의 사랑의 전설을 낳다

순천부성 남문의 관문 노릇을 한 누각 연자루는 고려 시대 손억(孫億, 1214~1259) 태수와 관기 호호(好好)의 사연이 전해 내려온다. 그런데 연자루의 사연이 이것만 있는 것이 아니다. 이곳에는 또 하나의 사랑 이야기가 전해지고 있으니 바로 박충좌와 기생 벽옥(碧玉)의 사연이다. 이것 역시 인생무상을 절감케 하는 서글픈 정조를 더해준다.

박충좌(朴忠佐, 1287~1349)는 고려 말의 문신으로 본관은 함양(咸陽)이고, 자는 자화(子華), 호는 치암(恥菴)이다. 성품이 온화하고 검약하였으며 어려서부터 학문을 좋아했다. 1298년 백이정(白頤正, 1247~1323)[155]이 충선왕(忠宣王)을 따라 원나라 연경

---

155) 고려 후기의 문신이자 성리학자로 본관은 남포이고, 자는 약헌(若軒), 호는 이재(彛齋)이다. 중국에 가서 주자의 성리학을 배워온 뒤, 안향과 함께 고려의 성리학 보급에 크게 기여하였다.

▲ 연자루

(燕京)에 가서 그곳 학자들과 교류하며 10년간 주자학을 배웠다.
그가 1314년 고려에 돌아왔을 때 박충좌는 동갑내기 이제현(李齊
賢, 1287~1367)[156)과 함께 제일 먼저 백이정의 가르침을 받았다.
그리고 스승이 남해(南海)로 귀양을 갈 때 동행하며 제자의 도리
를 다하였다.

충숙왕(재위 1313~1330, 복위 1332~1339) 때 문과에 급제하

---

156) 고려 후기의 문장가로 정주학의 기초를 확립하고, 조맹부(趙孟頫) 서체를 도입했다. 1320년 충
선왕이 모함으로 유배되자 원나라에 그 부당함을 밝혀 1323년 풀려나게 했다. 저서로 『익재
집』, 『역옹패설』 등이 있다.

고, 1332년(충숙왕 복위 1) 전라도 안렴사(按廉使)[157]로 나아갔다.

일찍이 그가 승평에서 노닐며 기생 벽옥(碧玉)과 정을 맺었다. 나중에 고을 수령을 규찰하는 임무를 지닌 전라도 안렴사가 되어 승평에 와서 벽옥을 찾았다. 그러나 여인은 이미 죽고 없었다. 그는 서글픈 마음에 시 한 편을 남겼다.

九十浦頭潮欲生 구십포 어귀엔 조수가 일려 하고
碧松紅樹去年程 푸른 솔 단풍 숲은 지난날 노정이었지
如今謾擁旄旗過 지금 부질없이 깃발 앞세워 지나가건만
樓上無人望此行 누각 위에서 행차를 보아줄 사람이 없구려[158]

박충좌는 순천에서 사귄 기생 벽옥을 오랫동안 마음에 두고 있었다. 그러나 벼슬에 올라 다시 고을을 찾아왔을 때는 이미 이 세상 사람이 아니었다. 그리운 사람을 다시 만날 수 없게 되었을 때 그 낭패감과 허망함이 얼마나 클 것인가? 이 시에는 옛 연인에 대한 그리움과 서글픔이 담겨 있다.

그 무렵 박충좌는 폐신(嬖臣) 박련(朴連)이 양민을 노비로 삼으

---

157) 고려 시대의 지방 장관. 고려는 지방 장관을 절도사(節度使), 안무사(按撫使), 안찰사(按察使), 도부서(都部署) 등으로 부르다가 1276년(충렬왕 2년) 안렴사로 고쳤다. 오늘날의 도지사에 해당한다.
158) 신증동국여지승람 제37권 강진현(康津縣) 편에 이 시가 들어 있다. 여기에 나오는 구십포(九十浦)는 강진현의 남쪽 6리에 있는 포구라고 소개하고 있다. 아울러 탐라(耽羅)의 사자(使者)가 나라에 조공할 때에 배를 이 포구에 대었으므로 '탐진(耽津)'이라는 이름이 생겼다고 지명의 유래를 밝혀주고 있다.

▲ 예천 금곡서원

려 하는 것을 막다가 되려 그의 참소로 섬에 유배당했다. 뒤에 풀
려나와 감찰지평(監察持平)과 예문응교(藝文應敎)에 임명되었으
나 두 차례 모두 신병을 이유로 응하지 않았다. 그 뒤 개성부윤 등
을 거쳐 함양부원군(咸陽府院君)에 봉해졌다.

　1344년(충혜왕 복위 5) 지공거(知貢擧)[159]가 되어 진사 선발 업
무를 맡았다. 1345년(충목왕 1) 정방(政房)을 설치하여 제조관
(提調官), 판전민도감사(判田民都監事), 찬성사(贊成事)에 임명되
었다. 이때 서연(書筵)에 들어가 당태종의 언행록인『정관정요(貞

---

159) 고려시대에 과거를 관장한 고시관으로 정4품 관직

觀政要)』¹⁶⁰⁾를 강론하였다. 이어 판삼사사(判三司事)에 올라 순성보덕협찬공신(純誠輔德協贊功臣)의 봉호를 받았다.

1348년 간신 강윤충(康允忠)이 간통을 일삼고 권력의 횡포를 부리자 김륜(金倫), 이제현(李齊賢) 등과 함께 상소를 올려 그를 파직시켰다.

1349년(충정왕 1) 윤7월에 향년 63세로 세상을 떠났다. 시호는 문제(文齊)이다. 묘소는 경기도 개풍군 상도면 속촌리에 있다. 1568년(선조 1) 경북 안동 예안의 역동서원(易東書院)에 우탁(禹倬, 1263~1342)과 함께 봉향되었다가 1868년 서원철폐령으로 훼철되고, 1984년 3월 경북 예천군 용문면에 금곡서원(金谷書院)에 배향되었다. 경남 남해군 이동면의 난곡사(蘭谷祠)에도 스승 백이정과 함께 그의 위패가 봉안되어 있다.

---

160) 중국 당나라 때 오긍(吳兢, 670~749)이 편찬한 당태종의 언행록이다. 제목의 '정관(貞觀)'은 태종의 연호이고, '정요(政要)'는 '정치의 요체'라는 뜻이다. 당 태종이 신료들과 정치에 대해서 주고받은 대화를 엮은 것으로서 예로부터 제왕학(帝王學)의 교과서로 여겨졌다.

49

조위

임청대를 짓고 만분가를 노래하다

순천시 옥천동에 임청대비(臨淸臺碑)가 있다. 옛날 이곳에 임청대가 있었음을 말해주는 비석이다. 그렇다면 임청대란 무엇인가. 그것은 조선 연산군 때 무오사화(戊午士禍)로 순천에서 유배 왔던 조위가 지역의 선비들과 더불어 시를 지으며 지내던 누대이다. 임청대를 중심으로 중앙의 관리와 지방 문사들의 문학적 교류가 이루어진 것이다. 이 조위는 김굉필(金宏弼), 정여창(鄭汝昌)과 더불어 초기 사림파의 대표적인 인물로 박식하고 문장이 위려(偉麗)하였다고 한다. 그는 여기서 가사작품 〈만분가(萬憤歌)〉를 남겼다.

조위(曹偉, 1454~1503)는 본관이 창녕(昌寧)으로 자는 태허(太虛)이고, 호는 매계(梅溪)이다. 일곱 살 때 시를 지을 정도로 글재주가 뛰어났다. 점필재(佔畢齋) 김종직(金宗直, 1431~1492)의 문하에서 공부하여 1472년(성종 3) 생원시와 진사시에 합격하고,

1474년 식년 문과에 급제하였다. 승문원정자(承文院正字)[161]와 예문관검열(藝文館檢閱)[162]을 맡았고, 사가독서제(賜暇讀書制)[163]에 첫 번째로 뽑히는 영예를 누렸다.

이후 뛰어난 글재주로 임금의 총애를 받으며 홍문관과 사헌부를 오가며 벼슬을 거친 뒤 모친 봉양을 위해 함양군수로 나아갔다, 이때 조부(租賦)를 균등하게 하고자 〈함양지도지(咸陽地圖志)〉를 만들고, 유향소(留鄕所)[164]의 폐단을 바로잡기 위해 향사례(鄕射禮) 및 향음주례(鄕飮酒禮)의 시행을

▲ 조위

조정에 건의하였다. 이어서 의정부검상(議政府檢詳)과 사헌부장

---

161) 외교문서를 담당하는 예조의 정9품 벼슬
162) 국왕의 말이나 명령을 담은 문서를 작성하는 정9품 벼슬
163) 유능한 관리들에게 휴가를 주어 독서에 전념하도록 하는 제도. 1420년 세종이 집현전 학사 중에서 유급휴가를 주고 연구에 전념하게 한 데서 비롯되었다. 성종 때 부활하여 홍문관의 젊은 학사를 대상으로 시행되었다.
164) 수령을 보좌하고 향리를 감찰하기 위한 양반들의 자치조직, 향사당(鄕射堂), 풍헌당(風憲堂), 집헌당(執憲堂), 향청(鄕廳), 향당(鄕堂) 등으로도 불렸다.

▲ 임청대비

령(司憲府掌令), 동부승지, 도승지에 이르렀고, 호조참판과 충청도관찰사, 동지중추부사 등을 역임하였다.

1495년(연산군 1) 대사성(大司成)[165]으로 지춘추관사(知春秋館事)[166]가 되어 〈성종실록〉을 편찬할 때 사관 김일손(金馹孫)이 스승인 김종직의 〈조의제문(弔義帝文)〉[167]을 사초에 수록하여 올리자 그대로 받아들여 편찬하게 했다.

1498년(연산군 4)에 성절사(聖節使)로 명나라에 다녀오던 중 김종직의 조의제문이 불씨가 되어 무오사화가 일어났다. 그는 글을 김종직의 글을 실록에 수록한 장본인이라 하여 의주에 유배되었다가 다시 순천으로 옮겨왔다. 이때 그는 장자강(張自綱) 등 순천의 선비들과 함께 옥천변에 임청대라는 누대를 쌓고 함께 어울리며 유배의 시름을 달랬다. 그리고 국문학사상 유배가사의 첫 번째 작품으로 알려진 〈만분가(萬憤歌)〉를 지었으며, 유배지에서 세상을 떠났다. 시호는 문장(文莊)이다. 조현범이 지은 『강남악부(江南樂

---

165) 성균관의 으뜸인 정3품 벼슬로 주로 대제학(大提學)이 겸직하였음. 지금의 국립대학 총장과 같음.
166) 실록편찬 책임자
167) 1457년 김종직이 세조의 왕위찬탈을 풍자하여 지은 글. 단종을 죽인 세조를 의제를 죽인 항우(項羽)에 비유해 세조를 은근히 비난한 내용이다.

▲ 임청대의 언저리에 세운 임청정

府)』(1784)의 〈임청대(臨淸臺)〉에 그의 기록이 나와 있다.

　그는 1495년 그가 모친의 묘지명으로 쓴 '정부인 문화류씨묘지명 지석(貞夫人文化柳氏墓誌銘誌石)'은 경상북도 유형문화재 제392호로 지정되어 있다. 작품으로 〈조계문묘비(曺繼門墓碑)〉가 있고, 저서 『매계집(梅溪集)』이 있다. 경상북도 김천시의 경렴서원(景濂書院)과 충청북도 영동군 황간의 송계서원(松溪書院)에 제향되었다.

50

신윤보

순천에 터를 잡고 오림정을 짓다

순천시 오천동 오림마을에 '오림정(五林亭)'이라는 건물이 있다. 이름을 들어보면 정자 같지만 실은 정면 3칸, 측면 2칸의 단층 팔작집이다. 이는 조선 전기 순천에 와서 터를 잡은 고령신씨 입향조 신윤보의 발자취를 알려주는 곳이다.

신윤보(申潤輔, 1483~1558)는 본관이 고령(高靈)이고 자는 비경(斐卿)이며, 호는 오림정(五林亭)이다. 고려 말 예의판서(禮儀判書)를 지내고 조선조에 들어와 두문동칠십이현(杜門洞七十二賢)[168]의 한 사람으로 절개를 지키고 광주(光州)에 은거한 순은(醇隱) 신덕린(申德隣)의 5세손이다.

조부는 인천부사(仁川府使)를 지낸 신자강(申子杠)이고, 부친

---

168) 고려가 멸망하고 조선이 건국되자 끝까지 출사하지 않고 불사이군(不事二君)의 충절을 지킨 72인의 고려 유신.

▲ 오림정

은 참봉 신질(申礩)이다. 부인은 장흥군(長興君) 마천목(馬天牧, 1358~1431)의 현손녀인 장흥마씨(長興馬氏)와 합천이씨(陝川李氏)가 있었으며, 슬하에 세 아들을 두었다.

신윤보는 1470년(성종 1) 문과에 급제한 이후 1495년(성종 25)에 이르기까지 단양(丹陽)과 임천(林川), 연안(延安)의 도호부사(都護府使)를 거쳐, 원주(原州)와 해주(海州)의 목사(牧使)를 지냈다. 이후 연산군 때 무오사화를 피하여 순천으로 내려와 동천 하류 도사동(道沙洞)에 터를 잡았다.

그는 정자를 짓고 주변에 소나무와 대나무를 비롯하여 매화, 복숭아, 유자 등 다섯 종류의 나무를 심은 다음 '오림정'으로 현판을

▲ 신윤보 유덕비

달고, 자신의 호로 삼았다. 그로부터 지금의 오림마을 이름이 생겼다.

다시 등용되어 1540년(중종 35) 상서원판관(尙瑞院判官)[169]을 지내던 중 사헌부로부터 해주판관으로 재직할 때 양민 수탈과 아첨한 행적에 대해 탄핵을 받고 자리에서 물러났다. 조현범(趙顯範, 1716~1790)이 지은 〈강남악부〉의 〈오림사(五林詞)〉에 그의 행적이 기록되어 있다.

신윤보의 묘소는 전라남도 구례군 간전면(艮田面) 효곡리(孝谷里)에 있으며, 송강(松岡) 조사수(趙士秀, 1502~1558)가 지은 묘갈명(墓碣銘)이 있다. 오림정이 오랜 세월이 흘러 퇴락하자 1919년 후손들이 현재의 위치로 옮겨 지었다.

---

169) 조선시대 국왕의 인장인 새보(璽寶), 부신(符信) 등을 관장하였던 관서의 종5품 벼슬. 소속 관아의 행정실무를 지휘, 담당하였다.

51

심통원

환선정을 짓고 순천의 풍류를 북돋우다

순천시 죽도봉공원에 순천을 대표하는 연자루(燕子樓)와 더불어 또 하나의 누각이 있다. 신선을 불러들인다는 뜻을 가진 환선정(喚 仙亭)이다. 이 정자를 지은 이는 조선 중종 때 순천부사로 왔던 심통 원이다. 처음 환선정은 동천변에 지어져서 무예 훈련 장소로 쓰이다 가 회의나 연회 장소 등으로도 사용 범위가 넓어졌다. 환선정이 지 어진 덕분에 순천은 연자루(燕子樓)와 함께 선풍(仙風)이 깃든 풍류 의 고장으로서 면모를 갖추게 되었다.

심통원(沈通源, 1499~1572)은 본관이 청송(靑松)이고, 자는 사 용(士容), 호는 욱재(勗齋)이다. 조선의 개국공신 심덕부(沈德符) 의 5대손이고, 세종의 장인으로 영의정을 역임한 심온(沈溫)이 그의 고조부이다. 증조부는 세조 때 영의정을 지낸 청송부원군 (靑松府院君) 심회(沈澮)이고, 부친은 연산군 때 갑자사화에 화를 입은 심순문(沈順門)이다.

▲ 동천 가에 있던 옛 환선정

심통원은 어려서부터 천재로 불릴 정도로 영특하였다. 1537
년(중종 32) 별시문과에 장원 급제하였다. 1543년(중종 38) 10
월 순천부사로 부임하여 1545년 11월까지 두 해 동안 지내면
서 순천부성 동천 가에 무예 훈련장소로 강무정(講武亭)을 지
었으며 나중에 환선정으로 개명하였다. 이곳에 송인수(宋麟壽,
1499~1547)[170]와 정경세(鄭經世, 1563~1633)[171], 이수광(李睟

---

170) 성리학의 대가이자 기호사림파의 핵심인물. 김안로의 재집권을 막으려다 1534년 제주목사로
    좌천되자 병을 핑계로 부임하지 않았고, 이 때문에 탄핵을 받아 사천으로 유배되었다. 이 시기
    에 학문에 전념하며 이정(李楨) 등을 문하에 두었다.
171) 서애 류성룡의 문인으로, 퇴계 이황의 학통을 계승하였다. 임진왜란 때 고향 상주에서 의병활동
    을 펼쳤다. 1598년 경상감사 때 도민들을 잘 구휼하였다. 1623년 고향 상주에 조선 최초의 사
    립 의료시설 존애원(存愛院)을 설치하여 환자 치료에 힘쓰고, 도남서원(道南書院)을 세워 동방5
    현을 모셨다.

光), 황현(黃玹), 이영민(李榮珉) 등의 선비들이 멋진 풍광을 노래했다. 이순신 장군도 〈난중일기〉(1592. 3. 16.)에 순천부사 권준과 함께 이곳에서 술자리를 갖고 활도 쏘았다고 기록하고 있다.

심통원은 1546년(명종 1) 이후 승승장구하여 1547년 승정원 동부승지, 1548년 승정원 우승지, 1549년 경상도 관찰사를 역임했다. 이어 예조참판, 형조참판. 한성판윤과 공조판서를 지냈다. 1558년 예조판서로 동지사(冬至使)[172]가 되어 명나라에 다녀왔으며, 1560년 이조판서를 거쳐 우의정으로 승진하면서 영의정을 지낸 형 심연원(沈連源)과 더불어 형제 정승으로 이름을 날렸다.

그러나 명종왕비 인순왕후(仁順王后)의 인척으로서 이량(李樑), 윤원형(尹元衡)과 더불어 전횡을 일삼아 3흉(三凶)으로 불렸으며 1567년(명종 22) 탄핵을 받고 관직을 삭탈 당하는 불명예를 안았다. 1572년 73세의 나이로 세상을 떠났다. 묘소는 경기도 포천시 소흘읍 이곡리에 있으며, 1575년(선조 8) 신도비가 건립되었다.

심통원이 처음 지은 이 환선정은 1597년 정유재란 때 왜적에게 소실되었다, 그 뒤로 1614년(광해군 6) 순천부사 유순익(柳舜翼, 1559~1632)이 복원하였으며, 1910년대에는 송광사와 선암사의 포교소로 활용되었다. 1950년대의 사진을 보면 교회당으로도 사용했던 것 같다. 1962년 수해를 당해 건물이 유실되고 이범진(李範晋, 1852~1910) 부사가 쓴 비사리나무 편액만 건질 수 있었다.

---

172) 조선 시대 동지에 명나라와 청나라에 보내던 사절 또는 파견된 사신. 정조사(正朝使), 성절사(聖節使)와 더불어 삼절사(三節使)라 하였다.

▲ 1950년대의 환선정

환선정은 1988년 죽도봉 기슭에 다시 지어져서 궁도장으로 사용되었다. 2018년 새 활터가 팔마경기장에 건립되어 옮겨갔고, 2021년 현재 새로운 모습으로 탈바꿈하고 있다.

52

이정

임청대비를 세우고 경현당을 짓다

순천시 옥천동에 임청대비(臨淸臺碑)와 옥천서원(玉川書院)이 있다. 연산군 때 순천에 유배 와서 생애를 마친 조위(曺偉, 1454~1503)와 김굉필(金宏弼, 1454~1504)을 기리는 곳이다. 임청대비와 옥천서원을 세운 이는 순천부사 이정이다. 그가 순천에 재직하며 이 두 기념물을 세운 덕분에 오늘날 우리는 김굉필과 조위를 다시금 떠올릴 수 있게 되었다. 이정 부사의 공적은 팔마비를 다시 세우고 『승평지(昇平誌)』를 편찬한 이수광(李睟光, 1563~1628)의 공적과 어깨를 겨룰 만하다.

이정(李楨, 1512~1563)은 조선 중기 중종에서 선조까지 4대에 걸친 명신이다. 본관은 사천(泗川)으로 사천에서 태어났으며, 자는 강이(剛而), 호는 구암(龜巖)이다. 어릴 때 사천으로 유배 온 규암(圭菴)

▲ 이정

송인수(宋麟壽, 1499~1547)[173]에게 배우고 성장한 뒤에는 퇴계 이황과 교유하였다.

1536년(중종 31년)에 별시문과에 장원급제하여 성균관전적(成均館典籍)[174]에 등용되었고, 다음해 성절사(聖節使)의 서장관으

---

173) 중종 때 외척으로 전횡을 일삼은 김안로(金安老, 1481~1537)의 재집권을 막으려다 도리어 그의 미움을 사서 1534년 제주목사로 좌천되었다. 그는 병을 칭하고 부임하지 않았는데, 그 일로 다시 김안로의 탄핵을 받아 사천으로 유배되었다. 1537년 김안로 일당이 몰락하자 풀려나 벼슬길에 올랐으며 후학들에게 성리학을 강론하였다.
174) 성균관 직제의 하나로 정6품에 해당함.

▲ 임청대비

로 명나라에 다녀왔다. 그 뒤 예조정랑을 거쳐 1541년(중종 36) 영천군수에 제수되어 퇴계의 문하에 들어가게 되었다. 이후 선산 부사를 거쳐 1553년(명종 8년)에 청주목사를 지냈다. 1555년 왜 구가 호남에 침입하자 엄정한 군기로 군사를 이끌고 가서 왜구를 물리쳤다. 1559년 좌우부승지, 이듬해 경주부윤(慶州府尹)으로 부임하여 신라 왕릉을 보수하고 서악정사(西嶽精舍)[175]를 세워 교육에 힘썼다.

---

175) 경주시 서악동에 있는 서원으로 김유신과 설총, 최치원을 제향하고 있다.

1563년(명종 18년) 12월부터 1566년(명종 21년) 3월까지 2년 4개월 동안 순천부사를 지냈다. 이때 무오사화로 매계(梅溪) 조위가 순천에서 귀양살이하며 시름을 달래던 장소를 기념하는 임청대비를 세웠다. 앞면 글씨는 퇴계 이황의 친필인데, 이것으로 퇴계와의 친분이 돈독했음을 짐작할 수 있다. 이듬해에는 한훤당(寒暄堂) 김굉필을 모시는 사당으로 경현당(景賢堂)을 지었다. 이 경현당이 4년 뒤인 1568년(선조 1)에 '옥천서원(玉川書院)'이라는 액호(額號)를 받는다.

▲ 부사 이정 선정비

선조 1년(1568년)에 홍문관부제학에 제수되었으나 신병으로 나아가지 못하고 향리 구암산 아래에 구암정사(龜巖精舍)를 짓고 학문과 후진 양성에 힘쓰다가 1571년(선조 4) 7월 세상을 떠났다. 1606냔(선조 39) 사천 구계서원(龜溪書院)에 제향되었다. 〈경현록(景賢錄)〉과 〈성리유편(性理遺編)〉 등을 편수했으며, 문집에 『구암집(龜岩集)』이 있다. 조현범(趙顯範)이 『강남악부(江南樂府)』의 〈구암탄(龜巖歎)〉에서 그의 공적을 찬탄하였다. 순천시 승주읍 평중리에 '부사 이정 선정비(府使李禎善政碑)'가 남아있다.

53

강복성

순천의 관문 연자루를 다시 짓다

순천시 원도심에 있는 남문교는 조선 시대에 순천부성에 진입하는 다리였다. 이 다리와 연결되어 순천부성 4대문의 하나인 남문이 있었는데, 그것은 연자루로 이루어져 있었다. 이 연자루는 고려 시대의 손억(孫憶, 1214~1259)과 호호(好好), 박충좌(朴忠佐, 1287~1349)와 벽옥(碧玉)의 고사가 전해지는 것을 볼 때 이미 그때부터 있었던 것을 알 수 있다. 이 연자루가 정유재란 때 불타버렸는데, 이를 다시 세운 이가 조선 광해군 때의 인물인 강복성이다. 그가 1619년 연자루를 다시 세움으로써 풍류의 고장 순천의 전통이 끊어지지 않고 이어나갈 수 있게 되었다.

강복성(康復誠, 1550~1634)은 본관은 신천(信川)이고, 자는 명지(明之), 호는 죽간(竹磵)이다. 노수신(盧守愼, 1515~1590)의 문인(門人)이었다. 부친 강유선(康惟善)이 을사사화로 희생되어 유복자로 태어났다. 어릴 때부터 부친의 죽음에 대한 애통함을 알

▲ 연자루 옛 모습

아 여러 사람 있는 데서 농담하는 것을 좋아하지 않았고 오직 배움에만 힘썼다.

1579년(선조 12) 사마시에 합격하고 영릉참봉(英陵參奉)을 거쳐 찰방이 되었으며, 그 무렵 장현광(張顯光, 1554~1637)[176]과 함께 흥학6조소(興學六條疏)를 올렸다. 1595년 유성룡(柳成龍)의 천거로 장수현감으로 발탁되었고 이어 김제군수를 맡았다. 이때 남원에 주둔한 왜적을 쳐서 전공을 세우기도 하였으나 정여립(鄭

---

176) 본관은 인동(仁同), 자는 덕회(德晦), 호는 여헌(旅軒)이다. 과거에 뜻을 두지 않고 학문에 힘써 이황의 문인과 조식의 문인들 사이에 학덕과 실력을 인정받았으며, 수많은 영남의 남인 학자들을 길러냈다. 류성룡 등의 천거로 여러 차례 내외의 관직을 받았으나 대부분 사양하였다.

▲ 오늘날의 연자루

汝立, 1546~1589)[177] 옥사에 연루되어 삭탈관직을 당했다. 그 후
무고함이 밝혀져 고양군수(高陽郡守)로 복직되고, 천안군수(天安
郡守)를 역임한 후 형조정랑으로 있을 때는 〈주역(周易)〉을 교정
하였다.

광해군 즉위 후에는 왕자 때에 시강(侍講)[178]한 인연으로 동부

---

177) 조선 시대의 체제 비판적 사상가이자 공화주의자로서 "천하는 일정한 주인이 따로 없다. 누구라
도 임금으로 섬길 수 있다."는 혁신적인 사상을 품었다. 명석한 두뇌의 소유자로 예조좌랑과 수
찬 등의 벼슬을 했으나 서인의 영수인 박순과 성혼 등을 비판하여 관직에서 물러난 뒤 낙향하여
대동계를 조직하고 세력을 길렀다. 1589년(선조 22) 모반을 꾀했다는 고변으로 관군에 포위
되어 자결하였는데, 그 여파로 기축옥사가 일어나 3여 년에 걸쳐 1천여 명의 동인(東人) 계열이
피해를 보았다.
178) 왕이나 세자 앞에서 경서를 강의하는 일.

승지와 우부승지를 거쳐 평산부사와 전주부윤, 부총관(副摠管)을 두루 역임했으나 정인홍(鄭仁弘)[179]의 탄핵을 받고 청송부사(靑松府使)로 좌천되었다. 1617년 도총부부총관(都摠府副摠管)을 제수받았으나 광해군이 인목대비를 내치는 등 어지러운 정사를 펴자 신병을 이유로 사직하였다.

1618년(광해군 10) 3월 순천부사로 부임하여 이듬해 순천부 남문에 연자루를 중건하였다. 정유재란 때 왜적들이 불태워버리고 없는 것을 새로 복원한 것이다. 그는 순천에서 1620년 7월까지 2년 4개월 동안 선정을 베풀었으며 나중에 거사비(去思碑)가 세워졌다.

그에 앞서 그의 스승 노수신이 을사사화에 화를 입어 파직을 당하고 1547년(명종 2) 3월 순천으로 유배되어 여섯 달을 지낸 일이 있었다. 스승이 귀양살이했던 고장에 제자가 부임한 것이었다, 물론 그때 스승은 이미 세상을 떠나고 없었으나 그의 감회는 남달랐을 것으로 본다.

1623년(인조 1) 인조반정 뒤에 부평군수와 상주목사를 지냈다.

---

179) 임진왜란 때 의병을 모아 합천, 성주, 대구 등지에서 왜적을 격퇴하여 영남 의병장의 호를 받았다. 조식의 수제자로서 남명학파의 대표적 인물이다. 왜란이 끝난 후 북인과 함께 정권을 잡고 이산해와 함께 대북의 영수가 되었다. 인조반정 뒤 광해군에게 두터운 신임을 받은 일로 역적으로 몰려 처형당했다. 신채호는 그를 개혁사상가 또는 자주적 애국자로 보았다.

이듬해 이괄(李适, 1587~1624)[180]의 난이 일어났을 때는 군사를 모아 임금을 호위하였으며, 그 공으로 자헌대부(資憲大夫) 및 정헌대부(正憲大夫)로 승진되고 지중추부사를 제수받았다. 그러나 노쇠하여 벼슬을 사양하고 향리 선산에서 지내다가 일생을 마쳤다. 평생 청빈하게 살아서 그가 세상을 떠났을 때 장사를 치르기가 어려울 정도였다. 묘가 지금의 과천시 문원동에 있다.

그는 공은 천품이 해맑고 외모에 위엄이 있었으며, 온화하게 사람을 대했다. 그러나 악을 미워하는 데에는 엄격하였으며, 몸가짐은 겸손하면서도 일을 추진할 때는 과감하고 말과 행동이 규범에 어긋나지 않았다. 특히 〈주역〉에 정통하여 세태의 성쇠와 길흉에 밝아서 스승 노수신에게 크게 인정을 받았다. 저서로는 『죽간집(竹磵集)』이 있다.

---

180) 1624년(인조 2) 이괄이 인조반정 때 공이 컸음에도 2등 공신으로 책봉되고 외직인 평안병사 겸 부원수로 부임하게 된 데 앙심을 품었다. 1월 22일 휘하의 1만여 병력을 이끌고 영변을 출발하여 서울로 진격했다. 인조는 서울을 떠나 공주로 피난하고, 2월 11일 이괄이 서울에 입성하였으나 사흘 만에 관군에게 패퇴하고 부하에게 암살되었다. 지방의 반란군이 서울을 점령한 것은 우리나라 역사상 처음 있는 일이었다.

54

유순익

환선정을 재건하여 순천풍류를 되살리다

예부터 순천은 풍류의 고장이었다. 이를 말해주는 장소가 연자루와 환선정이다. 과거 연자루에는 손억과 호호, 박충좌와 벽옥의 사랑 이야기가 전해온다. 환선정은 조선 중종 때 순천부사 심통원(沈通源)이 처음 지어 수많은 선비가 찾아와 그 절경을 노래했다. 그런데 정유재란 때 왜군에 의해 불타버리고 말았다. 그 뒤에 이를 다시 세워 잃어버린 순천의 풍류를 되살려낸 인물이 있으니 그가 바로 순천부사 유순익이다. 그는 정자를 짓고 시도 남겼다.

유순익(柳舜翼, 1559~1632)의 본관은 진주(晉州)로서 자는 여중(勵仲)이고, 호는 지강(芝岡이다. 1582년(선조 15) 사마시를 거쳐 1599년 별시문과에 병과로 급제하였다. 1606년 면천군수를 거쳐 예조좌랑, 병조정랑, 함경도도사, 강원도관찰사 등을 역임하였다. 광해군 때에 이이첨(李 爾瞻)[181]이 폐모론을 주장할 때 반대 여론을 일으키기도 했다.

1623년 인조반정(仁祖反正) 때 서궁(西宮)에 입직하면서 반정군의 진입을 도운 공로로 정사공신(靖社功臣)[182] 3등에 녹훈되고 청천군(菁川君)에 봉해졌다. 이후 병조참판과 공조 참판을 거쳐 양주목사로 나갔다. 1625년(인조 3)에는 사은

▲ 유순익

부사(謝恩副使)[183]로 명나라에 다녀왔다. 우찬성에 추증되었으며, 시호는 충정(忠靖)이다.

그는 1611년 11월 순천부사로 부임하여 1615년 9월까지 재직하였다. 그리고 순천부사 심통원이 1543년(중종 38) 건립했던 환선정(喚仙亭)이 정유재란 때 소실되어버린 것을 알고 1614년(광해군 6) 다시 세웠다. 그는 환선정을 재건하고 이런 시를 썼다.

---

181) 대북파 정인홍과 함께 광해군을 지지하여 광해군 즉위 후 정권의 1인자로 국사를 장악했다. 대사간, 병조 참지, 성균관 대사성 등의 요직을 거쳤고 광창군에 피봉되었다. 대북파의 입지 강화를 위해 계축옥사를 일으켜 인목대비의 부친 김제남을 죽이고 영창대군을 강화도에 유폐했다. 1623년 인조반정으로 체포되어 죽임을 당했다.

182) 조선시대 인조반정에 공을 세운 사람에게 내린 칭호. 1623년(인조 1) 김류(金瑬)와 이귀(李貴) 등의 서인 계열은 광해군과 대북파의 이이첨(李爾瞻) 등을 몰아내고 선조의 손자인 능양군(綾陽君) 이종(李倧)을 왕으로 추대하였는데, 그가 곧 인조이다.

183) 조선시대 명나라가 조선에 은혜를 베풀었을 때 그에 대한 보답으로 보낸 사절단의 둘째 우두머리.

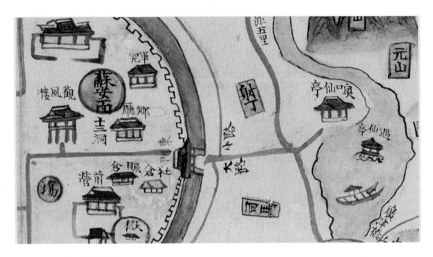

▲ 환선정과 우선정

兵燹何年舊榭紅 병화로 어느 해에 옛 정자 불탔던가

重修此日幸成功 다행히 오늘 중수에 성공했네

親朋戾止皆嘉客 친한 벗 모여드니 모두들 축하 손님

太守頹然是醉翁 태수는 나른해져 술 취한 늙은이라네

黃葉落時山帶雨 단풍잎 떨어질 때 산은 비에 젖고

白鷗飛處水生風 기러기 나는 곳에 바람이 이네

蓬瀛莫道三千隔 금강산과 한라산은 삼천리 떨어졌는데

喚得群仙列座中 신선을 부르니 바로 여기 앉은 선비들일세

환선정은 그 이후에도 중수를 거듭했는데, 유순익의 재건에 이어 1761년(영조 37) 부사 구수국(具壽國), 1826년(순조 26) 부사

▲ 죽도봉 환선정

김정균(金鼎均), 1869년(고종 6) 부사 성이호(成彝鎬)가 잇따라 중
수하였다. 성이호는 환선정과 짝을 지어 우선정(遇仙亭)도 지었다.

일제강점기에는 1912~1916년까지 송광사와 선암사가 이곳에
서 포교사업을 했고, 농민회장, 순천공립보통학교 임시교사, 궁술
대회장 등 다양한 목적과 용도에 두루 사용되었다. 광복 이후에
훼손되어 건물만 남아 있다가 승평교회로 사용되었고, 1962년 수
해를 입어 현판만 남기고 완전히 사라져버렸다. 1988년 3월 죽도
봉 기슭에 복원하여 오늘에 이르고 있다.

55

박두세

연자루와 옥천교, 동천교를 다시 짓다

순천시 원도심에 있는 남문교는 과거 연자루와 더불어 순천부성으로 들어가는 관문 구실을 하던 다리이다. 이 다리의 옛 이름이 옥천교 또는 연자교이다. 연자루와 함께 이 다리를 중건한 이가 순천부사 박두세이다. 이 연자루와 옥천교는 고려 때부터 있었고 몇 차례 중건을 거듭했는데, 그가 순천에 왔을 때 낡은 것을 보고 새로 튼튼히 지었다.

박두세(朴斗世, 1650~1733)는 조선 숙종 때의 사람으로 본관은 울산(蔚山)이고, 자는 사앙(士仰), 호는 동암(東岩)이다. 1650년(효종 1) 충청도 예산에서 태어났다. 1682년(숙종 8) 증광 문과에 급제하여 홍문관직을 부여받았다. 남인에 속했는데 벼슬길이 순탄하지 못하였다. 1686년 의금부도사로 같은 남인인 권대운

▲ 옥천교 옛 모습

(權大運, 1612~1699)[184]을 압송할 때 편리를 보아준 일로 파직되었다. 그 뒤 다시 벼슬을 받아 진주목사를 거쳐 지중추부사(知中樞府事)[185]에 이르렀다.

1696년(숙종 22) 2월 순천부사로 부임하여 1698년(숙종 24) 7월까지 2년 5개월 동안 순천에 재임하였다. 이때 수리청(修理廳)을 설립하고 연자루와 옥천교 및 동천교를 다시 세웠다. 연자루는

---

184) 조선 숙종 때의 문신으로 본관은 안동(安東), 자는 시회(時會), 호는 석담(石潭)이다. 1674년 예조판서가 되고, 이듬해 병조판서를 거쳐 우의정으로 승진했다. 1680년(숙종 6) 경신대출척(庚申大黜陟)으로 서인이 득세하면서 파직당하여 영일에 위리안치(圍籬安置)되었다. 그 뒤 1689년 기사환국으로 다시 등용되어 영의정에 올랐다. 이때 유배 중인 서인의 영수 송시열(宋時烈)을 사사(賜死)하도록 했다. 1694년에 서인이 숙종의 폐비 민씨(閔氏)의 복위 운동을 일으켜 갑술환국(甲戌換局)으로 다시 절도(絶島)에 안치되었다가 이듬해 고령으로 풀려났다. 과격파 남인으로 당쟁에 휘말렸으나 검소하고 청렴해 명망이 높았다.
185) 조선 시대 중추부에 소속된 정2품의 관직. 중추부는 특정한 관직에 보임되지 않은 고급관리들을 포용하는 독특한 기구였다.

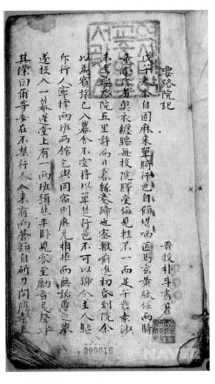

▲ 요로원기 내용

그에 앞서 1633년(인조 11) 순천부사 이현(李袨)이 중축했는데, 예순세 해 만에 박두세가 다시 손을 보았다. 임기를 마치고 떠나간 뒤에 그의 공을 기려 거사비(去思碑)[186]가 세워졌다.

그는 특히 문장에 능하여 고전수필 〈요로원야화기(要路院夜話記)〉(1678)를 썼다.[187] 운학(韻學)에도 밝아서 『삼운보유(三韻補遺)』와 『증보삼운통고(增補三韻通考)』와 같은 저작을 남겼다. 1733년(영조 9)에 세상을 떠나 충남 예산에 묻혔다.

---

186) 전임(前任) 감사(監司)나 수령(守令)의 선정(善政)을 추모하여 백성들이 세운 비.
187) 〈요로원야화기〉는 과거에 낙방하고 귀향하는 충청도 선비가 도중에 요로원 주막에 묵으면서 거만하고 허세를 부리며 유식함을 뽐내는 서울 양반과 이야기를 주고받는 내용이다. 등장인물의 말씨와 사고방식을 통해 당시의 세태를 파악할 수 있으며, 이를 통해 양반층의 횡포와 부패한 사회상을 풍자하였다.

56

홍중징

순천부사로 재임하며 신증승평지를 편찬하다

조선 시대 순천의 인문지리를 집대성한 책으로 〈신증승평지(新增昇平志)〉(1729)가 있다. 이는 조선 영조 때 순천부사를 지낸 홍중징이 펴낸 책으로 1618년(광해군 10) 이수광(李晬光)이 편찬한 〈승평지(昇平誌)〉를 증보 편찬한 것이다. 이 증보판이 나온 덕분에 우리는 〈승평지〉가 간행된 이후 1백 년 동안의 순천의 변화상을 상세히 알 수 있게 되었다.

홍중징(洪重徵, 1682~1761)은 본관이 풍산(豊山)으로 초명은 중흠(重欽)이고, 자는 석여(錫餘), 호는 오천(梧泉)이다. 부친은 판서 홍만조(洪萬朝)이다.

1711년(숙종 37)에 진사가 되고, 1713년에 문과에 급제하여 군

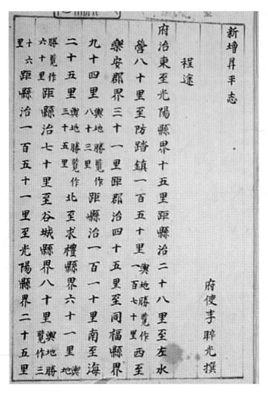

▲ 신중승평지

자감직장(軍資監直長)[188]을 거쳐 장악원(掌樂院)[189]으로 옮겨갔
다. 1715년 전적(典籍)으로 있다가 병조좌랑과 지평(持平)[190]을
역임하고 1717년 용인현감(龍仁縣監)으로 나아가 부모를 봉양하

---

188) 군세(軍勢)와 군량(軍糧) 등에 관한 일을 맡던 관청의 종7품 벼슬.
189) 궁중의식에 따른 음악 및 무용에 관한 일을 맡던 관청.
190) 사헌부의 정5품 벼슬.

였다. 1722년(현종 2) 병조정랑지제교(兵曹正郎知製敎)[191]를 역임한 뒤 이듬해 삭녕군수(朔寧郡守)로 나아갔다. 또 1724년 가을에 장령(掌令)[192]에 제수되었다가 사복시정(司僕寺正)[193]으로 옮겼다. 겨울에 부친상을 당하여 3년간 시묘살이를 하였으며, 1728년(영조 4) 봄 상복을 벗고 다시 장령에 제수되었다.

1728년 9월 순천부사에 제수되었다. 1730년 8월까지 2년간 재임하였으며, 이때 순천부 읍지인 『신증승평지(新增昇平志)』(1729)를 간행했다. 이것은 2권 1책으로 구성되어 있으며, 채색 지도와 함께 홍중징이 쓴 발문 〈중간승평지발(重刊昇平志跋)〉이 들어 있다. 이『신증승평지』의 간행은 이수광의『승평지(昇平誌)』(1618년)와 1백여 년의 간격을 두고 있는 만큼 그사이의 변화상을 수록한 점에서 충분히 의미 있는 작업이었다고 할 수 있겠다.

1730년(영조 6)에 순천부사에서 물러나 고향으로 돌아와 지내면서 스스로 호를 오천(梧泉)으로 지었다. 1738년(영조 14) 10월 제주목사로 나아갔다가 이듬해 9월 신병으로 물러났다. 1743년 병조참지를 거쳐 1747년 승지(承旨)가 되었다. 1749년 한성부우윤(漢城府右尹)과 1750년 형조참판을 거쳐 호조참판이 되었다. 1754년 공조판서에 이르러 기로소(耆老所)[194]에 들어갔다. 1761년, 여든 살이 되어 숭록대부(崇祿大夫)에 올랐고 7월 세상을 떠났다.

---

191) 병조에 속한 정오품 벼슬로서 왕에게 교서(敎書) 등을 작성하여 바치는 일을 담당.
192) 사헌부의 정4품 벼슬.
193) 병조(兵曹)의 직속으로 여마(輿馬)·구목(廐牧) 및 목장에 관한 일을 맡던 정3품 벼슬.
194) 조선 시대 연로한 고위 문신들의 친목 및 예우를 위해 설치한 관서.

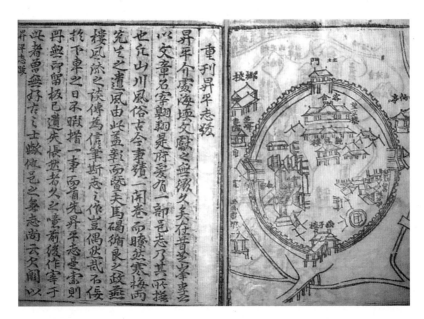

重刊昇平志跋

昇平介要海連文獻之藪夕美在昔夫其所操以文章名宰翺翔是府爱有一部邑志乃其所操世亡山川風俗古今事蹟一開卷而瞭然寒梅兩充冘之遺風由此蓋彰而墿夫馬碣縮良之政無樓風餘之談傳為信筆斯志之作豈偶哉石候於下車之日不暇搢一事而首先昇平志是案則冊典阿留板已遺失慨然者久之噲前緣作宰于以者曹無好た之士歟仙邑之無志尚云欠闕以

昇平志跋

昇平志跋

▲ 신증승평지

　그는 인품이 중후하고 마음 씀씀이가 대범하여 다급한 일을 당하더라도 태연자약하였다. 문장은 완곡하고 넉넉하여 고심해 가며 어렵게 지은 태가 없이 자연스러웠다. 만년에 〈주역〉을 연구하여 여러 저서를 남겼다. 편저로 『완악편(玩樂編)』, 『경사증역(經史證易)』, 『좌역참증(左易參證), 『사평(史評)』 등이 있다. 시호는 양효(良孝)이다.

57

조현범

강남악부를 펴내 순천의 인물들을 널리 알리다

밤하늘의 별처럼 빛나는 순천의 여러 인물을 알려주는 소중한 책이 있다. 바로 조현범의 『강남악부』이다. 이 책은 고려조에서 조선 후기에 이르기까지 순천과 관계를 맺은 인물들의 행적을 소개하면서 악부시(樂府詩)로 예찬하는 형식을 취하고 있다. 심광세(沈光世, 1577~1624)가 쓴 해동악부(海東樂府)의 형식을 본떠 순천지방의 역사와 풍속, 설화, 전기, 지리 등 갖가지 내용을 집대성하였다. 순천의 옛 인물의 면모와 일화를 알 수 있는 보배로운 책이다.

조현범(趙顯範, 1716~1790)은 본관이 옥천으로 자는 성회(聖晦)이고, 호는 삼효재(三效齋)이다. 고려 말 부정(副正)을 지낸 조유(趙瑜, 1346~1428)의 12세손으로 1716년(숙종 42) 순천부 주암면 오산리에서 태어났다.

할아버지 조송년(趙松年)은 학문이 출중하여 일찍이 사마시에 급제하였고, 아버지 조동언(趙東彦) 역시 학문에 뜻을 두어 서책을

▲ 강남악부

가까이하였다. 이러한 환경에서 자란 조현범은 어려서부터 학문에 눈을 떠서 '남아천지 충효위대(男兒天地忠孝爲大)'의 가훈을 새기며 학문을 이어받았다. 향시에 여러 차례 뽑혔으며 서울의 문사들과도 널리 교유하며 견문을 넓혔다.

1784년(정조 8) 그의 나이 예순 아홉 살 때 순천지방의 인물을 모아 〈강남악부(江南樂府)〉를 편찬하였다. 이 책은 인물에 관한 설명에 노래를 덧붙인 방식을 취하고 있다. 각 편은 3음절로 된 제목(題目)이 붙어 있고, 본문에서 인물의 업적을 이야기한 다음 악부시(樂府詩)[195]로 마무리하고 있다. 고려 시대 인물부터 조선 후기까지 시대순에 따라 편년체 방식으로 배열되어 있으며, 총 151수의 악부시가 수록되어 있다. 이 가운데 숙종에서 정조 연간의 내용이 모두 78개 항으로서 가장 큰 비중을 차지하고 있다.

이 〈강남악부〉는 순천지방의 훌륭한 인물의 사적이나 일화를 두루 소개하고 있는 점에서 지방사 연구 자료로서 가치가 높다.

---

195) 악부는 한시의 한 갈래이다. 주로 역사나 풍속을 내용에 담았으며, 음악과는 어느 정도 무관하다는 점에서 악부시라고 불렀다.

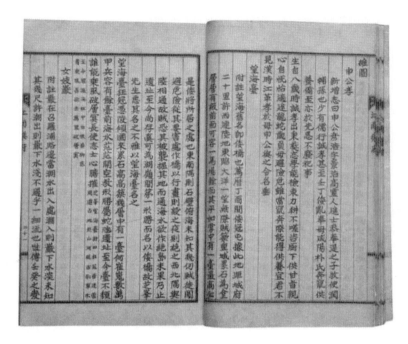

▲ 강남악부 내용

그가 이 책을 펴낸 의도는 여기에 등장하는 138명의 인물 가운데
옥천조씨가 25명에 이르고 있는 것을 볼 때 조씨 가문의 우월성
을 드러내고자 하는 뜻도 없지 않았을 것으로 본다. 순천대남도
문화연구소의 역주로 〈국역 강남악부〉(1992)가 간행되었다.

58

김양수

일제강점기에 나라말 지키기에 힘쓰다

일제는 강점기에 조선어 말살 정책을 폈다. 창씨개명이라고 하여
일본식 이름으로 바꾸게 하고 일본말을 상용하도록 했다. 우리말
을 잃어버릴 위기에 처하자 뜻있는 학자들이 조선어사전 편찬 사업
에 착수했다. 일제의 눈을 피해서 하는 일이라 숱한 어려움이 있었
다. 일경에 발각되어 고문을 당하고, 옥살이도 하고, 목숨을 잃기까
지 했다. 당시 우리말 지키기는 독립운동이나 마찬가지였다. 그 일
에 순천 출신도 한 사람 동참했는데, 그가 바로 김양수이다.

김양수(金良洙, 1896~1971)는 1896년(고종 3) 순천군 장천리
에서 태어났다. 본관은 광산(光山), 호는 약영(若瓔)이다. 일본 와
세다대학 정경학부를 졸업하고 미국 컬럼비아 대학교와 영국 런
던 대학교에서 수학하였다.

귀국 후에는 동아일보와 조선일보 논설위원을 역임하였다.
1923년 기독교 관련 서적을 출판 판매하는 조선기독교창문사(朝

鮮基督教彰文社)에 감사를 맡아 1942
년까지 일했다. 1925년 미국 하와이 호
놀룰루에서 열린 범태평양회의에 서재
필, 김활란, 신흥우 등과 함께 참석하
여 일제의 침략과 만행을 폭로하였다.

▲ 김양수

1926년과 1927년에는 미국 뉴욕에
서 〈삼일신보(三一新報)〉 주필로 교포
들의 독립정신을 고취하면서 컬럼비아
대학교에서 수학했다. 이때 베를린에
서 열린 세계반제국동맹회의(世界反帝
國同盟會議)에 참석하기도 했다. 1931년에는 영국으로 건너가 런
던대학교에서 수학했다. 다음으로는 중국으로 건너가 대한민국
임시정부 요인들과 교류했다. 특히 김두봉(金枓奉, 1889~?)[196)
과 한글 운동에 관하여 의견을 나누었다.

다시 귀국하여 1934년 김도연(金度演, 1894~1967)[197)과 함께

196) 언론인, 한글학자, 독립운동가이자 조선민주주의인민공화국의 정치인이다. 1908년 보성고보를
   졸업하고, 중앙, 보성, 휘문고보 등에서 교사로 근무했다. 주시경의 제자로서 한글을 연구하고
   조선광문회(朝鮮光文會)에서 조선어사전 〈말모이〉 편찬 사업에 참여했다. 1919년 삼일운동에
   참여한 뒤 상하이로 망명하여 1924년 상해임시정부 의정원 의원에 선출되었다. 조국 광복 후
   북조선노동당 위원장과 최고인민회의 상임위원장을 지냈으며 북한의 정권 창출에 관여하였다.
197) 독립운동가, 정치인으로 호가 상산(常山)이다. 1919년 2·8 독립선언 대표 11명의 중 한 사람
   으로 도쿄형무소에서 9개월간 감옥생활을 했다. 1922년 미국으로 유학, 웨슬리안대학교에서
   경제학을 전공하고, 경제학 석사학위와 경제학박사 학위를 취득했다. 1932년 귀국하여 연희전
   문학교 강사를 지내다가 1934년 조선흥업주식회사를 창립했다. 1942년 조선어학회사건으로
   함흥형무소에서 2년간 옥고를 치렀다. 광복 직후 한민당 창설에 참여하였고, 정치인으로 활동
   하다 정부 수립 때 제1대 재무부 장관을 지냈다.

조선흥업주식회사(朝鮮興業株式會社)를 창립하고 이사를 역임하였다. 이 회사는 일본과 미국에서 항일운동을 하던 인사들과 조선어학회 관련 인사들로 구성되어 있었다. 김양수는 여기서 조선어사전 편찬 사업에 참여하였고 특히 재정 지원에 힘썼다.

그 밖에도 1935년부터 1939년까지 주식회사 조선제사(朝鮮製絲)에 감사로 있었고, 1939년부터 1942년까지 보인광업(輔仁鑛業) 이사로 재직하였다. 또 1939년 합동산업(合同産業) 감사, 1941년 합동산업 이사로 재직하였다.

1938년 5월 항일비밀결사인 흥업구락부 사건으로 기소되었다가 동료 53명과 함께 전향성명서를 발표하고 기소유예로 석방되었다. 그러나 실제로는 전향하지는 않고 겉으로는 회사 경영을 하면서 조선어사전 편찬 사업에 매진하였다.

1942년 10월 일제가 조선어학자들을 탄압한 조선어학회 사건으로 윤병호, 서승효, 장현식, 이인, 이은상, 정인섭, 안재홍 등과 함께 체포되어 2년 3개월간 옥고를 치렀다.

8·15 광복과 함께 순천군 초대 군수로 재직했다. 나아가 전라남도 순천건국준비위원회위원장, 민족통일총본부(民族統一總本部) 재무부장, 대한독립촉성국민회 순천군 지부장, 한국민주당 중앙위원·상무위원 겸 순천군당 위원장 등을 역임하면서 정치 활동에 참여하였다.

1950년 제2대 국회의원 선거에서 야당인 민주국민당 후보로 순천시 선거구에서 당선되었다. 1954년 제3대 국회의원 선거에서는 낙선하였다. 1955년 민주당 창당에 참여하여 민주당 전라

▲ 조선어학회 수난자 동지회(1949), 앞줄 오른쪽 두 번째가 김양수이다.

남도당 위원장이 되었다. 1956년에는 순천시 매곡동에 순일염색소(順日染色所)를 차려 운영하였으며, 1958년 민주당 중앙위원에 선출되었다. 1960년 6월 원자력원장에 임명되고, 1963년 신정당(新政黨)[198] 창당에 참여하였다. 1971년 작고했으며 순천시 오천동 통천마을에 묘소가 있다.

1990년 그의 공적을 기려 건국훈장 애국장이 추서되었다. 2014년 8월 서울시와 한글학회가 세종로에 나라말 지키기에 몸 바친 33인의 이름을 새긴 조선어학회한말글수호기념탑을 세웠는데, 김양수도 여기에 포함되어 있다.

---

198) 1961년 5·16 군사정변과 더불어 금지되었던 정당 및 사회단체의 정치활동이 1963년 1월 1일을 기하여 재개되자, 허정(許政)을 중심으로 한 구정치세력의 일부가 같은 해 4월 이 당을 만들었다.

59

김계선

죽도봉에 연자루와 팔마탑을 세우다

순천 죽도봉공원에서 가장 눈에 띄는 것이 두 가지 있다. 바로 순천의 얼굴이라고 할 수 있는 연자루와 팔마탑이다. 이것을 세우는 데 크게 공헌한 이가 있다. 바로 순천 출신 재일동포 김계선이다. 그는 순천에서 태어나 청년 시절 일본에 건너가 자수성가한 사업가로서 연자루와 팔마탑을 건립하고, 팔마비의 비각과 강남정(江南亭)을 세웠을 뿐만 아니라 순천강남여자고등학교를 설립하는 등 순천의 문화와 교육 발전에 크게 공헌하였다.

김계선(金桂善, 1911~1995)은 독립운동가 김동순(金東順)의 아들로 1911년에 순천에서 태어났다. 선생은 여덟 살 때 삼일 만세운동을 겪었는데, 그 일로 부친이 일경에 추적당하는 것을 보며 민족의식이 싹텄다. 스물여덟 살 때 일본에 건너가 사업에 투신하였으며, 도쿄에 인접한 가와사키시(川崎市)에 살면서 대강흥업(大江興業) 회장과 대영산업(大營産業) 대표를 맡아 일했다. 이밖에도 재일대한민국거류민단(在日大韓民國居留民團) 중앙본부 고문, 가나가와현(神奈川縣) 지방본부 상임고문, 가나가와현 한일친선협회(韓日親善協會) 부회장 등을 역임하였다.

그는 낙후된 고향 순천의 발전을 위해서 금액을 아끼지 않고 희사하였다. 특히 1977년 2월 죽도봉공원에 팔마탑의 건립과 8월 시내 영동의 팔마비 비각의 건립, 1981년 죽도봉 팔각정인 강남정을 세우는 데 성금을 희사하였고, 같은 해 순천시가 공원 용지로 죽도봉의 땅을 매입하는 데도 성금을 지원하였다.

또 1976년 연자루를 세울 때도 경비 전액을 부담하였다. 본디 연자루는 순천의 원도심인 남문교에 서 있던 건물인데, 1919년 3·1운동 때 상사면 출신의 박항래 의사가 이 연자루 위에서 독립만세운동을 주도한 곳이고, 1923년 2월에는 순천지방청년회 주관으로 토산장려강연회가 열리기도 하였다. 그런데 일제의 시가지 정비계획에 따라 순천부성의 성벽과 함께 철거되고 말았다.

그는 젊은 시절 연자루가 철거되는 모습을 직접 목격하고 그것을 애석하게 생각했는데, 나중에 일본에 건너가 사업에 기반을 잡은 뒤 연자루 복원 소식을 접하게 된 것이다. 그의 후원으로 연자루는 헐린 지 47년 만인 1977년 복원되어 다시 햇빛을 보게 되었다. 연자루 입구 돌층계 왼쪽에는 〈김계선 선생 송덕비〉가 서 있다.

그는 이밖에도 육영사업에도 관심을 가져 지금의 순천대학교의 전신인 순천농림전문학교에 교재와 텔레비전, VTR 등을 희사하고, 영호학원(永浩學園)을 설립하고 순천강남여자고등학교를

▲ 김계선

세워 인재 육성에도 크게 이바지하였다.[199]

순천강남여자고등학교 교지『청란』(1985) 창간호에는 〈이사장님을 찾아서〉라는 대담이 실려 있다. 그 내용을 보면 그의 생애를 알 수 있다.

그의 집안은 본디 부유한 편이었으나 부친이 독립운동을 하고, 또 빚보증을 선 것이 잘못되어 재산을 모두 잃어버렸다. 어머니의 삯바느질로 살아가다, 28세 때 일본에 건너가 사업을 시작하였다. 그는 상당한 돈을 벌었는데 과거 고향에서 부자들도 망하는 것을 보고, '돈이란 늘 가지고 있는 것이 아니다.'라는 생각을 하고 그때부터 공익사업과 사회사업에 관심을 두게 되었다.

그리하여 1983년 순천시 조례동 조례저수지가 내려다보이는 곳에 강남여자고등학교를 세웠다. 처음에는 돈이 없어서 배우지 못하는 고향 학생들을 위해 장학금을 10~20억 정도 희사하려고 했는데, 학교 설립이 필요하다는 순천 시민의 열망에 따라 뜻을

---

199) 1983년 4월 설립된 영호학원(이사장 김계선)은 1988년 9월 임의한(林義漢) 이사장으로 승계되면서 1993년 2월 행사학원(杏史學園)으로 바뀌어 오늘에 이르고 있다.

▲ 연자루

바꾸었다. 그는 학교의 이사장으로 있으면서 스스로 '딸 부자'라고 말하면서, 학생들을 딸이라 부르고 자신을 아버지라 칭했다.

그는 학력이 순천보통학교에 6년간 다닌 것 말고는 다른 것은 없다. 그가 고향의 교육 사업에 힘쓴 것도 배우지 못한 자신의 한스러움을 2세들에게만은 물려주지 않겠다는 신념 때문이었다. 아울러 그는 학생들에게 사회에 꼭 필요한 사람이 되라는 훈화와 함께, 돈을 많이 벌고 명성을 날리는 것보다도 인간성이 중요함

▲ 팔마탑과 연자루

을 강조하였다. 그리고 학교와 딸들을 위해 해주고 싶은 일이 많은데, 건강이 여의치 못하다고 안타까워하였다.

　그는 1995년 2월 향년 85세로 세상을 떠났다. 그 뒤 2010년 8월 암 투병 중인 부인 황보금 여사가 전 재산 임야 $5,939m^2$를 순천시 발전을 위해 써달라며 기탁하였다.

60

남승룡

순천의 아들 세계적인 마라토너로 날다

1936년 일제강점기에 열린 베를린올림픽에 손기정 선수가 마라톤에 우승하여 온 국민의 환호를 받았다. 당시 3위를 하여 함께 시상대에 오른 선수도 가슴에는 일장기를 달고 있었지만 한국인이었다. 그가 바로 순천 출신 남승룡 선수였다. 그가 받은 동메달도 금메달에 버금가는 값진 성과였다. 오늘날 순천에서는 매년 순천남승룡마라톤대회를 열어 민족의 억눌린 한을 풀어준 남승룡 선수의 쾌거를 기념하고 있다.

남승룡(南昇龍, 1912~2001)은 본관이 영양(英陽)으로 1912년 순천시 저전동에서 태어났다. 어린 시절 외사촌 형이 마라톤에 나가 일본 선수들을 제치고 1위를 차지하였는데, 우승자로서 크게 환영받는 것에 감동을 받아 마라톤에 관심을 기울이기 시작했다. 1924년 순천공립보통학교(지금 순천남초등학교) 6학년으로 조선신궁대회 전라남도 대표로 출전해 1만m에서 4위를 하고, 마

▲ 육상선수 남승룡

라톤에서 2위를 차지해 일찍부터 달리기에 재능을 보였다.

이후 상경하여 경성협성실업학교와 육상의 명문 양정고등보통학교를 다녔다. 그 시절 순천에 올 때 차를 타지 않고 하루에 80~100킬로미터를 달려 닷새 만에 순천에 닿기도 하고, 부모의 심부름으로 여수에도 뛰어서 다녀오는 등 달리기를 생활화하였다.

양정고등보통학교에 다니던 그는 일본으로 건너가 아사부[麻布] 상업학교를 거쳐 메이지대학(明治大學) 철학과에 들어갔다. 이때 일본인 귀족이 그의 재주를 높이 평가하여 후원을 해 주기도 하였다.

1932년 10월 경성 운동장에서 열린 제8회 전조선 육상경기대회에서 5천 미터와 1만 미터를 모두 제패하였다. 1933년 극동선수권에서 잇달아 우승하고, 1934년 일본건국기념 국제마라톤에서 1위를 차지했다. 1935년 같은 대회에서도 경기 중 자동차에 부딪히는 사고가 있었는데도 1등을 놓치지 않았다. 그 해 열린 조일대항경기 5천 미터에서 다시 우승컵을 안았다.

1936년 5월 베를린올림픽 대회 파견 최종 선발전에서 손기정 선수를 제치고 1위를 차지하였다. 그러나 8월 올림픽 본선에서는 2시간 31분 42초로 3위를 기록했다. 이때 손기정은 2시간 19분 19초 세계 신기록으로 1위를 차지했고, 2위의 영국 하퍼 선수는 2시간 31분 23초의 기록을 세웠다. 손기정과 남승룡 두 사람의 메달 소식은 일본의 압제에 고통받던 동포들에게 크나큰 기쁨과 자긍심을 안겨 주었다.

남승룡은 민족의식이 강하여 기회가 있을 때마다 외국 기자들에게 자기가 일본인이 아니라 한국인임을 강조하였으며, 올림픽 시상대에 올랐을 때 손기정 선수가 꽃다발로 일장기를 가릴 수 있다는 것이 그의 목에 건 금메달보다 더 부러웠다고도 말했다.

그 후 광복이 되어 1947년 4월 미국 보스턴마라톤대회에 손기정이 감독을 맡아 서윤복 선수를 데리고 출전했다. 이때 남승룡은 서른여섯 살의 나이로 코치이자 선수로 출전했다. 서윤복은 우승

▲ 1936년 베를린올림픽 마라톤 시상식

▲ 영원한 마라토너 남승룡상

을 차지하고 남승룡은 2시간 40분 10초로 10위를 하였다. 대회를 마치고 돌아와 김구 선생의 초청을 받고 크게 치하를 들었다.

남승룡은 용산철도국과 교통부를 직장으로 삼다가 1953년 전남대학교 체육학과 교수로 취임해 1961년까지 재직했다. 1947년부터 1963년까지 대한육상경기연맹 이사를 역임했으며, 1956년 충무공 정신 계승 전국 마라톤 대회를 열어 전남의 마라톤을 전국 수준으로 끌어올리는 데 공헌하였다. 1970년 국민훈장 모란장을 받았다.

순천에서는 2001년 11월 남승룡 추모 순천마라톤대회를 시작으로 매년 가을 순천남승룡마라톤대회를 열고 있다. 또 순천시에서는 순천팔마경기장에 남승룡 기념비와 흉상을 세웠다.

61

서정권

주먹으로 조국에 감격을 선사하다

일제강점기에 주먹으로 일본과 미국을 제패하며 우리 국민의 환호를 한몸에 받은 사람이 있다. 바로 권투선수 서정권이다. 그는 일본에서 27전 27승이라는 불패의 신화를 기록하며 '복싱의 신'으로 불렸다. 그 후 미국으로 건너가 43전 39승의 기록으로 세계 6위에 올라섬으로써 식민지 조국을 감격 시키고 자긍심을 심어주었다.

서정권(徐廷權, 1912~1984)은 전라남도 순천의 부호 서병규(徐丙奎)의 4남 3녀 중 셋째로 태어났다. 그의 집은 한 해 4천 섬 이상을 거둬들이는 부농이었다. 부친은 아들을 공부를 시키고자 서울로 유학을 보냈다. 그는 종로구 수송동에 있는 중동중학교에 입학했다. 1927년 때마침 서울에 조선권투구락부가 문을 열어 권투계에 발을 디뎠다.

1929년 본격적으로 권투를 하고 싶어서 형 서정욱이 유학 중인 일본으로 향했다. 그의 형은 메이지대학에서 유도 선수로 활동하

▲ 권투선수 서정권

고 있었고, 형의 친구 황을수도 아마추어 권투선수로 활약하고 있었다.

그는 일본 무역학교에 다니면서 일본 권투의 창시자 와타나베 밑에서 수련하였다. 그는 체구는 왜소했지만 빠른 스피드에 돌주먹이 강점이었다. 1930년 10월 제5회 전일본선수권대회 플라이급 결승전에서 고토히로를 1회 TKO로 물리쳤다. 이를 시작으로 27전 27승의 놀라운 기록을 세웠다. 그의 전승 신화는 일본 권투역사에 불멸의 기록으로 남아 있다.

특히 당시 일본의 우상으로 군림하던 라이트급 챔피언 피스톤 후리구치를 4회 KO로 물리치며 열여덟 살의 나이로 전(全) 일본 아마추어선수권대회를 석권하였다. 이에 국권을 빼앗겨 울분에 차 있던 우리 민족에게 큰 기쁨과 감격을 안겨주었다. 그는 자전차왕 엄복동(嚴福童, 1892~1951)[200]과 베를린 올림픽대회 마라톤 금메달을 딴 손기정(孫基禎, 1912~2002)[201]과 같은 성원을 받았다.

1931년에 프로선수로 전향하고, 프로 데뷔전에서 일본 플라이급 챔피언 가시와 우라코로를 1회 1분만에 쓰러뜨렸다. 일본인 강자에게 한국인 신인을 붙여 한국인이 얻어맞는 장면을 연출하려던 주최 측의 계획과는 정반대의 결과가 나타났다. 이렇게 일본 권투계를 충격에 빠뜨린 그는 '복싱의 신'으로 추앙받으며 일본에는 적수가 없음을 확인했다.

그렇게 일본에 맞서 싸울 선수가 없게 되자 그는 미국 진출을 결심하였다. 한국인 프로권투선수로서 미국 원정은 처음 있는 일이었다. 1932년 미국 WBC 밴텀급 경기에서 잭 카노와 대전하여 TKO로 물리쳤다. 미국에서도 그는 승승장구하며 헐리우드를 거쳐 1934년 뉴욕 매디슨 스퀘어가든으로 진출했다. 그의 경

---

200) 자전거 판매상회 점원 출신으로 일제강점기인 1913년과 1922년 전조선자전차경기대회에서 일본선수를 물리치고 우승해 민족의 자긍심을 일깨웠다. '하늘에는 안창남, 땅에는 엄복동'이라는 유행어도 등장하였다. 대한사이클연맹은 1977년부터 1999년까지 '엄복동배 전국사이클경기대회'를 개최하였다. 김유성 감독의 영화 〈자전차왕 엄복동〉(2019)이 제작 상영되었다.

201) 1936년 제11회 베를린 올림픽대회에서 2시간 29분 19초의 세계신기록으로 우승하여, 한국인으로서는 최초의 올림픽 금메달을 획득했다. 시상식 게양대에 일장기가 오르며 일본국가가 연주될 때 굳은 표정을 지었으며, 〈동아일보〉에서 일장기를 지운 사진을 실어 민족혼을 불태우는 계기가 되었다.

기는 흥행 보증수표여서 6만의 관람석이 꽉 찼고 뉴욕 신문들은 메이저리그 홈런왕 베이브 루스(Babe Ruth, 1895~1948)[202], 미국 프로복싱 헤비급 챔피언 조 루이스(Joe Louis Barrow, 1914~1981)[203]와 동등한 비중으로 서정권의 기사를 다뤘다. 그는 미국 경기는 43전 39승(12KO) 3패 2무의 기록을 거두었고 세계 플라이급 6위까지 오르면서 화제를 모았다.

〈조선일보〉는 1938년 2월 미국 무용계에서 주목을 받은 무용가 최승희(崔承喜, 1911~1969)[204]를 소개하면서 "조선사람으로 미국에 건너가서 인기를 획득한 사람은 권투의 서정권과 무용의 최승희로서 쌍벽이 아닐 수 없다."라고 보도했다.

그는 미국에서 '코리안 조'라는 이름으로 활약했다.[205] 그는 대전료로 받은 돈을 고국의 보모에게 보내 선산과 제각(祭閣)의 마련에 씀으로써 주위의 칭송을 받기도 하였다.

마침내 1935년 가을 4년 동안의 미국 활동을 마치고 귀국하였다. 이때 카퍼레이드를 벌일 정도로 그는 영웅 대접을 받았다. 올

---

202) 메이저리그의 전설적인 홈런왕. 1919~21년까지 3년 연속 메이저리그 최다 홈런을 기록했고, 1927년에는 60개의 홈런으로 최다 홈런 기록을 세웠다.
203) 미국의 권투선수로서 1937년부터 1949년까지 12년간 헤비급 타이틀을 보유하였다. 통산전적은 69승(52KO) 3패이다.
204) 강원도 홍천 출신으로 일찍이 일본에 건너가 무용을 배웠다. 1929년 경성에 무용연구소를 설립하고 순회공연을 시작했다. 조선인 최초로 서구식 현대적 기법의 춤을 창작하고 공연하면서 일제강점기의 무용계를 주도했다. 특히 관객을 사로잡는 강렬한 눈빛과 몸동작이 인기를 끌었으며 1937년 미국과 프랑스, 스위스, 이탈리아 등지까지 진출했다. 세계의 평론가들이 '동양의 무희'라고 극찬했고, 뉴욕 공연 후에는 '세계 10대 무용가의 한 사람'이라는 평을 받았다. 1945년 광복 후 과거 일본군 위문 공연이 친일경력으로 문제가 되자 1947년 4월 월북했다. 북한에서 조선춤을 체계화하고 무용극 창작에 힘쓰다가 1967년 숙청당했다.
205) 만화가 이현세가 2014년 발표한 웹툰 〈투랑〉의 주인공 '코리안 조'의 모델이 바로 서정권이다.

▲ 서정권과 매니저

림픽 금메달리스트가 귀국하는 것처럼 총독부에서 차를 내주었
다. 귀국 후 부친의 강권으로 선수 생활을 접고, 후진육성을 하며
여생을 보내다가 1984년 73세를 일기로 타계했다.

62

최승효

분신 같은 소장품을 박물관에 기증하다

순천대학교 박물관에 '강운 최승효 전시실'이 있다. 여기에는 순천 출신 교육자이자 언론인이었던 최승효가 생전에 아껴 모은 고서와 시화, 간찰(簡札) 등이 전시되어 있다. 그는 일찍이 교원으로 출발했다가 방송계에 몸을 담았던 인물로 사후에 그의 유지에 따라 2천 7백여 점의 소장품을 순천대 박물관에 기증하여 후학들의 학문 연구에 도움이 되도록 하였다.

최승효(崔昇孝, 1917~1999)는 호가 강운(康耘)이며, 1917년 1월 순천시 중앙동에서 태어났다. 순천남초등학교와 순천심상소학교 고등과를 나와 대구사범학교 심상과(尋常科)[206]를 졸업하였다. 1936년부터 다섯 해 동안 광산군 동곡면의 공립심상소학교

---

206) 보통과(普通科)의 뜻

▲ 언론인 최승효 상

[207]에서 교사생활을 했다. 1952년부터 아홉 해 동안은 광산군 동곡면의회 의장과 광산군 교육위원 등을 역임했다.

1968년에 광주문화방송주식회사 사장을 맡으면서 이후 줄곧 방송계에 종사하였다. 1979년 강운장학회를 설립하여 스무 해 동안 이사장을 맡아 장학사업에도 힘썼다.

1999년 3월 향년 83세로 세상을 떠났고, 유가족이 그의 뜻을

---

207) 일본이 1886(명치 19)년에 제정한 소학교령에 따라 설치한 초등학교. 1941년(소화 16)년 국민학교령이 제정될 때까지의 의무교육 기관이었다. 1886년에서 1907년까지는 4년제였다가 그 후 6년제로 바뀌었다.

▲ 최승효 고택

받들어 그가 분신처럼 아끼던 소장품 2천 7백여 점(유족 추정 평가액 2백 50여억 원)을 순천대학교 박물관에 기증하였다. 순천대학교박물관에서는 '강운 최승효 기증 문화재' 자료집을 분야별로 나누어 열 권 이상 펴냈다.

자료집의 제목은 『강운명품선』(2001)을 비롯하여 『옛 그림에 보이는 꽃과 새』(2002), 『편지, 조선시대 사대부의 일상』(2003), 『풍류와 아취』(2004), 『옛 문서로 만나는 선비의 세계』(2005), 『시가 있는 옛 풍경』(2007), 『글씨의 아름다움』(2008), 『만번 죽어도 변치 않는 마음』(2009), 『조선시대 명인 간찰첩』(2010), 『우국지사 석전 황원을 만나다(2015) 등이다.

광주광역시 양림동에 '최승효 고택'이 있다. 1921년에 지은 한옥으로 정면 8칸에 측면 4칸 일자형 팔작지붕으로 되어 있으며, 광주시 민속자료 제2호로 지정되어 있다.

63

조덕송

날카로운 펜으로 현대사를 증언하다

광복 이후 한국 언론계에서 날카로운 기사로 이름을 떨친 사람이 있다. 바로 열혈 사회부 기자로 유명했던 조덕송이다. 순천 출신인 그는 1947년 기자로 입문하여 조선일보에 오랫동안 몸담았으며, 1997년 전남일보 논설고문을 마감할 때까지 반세기에 걸쳐 굴곡진 한국 현대사를 구석구석 예리하게 증언하였다.

조덕송(趙德松, 1926~2000)은 1926년 전남 순천에서 태어나 일본 교토 리쓰메이칸대학(立命館大學) 법과를 중퇴하였다. 1947년 7월 조선통신사 편집국 수습기자로 언론계에 첫발을 디뎠다. 1948년 제주도 4·3 사건이 발생하자 현지 취재를 통해 4·3사건 관련자 총살 집행과정에 대한 목격기를 썼다. 이것이 문제가 되어 통신사 사장을 비롯하여 관계자에 대한 체포령이 내려지고 조선통신사는 폐쇄되고 만다.

그는 1949년 〈국제신문〉으로 옮겨갔고 백범 김구 장례식 기사

▲ 언론인 조덕송

로 사람들의 심금을 울렸다. 아울러 1949년 6월 반민특위 활동을 경찰이 방해한 사건을 폭로하여 서대문형무소에 갇히게 되었고, 그곳에서 한국전쟁을 맞았다. 북한군이 서울을 장악한 뒤 형무소에서 나와 〈해방일보〉에 근무한 것이 간첩 사건과 연루되어 또 옥살이했다.

그 이후 〈자유신문〉에서 일하다가 1960년 〈조선일보〉 송지영 편집국장에게 발탁되어 〈조선일보〉 문화부장으로 들어갔다. 그곳에서 기획부장과 사회부장, 논설위원을 거쳐 1989년 3월 통한문제연구소장을 맡았다. 1965년 〈소년조선일보〉 복간과 1968년 〈주간조선〉 창간 등의 굵직한 일도 했다.

그는 허름한 옷차림과 빗질하지 않은 머리에 굵고 검은 안경테가 특징이었고, 언론계에서 '조대감'이라는 별명으로 통했다. 특히 교육문제에 깊은 관심을 기울여 이름난 논설들을 많이 썼다. 1972년 남북적십자회담 때는 수석자문위원으로 평양을 다섯 차례나 다녀왔다. 평생 청빈하게 살았으며 1970년대 후반 기자 생활 30년 만에 겨우 서울 답십리에 10평짜리 집을 마련할 수 있을 정도였다. 2000년 7월 세상을 떠났다.

저서로 언론 생활 반세기를 증언한 자서전 『머나먼 여로』(1989)

가 있다. 그와 가까이 지냈던 언론인 남재희(南載熙, 1934~)는 그는 애주가였으며 가요 〈부용산〉을 애창했다고 회고하였다.

부용산 오리길에 잔디만 푸르러 푸르러
솔밭 사이 사이로 회오리바람 타고
간다는 말 한 마디 없이 너는 가고 말았구나
피어나지 못한 채 병든 장미는 시들어지고
부용산 봉우리에 하늘만 푸르러 푸르러

조덕송은 평소 지역적인 색채를 드러내지는 않았으나 전라도인의 기질에 대해서는 이렇게 말했다고 한다.

"대한민국에서 농토가 제일 넓은 곳이 전라도이지. 그러니 옛날부터 대지주가 많이 나왔는데, 그것은 소작인이 가장 많다는 뜻

▲ 남북적십자대표단. 앞줄 왼쪽 세 번째가 조덕송이다.

도 되지. 그 대지주와 가난한 소작인 사이에서 이른바 전라도 기질이 생겨난 게 아니겠어?"

　조덕송은 언론계에 진출하기 전에 한때 고향 순천에서 교편을 잡았다. 그때의 제자 가운데 한 사람이 〈뿌리깊은 나무〉(1976)의 발행인 한창기(韓彰琪, 1936~1997)이다. 순천 낙안읍성 옆 '뿌리깊은나무박물관'에 한창기가 펴낸 책들과 그의 소장품들이 전시되어 있다.

64

한창기

전통문화를 사랑한 사람 뿌리 깊은 나무가 되다

　순천 낙안읍성 바로 옆에 순천시립 뿌리깊은나무박물관이 있다. 여기에는 기업인이자 출판인이자 언론인으로 활약했던 한창기가 생전에 심혈을 기울여 펴낸 책들과 그가 수집했던 값진 고문서와 서화, 공예품들이 전시되어 있다. 그는 탁월한 사업 수완으로 브리태니커 백과사전의 국내 보급에 성공하였으며, 1970~1980년대에 월간문화지《뿌리 깊은 나무》와《샘이 깊은 물》등을 발행하며 한국의 전통문화 보전에 진력하였다.

　한창기(韓彰璂, 1936~1997)는 호가 '앵보'이며, 일제강점기인 1936년 11월 전남 보성군 벌교면 고읍리에서 태어났다. 1954년 순천중학교를 졸업하고, 1957년 광주고등학교를 거쳐 1961년 서울대학교 법과대학 행정학과를 졸업하였다.

　졸업 후 주한미군을 대상으로 항공권과 영어 성경을 판매하면서 그들과 친교를 맺었고, 미국 시카고에서 발행하는 영문판 브

▲ 출판인 한창기

리태니커 백과사전을 한국에 보급하는 권리를 양도받았다. 그리고 탁월한 사업 수완과 획기적인 판매 기법으로 보급에 성공함으로써, 1968년에 한국브리태니커회사의 탄생에 결정적인 역할을 했다. 창립 당시 그는 미국인 사장을 도와 부사장을 맡았지만 1970년 사장에 올라 몸소 경영하게 되었다.

그는 한국브리태니커회사 경영에 몰두하는 한편 기존 잡지와 차별화된 문화잡지의 창간을 구상하기 시작했고, 마침내 1976년 3월 한글 전용과 가로쓰기를 앞세운 문화월간지《뿌리 깊은 나무》를 창간했다. 이 잡지는 사라져가는 한국의 전통문화를 찾아 그 가치를 짚어내는 참신한 시도로 잡지계의 혁신을 일으켰고, 정기구독자가 6만 5천 명에 이를 정도로 발행 부수가 늘었으나 1980년 8월 전두환 정권의 압력으로 강제 폐간되고 말았다.

그러나 거기에 멈추지 않고 1984년 여성을 대상으로 한 문화월간지《샘이 깊은 물》을 창간했다. 이 잡지 역시 전통문화에 대한 일관된 시각과 애정 어린 탐색 정신이 살아 있어 독자들의 호평을 받았으며, 기존 여성잡지와는 달리 여성잡지의 긍정적 가능성을 열어 보인 것으로 평가받았다.

이와 더불어 그는 도서 출판에도 열정을 쏟아 〈한국의 발견〉과 〈뿌리깊은나무 민중 자서전〉 등의 연작집을 출간하고, 전통음악의 맥을 계승하고자 유파가 각기 다른 판소리 다섯 마당을 집대성한 〈뿌리깊은나무 판소리 다섯 마당〉과 〈브리태니커 팔도소리 전집〉 등을 펴내기도 했다.

특히 1983년에 나온 〈한국의 발견〉 11권은 조선 시대에 편찬된 〈동국여지승람〉 이후 선보인 본격적인 인문지리지라는 평가를 받아 제1회 '오늘의 책' 수상작으로 선정되고, 〈한국일보〉의 한국출판문화상을 받았다.

1982년부터 발간하기 시작하여 1991년까지 모두 20권이 나온 〈뿌리깊은나무 민중자서전〉의 연작집도 한국출판문화상을 받았다. 또 〈브리태니커 판소리 전집〉은 한국방송공사 국악대상을 수상했다.

한창기는 1974년부터 '브리태니커 판소리 감상회'를 정기적으로 개최하여 1978년 100회에 이르도록 운영함으로써 판소리의 보존과 보급에 선구적인 역할을 했다.

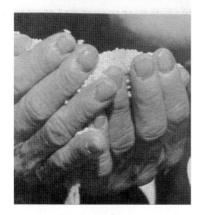

▲ 뿌리깊은나무 창간호

그는 결혼하지 않고 평생 독신으로 살았으며 1997년 간암으로 세상을 떠났다. 그는 출판을 통해 전통문화의 보존과 계승의 토대를 마련하는 데에 평생을 바쳤으며, 일본 제국주의의 잔

▲ 뿌리깊은나무박물관

재를 미처 털어내지 못하고 있던 한국 출판계에 진정한 근대성과 주체성을 부여한 최초의 출판언론인이었다는 평가를 받았다.

사후에 보관문화훈장이 추서되었고, 2007년 9월 그가 썼던 글을 모아 『뿌리깊은나무의 생각』, 『샘이깊은물의 생각』, 『배움나무의 생각』이 출간되었다. 2008년 2월 추모문집 『특집! 한창기』가 출간되기도 했다. 2012년 순천시 낙안민속마을 옆에 순천시립 뿌리 깊은 나무 박물관이 세워지고, 그가 생전에 출판했던 책들과 함께 평생 애써 모은 6천 5백여 점의 유기와 도기, 민속품, 회화, 목기, 서책 등이 전시 보관되어 오늘에 이르고 있다.

65

박관수

베풂과 나눔, 기부천사의 삶을 살다

순천의 기부천사라면 누가 있을까? 제일 먼저 떠오르는 사람이 있다. 바로 변호사 박관수이다. 그는 일찍 부모를 여의고 어려운 형편 속에서 학업을 이어나간 입지전적인 인물이다. 그래서 자신이 겪었던 어려움을 후배 학생들이 되풀이하지 않도록 하는 일념으로 장학사업에 정성을 쏟았으며 순천의 지역 문화예술 창달을 위해서도 크게 공헌하였다. 그의 생애는 베풂과 나눔, 봉사와 헌신의 네 낱말로 요약할 수 있다.

박관수(朴寬洙, 1937~2014)는 순천박씨의 후손으로 1937년 9월 순천시 해룡면 남가리에서 태어났다. 호를 순양(順陽)으로 지었는데, 이는 순천의 '순(順)'과 광양의 '양(陽)'에서 따온 것이다.

1944년 해룡국민학교에 입학하여 1950년 순천농림중학교에 입학하였으며, 도중에 학제가 개편되어 1953년 순천북중학교를

▲ 박관수 변호사

졸업하였다.[208] 중학교 2학년 때 모친이 작고하여 등록금을 못 낼 정도로 형편이 어려웠다. 중학교 졸업 후 형의 집에서 농사일을 돕다가 1956년 열여덟 살 때 무작정 상경하여 식당 종업원과 각종 배달원 일을 하면서 상지고등학교를 나와 1963년 국민대학교 야간부 법학과를 졸업하였다.

1964년 제3회 사법시험에 합격하고 1966년 서울대학교 사법대학원을 수료한 다음 해군 법무관으로 임관했다. 1969년 대구 지방검찰청을 시작으로 전주와 부산, 광주 지방검찰청 검사와 순천지청의 검사로 일했다. 1980년 순천에서 변호사 개업을 하였다.

그는 장학사업에 열정을 가지고 순천의 교육 발전을 위해 순천대학교에 발전기금 2천 5백만 원을 비롯해서 순천대학교 사범대학 부설 중학교 용지로 시가 5억 원에 달하는 가곡동 일대의 땅 1

208) 순천농림중학교는 6년제로서 1946년 11월부터 농업과, 임업과, 축산과 등 3개과 18학급으로 운영되었다. 1951년 문교부령 학제개편에 따라 3년제 중학교와 3년제 고등학교로 개편되면서 순천북중학교와 순천농림고등학교로 분리되었다. 이에 따라 순천북중학교는 1951년 5월 개교하여 한동안 순천농림중학교 건물을 사용하다가 1971년 매곡동 220번지로 새로 교사를 짓고 옮겨가면서 순천삼산중학교로 개칭하였다. 이후 순천삼산중학교는 순천 인구 증가에 발맞추어 2020년 3월 순천시 해룡면 매안로 신대지구로 이전하여 오늘에 이르고 있다.

만 3천 평을 기증했다.

또 순천의 문화예술 진흥을 위해서 순천예술상 기금 1억 8천만 원, 순천 팔마문화제추진위원회 3천만 원, 시민의 날 행사 1천만 원, 향림사 대웅전 복원 1천만 원 등 기회가 주어질 때마다 기부에 앞장섰다.

이뿐만 아니라 지역사회 발전에도 적극적으로 참여하여 순천팔마문화제 추진위원

▲ 박관수 자서전

장과 순천시 고문변호사를 비롯하여 남도한마음축제 추진협의회 위원장, 남도국악원 후원회장, 전통문화보존위원회 위원장, 낙안민속문화축제 추진위원장, 대한적십자사 봉사회 순천지구협의회장, 순천시 제2건국범국민추진위원회 위원장, 순천대학교 총동문회장, (재)순천시인재육성장학회 후원회장, 민주평통순천시협의회장, (재)순천예술문화재단 설립 및 이사장, 한국가정법률상담소 순천지소 이사장, 남도문화재 이사장, 재단법인 순양예술문화재단 이사장 등을 맡아 지역 발전에 힘을 쏟았다.

1995년 지역 발전에 이바지한 공으로 순천 시민의 상을 받고, 2006년 순천대학교 명예법학박사 학위를 받았다. 2007년 순천박씨 중앙종친회 중앙회장을 맡았다. 2008년 7월 광주지방변호사

회 공로상을 받았다.

평소 취미생활로 테니스와 골프를 즐겼고, 2014년 8월 향년 78세로 세상을 떠났다. 2016년 2월 부인 조영숙 여사가 남편이 소장하던 고문서와 서화류 472점을 순천대학교에 기증했다. 자서전으로 『양지를 향하여』(마을, 2011)가 있다.

제4부
순천의 예술인물

노수신

환선정에서 유배의 시름을 달래다

순천에 동방의 거유(巨儒) 한훤당 김굉필(金宏弼, 1454~1504)이 무오사화로 인해 1500년(연산군 4)에 귀양을 와서 5년간 머무르다 1504년 51세의 나이로 한 많은 생애를 마쳤다. 그로부터 마흔 해가 지나고 한훤당의 학통을 이어받은 또 한 사람의 선비가 유배객의 신세로 삼산이수의 고장에 발을 디뎠다. 바로 노수신이다. 그는 을사사화의 화를 입어 순천에 와서 지내며 환선정에 올라 시를 남겼으며, 나중에 유배에서 풀려나 영의정에까지 올랐다.

노수신(盧守愼, 1515~1590)은 본관은 광주(光州)이고. 자는 과회(寡悔)이며, 호는 소재(蘇齋)이다. 시호는 문간(文簡)이다. 조광조의 문하생이자 성리학자인 이연경(李延慶, 1484~1548)의 제자로서 그의 사위가 되었으며, 김종직에서 김굉필과 조광조, 이연경으로 이어지는 성리학의 학통을 계승하였다. 1541년(중

▲ 노수신

종 36) 스물일곱 살 때 당대의 명유(名儒) 이언적(李彦迪, 1491~1553)[209]에게 배웠다. 퇴계와 율곡, 하서 김인후 등과도 친분을 쌓았다.

1543년 식년문과(式年文科)에 장원급제하고 전적(典籍)과 수찬(修撰)을 거쳐, 1544년 시강원사서(侍講院司書)가 되고, 같은 해 사가독서(賜暇讀書)하였다. 인종 즉위 초에 정언(正言)이 되어 대윤(大尹)의 편에서 이기(李芑)를 탄핵하여 파직시켰다. 그러나 1545년(명종 1) 소윤(小尹) 윤원형(尹元衡, 1503~1565)[210]이 이기와 함께 을사사화를 일으키자 이조좌랑에서 파직되어 1547년(명종 2) 3월 순천으로 유배되었다.

---

209) 조선시대 성리학 정립의 선구적 인물로서 성리학의 방향과 성격을 밝히는 데 중요한 역할을 하였다. 조광조의 뒤를 이어 도학을 체계적으로 연구하고 주희(朱熹)의 주리론적 입장을 정통으로 확립하여 이황(李滉)에게 전해줌으로써 그의 주리론을 확립에 큰 영향을 미쳤다.

210) 조선 중기의 외척으로 소윤(小尹)의 영수이다. 문정왕후의 남동생이자 명종의 외숙으로 윤임, 김안로, 이량, 심통원 등과 함께 인척세력의 대표적 인물이다. 1546년 이기(李芑), 정순붕(鄭順朋), 임백령(林百齡) 등과 함께 대윤 일파를 제거하기 위해 을사사화(乙巳士禍)를 날조하였다. 이어 양재역 벽서 사건을 빌미로 정미사화(丁未士禍)를 일으켜 사림을 정계에서 숙청하였다. 정난정(鄭蘭貞)은 그의 첩으로서 천민 출신이었으나 타고난 미모와 재기를 발휘하여 본부인을 독살하고 정실의 자리를 차지했으며, 을사사화를 배후에서 조종했다.

순천에서 여섯 달간 유배 생활을 하면서 〈십육일 밤 환선정에서(十六夜喚仙亭)라는 시를 남겼다. 초가을 밤 환선정에 올라 외로이 날아가는 학에 자신의 서글픈 신세를 의탁하였다.

二八初秋夜 열엿샛날 초가을 밤

三千弱水前 삼천리 약수(弱水) 앞에 서 있네.

昇平好樓閣 승평에는 누각이 좋은데

宇宙幾神仙 우주에는 신선이 얼마나 되는가?

曲檻淸風度 구부러진 난간에 시원한 바람이 불고

長空素月懸 너른 하늘에는 흰 달이 떠있네.

惆然發大嘯 서글픈 마음에 길게 휘파람을 부는데

孤鶴過翩翻 외로운 학이 너울너울 창공을 날아가네.

그로부터 일흔 해가 지나 1618년(광해군 10) 3월 강복성(康復誠, 1550~1634)이 순천부사로 부임하여 이듬해 순천부 남문에 연자루를 중건한 일이 있는데, 이 강복성 부사가 그의 문하생이었다.

노수신은 같은 해 9월 양재역 벽서사건(良才驛壁書事件)에 연루되어 가중처벌을 받아 진도로 옮겨갔다. 그리고 그곳에서 장장 19년간 귀양살이를 하였으며, 그때 이황과 김인후, 기대승 등과 서신을 교환하면서, 도심은 체(體)이고 인심은 용(用)이라고 보는 인심도심체용설(人心道心體用說)을 주장하고, 〈인심도심변(人心道心辨)〉을 저술했다. 또 진도 주민들을 교화하여 남의 집 규수를 훔쳐와 혼인하는 보쌈 풍속을 없애고 중매를 통해 혼례를 치르는 예법을 정착시켰다.

1565년(명종 20) 다시 충청도 괴산(槐山)으로 유배지가 옮겨졌다가 1567년 선조가 즉위하면서 풀려나왔다. 기대승이 "스무 해 귀양살이에도 학문을 폐하지 않고, 곤궁과 환란 속에서도 변절하지 않은 사람은 중용해야 한다."고 건의하여 홍문관 교리(校理)에서 시작하여 홍문관 직제학, 청주목사, 충청도관찰사, 호조참판, 홍문관 및 예문관 대제학 등을 지냈다.

그는 온유하고 원만한 성격으로 사림의 존경과 임금의 신임을 받았다. 1573년(선조 6) 59세의 나이로 우의정에 올랐으며, 1578년 좌의정을 거쳐 1585년(선조 18)에 71세 때 영의정에 이르렀다.

그가 진도에서 귀양살이할 때 군수 홍인록이 심하게 박대했다. 그가 이불을 덮고 자자 "죄인이란 작자가 따뜻하게 자다니, 그것

▲ 환선정 옛 모습

도 불충이다."라고 하며 이불을 빼앗아 가고, 식사하는 것도 트집을 잡아 "죄인이 어찌 쌀밥을 들 수가 있느냐? 좁쌀로 바꿔주어라." 하고 심술을 부렸다. 또 달밤에 울적하여 노복을 시켜 피리를 불게 하자, "죄인이 어찌 풍류를 즐긴단 말이냐? 저 종을 잡아다 가두어라." 하며 사사건건 트집을 잡으며 못살게 굴었다. 그러나 영의정이 되어 홍인록이 삼사(三司)의 규탄을 받을 때 그를 옹호하여 풍천부사로 발령해주었다.

"홍인록이야말로 법도대로 유배 죄인을 잘 다스렸다. 잘못한 것은 나의 죄였지 그는 시키는 대로 한 관리다. 그런데 어찌 그에게 벌을 주겠는가?"

이렇게 자기를 홀대했던 사람에게 보복하지 않고 우대해준 것이 널리 알려져 도량이 넓은 사람으로 존경을 받았다.

1588년 영의정을 사임하고 영중추부사(領中樞府事)가 되었는데, 이듬해 10월 정여립(鄭汝立, 1546~1589)의 모반사건이 일어나면서 과거 정여립을 천거했던 일로 탄핵을 받아 벼슬에서 물러났다.

그는 시문과 서예에 능했으며, 특히 양명학(陽明學)[211]을 깊이 연

---

211) 중국 주자의 성리학에 대응하여 명나라 왕양명(王陽明)이 주창한 학문이다. 주자의 성즉리(性卽理)와 격물치지설(格物致知說)에 회의를 느끼고 심즉리(心卽理), 치양지(致良知), 지행합일설(知行合一說)을 주창하였다. 곧 효는 원리를 이해하는 것이 아니라 부모를 공경하는 자연스러운 마음의 원리를 실현하는 것이며, 효심과 효행을 하나로 인식하여 이를 지행합일설로 표현하였다.

구하였다. 승려 휴정(休靜, 1520~1604)[212], 선수(善修, 1543~1615)[213] 등과도 교분을 맺고 불교의 이치에 관심을 기울였다.

1590년(선조 23) 76세로 세상을 떠났으며, 영의정으로 추복되고, 1591년(선조 24) 광국원종공신(光國原從功臣) 1등훈이 추서되었다. 시호는 문의(文懿)이며, 뒤에 문간(文簡)으로 고쳤다. 저서로『시강록(侍講錄)』과『소재집(蘇齋集)』이 있다.

충주의 팔봉서원(八峰書院)을 비롯하여 상주의 도남서원(道南書院)과 봉산서원(鳳山書院), 괴산의 화암서원(花巖書院), 진도의 봉암사(鳳巖祠) 등에 배향되었다. 묘소가 봉산서원이 있는 경북 상주시 화서면 금산리에 있다.

노수신의 10세손 노성도(盧性道, 1819~1893)는 조상을 기려 경북 상주를 떠나 적소(謫所)였던 충북 괴산 연하동(煙霞洞)으로 옮겨와서 수월정(水月亭)을 짓고 연하구곡(煙霞九曲)을 설정했다. 1957년 괴산댐 건설로 인해 수월정이 괴산군 칠성면 사은리로 옮겨졌다. 2015년 진도향교에서는 노수신 탄생 500주년을 맞이하여 진도개화지조(珍島開化之祖)를 추앙하는 유허비를 세웠다.

---

212) 묘향산인 또는 서산대사로 불리며 임진왜란 때 선조의 부탁을 받고 전국에 격문을 보내어 의승군의 궐기를 호소했고, 자신도 순안 법흥사에서 1천5백 명의 승군을 조직, 평양성 탈환 전투에 참여하여 공을 세웠다. 선조가 팔도십육종도총섭(八道十六宗都摠攝)에 임명하자, 일흔이 넘은 나이를 들어 이를 제자 유정(惟政)에게 물려주고 묘향산으로 돌아갔다. 1604년 묘향산 원적암에서 앉은 채로 입적했다.

213) 남원 출신의 슬려로 일찍이 노수신(盧守愼)의 장서를 7년 동안 읽었다. 임진왜란 때 승병장으로 나섰고, 왕희지체 필법으로 사명당(四溟堂) 유정(惟政)과 함께 당대의 이난(二難)으로 불렸다. 그가 죽자〈만송운장(輓松雲章)〉을 지어 공적을 찬양했다. 광해군이 초빙하여 설법을 청하여 들었고, 사후에 시호를 내렸다. 신도로부터 시물(施物)을 받으면 그 자리에서 모두 나누어주고 평생 스스로 가지는 일이 없었다. 저서로『부휴당대사집(浮休堂大師集)』이 있다.

67

승평사은

네 선비가 벼슬보다 초야의 삶을 선택하다

조선 시대 어지러운 정치상황에 회의를 느끼고 산자수명한 순천
에 터를 잡고 안빈낙도의 삶을 살았던 네 사람의 선비가 있다. 사람
들은 그들을 추앙하여 승평사은(昇平四隱)이라 불렀다. 바로 배숙과
정소, 허엄, 정사익이 그들이다. 그들은 벼슬에 대한 뜻을 접고 오로
지 학문을 닦고 후학을 가르치며 여생을 보냈다.

배숙(裵璹, 1516~1589)은 본관이 성산(星山)으로 자는 수
옥(壽玉)이고, 호는 매곡(梅谷)이며 회재(回財) 이언적(李彦迪,
1491~1553)의 제자다. 승평사은 가운데 가장 연장자이다.

경상북도 성주(星州)에서 출생하여 1546년(명종 1) 31세 때 사
마시에 합격하고 성균관 유생이 되었다. 승려 보우(普雨)가 문정
왕후의 총애를 업고 전횡을 일삼자 이를 탄핵하는 척요승보우소
(斥妖僧普雨疏)를 올렸다가 좌천되었다.

1564년(명종 19) 49세 때 퇴계 이황의 추천으로 승평의 교수관

▲ 매곡집

으로 부임하여 5년간 후학들을 가르치며 순천의 학풍 조성에 기여하였다. 스승 이언적의 가르침을 본받아 심성(心性)의 학문과 천명(天命)의 설을 구심점으로 인간의 도리를 강구하였다. 특히 '성정수제(誠正修齊)'[214] 넉 자를 걸어놓고 학문의 기본으로 삼았다.

순천의 자연환경과 온후한 인심에 끌린 그는 임기를 마치고 둘째와 셋째 아들은 고향으로 보내고, 본인과 맏아들 배영담(裵齡聃, 1537~1611)은 순천 매안마을에 정착하면서 성주 배씨의 순천 입향조가 되었다. 그리고 〈심경(心經)〉[215]과 〈근사록(近思錄)〉[216]을 후생들에게 강론하며 순천의 문풍 진작에 더욱 힘썼다. 평소 매화를 애호하여 호를 '매곡'으로 지었는데, 매화는 대나무의 어짊과 국화의 은은함과는 달리 비현비은(非賢非隱)의 중용을 뜻하기 때문이라고 말했다.

그는 무오사화로 조위와 김굉필이 순천에 유배 와서 시름을 달래던 임청대에 순천부사 구암(龜巖) 이정(李楨, 1512~1571)이

---

214) 성의(誠意), 정심(正心), 수신(修身), 제가(齊家)를 가리킴. 〈대학〉 팔조목(八條目)의 일부
215) 송나라 학자 진덕수(陳德秀)가 경전과 도학자들의 저술에서 심성 수양에 관한 격언을 모아 1234년에 편찬한 수양서.
216) 중국 남송(南宋)의 철학자 주희(朱熹)와 여조겸(呂祖謙)이 공동 편찬한 성리학 해설서.

▲ 미강서원

1563년(명종 18) 옥천변에 임청대비를 세우고, 1564년 경현당(景
賢堂)을 짓고, 1565년 옥천정사(玉川精舍)를 건립할 때 배숙을 비
롯한 승평사은이 공사의 책임을 맡아 완성했다. 그로부터 3년 뒤
인 1568년(선조 1)에 옥천정사는 '옥천서원'으로 사액(賜額)되었다.

저서로 〈매곡집(梅谷集)〉 4권이 있으며, 2001년에 진인호, 허근
의 역해본이 출판되었다. 순천시 해룡면 신대리 미강서원(美岡書
院)에 배향되었다.

순천시 매곡동(梅谷洞)[217]은 선생의 호에서 유래한다고 전해진

<hr />

217) 본디 매곡동은 조선 시대 순천도호부 소안면에 소속되어 있다가 1895년 순천군 소안면, 1914
년 일제의 행정구역 개편에 따라 순천면 매곡리로 되었으며, 1949년 8월 15일 순천군이 시로
승격하면서 매곡동이 되었다.

▲ 곡수서원

다. 매곡동은 전국에서 홍매화가 가장 빨리 피는 마을로 알려져
서 해마다 3월이면 탐매축제가 열리고 있다.

　정소(鄭沼 1518~1572)는 본관은 연일(延日)이고, 자는 중
함(仲涵)이며 호는 청사(青莎)이다. 돈녕부판관 정유침(鄭惟
沈, 1493~1570)의 둘째 아들로 태어났다. 을사명현(乙巳名
賢)인 정랑(正郎) 정자(鄭滋, 1515~1547)의 동생이자, 〈사미
인곡〉과 〈관동별곡〉 등 가사문학의 대가인 송강(松江) 정철
(鄭澈, 1536~1593)의 둘째 형이다. 그의 큰 누이는 인종(仁宗,
1515~1545)의 귀인(貴人)이며, 둘째 누이는 계림군(桂林君) 이
유(李瑠, 1502~1545)의 부인이다.

한성에서 출생하여 12세 때 형 정자와 함께 모재(慕齋) 김안국(金安國, 1478~1543)의 문인이 되어 수학하였다. 1535년(중종 30) 열여덟의 나이로 생원, 진사 두 시험에 합격했다. 어려서부터 효성과 우애가 남달랐다. 1545년 을사사화로 인해 부친과 형이 화를 입어 유배당하고, 1547년 양재역 벽서사건[218]으로 형 정자가 함경도 경원의 유배지에서 죽임을 당하는 등 집안이 큰 풍파를 겪는다.

그는 형의 죽음을 슬퍼하며 벼슬에 대한 뜻을 버리고 순천으로 와서 청사헌(靑莎軒)이라는 농막에 거주하면서 연일정씨 감무공파(監務公派)의 순천 입향조가 되었다. 나중에는 처가인 여수 소라포의 달래도라는 섬에 들어가서 마늘밭을 가꾸고 낚시를 하며 여생을 보냈다. 조현범의 『강남악부』에 〈종산포(種蒜圃)〉라는 제목으로 그의 생활이 소개되어 있다.

언젠가 그가 동생 정철을 만나러 서울에 갔을 때, 친구들이 왜 시골에 묻혀서 세상에 나오지 않는지 묻자 이렇게 대답했다.

"나는 섬 안에 밭을 갈고 마늘을 심었다네. 마늘이 자라면 오징어가 와서 마늘 줄기에 걸린다네. 그것들을 잡아서 구워 먹느라고 세상에 나오는 것을 잊었다네."

순천부사 이정(李楨, 1512~1571)이 1563년(명종 18) 옥천변

---

218) 경기도 과천 양재역에 "여왕이 집정하고 간신 이기 등이 권력을 농단하여 나라가 망하려 하니 이를 보고 기다릴 것인가?"라는 벽서가 붙었다. 이를 빌미로 당시 외척으로 정권을 잡고 있던 윤원형(尹元衡)의 세력이 반대파 인물인 송인수(宋隣壽)와 이약수(李若水) 등을 죽이고 권벌과 이언적, 정자(鄭滋), 노수신, 유희춘, 백인걸 등 20여 명을 유배 보냈다.

에 임청대비(臨淸臺碑)를 세울 때 정소가 음기(陰記)를 썼다. 지금도 순천시 옥천동의 임청대비 뒷면에서 그의 필적을 비교적 자세히 확인할 수 있다. 경현당 및 옥천정사를 세울 때도 승평사은의 일원으로 힘을 보탰다.

1572년(선조 5) 향년 쉰다섯 살로 세상을 떠났다. 김안국이 행장(行狀)을 쓰고, 율곡(栗谷) 이이(李珥)가 묘지명(墓誌銘)을 지었다. 그의 아들 정원명(鄭元溟)과 정상명(鄭翔溟) 형제는 임진왜란 때 이순신을 도와 한산대첩에 참전하는 등 많은 공을 세웠다. 또 정원명의 손자 정시관(鄭時瀚)은 승평팔문장(昇平八文章)의 한 사람으로 이름을 올렸다.

1712년(숙종 38) 그의 유덕을 기려 그가 거주하던 지금의 저전동에 청사서원(靑莎書院)을 세웠다. 이것은 1868년(고종 5) 대원군의 서원철폐령에 따라 훼철되었다가 1958년 곡수서원(曲水書院)으로 개칭되어 조례동에 건립되어 오늘에 이른다.

허엄(許淹 1540~1610)은 본관이 양천(陽川)으로 자는 구숙(久叔)이고, 호는 강호(江湖)이다. 무안현감을 지낸 허희인(許希仁)의 아들로 순천에서 태어났다. 아우는 허익(許瀷)이다.

김안국(金安國)[219]의 문하에서 수학하고, 1568년(선조 1) 스물

---

219) 본관은 의성(義城)이고, 자는 국경(國卿), 호는 모재(慕齋)이며 사재(思齋) 김정국(金正國)의 형이다. 김굉필(金宏弼)의 문인으로 박학하고 문장에 능했으며 예조판서, 대사헌, 병조판서, 대제학, 판중추부사 등을 역임하였다. 나이 스무 살이 못 되어 양친을 여읜 까닭에 호를 모재(慕齋)로 정하고 정성껏 돌아가신 부모를 모셨다.

아홉 살에 증광시(增廣試)[220]에 합격했다. 그러나 벼슬에 뜻을 두지 않고 향리에 묻혀 성리학을 연구하고 후학을 가르치며 일생을 보냈다.

그는 배숙을 비롯한 승평사은의 한 사람으로 순천부사 이정(李楨)을 도와 임청대비와 경현당(景賢堂), 옥천정사(玉川精舍)의 건립에 주도적인 역할을 했다. 1610년(광해군 2) 9월 사망했다.

그의 아들 허경(許鏡, 1564~)은 장연부사(長淵府使)를 역임하였으며, 임진왜란 때 동생 전(銓)과 함께 수백 석의 군량을 가지고 의병을 모아 재종형 허일(許鎰, 1549~1593)을 따라 이충무공 막하에서 싸웠다. 이러한 전공으로 경주판관에 제수되었으며 선무원종공신 3등훈에 녹훈되었다. 순천시 조례동 충렬사에 배향되었다.

정사익(鄭思翊, 1542~1588)의 자는 도보(道輔)이고, 호는 포당(圃堂)이다. 조선 명종 때 함흥판관(咸興判官)을 지낸 옥계(玉溪) 정승복(鄭承復, 1520~1580)의 둘째 아들이다.[221]

승평사은 가운데 제일 연하로서 벼슬에 대한 뜻을 버리고 초야에서 유학을 강론하며 은자의 삶을 살았다. 특히 순천부사 이정이 한훤당 김굉필과 매계 조위의 귀양살이 행적을 기려 임청대비

---

220) 조선 시대 나라에 경사가 있을 때 실시한 비정기 과거시험.
221) 정승복은 여섯 아들을 두었는데, 큰아들은 사안(思安)이고, 둘째 아들은 사익(思翊), 셋째 아들 사준(思峻), 넷째 아들 사횡(思竑), 다섯째아들 사정(思靖), 여섯째아들 사립(思立)이다.

▲ 정사익의 묘

와 경현당, 옥천정사를 세울 때 승평사은의 일원으로 적극 힘을 모았다. 묘는 순천시 연향동 명말 옥계서원 뒷산에 부친 정승복의 무덤과 함께 있다.

그의 아들 정빈(鄭憤, 1566~1640)은 임진왜란 때 숙부 정사횡과 함께 곡식 천여 석을 배에 신고 의주(義州)에 있는 임금에게 전했다. 그 공으로 선조로부터 사온서봉사(司醞署奉事)[222]라는 벼슬을 받고, 선무원종공신(宣武原從功臣) 2등에 녹훈(錄勳)되었다.

---

222) 조선 시대 궁중에서 쓰는 술과 감주 등을 공급하는 일을 맡아보던 관청의 종8품 벼슬.

68

승평팔문장

여덟 선비가 붓으로 이름을 떨치다

조선 시대에 순천에 문장에 뛰어난 선비가 여덟 사람이 있었다. 그들을 일컬어 승평팔문장(昇平八文章)이라 하였다. 이들의 여덟 사람은 최만갑, 양명웅, 박시영, 정하, 정시관, 황일구, 정우형, 허빈이다. 이렇게 한 고장에 글을 잘하는 이가 여덟 명이나 포진하고 있었으니 순천이야말로 문향(文鄕)이라 아니할 수 없다. 그런데 양명웅과 정하, 황일구를 제외하고는 작품이 전해지지 않아서 아쉬움을 준다.

최만갑(崔萬甲)은 본관이 전주로서 자는 공식(公式)이고, 호는 우곡(牛谷)이다. 나중에 이름을 '식(栻)'으로 바꿨다. 그는 지조와 사고의 격이 높고 조화가 자연스러웠으며 향시에 여러 차례 합격했다. 복시(覆試) 때 '벽상증검(壁上贈劒)'을 시제로 도장원(都壯元)을 하였다. 그러나 갑작스레 발표한 것이 취소되는 바람에 눈물을 머금고 고향으로 내려와 야인으로 일생을 마쳤다. 조현범이 지은 『강남악부』의 〈보검편(寶劒篇)〉에 그의 이야기가 전한다.

양명웅(梁命雄)은 본관이 제주이고, 자는 세장(世長), 호는 창랑 (滄浪)이다. 학포(學圃) 양팽손(梁彭孫 1488-1545)의 6세손이자 인동도호부사(仁同都護府使)를 지낸 순천 입향조 양신용(梁信容, 1573~1645)의 손자이다. 용두(龍頭) 사호(沙湖)에 거주하였다. 일찍이 학문과 기예에 뛰어나서 일찍이 대과, 소과, 초시에 모두 합격하였다. 그러나 서울에 가서 치른 회시(會試)와 정시(庭試)에 모두 실패하고, 대신 무과에 합격하여 북관에 부임하게 되었다. 그 가 함흥부(咸興府)에 이르렀을 때 때마침 함흥 방백과 도내 수령 들이 연회를 벌이고 있었다. 그는 그곳에서 〈백빈추성(白蘋秋聲)〉 이란 시를 지어 좌중을 놀라게 하였고 방백으로부터 크게 칭찬을 들었다. 그때의 시가 『강남악부』의 〈함흥연(咸興宴)〉에 전한다.

함흥의 아름다운 기운이 천년 동안 울창하여
망망한 넓은 들을 바라보니 평평하구나.
산세(山勢)는 북에서 오고 누각은 북두칠성을 찌를 듯하며
물은 흘러 동으로 가고 땅은 바다와 연이어 있네.
석양에 사람들이 긴 다리를 건너니 그림자 비치고
맑은 밤 노랫소리가 멀리 온 객의 정을 일으키네.
높은 난간에 기대어 멀리 내려다보니
백빈주(白蘋洲) 끝에서 가을소리가 일어나네.

박시영(朴時英)은 본관이 상주(尙州)로서 자는 군수(君秀)이 다. 임진왜란 때 고경명의 의병대에 가담하여 금산싸움에서 싸우

다 순절한 박대붕(朴大鵬, 1525~1592)의 현손(玄孫)이다. 신월
(新月)에 살았다. 시문에 능하여 이백(李白)을 방불케 할 정도였
다. 일찍이 재사(才士)로 이름을 떨쳤으나 소과(小科)에도 오르지
못하여 주위로부터 안타까움을 샀다. 숙종 때 선무랑 사복시주부
(司僕寺主簿)[223]의 벼슬을 한 기록이 있는데, 이는 음직(蔭職)으로
추측된다. 〈보허사(步虛詞)〉를 남겼으나 제목만 전해진다. 신월
마을에 연화정(蓮花亭)을 짓고 시를 읊으며 지냈는데 지금 정자
의 자취는 없다. 『강남악부』의 〈보허사(步虛詞)〉에 그의 이야기가
전한다.

   정하(鄭厦)는 경주가 본관으로 자는 경화(慶華)이고, 호는 석란
(石蘭)이다. 정이형(鄭頤亨)의 아들이다. 문예가 숙성하고 경사
(經史)에 정통하였으며, 숙부(叔父) 정우형(鄭遇亨)과 함께 승평
팔문장에 이름을 올렸다. 붓을 들면 빛나는 문장을 이루었으나
전해지는 글이 없다. 묘가 순천시 황전면 죽내리(竹內里)에 있다.
   효촌(曉村) 장업(張燁, 1633~1702)이 그를 추모하여 〈승평에
이르러 외종제 정하를 생각하다(到昇平感懷外弟鄭厦)〉라는 시를
썼다. 장업의 문집 〈효촌유고(曉村遺稿)〉에 다음 글이 실려 있다.

  白首重臨從氏堂 백발이 되어 조카의 집에 다시 오니

---

223) 조선 시대 왕이 타는 말·수레 및 마구와 목축에 관한 일을 맡아보던 관청의 종6품 벼슬.

十春光景一梭忙 십년 춘광이 베틀 한번 철컥하는 순간일세

當時勸酒人何去 그때 술 권하던 이 지금 어디 갔나

依舊琴歌斷客腸 옛날 듣던 거문고 노래만 나그네 애를 끊누나

정시관(鄭時灌)은 본관은 연일(延日)이고 자는 옥이(沃而), 호는 난헌(蘭軒)이다. 승평사은(昇平四隱)의 한 사람인 청사(靑莎) 정소(鄭沼 1518~1572)의 증손(曾孫)이며, 임진왜란 때 이순신을 도와 한산대첩에 참전하는 등 많은 공을 세운 정원명(鄭元溟)의 손자이다.

사계(沙溪) 김장생(金長生, 1548~1631)의 문하에서 배웠으며 성리학에 밝았다. 뜻과 행실이 맑고 학업이 돈독하였으며 그가 짓는 문장은 온유하고 넉넉한 기운이 있었다. 뜻과 행실이 맑고 학업이 돈독하였으며 그가 짓는 문장은 온유하고 넉넉한 기운이 있었다.

순천성 남쪽 청사평(靑莎坪)에 살면서 덕행에 힘쓰면서 절개와 인간의 도리를 힘써 지켰다. 출세하여 이름을 드러내려 하지 않았으며, 후학을 가르칠 때는 반드시 앞선 법도를 따랐다.

사는 집은 검소하고 협소했다. 당 아래 연못의 물을 끌어다 구곡(九曲)을 만들어 술잔을 띄워놓고 즐겼다. 헛된 부귀를 바라지 않고 속됨을 가까이하지 않았으며, 마음에 맞아 함께 노니는 벗이 예닐곱 명에 지나지 않았다. 일찍이 "강 머리에 와서 취하니, 처사의 집이로다."라는 시를 지었다. 『강남악부』의 〈구곡인(九曲引)〉에 그의 이야기가 전한다.

황일구(黃一耉)의 자와 본관은 미상이다. 처사(處士)를 자처하며 해룡면 해촌(海村)에서 살았다. 품성이 얽매이는 데가 없었고, 문장은 속세의 기운을 벗어났다. 늘 인간세상을 초탈하여 노닐고자 하였다. 일찍이 방장산(方丈山)을 유람하다가 화개동(花開洞)에 이르러 〈요대선몽(瑤臺仙夢)〉이라는 시를 남겼다. 조현범이 펴낸 『강남악부』의 〈요대몽((瑤臺夢)〉에 그 시가 다음과 같이 수록되어 있다.

바람은 높은 소나무를 스쳐가고 달은 산에 숨었는데
맑은 창에 그림자 비치니 구름이 지나는구나
한밤중에 문득 요대(瑤臺)의 꿈을 깨자
은하수 북쪽에 닭의 울음소리 들리니 바로 인간세상이로구나.

정우형(鄭遇亨)의 본관은 경주이고, 자는 회경(會卿)이다. 승평팔문장에 같이 이름을 올린 정하(鄭厦)의 숙부이다. 조선 명종 때 함흥판관(咸興判官)을 지낸 옥계(玉溪) 정승복(鄭承復, 1514~1580)의 4세손으로 1620년에 출생하였다. 어려서부터 문장에 뛰어났으며, 향시에 아홉 차례 합격했다. 순천고을 북쪽에 살았다.

허빈(許彬)은 본관이 양천(陽川)이고, 자는 빈빈(彬彬)이다. 순천 입향조인 현감 문경공(文敬公) 허영(許潁)의 6세손이다. 재예(才藝)가 뛰어나 일찍이 문장을 깨우치고 경사(經史)에 능통하여 뭇사람의 칭송을 받았다.

69

한재렴

유배지 순천의 풍광을 노래하다

조선 시대에 순천에서 귀양살이하면서 순천의 자연풍경을 노래한 이가 있다. 바로 개성 사람 한재렴이다. 그는 순천에서 다섯 해를 머물렀는데, 그 기간에 순천의 음식과 연자루의 풍광 등 순천의 풍물과 절경을 즐겨 노래하였다. 그의 작품이 〈승평지〉를 비롯하여 여러 문헌에 남아 있다. 사람은 갔어도 그의 작품은 영원히 남아 우리에게 당시 사람의 시심과 감흥을 전해주고 있다.

한재렴(韓在濂, 1775~1818)은 조선 정조 때의 인물로 본관은 청주(淸州)이고, 자는 제원(霽園)이며, 호는 심원당(心遠堂)이다. 부친은 진사(進士) 한석호(韓錫祜)이다. 풍채가 좋고 총명하고, 학문을 좋아하였으며, 특히 시 쓰기에 능했다. 일찍부터 개성에 살았는데 벼슬을 하지 않았지만 뛰어난 문장으로 정조의 총애를 받았다. 박지원(朴趾源)과 정약용(丁若鏞), 신위(申緯) 등과도 교유하였다.

정조 임금이 워낙 그의 시문을 애호하자 그를 시기하는 자가 많아졌다. 정조가 승하하고 순조가 즉위하면서 참소를 받아 순천으로 귀양을 갔다. 귀양지 순천에서 5년 동안 머물면서 후진을 가르치는 한편 〈연자루(燕子樓)〉와 〈소옥(小屋)〉 등의 시를 지었다.

▲ 고도징

나중에 석방되어 1807년(순조 7) 식년시(式年試)[224]를 통해 진사에 합격했으나 벼슬에 대한 뜻을 접고 고향에 묻혀 선비들과 강론하며 여생을 마쳤다.

저서로 고려의 수도였던 개성(開城)의 산천과 사적을 소개한 『고려고도징(高麗古都徵)』(1847)을 비롯하여 『심원당시문초(心遠堂詩文抄)』와 『서원가고(西原家稿)』 등이 전한다.

그가 순천에 지낼 때 이런 시를 지었다.

村婆拍手鬧諸隣 고을 노파 박수가 이웃에서 시끄럽더니
北客初嘗瓦壟蠐 북녘 길손 처음 꼬막과 진주조개 맛보네

---

224) 조선 시대 3년마다 정기적으로 치르던 과거시험. 대비과(大比科)라고도 하였다.

但使羹魚幷飯稻 매운탕에 쌀밥을 더한다면야

不辭長作海南人 오랫동안 남쪽 바다 사람 되기를 사양치 않으리

북방에서 살던 사람이 남쪽 바닷가 순천으로 유배 와서 꼬막(瓦壟)과 진주조개(蠙), 매운탕(羹魚)를 맛본 소감을 노래하였다. 오래 순천에 살고 싶은 소망을 드러낼 만큼 해산물 맛에 끌렸음을 엿볼 수 있다.

溝水東西碧玉流 서에서 동으로 벽옥처럼 옥천 흐르니

七分明月古徐州 아름다운 달밤의 옛 서주로다

酒醒今夜知何處 술 깬 오늘밤 어딘 줄 알겠으니

腸斷城南燕子樓 애 끊는 성의 남쪽 연자루로다

이는 연자루에 대한 시이다. 그는 푸른 옥천이 흐르는 순천 연자루의 달밤 풍경을 중국 서주(徐州)의 연자루와 견주면서 이곳에 얽힌 호호(好好)의 애처로운 사연을 더 듣고 있다. 서주의 연자루에 전하는 당나라 시인 백거이(白居易, 772~846)와 관반반(關盼盼)이란 미녀의 사연을

▲ 서원가고

끌어와 분위기를 고조시키고 있다.[225]

그의 시가 연자루에 편액으로 걸려 있었는데, 1880년 4월에 부임한 순천부사 김윤식(金允植, 1835~1922)이 그것을 읽고 감상을 노래했다.

七分明月古徐州 아름다운 달밤의 옛 서주처럼
溝水東西碧玉流 서에서 동으로 푸른 옥천 흐르도다
不見崧陽韓進士 개성의 한진사는 보이지 않고
空留佳句滿名樓 부질없이 남긴 시구만 연자루를 채우도다

연자루에서 달밤의 운치를 즐기던 한재렴 진사는 간데없고 그의 필적만 현판에 남아 있다는 인생무상의 감회를 읊고 있다. 이렇게 후대인들도 한재렴의 글을 읽고 공감을 했음을 알 수 있다.

---

225) 서주 절도사 장음(張愔)에게 관반반이라는 애기(愛妓)가 있었는데, 수려한 용모에 목소리가 고왔으며 날렵하고 풍만한 몸매로 춤을 잘 추었다. 당대의 시인 백거이가 장음이 베푼 주연에 참석하여 관반반을 보게 되었는데, 여인은 백거이의 작품인 장한가(長恨歌)를 단숨에 익혀 부르며 예상곡에 맞춰 춤을 추었다. 이에 넋을 잃은 백거이는 "취한 교태가 더없이 아름답구나. 바람에 흔들리는 모란꽃이로다(醉嬌勝不得 風嫋牧丹花)"라는 시를 즉석에서 읊는다. 그 뒤에 세월이 흘러 장음이 죽고 관반반이 홀로 연자루를 지키며 수절하고 있다는 소식을 전해 듣게 된다. 이에 백거이는 처연한 마음으로 〈연자루〉라는 시를 읊었다.

70

윤종균

한시로 순천의 문풍을 잇다

죽도봉공원에 있는 연자루의 마루에 올라가면 한쪽 기둥에 '강남 난평음사(江南蘭平吟社)'라는 팻말이 걸려 있다. 이는 일제강점기에 순천에서 한시를 짓던 문사들의 모임으로 순천 출신 윤종균(尹鍾均, 1861~1941)이 1913년에 조직한 '난국사(蘭菊社)'에서 유래한 것이다. 당시 난국사 회원들은 연자루에 올라 시를 지으며 교유하였으며, 그러한 문학적 풍토가 오늘날까지 면면히 흘러오고 있다고 볼수 있다.

윤종균은 본관이 해남이고, 자는 태경(泰卿), 호는 유당(酉堂)이다. 순천 서면 운평리 당천(棠川)마을에서 태어났다. 어려서부터 총명하여 경사(經史)와 공령문(公令文)을 읽었다. 형의 뒷바라지로 과거시험을 준비하였으나 과거제가 폐지됨에 따라 응시하지 못하고 불운을 한탄하며 실의에 잠겼다.

1890년(고종 27)부터 매천(梅泉) 황현(黃玹, 1855~1910)에게

율시(律詩)를 배우면서 시 쓰기에 몰두하였다. 1894년(고종 31)에는 평소 매천과 교분이 있던 청백리 이건창(李建昌, 1852~1898)[226] 이 보성으로 유배를 오자 그를 찾아가 만났다.

▲ 윤종균

1895년 7월 순천부사 백낙윤(白樂倫)이 남원부 관찰사로 승진해 갈 때 그의 인품과 재주를 아껴 함께 데리고 가서 주사(主事)로 임명하였다. 아들이 관직에 나아가게 되자 모친이 크게 기뻐하였으며, 그 또한 "내 이제 어머니가 늙고 집안이 가난하니 녹을 받는 벼슬살이를 어찌 마다하랴."하고 남원으로 가서 백낙윤 관찰사가 직을 사임하고 공주로 돌아갈 때까지 2년 동안 글 쓰는 업무에 종사하였다.

남원에서 돌아온 후에도 매천의 문하에서 공부를 계속했다. 1898년(고종 35)에 이건창이 작고하자 스승과 함께 천릿길을 걸어 강화도까지 가서 조문하였다. 그리고 서울에서 이건창의 사촌아우

---

226) 호는 영재(寧齋). 문장과 글씨가 뛰어났고, 성품이 대쪽 같아 부정과 불의를 보면 추호도 용납함이 없다 보니 도리어 모함을 받으며 벼슬길이 순탄치 않았다. 임금이 지방관을 보낼 때 "그대가 가서 잘못하면 이건창이 가게 될 것이다."라고 말할 정도로 공무 집행이 완강하고 엄정하였다.

▲ 유당시집

이건방(李建芳, 1861~1939), 정만조(鄭萬朝, 1858~1936) 등과 만나 시를 주고받으며 우의를 다졌다.

1906년(고종 43) 순천 승명학교(昇明學校)[227]에서 교편을 잡았고, 경술국치로 매천이 자결한 뒤에는 허규(許奎)와 함께 매천시파의 좌장 역할을 하였다. 1913년 김효찬(金孝燦), 순천군수 이병휘(李秉煇)와 함께 시 창작 모임인 난국사를 창설하고 1922년까지 활동했다. 만년에는 제자 김종필(金鐘弼)이 마련해 준 구례군 광의면 지천리(芝川里)의 수죽헌(水竹軒)에 거주하다가 1941년 6월 81세로 생애를 마쳤다.

그는 황현과 강위(姜瑋, 1820~1884), 김택영(金澤榮, 1850~1927), 이건창과 함께 대한제국 4대 한학자로 이름이 높았다.

원래 윤종균이 남긴 한시는 1만여 편이 되는데, 1943년 이건방이 그 가운데 8백여 수를 가려 뽑아서 제자 김종필이 발간하려고 했다가 그가 월북하는 바람에 뜻을 이루지 못했다. 그 후 1968

---

227) 1906년 4월 개교한 사립학교이다. 1911년 순천공립보통학교로 인가받았으며, 지금 순천남초 등학교의 전신이다.

▲ 연자루 강남난평음사

년 윤종균의 조카 윤철호(尹轍浩)가 명문사(明文社)에서 『유당
시집(酉堂詩集)』을 발간했다. 최익한(崔益翰, 1897~?)과 정기(鄭
琦, 1879~1950)가 서문을 쓰고 김택영과 매천의 아우 황원(黃瑗,
1870~1944)이 발문을 썼다. 이를 진인호와 허근이 우리말로 옮
겨 『역주 유당시집』(순천문화원, 2003)을 펴냈다.

　윤종균이 창설한 난국사는 뒤에 '난국음사(蘭菊吟社)'로 명칭
이 바뀌었고, 1949년 순천읍이 시로 승격하며 승주군이 분리되자
1968년 '승평음사(昇平吟社)'가 창립되었다. 그러다가 다시 1995
년 순천과 승주가 통합되자 재결합하여 '강남난평음사(江南蘭平
吟社)'로 바뀌었다.

71

오끗준

순천에 판소리 동편제를 심다

순천은 예부터 판소리가 성행했고 판소리를 애호하는 후원자들이 많았다. 이 때문에 다른 지역 명창들이 자주 순천에 와서 공연하였고, 또 소리 제자를 양성하는 등 판소리의 고장으로 이름을 떨쳤다. 이 가운데 순천에 동편제의 뿌리를 내린 이가 있으니, 그가 바로 오끗준이다. 그는 〈춘향가〉에 능하였으며, 특히 옥중 해몽 대목에 탁월하였다. "춘향이 몽룡에게 편지를 부치고 그날 종일 상사일념(相思一念)이 더욱 간절하여 밤이 깊도록 잠을 이루지 못하다가 새벽녘에 야속한 잠이 들어 한 꿈을 얻으니……일이 점과 같을진댄 무슨 한이 있으랴마는 이런 년의 팔자에 웬걸 점이 맞으리. 장탄수심(長歎愁心)으로 지낼 적에."라는 대목에서 많은 박수를 받았다.

오끗준은 조선 고종(재위 1863~1907) 때 활동한 명창으로 순천에서 태어났다. 정확한 생몰연대는 알 수 없고, 세습 예인 집안 출신으로 김찬업(金瓚業)[228]의 삼촌이다. 박만순(朴萬順)[229]의 제자로 박찬업, 양학천, 유공열, 장판개 등과 더불어 동편제(東便制) 소리를 배웠으며, 이후 성창열, 이창윤과 함께 이름을 드러냈다. 바로 그에 의해서 1850년 무렵 순천에 동편제가 정착되었다.

동편제는 전라도 섬진강 유역인 남원, 구례, 운봉, 순창 등지를 중심으로 발전된 유파로 송흥록(宋興祿, 1801~1863)[230]이 중시조이다. 박만순은 헌종, 철종, 고종간의 삼대(1835~1906)에 걸친 명창으로 송흥록으로부터 동편제를 이어받아 제자 오끗준에게 전수하였다. 오끗준 이후의 동편제는 송만신을 거쳐 박봉술로 맥을 이었다.

서편제(西便制)는 섬진강 서쪽인 광주·나주·보성 등지에서 전승된 유파로 박유전(朴裕全, 1835~1906)[231]의 법제를 표준으로 삼았다. 박유전은 전북 순창 출신으로 한때 대원군의 총애를 받는 등 크게 활약하다가 만년에 보성군 강산리에 정착하였다.

중고제(中古制)는 헌종 시대부터 20세기 전반까지 경기·충청

---

228) 조선 후기 박만순과 김세종의 제자로 흥선대원군의 아낌을 받았던 판소리의 명창. 동편제 전통의 고상한 소리를 하였으며, 눈빛이 빛나고 목소리가 종소리처럼 커서 '호랑이'라는 별명이 붙었다.

229) 전라북도 고부 출신으로 가왕(歌王) 송흥록의 수제자이며 성격이 호탕하고 소리의 폭이 컸다. 세도가인 의정부 좌찬성 김병기(金炳冀, 1818~1875)의 총애를 받다가 그가 실권하자 대원군의 초청에도 응하지 않고 절개를 지킨 것으로 유명하다.

230) 전라북도 운봉 출신으로 동편제 소리의 시조로 꼽힌다. 1858년 김병기의 부름으로 궁궐에 들어가 철종 앞에서 여러 차례 소리를 하고 통정대부의 벼슬을 받았다. 명창 모흥갑(牟興甲)으로부터 '가왕' 칭호를 받았다. 그의 창법과 더늠이 제자 박만순에게 전해졌다.

231) 조선 헌종·철종·고종 때의 판소리 명창으로 서편제의 창시자이다. 그가 살았던 보성군 강산리 지명을 따서 '강산제'라고 부르기도 한다. 좋은 목소리를 타고나 천구성으로 이름이 높았으며, 특히 〈새타령〉으로 대원군의 총애를 받아 선달(先達) 벼슬을 얻기도 했다.

▲ 동편제의 시조 송흥록의 묘

지방을 중심으로 전승된 판소리 유파로서 김성옥(金成玉)[232]과 염계달(廉季疸)[233]을 중시조로 삼고 있다. 모흥갑과 방만춘이 중고제 명창으로 이름 높았다.

송흥록 명창의 소리는 두 사람에게 전승되었다. 한 사람은 동생

---

232) 조선 후기 진양조 장단을 처음 판소리에 응용한 명창. 충남 논산 강경 출신으로 그의 소리는 아들 김정근(金定根)과 손자 김창룡(金昌龍), 김세준(金世俊) 등으로 이어졌다.

233) 조선 후기 판소리에 '경드름(京調)'을 도입한 명창으로 김성옥과 더불어 중고제(中古制)의 시조로 꼽힌다. 경기도 여주에서 태어나 어려서부터 판소리에 재질이 있었으나 가난하여 뜻을 이루지 못하다가 절에 들어가 10년간 수련 끝에 빛을 보았다. 〈장끼타령〉과 〈흥보가〉에 능했고 권삼득(權三得)의 창법을 많이 본받았다. 헌종 때 궁궐에서 소리를 하고 동지(同知) 벼슬을 받았다.

인 송광록이고 또 한 사람은 박만순이다. 송광록의 소리는 아들 송우룡을 거쳐 송만갑(宋萬甲, 1865~1939)을 비롯하여 유성준과 전도성 등에게 전승되었다. 그리고 박만순의 소리는 오끗준을 비롯하여 박찬엽, 양학천, 유공열, 장판개 등에게 전승되었다. 이들 가운데 송만갑이 뛰어났는데, 그는 송흥록의 동편제 소리를 이어받아 일제강점기 판소리 부흥과 창극 공연에 힘써 근대 5명창의 한 사람으로 손꼽혔다.

오끗준의 생몰연대는 확실하지 않으나, 조선 고종시대에 쟁쟁했던 명창으로 송만갑이나 유성준(1874~1949)보다 20년쯤 앞선 사람으로 추정해볼 수 있다.

오끗준이 스승으로 삼은 박만순의 법제는 송흥록으로부터 전수된 것이긴 하나 송흥록에서 송광록, 송유룡, 송만신으로 전승된 동편제와는 또 다른 분파로서 오끗준에 의해서 순천에 정착되었다.

오끗준과 더불어 활동한 순천의 소리꾼으로 김질엽(金質燁)이 있다. 그는 순천군 쌍암면 사촌에서 출생하였으며, 〈토별가〉로 이름을 떨쳤다. 고종 탄신 궁중 축하연에 불려가기도 하는 등 상당한 명성을 얻었다.

오끗준이 순천에서 활동하던 무렵 이웃 보성에서는 서편제의 시조 박유전이 강산제라는 이름으로 왕성한 활동을 보였다. 그렇지만 보성의 강산제는 순천에 영향을 미치지 못했다.

한편 오끗준 이후로는 판소리가 다른 형태로 변형되어 가야금 병창에 오수관, 오태석, 오성삼의 3대로 이어진다. 오수관은 구례의 유성준과 송만갑과 같은 시대 사람이고, 오수관의 아들 오태석은 보성에서 박유전의 소리를 전승한 정응민과 동시대 인물이다.

오끗준이 활동하던 시기 순천은 동편제의 본거지 구례와 서편제의 중심지 보성과 어깨를 나란히 하며 판소리의 전성기를 누렸다. 조선 고종 때부터 조국광복 무렵까지 순천의 판소리는 오수관, 오태석, 박초월의 등장과 정광수의 순천 권번소리 지도, 1946년 성창열의 순천국악원 창설, 박봉술의 지도에 따라 박향산, 선동욱 등 박봉술창의 전승자를 배출하였다.

순천에서 예부터 판소리를 비롯한 국악이 크게 성행한 것은 다른 지역보다도 특히 국악을 많이 사랑한 이 지역 유지 귀명창들의 관심과 노력이 컸기에 가능했다 할 수 있다.

판소리 인간문화재들의 증언에 의하면 일제강점기에 순천 성정수(成禎洙) 군수가 판소리 명창을 많이 후원하였다 한다. 그리고 순천의 부호였던 귀명창 김종익(金鍾翊, 1886~1937)은 일제강점기에 조선성악연구회를 후원하여 판소리 후학 양성과 창극의 발전에 크게 이바지했다.

순천 출신의 귀명창 이영민(李榮珉, 1881~1962)은 판소리 명창들을 후원하는 한편 1920년대부터 20여 년 동안 당대 최고의 국악 명창들 사진과 소리평을 족자로 남겼다. 또 그는 한학과 서예에도 능하여 〈순천가(順天歌)〉를 손수 짓고 박향산(朴香山) 명창이 곡을 얹어 부르기도 하였다.

순천 지역에서 이러한 판소리에 관한 관심은 지금까지도 이어져 순천 팔마고수전국경연대회가 열리고 있고, 2006년에는 순천을 빛낸 순천시 문화인물로 판소리 인간문화재 박봉술 명창이 선

▲ 송만갑의 모습. 송흥록의 동편제를 이어받았다.

정되어 추모 행사가 열리기도 하였다.

72

이영민

순천가를 짓고 판소리 진흥에 앞장서다

"죽장망혜(竹杖芒鞋) 단표자(單瓢子)로 호남 순천을 구경 가자. 장대(長臺)에 봄이 오니 양류천만사(楊柳千萬絲)요, 죽도봉(竹島峰)에 구름이 일어 만성명월(滿星明月)이 삼오야(三五夜)라…."

이는 판소리 단가인 〈순천가〉의 첫 대목이다. 이 노래를 지은이는 순천 출신 이영민이다. 그는 교육자, 언론인, 농민운동가, 항일 독립운동가였을 뿐만 아니라 판소리 창작자에 시인, 서예가로도 활동했다. 그는 시대의 격랑(激浪)에 맞서 누구보다 뜨겁게 살았던 인물이다.

이영민(李榮珉, 1881~1964)은 호가 벽소(碧笑)이며, 1981년 순천군 상사면 응령리에서 태어났다. 어려서부터 총명하고 통찰력이 뛰어났다. 1900년 관립 교원양성학교인 한성사범학교를 졸업하고, 순천에서 교사생활을 시작했다. 일찍이 한학자 김광필 선생의 문하에서 배우고 자신의 서체인 벽소체(碧笑體)를 개발했다. 이후 1910년 망국의 한을 품고 중국으로 건너가 여운형을 비롯

하여 안재홍, 송진우, 오세창 등
과 교류하며 독립운동을 도모했
다. 그리고 조국독립을 위해서는
민족정기의 보존이 중요함을 깨
닫고 1915년 귀국하였다.

▲ 이영민

1920년 순천에 야학을 개설하
고 문맹 퇴치에 앞장서는 한편,
동아일보 순천지국 기자가 되었
다. 이와 더불어 청년회 활동을
하면서 지주들의 횡포에 맞서 소
작쟁의를 이끌었다. 이때 순천의
농민운동은 1922년 12월 서면의 소작쟁의에서 시작하여 1934년
12월 순천 농민조합의 해산에 이르기까지 12년에 걸쳐 진행되었
다. 그는 조선공산당에 입당하여 순천 책임자 역할을 하였으며,
1928년 2월 치안유지법 및 출판법 위반으로 검거되어 10개월간
복역하였다.

출옥한 뒤에는 일제의 민족문화 말살 정책에 맞서 민족정기
를 살리는 문화운동의 일환으로 1935년 순천 부호 김종익(金鍾
翊, 1886~1937)의 후원을 받아 서울에 조선성악연구회 건물을
마련하고, 판소리 부흥에 힘을 기울였다. 이때 그는 송만갑(宋萬
甲, 1865~1939)을 비롯하여 이동백(李東伯, 1867~1950), 정정
렬(丁貞烈, 1876~1938), 정응민(鄭應珉, 1894~1961), 박록주(朴
綠珠, 1905~1979), 박초월(朴初月, 1913~1983), 김소희(金素姬,

1917~1995) 등 판소리 명창 41인의 내력과 소리의 특징을 한시(漢詩)로 적고 사진을 찍어 기록으로 남기는 일을 했다.

광복 후에는 과거 좌익 행적에 따른 치안 유지 관찰의 대상이 되어 고향을 떠나 은둔생활을 해야 했다. 1960년 병세가 나빠져서 고향으로 돌아왔으며, 1964년 3월 세상을 떠났다.

저술로 『벽소시고(碧笑詩稿)』가 있다. 여기에는 한시 130여 수가 수록되어 있으며, 특히 부록인 〈청구악부초(靑邱樂府抄)〉에는 판소리 〈춘향가〉의 내용을 장편 한시로 만든 〈옥중화가(獄中花歌)〉와 함께 〈근대국악계인물(近代國樂界人物)〉이라고 하여 송만갑과 이동백 등 마흔한 사람의 판소리 명창을 소개한 한시가 수록되어 있다.

이영민이 지은 〈순천가〉는 1925년 무렵에 쓰기 시작하여 1947

▲ 이영민의 필적

▲ 순천시 상사면 응령리 이영민 생가

년에 최종 완성한 것으로 알려져 있다. 죽도봉에서 시작하여 환선정과 향림사, 임청대, 옥천서원, 연자루를 거쳐 충무사와 송천사, 도선암, 선암사, 송광사, 천자암 등을 일일이 열거하면서 그 풍광을 노래하고 있다. 이 〈순천가〉는 송만갑의 수제자였던 박봉래(朴奉來, 1900~1933)[234] 명창의 외동딸 박향산(朴香山, 1924~2005)이 손수 곡을 붙여 불렀다. 순천시는 2004년 7월 순천시에서 연향 3지구에 '순천가마당'을 조성했는데, 여기에 〈순천가〉 전문이 새겨져 있다.

---

234) 전라남도 구례 출신으로 박봉술(朴奉述)의 형이며, 열한 살 때 송만갑(宋萬甲)에게 3년간 판소리를 배웠고, 김정문(金正文)에게 2년간 판소리를 배웠으며, 화엄사(華嚴寺)에서 2년간 연마한 뒤 명창이 되었다. 1920년경 송만갑협률사(宋萬甲協律社)에 들어가 판소리와 창극 공연에 참여하였다. 1927년 이후 고향에서 수년간 판소리를 닦으며 대명창의 반열에 올랐다.

73

오태석

순천 가야금병창의 중시조가 되다

낙안읍성에서 판소리 명인의 한옥을 하나 만날 수 있다. 바로 낙안 출신 소리꾼 오태석의 생가이다. 낙풍루(樂豊樓)라는 현판이 붙은 낙안읍성의 동문을 막 들어서서 왼쪽으로 보면 '가야금 병창의 중시 조 오태석 명창의 생가'라는 표지판과 함께 아담한 초가집 두 채가 보인다. 이곳에는 낙안읍성 가야금 병창 계보도(系譜圖)를 비롯해서 안숙선 등의 명창을 설명해주는 안내판도 여러 개 세워져 있다.

오태석(吳太石, 1895~1953)은 순천 낙안면 동내리의 기예인 (技藝人) 가정에서 태어나 부친 오수관(吳壽寬, 1875~?)의 영향 으로 노래의 길에 들어섰다. 오수관은 가야금산조의 명인인 김창 조(金昌祖, 1865~1919)[235]의 문하에서 가야금과 병창을 배워 가

---

235) 1856년 전남 영암 출생으로 가야금산조를 창시하여 즉흥성을 띤 가야금산조를 대중화하였다. 매년 10월 김창조 가야금 전국대회가 영암 가야금산조기념관에서 개최되고 있다.

야금병창 명인이자 명고수로 일가
를 이룬 인물이다. 오태석은 부친에
게 가야금을 배우고, 한동안 낙안에
서 활동했던 동편제의 대가 송만갑
(宋萬甲, 1865~1939)[236]에게 판소리
를 배웠다. 부친의 스승이었던 김창
조에게서도 가야금산조와 가야금병
창을 배웠다.

▲ 오태석

　1923년경 서울에 올라가 활동을
시작했으며 이듬해 임방울, 김초향,
박녹주 등과 일본 콜롬비아레코드
사의 초청으로 일본으로 건너가 음반을 취입했다.

　1925년 잠시 전라북도 임실군 오수에 가서 이화중선(李花中仙,
1898~1943)[237]에게 판소리와 가야금병창을 전수했다.

　1928년 단가 〈죽장망혜〉와 〈심청가〉 중의 '심봉사 방아타령'을

---

236)　조선 고종 때부터 일제강점기까지 활동한 판소리 명창. 송우룡(宋雨龍)의 아들이고 송광록(宋
光祿)의 손자이다. 네 살 때부터 조부 송광록에게 소리를 배워 열세 살 때 '아기명창'이란 소리를
듣기 시작했다. 열여섯 살에 전주대사습에 가서 명창들의 소리가 끝난 후 단가를 불러 관객을
압도하였다. 고종으로부터 사헌부감찰(정6품)을 제수받아 '송감찰'로 불렸다. 1902년 원각사
시절에 김창환과 함께 창극운동을 전개했다. 1930년 조선음률협회, 1933년 조선성악연구회를
만들어 후진 양성 및 창극발전에 힘을 쏟았다.

237)　김초향(金楚香)과 더불어 여류 창악계의 쌍벽을 이룬 인물이다. 부산 출생으로 열일곱 살 때 남
원으로 출가했는데, 협률사(協律社) 공연을 보고 집을 나가 장득주(張得周)에게 판소리를 배웠
다. 천부적인 목소리와 재질로 몇 년 만에 〈춘향가〉, 〈수궁가〉, 〈흥보가〉를 익히고, 서울로 와서
송만갑(宋萬甲)과 이동백(李東伯)의 지도를 받아 여류명창으로 이름을 날렸다. 아무리 어려운
대목도 거침없이 시원스럽게 불러 청중을 매혹시켰으며, 일제강점기에 임방울(林芳蔚)과 함께
음반을 가장 많이 낸 명창으로 꼽히고 있다.

▲ 낙안읍성 오태석 생가

가야금 병창으로 녹음했다. 1929년 다시 일본 콜롬비아레코드사
의 초청을 받아 변혜숙, 김영환, 김초향, 박녹주, 임방울, 김옥엽,
이진이 등과 오사카를 방문했다.

　1930년 무렵 조선음률협회에서 활동했고, 송만갑, 이동백(李東
伯), 정정렬(丁貞烈) 등과 조선성악연구회를 만들어 기악부를 담
당하기도 했다. 틈틈이 음반사와 계약을 맺고 가야금병창과 남도
잡가 등을 녹음했다.

1940년대 초반 그는 박귀희(朴貴姬, 1921~1993)[238]와 장월중선(張月中仙, 1925~1998)[239]에게 가야금병창을 가르쳤다. 1943년부터는 반도창극단원으로서 박녹주 등과 황해도와 호남, 영남 등지에서 공연했다. 1945년 광복이 되고 광주성악연회가 발족하자 박동실과 조몽실, 조상선, 공옥진 등과 창극단을 꾸려 광복 기념 지방 순회공연도 했다. 이후 대한국악원 산하의 국극사(國劇社)에 참가하여 창극을 재건하는 데에도 많은 공을 세웠다.

그의 장기는 가야금산조와 가야금병창이었으며, 특히 타고난 성량과 익살, 재담을 섞은 너름새를 동원한 그의 가야금병창은 타의 추종을 불허하였다. 또한 〈흥보가〉 중 '돈타령'을 잘하였고, 〈심청가〉 중 심청을 어르는 대목과 심청모 출상 대목 등이 뛰어났다.

판소리와 창극이 인기를 누리던 시절, 가야금병창은 목이 꺾여 창을 하기 어려운 소리꾼들이나 하는 것으로 폄하되고, 산조를 하는 명인들이 취미 삼아 부르는 것으로 치부되었는데, 오태석은 천부적인 목소리와 연주로 가야금병창을 모든 사람이 애호하는

---

238) 호는 향사(香史). 열네 살 때 이화중선(李花中仙)의 대동가극단에 입단하여 소리를 시작했다. 열다섯 살 때 박지홍(朴枝洪)에게 단가와 판소리 몇 대목을 배우고, 조학진(曹學珍)에게 〈적벽가〉, 1937년 강태홍(姜太弘)에게 가야금병창을 시사하였다. 박동실(朴東實)에게서 〈흥보가〉와 〈심청가〉, 유성준(劉聖俊)에게서 〈수궁가〉, 이기권에게서 〈춘향가〉를 이수하였다. 1941년 가야금병창을 오태석에게 배운 뒤 1968년 중요무형문화재 제23호 가야금병창의 예능보유자로 지정되었다.
239) 전남 곡성 출신으로 큰아버지인 장판개에게 단가와 판소리 다섯 바탕을 부분적으로 배우고, 고모 장수향에게 가야금 풍류와 산조를 배우고, 김윤덕에게 가야금을 배웠으며, 열여섯 살 무렵 오태석에게 가야금병창을 배웠다. 국극사, 조선창극단, 임춘앵 여성창극단 등에서 활동했으며, 창극 반주에서 가야금의 효과를 위해 아쟁산조를 만들었으며, 이를 김일구에게 가르쳐 김일구류 아쟁산조로 발전했다.

▲ 오태석의 제자 박귀희 명창

음악예술로 끌어올렸다.

가야금 소리와 목소리의 완벽한 조화, 이것이 바로 그 누구도 흉내 낼 수 없는 오태석만의 가야금병창 세계였다. 오태석의 유일한 제자는 박귀희이고, 박귀희는 또 안숙선(安淑善, 1949~)[240]을 제자로 길러냈다.

---

240) 남원 출신으로 19세에 상경해 김소희에게 판소리 〈흥보가〉와 〈춘향가〉를 배우면서 대명창 문하의 판소리 수업을 본격적으로 시작했다. 이어 박봉술에게서 〈적벽가〉를, 정광수에게서 〈수궁가〉를 배웠으며 정권진 등에게서 판소리 다섯 마당을 이수했다. 국립창극단에 입단하여 타고난 좋은 성음과 뛰어난 연기력으로 인기를 끌었다. 1997년 중요무형문화재 제23호 가야금 산조 및 병창 예능 보유자로 인간문화재가 되었다.

74

임학수

현대시문학의 선도자, 어두운 시대를 살다

일제강점기에 순천 출신 엘리트 시인이 한 사람 있었다. 한국 현대
시문학을 연 선두주자의 위치에 놓일 만한 시인이다. 그는 경성제국
대학 영문과 출신의 영문학자이자 시인으로서 여러 권의 시집을 내
고 외국 문학을 번역하는 등 활발한 문필활동을 벌였다. 그러나 어
려운 시대 상황은 그를 자유롭게 두지 않았다. 일본 제국주의를 찬
양하는 작품을 써야 했고, 한국전쟁 이후에는 북한에 가서 공산체제
선전에 동원되었다. 임학수는 불행한 시대에 태어난 불운의 시인이
었다.

임학수(林學洙, 1911~1982)는 호는 악이(岳伊)이고, 전남 순
천 금곡동에서 태어났다. 1926년 순천공립보통학교를 졸업하고
1931년 경성 제일고등보통학교를 거쳐 1936년 경성제국대학 법
문학부 영문과를 졸업했다. 이후 모교의 조교를 비롯하여 호수돈

▲ 임학수

여고[241], 경신여고, 한성상업, 배화여고, 성신여학교 교원을 지냈다.

1931년 〈동아일보〉에 시 〈우울〉과 〈여름의 일순〉을 발표하면서 등단하였다. 시집으로 『석류』(1937) 『팔도풍물시집』(1938) 『후조』(1939) 『전선시집』(1939) 『새날』(1946), 『필부의 노래』(1948)와 번역시집 『현대영시선』(1939) 등을 펴냈다. 호메로스의 〈일리아스(Iliad)〉를 우리나라에 처음 소개하는 등 번역문학가로도 이름을 알렸다.

1939년 중일전쟁 당시 김동인, 박영희 등과 함께 황군위문사절로 중국전선을 방문하고 돌아와 『전선시집(戰線詩集)』을 냈다. 이때부터 〈야전〉(1939), 〈출전한 우인〉(1940), 〈학도총진군〉(1943) 등의 친일시를 썼다. 이로 인해 그는 2009년 민족문제연구소가 펴낸 친일인명사전에도 수록되고, 같은 해 친일반민족행위진상규명위원회가 발표한 친일반민족행위 705인 명단에도 포함되었다.

---

241) 대전광역시 중구 선화동에 있는 사립여자고등학교이다. 1899년 12월 미국인 여선교사 갈월(葛月, Carroll)이 미국 남감리교회 홀스턴(Holston) 연회의 후원으로 개성에 설립했다가 한국전쟁 때 남하하여 대전에 기착, 오늘에 이르고 있다.

광복 후 임학수는 서울사범대학을 비롯하여 숙명여대, 이화여대, 고려대 등에서 교편을 잡았다. 한국전쟁 때 북으로 가게 되었다. 자진 월북인지 아니면 타의에 의한 납북인지는 분명치 않다. 이후 김일성종합대학과 평양외국어대학 등에서 교수로 재직하면서 〈바이론 시선〉, 〈허영의 시장〉[242] 등을 번역하고, 공산당을 찬양하는 혁명송가 〈김일성 장군의 노래〉와

▲ 임학수시전집

서사시 〈백두산〉 등의 영문 번역에 종사하였다. 1982년 6월 종파분자로 몰려 숙청당했다고 전해진다.

임학수는 1980년대 중반까지 우리 문학사에서 언급되지 못하다가 1988년 해금되면서 비로소 빛을 볼 수 있었다. 허근이 엮은 『임학수 시전집』(2001)에 그의 작품과 연보가 수록되어 있다. 1996년 12월 순천시 금곡동 214번지 생가터에 표지석을 세웠다.

---

242) 윌리엄 M. 새커리(William M. Thackeray)의 소설로 원제는 'Vanity Fair(1847)'이다.

75

박초월

소리꾼으로 한국 판소리를 널리 알리다

순천 태생으로서 우리나라 중요무형문화재로 지정된 여성 판소리
꾼이 있다. 바로 주암면 출신 명창 박초월이다. 그는 선천적으로 타
고난 풍부한 성량으로 〈춘향가〉와 〈수궁가〉를 잘 불러 중요무형문
화재 전승자로 지정되어 많은 후진을 양성하고 예향 순천의 자긍심
을 높여주었다.

박초월(朴初月, 1916~1983)은 본명이 삼순(三順)이고, 호는 미
산(眉山)이다. 승주군 주암면 봉암리 출생으로 10세 때 부친을
따라 남원군 아영면 갈계리로 옮겨 아영보통학교에 취학하였다.
1925년 김정문(金正文)과 송만갑(宋萬甲), 오수암 등에게서 판소
리를 배우고, 이어서 임방울(林芳蔚)과 정광수(丁珖秀)에게도 배
웠다.

선천적으로 타고난 좋은 목소리에 성량도 풍부하여 일찍부터
재능을 인정을 받았다. 1933년 열일곱 살 때 전주에서 열린 전국

남녀명창대회에서 1등을 차지하였으며, 그 뒤로 여러 음반회사와 계약을 맺고 〈흥보가〉와 〈심청가〉, 〈춘향가〉 등을 취입하였다.

이후 상경하여 순천 출신 김종익(金鍾翊, 1886~1937)이 후원한 조선성악연구회에 참가하여 김연수(金演洙)와 오태석(吳太石), 임방울 등의 소리꾼들과 창극 활동에 참여하였다. 1937년 대동가극단(大東歌劇團)에서 이화중선(李花仲仙)과 소리를 겨루며 명성을 날렸다. 1939년 동일창극단으로 옮겨 박

▲ 박초월

귀희, 정광수 등과 전국 순회공연에 참여하였다. 1940년 여성국극동지사(女性國劇同志社)를 창단하였고, 광복 후 대한국악원(大韓國樂院)의 창극단에서 오태석, 백점봉, 조상선 등과 함께 활동했다.

1945년 여성국악동호회를 조직하여 이사장과 대한민국예술원 이사를 역임했다. 1955년 지금의 국악예술학교의 모체인 한국민속예술학원을 박귀희(朴貴姬)와 함께 설립하고 판소리를 전수하며 많은 제자를 길러냈다.

1966년부터는 자택에 명창 156위(位)의 신주를 모셔놓고 매년 제사를 지내며 정성을 쏟았다. 그는 약자의 소리, 슬픔의 소리로 서민의 한을 잘 표현하였으며, 특히 〈춘향〉의 월매역으로 제일인

자라는 평가를 받았다. 1967년 10월 중요무형문화재 제5호 〈춘
향가〉의 보유자로 지정받았고, 1973년 11월에는 〈수궁가〉의 보
유자로도 지정받았다. 1967년 서독 베를린 현대음악제에서 〈수
궁가〉를 2시간 30분 동안 완창하여 세계 음악인의 눈길을 끌었다.

1977년 오정숙(吳貞淑)과 박봉술(朴奉述), 성우향(成又香) 등과
함께 한국브리태니커사의 '뿌리깊은나무 판소리감상회' 등의 공
연에 출연하였다. 1979년 서울시문화상을 수상했다. 지구레코드
사가 『창극대춘향전』 LP음반을 제작할 때 김연수를 비롯하여 박
녹주, 박귀희, 김여란, 김소희와 함께 출연하였다.

1983년 숙환으로 68세의 나이로 세상을 떠났으며, 경기도 양
주군 신세계공원에 안장되었다가 제자들과 국악계의 노력으로

▲ 박초월 묘

▲ 남원 운봉 동편제마을

2000년 8월 운봉읍 가산리로 이장하였다.

박초월의 장기인 〈춘향가〉와 〈심청가〉는 조순애(曺順愛)를 비롯하여 한농선(韓弄仙)과 성우향, 남해성(南海星), 조통달(趙通達), 전정민(全貞珉), 김봉례(金鳳禮) 등이 계승하였으며, 이 가운데서도 조통달과 남해성, 전정민, 김봉례 등이 후계자가 되었다. 특히 조통달은 박초월의 조카인데 박초월이 그를 양자로 입적하였다. 그러므로 조통달의 아들 조관우는 박초월의 손자가 된다.

2017년 행복순천 시민운동 추진위원회에서는 박초월을 5월의 인물로 선정하였다.

76

김명제

화조도로 독창적인 한국화의 경지에 이르다

광주에 의재(毅齋)가 있고, 목포에 남농(南農)이 있다면 순천에도 그에 버금가는 한국화의 대가가 있었다. 바로 청당(靑堂) 김명제이다. 주로 꽃과 새를 즐겨 그린 자유로운 운필과 맑은 농담 기법은 아무도 범접할 수 없는 독창적인 것으로 평가받으면서 1970년대와 80년대 한국의 미술계를 풍미했다.

김명제(金明濟, 1922~1992)는 1922년 순천시 대대동에서 태어났다. 10대 때부터 순천 출신 독립운동가 벽소(碧笑) 이영민(李榮敏, 1881~1962)에게 한학과 서예를 공부했다. 1949년 20대 후반에 남농 허건(許楗, 1907~1987)의 문하에서 본격적으로 사군자와 산수화를 배웠다.

1952년 서른 살에 월전(月田) 장우성(張遇聖, 1912~2005) 화백에게 가르침을 받으며 꽃과 등나무 등의 정물화에 심취했다. 1957년부터 국전에 입선하여 연 3회 입선했으며, 1960년 문교부장관상

수상, 1961년 국전 특선, 1962
년 국전 추천작가, 1971년 국
전 초대작가에 올랐다.

1973부터 1981년까지 여섯
차례 국전심사위원을 역임하
였다. 1981년 국전이 대한민국
미술대전으로 바뀐 뒤로 1982
년부터 1989년까지 여섯 차례
대한민국미술대전 초대작가로
출품했다. 1988년에는 전남도
전 운영위원을 맡기도 했다.

▲ 한국화가 김명제

그는 호가 청당(靑堂)으로 아산(雅山) 조방원(趙邦元, 1922~2014),
도촌(稻邨) 신영복(辛永卜, 1933~2013)과 함께 남농의 3대 제자
로 '청아촌(靑雅邨)'으로 불렸다. 청당이 첫 자리에 놓인 것은 그
가 아산보다 먼저 남농 문하에 들었기 때문이다. 이들 세 제자는
같은 시기에 공부했지만 각기 다른 특징이 있었다. 청당은 화조
도(花鳥圖)로 이름을 날렸고, 아산은 묵산수(墨山水)가 뛰어났으
며, 도촌은 화려하면서도 웅혼한 산수로 사람들의 눈길을 끌었다.

김명제는 국전에서 잇따라 특선하고 이름이 알려지면서 서울
에 기거하며 그림을 그렸다. 특히 1974년 서울 미도파 화랑의 전
시회는 뇌출혈로 쓰러진 뒤에 재활의 의지로 그려낸 작품전이어
서 전국적으로 큰 관심을 불러일으켰다. 그는 고향 순천의 후학
들을 돕기 위해 전답을 팔아 장학재단을 설립하는 등 사회봉사에

▲ 김명제 화조도

도 힘을 쏟았다.

그가 즐겨 그린 석류와 박새, 등나무, 참새, 장미 등은 우리나라의 토속적인 소재로서 일제강점기의 억압에서 벗어나 민족의식과 자주정신을 되살려낸 것으로서 누구도 모방할 수 없는 독창적인 경지로 평가되었다.

만년에 서울 생활을 청산으로 고향으로 돌아와 그가 사는 가곡마을의 봄 풍광을 많이 그리며 후학 양성에 힘쓰다가 1992년 향년 71세로 타계하였다. 2013년 10월 순천문화예술회관에서 그를 기리는 추모전시회가 열렸다.

77

박노식

활극배우로 한국 영화계를 주름잡다

순천 출신으로 한국 영화계에서 내로라할 만한 걸출한 배우가 있었다. 바로 활극배우 박노식이다. 호쾌하고 저돌적인 남성의 멋을 지닌 그는 주로 악역과 활극 연기에 능했으며 한창 전성기였던 1960~1970년대에 900여 편의 영화에 출연하였다. 특히 '용팔이' 연작에서 전라도 출신답게 능숙한 사투리를 구사하여 관객들에게 인기를 끌었다.

박노식(朴魯植, 1930~1995)은 순천시에서 태어나 여수 수산중학교를 거쳐 순천사범학교 체육과를 졸업하였다. 1951년 수도사단 선무공작대에서 군복무를 했다. 여수 소라국민학교 등지에서 교사로 생활하다가 배우가 되기 위해서 악극단에 입단하여 연극 〈나그네 설움〉의 주연을 맡으며 연기를 시작했다. 이강천 감독의 전쟁영화 〈격퇴〉(1956)에서 배우로 데뷔했고, 권영순 감독의 〈나는 너를 싫어한다〉(1957)의 주연을 맡았다.

▲ 배우 박노식

그런데 그는 멜로영화보다는 활극영화에 출연하고 싶어 했고, 정창화 감독의 〈햇빛 쏟아지는 벌판〉(1960)에 출연을 시작으로 김기덕 감독의 〈5인의 해병〉(1961)과 이만희 감독의 〈다이얼 112를 돌려라〉(1962), 신경균 감독의 〈마도로스 박〉(1964)과 이강원 감독의 〈도망자〉(1965), 김효천 감독의 〈명동 노신사〉(1970) 등에서 열연하며 크게 주목받았으며, 이 무렵부터 '마도로스 박'이라는 별명이 붙었다.

특히 설태호 감독의 〈남대문 출신 용팔이〉(1970)와 〈운전수 용팔이〉(1971) 등에 출연하여 전라도 사투리를 맛깔나게 구사하여 많은 사랑을 받으며 '용팔이'라는 애칭을 얻기도 했다. 그와 함께 활동한 배우로는 장동휘와 허장강, 독고성, 황해 등이 있다.

수상 경력으로는 권영순 감독의 〈진시황제와 만리장성〉(1963)으로 제2회 대종상 남우조연상을 받고, 김기덕 감독의 〈용사는 살아있다〉(1965)로 제3회 청룡영화제 남우조연상을 받았다. 또 임원식 감독의 〈청일전쟁과 여걸 민비〉(1965)로 대종상 남우조연상과 아시아영화제 남우주연상을 받고, 이성구 감독의 〈메밀꽃 필 무렵〉(1967)으로 남도영화제 남우주연상과 부일영화상 남우남우주연상을 받았다.

그밖에도 김수용 감독의 〈고발〉(1967)로 대종상 남우주연상,

▲ 박노식 출연 영화 장면

유현목 감독의 〈카인의 후예〉(1968)로 대종상 남우조연상, 편거영 감독의 〈돌아온 팔도사나이〉(1969)로 청룡영화상 남우주연상, 김효천 감독의 〈소장수〉(1972)로 청룡영화상 남우주연상을 받았다.

그는 〈명동 졸업생〉을 비롯하여 〈나그네 설움〉, 〈사모님〉, 〈공포의 8시간〉, 〈상하이 박〉, 〈늑대들〉, 〈일대일〉 등 일생동안 900여 편의 영화에 출연하였다.

영화 제작에도 참여하여 〈인간사표를 써라〉(1971), 〈나〉(1971), 〈작크를 채워라〉(1972), 〈집행유예〉(1973), 〈일생〉(1974), 〈광녀〉(1975), 〈폭력은 없다〉(1975), 〈악인이여 지옥행 급행열차를 타라〉(1976) 〈돌아온 용팔이〉(1983) 등 13편의 제작과 감독을 맡았다.

그의 아들 박준규(1960~)도 배우로 활동하고 있으며, 〈야인시대〉와 〈무인시대〉, 〈장길산〉 등의 드라마에서 인상 깊은 연기를 보여주었다.

78

김구봉

전남 현대수필의 발전에 앞장서다

1950~1960년대는 전라남도 문단에 수필 창작자가 많지 않아 수필의 불모지나 다름없었다. 그러나 1970년대부터는 상황이 달라졌다. 이때 오로지 수필창작에만 전념하며 전라남도 수필의 발전을 이끈 작가가 있다. 바로 순천 출신 수필가 김구봉이다. 그는 수필창작에 심혈을 기울여 꾸준히 창작집을 펴내는 한편 전남수필문학회와 광주수필문학회를 창립하여 수필 작가를 양산해내며 수필문학 발전에 크게 이바지하였다.

김구봉(金九烽, 1930~2007)은 본명 김규봉(金圭俸)이고 천주교 세례명은 바실리오이다. 1930년 순천시 교량동에서 태어나 순천농림학교를 거쳐 1954년 홍익대학교 국문학과를 졸업하였다. 교직에 입문하여 광주여자고등학교를 비롯하여 여러 학교에서 국어교사로 재직하였으며 광주 우산중학교 교감으로 정년퇴임을 했다. 문단 활동으로는 한국문인협회와 국제펜클럽 회원, 한국수필가

협회 이사, 월간 〈수필문학〉 편
집위원, 전남문인협회 부회장,
광주수필문학회 회장을 역임
했다. 제9회 전남문학상, 제2회
월간 수필문학 대상을 받았다.

▲ 수필가 김구봉

　저서로는 첫 수필집『지평 없
는 대화』(1970)을 시작으로『가
엾은 수차(水車)』(1978),『나는
지금 어디에 있을까』(1982),『보
리밭에 종달새』(1984),『달빛
이 이슬에 여울질 때』(1986),
『우리 비록 모래성이 되어도』(1990),『이 생명 불빛 되는 그날』
(1993),『아침 이슬로 쓴 연둣빛 사연』(1996),『별을 보며 걷는 여
인』(2000),『어느 호호백발의 존심』(2005)을 펴냈다. 유고집『팔
손이꽃』(2007)까지 모두 11권의 수필집을 출간했는데, 문단 생
활 37년 동안 평균 3년에 한 권씩의 책을 낸 셈이다. 평생 수필창
작에 바친 그의 뜨거운 열정을 엿볼 수 있다.

　김구봉 수필은 학창시절과 고향의 추억을 비롯하여 가족과 주
변인들의 이야기, 문단 활동과 교우관계, 교단생활과 여행담 등
다양한 소재가 나타나 있다. 김구볼 수필의 특징으로는 지성에
바탕을 둔 교훈성과 사회현실에 대한 비판, 숙어와 경구를 인용
한 만연체 문장, 우리말 살리기 노력 등을 꼽을 수 있다. 특히 현
실에 대한 비판의식을 지니고 도덕과 정의에 기반을 둔 바람직한

▲ 김구봉 수필집

삶의 모습을 역설하는 일관된 모습을 보이고 있다.

　아울러 수필문단 활동에도 적극적이어서 일찍이 1976년 6월 전남수필문학회를 창립하여 전남 수필인들의 활동 무대를 조성한데 이어 1988년 광주수필문학회 창립에도 주도적인 역할을 하여 다년간 회장을 맡아 동인지 발간에 열정을 쏟는 등 문단활동을 꾸준히 하였다. 불모지나 다름없던 전남의 수필문단을 풍요롭게 가꾼 선도자로 첫손가락을 꼽기에 조금도 부족함이 없다고 하겠다.

79

정조

순천에 희곡문학의 싹을 틔우다

　문학인을 갈래에 따라 나눠 보면 시나 수필, 소설을 쓰는 사람은 많지만 희곡을 쓰는 사람은 그리 많지 않다. 아무래도. 희곡은 대중성이 약하기 때문에 그만큼 창작 인구도 많지 않은 편이다. 그런데 희곡의 불모지라고 할 수 있는 순천에 희곡 창작의 문을 열어젖힌 작가가 있다. 바로 극작가 정조이다. 그는 독자층이 얇은 분야임에도 불구하고 희곡 창작에 열정을 쏟아 두 권의 희곡집을 출간하는 등 한국 희곡문학의 발전과 저변확대에 힘썼다.

　정조(鄭竈, 1931~2014)는 본명이 정영수(鄭永洙)이고, 전남 고흥에서 태어나 순천에서 공직생활을 했다. 1959년 조선일보 신춘문예에 희곡 〈도깨비〉가 당선되어 문단에 나왔다. 첫 희곡집 『마지막 기수』(수도문화사, 1965)[243]와 두 번째 희곡집 『영웅행진

---

243) 1989년 범우사에서 개작판이 나왔다.

▲ 희곡작가 정조

곡』(지혜네, 2000)을 출간하였다. 그가 문학적 풍토가 열악한 지방에서 희곡 분야에 창작활동을 펼쳤다는 것은 눈여겨볼 만한 일이 아닐 수 없다.

『마지막 기수』에는 〈농부 파홍이〉를 비롯하여 〈회의〉와 〈도깨비〉, 〈한여름 밤의 무도회〉, 〈마지막 기수〉 등 다섯 편의 작품이 실려 있다. 그리고 『영웅행진곡』에는 〈나무꾼과 선녀〉와 〈카운트다운〉, 〈영웅 행진곡〉, 〈은하수 너머 나의 별까지〉, 〈다가오는 파도소리〉 등 다섯 편이 수록되어 있다. 두 권에 실린 작품을 합치면 모두 열 편이다. 그의 희곡은 대부분 해학적 성격을 띠며 희화화된 인물이나 부정적 인물, 비인간화의 모습을 드러내며, 그 바탕에는 신랄한 풍자 정신이 깔려 있다.

한편 시와 수필 창작에도 손을 대어 시집 『말 여덟 마리를 모는 마부의 꿈』(1988)과 수필집 『어느 애처가의 환상여행』(혜화당, 1995) 및 『어느 별들에 관하여』(2001), 『만나자고 해놓고』(도서출판 아세아, 2009), 『초승달과 벚꽃 그리고 트럼펫』(2011) 등을 펴내기도 했다. 희곡으로 등단했지만 시와 수필을 아우르며 폭넓게 창작활동을 했음을 알 수 있다.

한국문협과 전남문협 회원으로 작품을 발표하면서 순천문학동

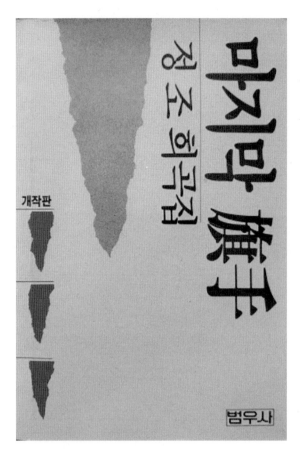

▲ 정조 희곡집

우회 및 순천문협 회장을 역임하였고, 전남문학상(1999), 순천예술상(1999), 순천문학상(2007) 등을 수상하였다. 2014년 4월 향년 75세로 영면하였다.

80

서정인

언어적 실험으로 현대인의 자의식을 그리다

"내 몸뚱이는 순천의 흙으로 빚어졌고 그곳의 빛과 물과 바람으로 컸다."

이렇게 말하면서 인간의 평범한 삶과 사소한 일상을 통해 인간과 인간의 근본적인 괴리와 세계의 타락을 즐겨 그린 작가가 있다. 바로 순천 출신 소설가 서정인이다. 그는 〈철쭉제〉와 〈달궁〉, 〈모구실〉 등의 작품을 통해 고도로 정제된 문체와 소설 언어에 대한 파격적인 실험을 통해 삶의 무의미와 상투적인 세계 인식에 대한 비판을 보여주었다.

서정인(徐廷仁, 1936~)은 본명은 서정택(徐廷宅)으로 1936년 12월 순천군 순천읍 장천리에서 태어났다. 순천남소학교와 순천중학교를 거쳐 순천고등학교를 졸업하고 서울대학교 문리과대학 영문과를 나왔다. 서울대학교 대학원에서 영어영문학 석사학위를 취득했으며, 1992년 전남대학교 대학원에서 문학박사 학위를

취득했다. 1962년부터 서울 삼선
중고등학교를 시작으로 광주제일
고와 강진도암중, 순천농림고등
전문학교 등에서 교편을 잡았다.
1968년 10월 전북대학교 영어영
문학과 교수로 들어가 2002년까
지 재직했다. 1971년부터 3년간
미국 하버드대학교 객원연구원으
로 있었고 1979년부터 1982년까
지 미국 털사대학교에 유학했다.

▲ 소설가 서정인

　1962년 〈사상계〉 신인작품 모
집에 군대 시절 질병으로 후송된
경험을 바탕으로 쓴 단편소설 〈후

송(後送)〉이 당선되었다. 초기작에서는 절제된 문체 미학으로 현
대인의 자의식을 주로 보여주다가 1983년 〈철쭉제〉 연작 이후에
는 구어체를 소설에 끌어들여 일상언어를 비판적으로 소설화하
는 작업을 시도했다. 특히 〈달궁〉과 〈모구실〉 연작은 언어와 형식
에 대한 실험 정신이 극단화된 작품으로 평가받고 있다. 2001년
〈달궁〉이 프랑스어로 번역 출간되었다.

　특히 그의 작품 가운데 〈남문통〉(한국문학. 1975)은 순천의 옛 거
리 모습을 그리고 있고, 〈무자년의 가을 사흘〉(소설과사상, 1994)
은 초등학생 시절 몸소 겪은 여순 10.19 사건을 배경으로 혼란스러
운 사회 분위기를 소년의 눈으로 그리고 있어 해당 분야 연구자들

▲ 순천고등학교 김승옥 서정인 문학비

의 관심을 끌고 있다.

소설집으로 『강』(1976) 『가위』(1977)를 비롯하여 『토요일과 금요일 사이』(1980), 『철쭉제』(1986), 『달궁』(1987), 『붕어』(1994), 『베네치아에서 만난 사람』(1999), 『모구실』(2004) 등이 있고, 장편소설에 『봄꽃 가을열매』(1991)와 『용병대장』(2000), 산문집에 『지리산 옆에서 살기』(1990)가 있다.

수상경력으로는 한국문학작가상(1976)을 시작으로 월탄문학상(1983), 한국문학창작상(1986). 동서문학상(1995), 김동리문학상(1998), 대산문학상(1999), 이산문학상(2002), 순천문학상(2010) 등을 받았다. 2009년 4월 모교 순천고등학교 교정에 김승옥과 함께 문학비가 세워졌고, 같은 해 7월 대한민국예술원 회원이 되었다.

81

김승옥

한국문단에 감수성의 혁명을 일으키다

순천만 들녘에 순천문학관이 자리 잡고 있다. 순천만습지 주차장에서 걸어서 15분 정도의 거리이다. 순천만국가정원에서 궤도차를 타고 바로 갈 수도 있다. 순천문학관에는 '김승옥관'과 '정채봉관'이 마련되어 있다. 동화작가 정채봉(丁埰琫, 1946~2001)은 작고했으나 소설 〈무진기행〉의 작가 김승옥은 건재하고 있다. 날마다 독자와 문학 지망생들이 순천문학관에 찾아와 김승옥 소설의 감동을 되새기고 있다.

김승옥(金承鈺, 1941~)은 1941년 일본 오사카에서 출생했다. 광복이 되던 해 네 살 때 귀국하여 순천에 살면서 초중고등학교를 다녔다. 순천고등학교 재학시절 학생회장을 맡고 배구 선수로 뛰었으며 그림에도 소질을 보이는 등 다방면으로 활발한 활동을 했다.

1960년 서울대학교 불문학과에 진학했다. 1962년 스물두 살에 단편소설 〈생명연습〉이 한국일보 신춘문예에 당선되었다. 김현,

▲ 소설가 김승옥

최하림과 함께 동인지 〈산문시대〉를 펴냈으며, 여기에 단편 〈건(乾)〉과 〈환상수첩〉, 〈누이를 이해하기 위해서〉, 〈확인해본 열다섯 개의 고정관념〉 등을 실었다.

1964년 개인의 내면의식을 조명한 〈무진기행〉을 발표하여, 한국 문단에 '감수성의 혁명'을 일으켰다는 평을 받았고, 1965년 〈서울 1964년 겨울〉로 제10회 동인문학상을 받으면서 일약 문단의 기린아로 떠올랐다.

그의 대표작 〈무진기행〉은 서울에 살던 주인공이 고향에 내려와 겪는 일화를 통해 갈등과 내면의식을 그린 작품이다. 배경인 '무진'은 가상의 공간이지만 작가가 성장한 곳이 순천이고, 작품 속의 '안개가 자욱한 바다로 향한 방죽길'이 순천만과 흡사하기 때문에 순천을 소설의 배경지로 보고 있다.

1967년 장편소설 〈내가 훔친 여름〉을 발표했고, 〈무진기행〉을 〈안개〉라는 제목으로 각본을 썼다. 1968년 김동인 소설 〈감자〉를 각색, 감독하였고, 이어령의 소설 〈장군의 수염〉 각색으로 대종상 각본상을 받았다. 이후 10여 년 동안 소설보다 영화에 관심을 갖고 〈어제 내린 비〉(1974), 〈영자의 전성시대〉(1975), 〈겨울 여자〉(1977), 〈도시로 간 처녀〉(1981) 등의 각본을 쓰는 데 열중했다.

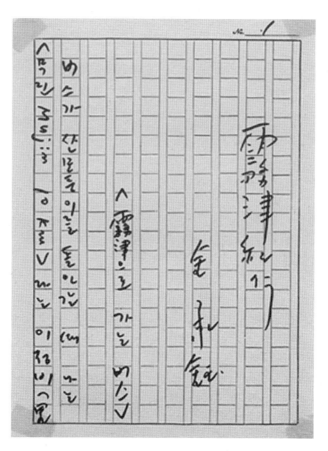

▲ 무진기행 원고

  1977년 〈서울 달빛 0장〉으로 제1회 이상문학상을 받았다. 1980
년 동아일보에 〈먼지의 방〉을 연재하다가 광주항쟁을 계기로 중단
절필하였으며, 이후 기독교에 심취하여 영적 체험을 했다. 1995년
『김승옥 소설전집』(제5권, 문학동네)이 나왔다.

  1999년 세종대학교 국어국문학과 교수로 부임하였고, 2003년
뇌졸중으로 쓰러져 꾸준한 치료 결과 신체 활동에는 지장이 없으

▲ 순천문학관

나 언어 장애를 갖게 되었다. 지금은 필담이 가능한 수준으로 회복되었다.

2006년부터 순천시와 순천문인협회 주최로 전국대학생 순천만 무진기행 백일장이 순천문학관에서 열리고 있다. 2010년 순천만에 김승옥 문학관이 생겼다. 작가의 집필실이 마련되어 서울 본가와 순천을 왕래하며 생활하고 있다. 2012년 제57회 대한민국 예술원상 문학부문을 수상했다.

2013년 순천시와 KBS 순천방송 후원으로 김승옥 문학상이 제정되었다. 2015년 3회까지 시상하고 잠시 중단되었다가 2019년 문학동네 주관으로 재개되었다.

2016년 7월 서울 동숭동 혜화아트센터 갤러리에서 김승옥 수채화 전시회를 열었다. 2017년 3월 김승옥 수채화집 『그림으로 떠나는 무진기행』(arte)을 출간하였다.

82

서정춘

절제된 언어로 전통적 정서를 담아내다

작가는 말을 많이 쏟아내는 사람이다. 일반 사람들이 미처 생각하지 못한 것까지도 찾아내서 대신 말해주는 것이 작가들이다. 그런데 그와 반대로 말을 함부로 쏟아내지 않는 작가가 있다. 그는 말을 무척 아낀다. 그래서 글도 짧고 작품 수도 많지 않다. 1년에 한두 편밖에 쓰지 않는 과작(寡作)의 시인, 등단한 지 28년 만에 첫 시집을 낸 사람, 그나마 실린 작품이 통틀어 서른다섯 편에 지나지 않았다. 그는 누구인가? 바로 순천 출신 서정춘 시인이다. 그는 혹독할 만큼 절제되고 함축성 있는 작품으로 우리 서정시의 전통성을 효과적으로 드러내고 있으며, 그와 같은 치열한 염결성(廉潔性)이 오늘날 상업주의에 물든 무절제한 시단에 참신한 울림을 주고 있다.

서정춘(徐廷春, 1941~)은 1941년 전남 순천에서 태어나 순천동국민학교와 순천매산중고등학교를 졸업했다. 가난 속에서 신

▲ 서정춘 시인

문 배달로 야간학교에 다니며 영랑과 소월의 시를 밤새 필사하며 홀로 문학을 익혔다. 무작정 상경하여 고향 친구 소설가 김승옥(金承鈺, 1941~)의 알선으로 동화출판공사에 입사하여 28년 근속하고 1996년 정년퇴직했다.

1968년 〈신아일보〉 신춘문예에 시 〈잠자리 날다〉가 당선되면서 등단했다. 그리고 등단 스물여덟 해 만에 첫 시집 『죽편』(동학사, 1996)을 펴냈다. 그나마 시집에 수록된 작품이 35편에 지나지 않았다. 이때 신경림 시인으로부터 "시에 관한 한 그 같은 지독한 구두쇠를 나는 달리 본 일이 없다."라는 말을 들었다.

1996년 첫 시집 출판기념회를 순천에서 열었다. 그를 낳고 키워준 고향 산천에 인사하고, 고향의 문학 후배들에게 자극을 주기 위해서였다. 그는 자신을 지금껏 시인이게 해주었던 말, 곧 시를 쓰기 위하여 시인이 되어야지, 시인이 되기 위해 시를 써서는 안 된다는 그 한 마디를 들려주고 싶었다고 한다.

이어서 시집 『봄, 파르티잔』(시와시학사, 2001)과 『귀』(시와시학사, 2005), 『물방울은 즐겁다』(천년의시작, 2010)를 냈다. 그리고 한국명시 100선집의 하나로 시선집 『캘린더 호수』(시인생각, 2013)가 나왔고, 『이슬에 사무치다』(글상걸상, 2016)와 『하류』(도서출판b, 2020) 등이 나왔다. 등단 50주년 기념문집으로 『서정춘이라는 시인』(도서출판b, 2018)도 펴냈다. 국내의 문인들이 그에 대하여 자발적으로 쓴 시 43편과 산문 22편을 한데 모은 것이다.

그의 시는 묵언 수행하는 수도승의 화두처럼 짧고도 명징한 결정체로 빛난다.

"박용래의 따뜻한 서정과 김종삼의 언어 경제가 하나의 몸을 이루어 발뒤꿈치를 들어 올릴 때, 서정춘의 가장 빼어난 시 몇 편이 태어난다."

이러한 평을 들을 만큼 그는 깔끔히 정제된 언어로 가뭄 속의 단비처럼 독자의 가슴을 적셔주고 있다.

그동안 박용래문학상(2001)을 비롯하여 순천문학상(2004)과 최계락문학상(2006), 유심작품상(2007), 백자예술상(2014), 순천매산고 '자랑스런 매산인' 표창(2003) 등을 받았다.

가수 장사익이 부른 〈여행〉은 그의 첫 시집 『죽편』의 맨 첫 자리에 실린 작품이다.

여기서부터, -멀다
칸칸마다 밤이 깊은
푸른 기차를 타고
대꽃이 피는 마을까지
백년이 걸린다

언어에 대한 칼날 같은 결벽증, 대쪽 같은 엄정성, 그의 시는 살을 다 발라낸 앙상한 뼈대만 남은 모습을 보이지만 그 속에는 따

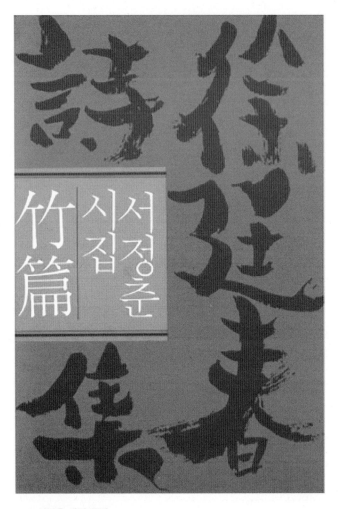

▲ 서정춘 시집 죽편

뜻하고 풍요로운 향토적 정서가 살아 숨쉬고 있다. 그의 시적 행보는 아직도 현재진행형이다.

83

조정래

민족의 비극과 치열한 삶의 의지를 소설화하다

작가정신의 승리라고 불릴 만큼 자신의 일생을 문학에 온전히 바쳐온 작가가 있다. 서울대학생 1천 명이 뽑은 가장 감명 깊게 읽은 소설 1위, 판매 부수 1천 5백만 부 돌파로 한국출판사상 초유의 기록을 수립한 작가, 바로 조정래이다. 그는 대하소설 〈태백산맥〉과 〈아리랑〉, 〈한강〉 3부작을 비롯한 여러 작품으로 한국 근현대사를 배경으로 우리 민족의 비극적인 역사와 치열한 극복 의지를 형상화해주었다.

조정래(趙廷來, 1943~　)는 1943년 순천 선암사에서 태어났다. 1949년 순천남국민학교에 입학했다가 부모를 따라 논산으로 이사를 하여 이듬해 6·25 전쟁을 만났고, 전쟁이 끝난 뒤 부친의 형제가 살고 있던 벌교로 내려왔다가 교단에 선 부친의 이동에 따라 광주를 거쳐 서울로 옮겨갔다. 광주서중학교를 나와 서울 보성고등학교를 거쳐 동국대학교 국문과에 진학했으며, 같은 과 동기

▲ 소설가 조정래

김초혜를 만나 1966년 대학을 졸업하고 1967년 결혼하였다.

동구여자상업고등학교 국어교사로서 근무하던 1970년『현대문학』에 오영수의 추천으로 〈누명〉과 〈선생님 기행(紀行)〉을 발표하며 문단에 나왔다. 1972년 중경고등학교로 옮겼으나 체제 비판 작품으로 보수적인 학교장과 마찰을 빚고 박정희 정권의 10월 유신 이후 교직을 그만두었다.

1973년《월간문학》편집장이 되었고, 1976년 문예 월간지《소설문예》를 인수 발간하였으며, 1977년 민예사 대표를 맡다가 1985년에는《한국문학》의 주간으로 옮겼다. 소설집『황토』(1974), 『대장경』(1976),『20년을 비가 내리는 땅』(1977),『한, 그 그늘의 자리』(1978),『유형의 땅』(1982),『불놀이』(1983),『어머니의 넋』(1988) 등을 펴냈다. 그의 작품은 혼란한 시대적 질곡 속에서 억울하게 짓밟히는 민중의 고단한 삶을 주로 그렸다.

1983년 9월부터 왜곡된 민족사를 바로잡으려는 시도를 보여 준 대하소설 〈태백산맥〉을《현대문학》에 연재하여 1만 6천여 매의 원고 분량으로 1989년에 마무리하여 전10권의 책으로 출간하였다. 국가보안법 위반 논쟁을 일으키며 11년이나 작가를 힘들게 했지만 1980년대 한국에서 가장 인기 있는 소설, 20세기 후반 최고의 베스트셀러로 떠올랐다. 2005년 5월 〈태백산맥〉이 최종 무혐의 처분을 받았다.

다음으로 일제의 폭압에 맞서는 우리 민족의 저항과 투쟁을 그린 대하소설 〈아리랑〉을 1990년 12월부터 《한국일보》에 연재하였다. 4년 8개월간의 집필 끝에 1995년 8월 광복 50주년을 맞아 완간하였다.

이어서 4·19혁명과 군사독재, 급속한 경제성장 등의 뒤안길을 다룬 소설 〈한강〉을 1998년 5월부터 《한겨레신문》에 연재를 시작하여 2002년 1월 완결하고 단행본을 출간하였다.

그밖에 산문집 『누구나 홀로 선 나무』(2002)와 『황홀한 글감옥』(2009), 『조정래의 시선』(2014)을 내고, 장편소설 『허수아비 춤』(2010), 2013년 『정글만리』(2013), 『풀꽃도 꽃이다』(2016),

▲ 조정래 김초혜

▲ 태백산맥문학관

『안중근』(2018), 『천년의 질문』(2019) 등을 펴냈다. 그의 소설이 영어와 프랑스어를 비롯하여 독일어, 일본어, 중국어, 스웨덴어 등 세계 각국어로 번역 출간되었다. 임권택 감독의 영화 〈태백산맥〉(1994)도 제작 상영되었다.

그동안 받은 상으로는 현대문학상, 대한민국문학상, 성옥문화상, 동국문학상, 단재문학상, 노산문학상, 광주문화예술상, 동리문학상, 만해대상, 현대불교문학상 등이 있다.

2005년 전라북도 김제에 아리랑문학관이 건립되고, 2008년 11월 전라남도 벌교에 태백산맥문학관이 세워졌으며, 2017년 전라남도 고흥군 두원면에 조종현·조정래·김초혜 가족문학관이 문을 열어 많은 관람객을 맞고 있다.

84

정채봉

동심이 세상을 구원한다

순천만 들녘의 순천문학관에 정채봉관이 있다. 이곳에는 순천 출신 동화작가 정채봉의 생애와 작품세계를 알려주는 여러 자료가 전시되어 있다. 정채봉은 방정환, 윤석중, 이원수 이후 침체해 있던 한국 아동문학을 다시 일으켜 세운 작가로서 간결하면서도 깊은 울림이 있는 '어른들을 위한 동화'라는 새 경지를 개척하였다.

정채봉(丁埰琫, 1946~2001)은 본관이 창원(昌原)이며, 1946년 11월 순천시 해룡면 신성리에서 출생하였다. 세 살 때 광양으로 이주하여 그곳에서 성장하며 학창시절을 보냈다. 일찍 어머니를 여의고 할머니의 보살핌을 받고 자라면서 외로움을 글쓰기로 달래었다. 1966년 광양농업고등학교를 졸업하고, 1975년 동국대학교 국어국문학과를 졸업하였다.

1973년 〈동아일보〉 신춘문예 동화 부문에 〈꽃다발〉이 당선되면서 등단하였다. 1978년 월간 《샘터》를 발행하는 샘터사 기자로

▲ 동화작가 정채봉

입사하여 편집부장, 기획실장, 이사 등을 지냈다. 1983년 동화 〈물에서 나온 새〉로 대한민국문학상을 수상하면서 문단의 주목을 받기 시작하였다.

'동심이 세상을 구원한다'는 신념으로 동화를 썼던 그의 작품들은 따뜻한 인간애를 바탕으로 순수하고 아름다운 영혼을 노래하며, 감성적인 문체와 서정적인 언어로 독자를 명상의 세계로 끌어들이는 힘이 있었다.

주요 작품으로는 동화집 『초승달과 밤배』와 『물에서 나온 새』, 『오세암』, 『생각하는 동화』, 시집 『너를 생각하는 것이 나의 일생이었지』, 수필집 『스무 살 어머니』와 『눈을 감고 보는 길』 등이 있다. 특히 『물에서 나온 새』를 비롯하여 『오세암』, 『생각하는 동화』 등은 모두 3백만 부 이상의 판매 기록을 세웠다. 또한 〈오세암〉은 영화와 애니메이션으로 제작되어 좋은 반응을 얻기도 했다.

대표작 〈오세암〉은 백담사 오세암의 설화를 바탕으로 작가의 상상력을 가미하여 순수한 동심을 그려냈다. 주인공 길손이와 눈먼 누이 감이가 보여주는 행위는 결국은 득도(得道)로 연결되는 불교적 진리의 수행과정이다. 어린이 마음이 곧 부처이며 그 어린이 마음을 회복함으로써 불변의 진리의 세계, 선의 세계에 이를 수 있음을 암시하고 있다.

대한민국문학상(1983), 한국잡지언론상(1984), 새싹문학상

(1986), 한국불교아동문학상(1989), 동국문학상(1991), 세종아동문학상(1992), 소천아동문학상(2000) 등을 수상하였다.

　2001년 1월 간암으로 세상을 떠났다. 2005년 순천시에서 정채봉 산문집『스무살 어머니』를 '한 도시 책 한 권 읽기'의 도서로 선정하였다. 2010년 순천시에서 순천문학관에 정채봉관을 건립하였으며, 2011년 여수MBC에서 정채봉문학상을 제정하였다. 앞으로 순천시에서 해룡면 신성리의 생가를 복원하고 기념관을 세울 계획이다.

▲ 순천문학관

제5부
순천의 교육인물

85

지눌

불교개혁 운동을 벌이고 조계종을 창시하다

순천 송광사는 승보(僧寶)사찰로서 불보(佛寶)사찰 통도사와 법보(法寶)사찰 해인사와 더불어 우리나라 삼보사찰의 하나로 이름을 떨치고 있다. 송광사가 승보사찰로 자리매김하게 된 것은 오로지 보조국사 지눌의 존재 덕택이다. 그는 타락한 불교계를 정화하고자 정혜결사(定慧結社) 운동을 일으키고, 참선만 일삼거나 불경만 공부면서 제각기 그것만 옳다고 주장하는 폐단을 바로잡고자 정혜쌍수(定慧雙修)의 선교일치(禪教一致)를 주장하며 조계종(曹溪宗)을 창시하였다. 송광사 국사전에 모셔진 열여섯 국사 중에서 그가 가장 중심부에 모셔져 있다.

지눌(知訥, 1158~1210)은 고려 때의 승려로 호는 목우자(牧牛子)이다. 그의 속성은 정씨(鄭氏)로서 황해도 서흥에서 국학학정(國學學正) 벼슬을 한 정광우(鄭光遇)의 아들로 태어났다. 어려서부터 병약하였으므로 부모가 병을 낫게 해준다면 아들을 부처님

▲ 지눌

께 바치겠다고 기도했는데 신통하게 병이 나았다. 그리하여 약속

을 지켜 여덟 살 때 선종 사굴산파의 종휘(宗暉)에게 출가하였다.

지눌은 열심히 불법을 닦아 1182년(명종 12) 스물다섯 살에 승

과에 합격했다. 당시 승려로서는 승과 급제가 출세의 첫걸음이었

다. 그러나 당시 불교계가 여러 가지 타락상을 보이는 터라 그는

보제사(普濟寺) 담선법회(談禪法會)에 참석하여 동료들과 결사

▲ 정혜결사

(結社)를 하기로 약속했다.

이어 전라도 창평 청량사(淸凉寺)에 머물 때 중국 남종선(南宗禪)의 시조 혜능(慧能, 638~713)의 설법을 모은 〈육조단경(六祖壇經)〉[244]을 읽고, 참된 진리는 마음에 있고 중생을 제도하기 위해서는 자신이 먼저 부처가 되어야 한다는 깨달음을 얻었다. 1185년에는 경상도 예천 보문사(普門寺)로 가서 3년간 화엄경 〈여래

---

244) 7세기 당나라 승려 육조혜능의 설법을 제자인 하택신회(荷澤神會: 685~760)가 책으로 편찬했다. 해박한 사상성과 간결한 문체로 우리나라와 중국, 일본 등에서 존숭받는다. 지눌은 이 책을 종지(宗旨)로 삼아 가르침을 폈으며, 혜능이 머물던 조계산(曹溪山)의 이름을 따서 송광사의 산 이름을 송광산에서 조계산으로 바꾸었다.

출현품(如來出現品)〉과 당나라 이통현(李通玄, 635~730)[245]이 지은 〈화엄신론(華嚴新論)〉을 읽고 마음이 곧 부처이며 선(禪)과 교(敎)가 서로 다르지 않음을 깨달았다.

당시 선종과 교종은 마찰을 빚고 있었다. 선종은 불립문자 견성성불(不立文字見性成佛)을 표방하며 참선을 통한 깨달음을 중시했고, 교종은 부처님 말씀을 토대로 중생을 제도해야 한다고 주장하며 선종이 현실을 외면하고 있다고 공격했다. 지눌은 이러한 현실을 보고 개혁에 뜻을 품고, 정혜쌍수(定慧雙修)[246]의 논리로 선교의 합일을 찾아 정혜결사(定慧結社) 운동에 나서고자 했다.

1190년 몽선화상(夢船和尙)과 함께 팔공산(八公山) 거조사(居祖寺)로 옮겨가 동지들을 불러모아 예전에 기약했던 결사를 실행했다. 이때 결사의 이름을 '정혜(定慧)'라고 짓고 〈정혜결사 수행권유문(勸修定慧結社文)〉을 반포했다. 이후 8년에 걸쳐 왕족과 관료를 비롯한 수백 명의 승려들이 결사에 동참했다.

1197년에 거조사에서 지리산 상무주암(上無住庵)으로 옮겨 정진하면서 〈대혜어록(大慧語錄)〉을 통해 세 번째의 깨달음을 얻었다. 그리고 결사를 다시 시작하고자 제자 수우(守愚)를 송광산(松廣山)으로 보내 길상사(吉祥寺)를 중창하게 했다. 1200년(신종 3) 거조사의 정혜결사를 길상사로 옮기고 11년간 머무르며 결사 운동을 주도했다.

---

245) 중국 당 나라 때 화엄종의 재가 학자.
246) 선정(禪定)과 지혜(知慧)를 따로 닦을 것이 아니라 병행해야 한다는 불교수행법.

▲ 천자암 쌍향수

1205년(희종 1) 임금이 길상사를 '조계산 수선사(曹溪山修禪社)'로 고치게 하고 친필 현판을 내려주었다. 이로써 수선사는 국가공인의 결사운동 사찰로서 선교일치 운동을 통한 불교 혁신의 중심지가 되었다. 지눌은 결사에 동참한 왕공(王公)과 사서(士庶) 등에게 금강경을 읽게 하고 육조단경(六祖壇經)의 이치를 가르쳤다.

지눌은 그때까지 선종과 교종으로 나뉘어있던 고려 불교를 하나로 통합하는 조계종(曹溪宗)을 창시했다. 그는 "교는 부처님의 말씀이요, 선은 부처님의 마음이다."라는 믿음으로 "선으로 체(體)를 삼고 교로 용(用)을 삼아야 한다."고 말하며 선교의 합일을 이루어냈다. 이로써 조계종은 대각국사 의천(義天)이 1097년에 세운 천태종(天台宗)과 함께 고려 불교의 양대산맥을 이루었다.

1210년 3월 수선사 법당에서 문도들과 대화를 나누고 입적했다. 세속 나이 쉰세 살, 법랍(法臘) 마흔여섯 살이었다. 나라에서 그의 공적을 기려 국사(國師)로 추증하고 불일보조(佛日普照)라는 시호를 내렸다. 제자로는 혜심(惠諶)[247], 몽여(夢如)[248] 등이 있다. 〈수심결(修心訣)〉과 〈진심직설(眞心直說)〉 등의 글을 남겼다. 특히 그의 〈계초심학인문(誡初心學人文)〉은 원효의 〈발심수행장(發心修行章)〉과 야운의 〈야운자경서(野雲自警序)〉와 함께 『초발심자경문(初發心自警文)』으로 묶여 승가 입문 교재로 쓰인다. 한

---

247) 제2대 진각국사(眞覺國師, 1178~1234). 지눌의 뒤를 이어 수선사 종풍을 크게 일으켰다. 지혜가 뛰어나고 시문에 능했다고 전한다.
248) 제3대 청진국사(淸眞國師, ?~1252). 거란과 몽골의 침략으로 기복불교가 성행하던 시기에 선풍 진작에 힘썼다.

편 수선사는 조선조에 들어와 송광사로 이름을 바꾸어 오늘에 이르고 있다.

보조국사의 출생에 관한 설화가 전한다. 화순읍 자치샘에 한 처녀가 물을 길으러 갔는데 복숭아가 샘에 떠 있었다. 처녀가 이 복숭아를 먹었더니 잉태하여 아들을 낳았다. 그가 바로 보조국사인데 모후산에서 나무로 만든 새를 날려 보내니 한 마리는 송광사, 한 마리는 선암사, 또 한 마리는 해남 대흥사로 각각 날아가서 현재의 사찰이 건립되었다고 한다.

송광사 천자암(天子庵)의 쌍향수(雙香樹)[249]에도 그의 설화가 깃들어 있다. 보조국사와 담당국사(湛堂國師)[250]가 중국에서 돌아올 때 짚고 왔던 향나무 지팡이를 꽂아둔 것이 지금의 나무로 자랐다는 것이다. 담당국사는 왕자의 신분으로 보조국사의 제자가 되었는데, 그래서 두 나무의 모습이 스승과 제자가 서로 절하는 형상이라고 하며, 이 나무에 손을 대면 극락에 갈 수 있다는 이야기가 전해오고 있기도 하다.

---

249) 전라남도 순천시 송광면 이읍리에 있는 곱향나무로 천연기념물 제88호이다. 높이 12.5m이고, 나무의 나이는 800년으로 추정하고 있다.

250) 제9대 국사. 금나라 왕자로 알려져 있으며 생몰연대는 미상이다. 7, 8, 9대 국사시기는 원의 고려 간섭 기간이어서 수선사 활동도 침체기였던 것으로 보인다.

86

충지

원 황제에게 글을 보내 위기의 송광사를 구하다

송광사에는 다른 절에서 볼 수 없는 특별한 건물이 하나 있다. 송광사가 승보사찰(僧寶寺刹)임을 말해주는 국사전(國師殿)이다. 이곳에는 보조국사 지눌(知訥)을 비롯한 열여섯 국사의 진영(眞影)이 모셔져 있는데, 그 여섯 번째가 원감국사 충지이다. 그는 여몽연합군의 일본 원정 준비로 송광사의 토지가 몰수당해 어려운 형편에 처하게 되자 원나라 세조에게 글을 올려 토지를 되찾아 절을 지켜냈다.

충지(沖止, 1226~1293)는 고려의 승려로 속명(俗名)은 위원개(魏元凱)이고, 법명은 처음에는 법환(法桓)이었다가 나중에 충지로 바꾸었다. 호(號)는 복암(宓庵), 시호(諡號)는 원감국사(圓鑑國師)이다. 1226년(고종 13) 전라도 장흥에서 태어났다.

아홉 살 때부터 경서(經書)를 욀 정도로 영특하였고, 열아홉 살에 과거에 장원급제하였다. 특히 시문(詩文)에 뛰어나 붓을 들면 곧바로 글이 나올 정도였다. 영가(永嘉, 지금의 안동)의 서기(書記)를

▲ 원감국사 상

시작으로 금직옥당(禁直玉堂)²⁵¹⁾의 벼슬을 하다가 10년 만에 모든 것을 접고 불문에 들어갔다. 일찍이 출가했다가 모친의 간청으로 환속한 일이 있었으나 모친이 세상을 떠난 뒤 29세의 나이로 다시 출가했다.

강화도 선원사(禪源社)의 원오국사(圓悟國師)²⁵²⁾로부터 구족계(具足戒)²⁵³⁾를 받고 전국의 수행도량을 전전하며 10여 년간 수행에 전념하였다. 1266년(원종 7) 41세 때 스승의 권유로 김해의 신어산(神魚山) 감로사(甘露社) 주지로 부임하였으며, 3년 만에 삼중대사(三重大師)가 되었다.

---

251) 왕의 행차에 호종하고 왕의 명령을 문서로 꾸미는 일을 하는 한림학사직(翰林學士職)에 해당하며, 이때 그의 문체가 원숙하고 부드러워 유명학자들이 모두 탄복하였다고 한다.
252) 법명은 천영(天英)이며, 1230년(고종 17) 수선사 제2세 진각국사(眞覺國師) 밑에서 득도하였다. 1256년(고종 43) 수선사 제5세 국사가 되어 이름 있는 제자를 많이 배출하였다.
253) 불교에서 비구와 비구니가 받는 계율. 모든 계율이 완전히 구비되었다 하여 구족계라고 하며, 이를 바탕으로 열반의 경지에 이를 수 있다고 본다.

이어서 1272년(원종 13)에는 승평의 정혜사(定慧社)[254]로 옮기면서 순천과 인연을 맺게 되었다. 1286(충렬왕 12)년 2월 원오국사가 왕에게 수선사(修禪社, 지금의 송광사)의 사주(社主)로 그를 추천하고 입적(入寂)하자, 6월에 수선사의 제6세 사주가 되었다. 그리고 교화 생활에만 몰두하며 수선사의 전통을 계승하는 데 힘썼다.

그가 수선사를 구한 경위는 이렇다.

당시 고려는 원나라의 강요에 따라 일본 원정을 준비하느라 백성의 수탈이 극에 달한 상태였다. 사찰도 예외가 아니어서 수선사도 토지를 몰수당하고 어려운 형편에 빠졌다. 이에 그는 1273년(원종 14) 원나라 세조(世祖) 쿠빌라이(忽必烈, 1215~1294) [255]에게 〈원나라 황제에게 올리는 글(上大

▲ 원감국사 비

---

254) 순천시 서면에 있는 절로 신라 경덕왕 때 보조국사(普照國師)가 건립하였다는 설이 있으며, 대략 9세기에서 13세기 사이에 창건된 것으로 추정된다. 고려 말기 원감국사 충지가 머무르면서 크게 부흥하였다. 1984년 대웅전이 보물 제804호로 지정되었다.

255) 칭기즈 칸의 손자로서 몽골제국의 제5대 칸이자 원나라 초대 황제(재위 1260~1294)이다. 충렬왕을 사위로 맞으면서 고려를 부마국으로 삼았다. 여몽연합군으로 두 차례나 일본 정벌을 시도했으나 뜻을 이루지 못했다.

▲ 원감록

元皇帝表)〉이라는 서한을 보냈다.

수선정사(修禪精舍)는 선불장(禪佛場)으로서 수행자가 수천 명에 이르며, 대국(大國) 임금의 무병장수를 기원하는 곳입니다. 이제 봄가을 농사를 지을 수 없어 죽 먹는 것도 어려운 형편입니다. 예부터 임금께서 토지를 내려주시어 재(齋)를 지내왔는데, 이제 대국의 관리가 군량을 마련하려고 빼앗아가니, 그 형세가 물을 잃은 고기와 같고 학의 울음처럼 절박합니다.

이에 원나라 황제는 그의 식견과 문장을 흠모하여 토지를 되돌려주고 본국으로 초청하였다. 그는 1275년(충렬왕 2) 원나라에 가서 쿠빌라이를 만나 융숭한 대접과 예물을 받았다. 그때 받아 온 티베트 문자로 쓰인 법지(法旨)는 우리나라 보물 제1376호로 지정되어 있다. 귀국 다음 해 충렬왕은 그에게 대선사(大禪師)의 승계를 내렸다.

1293년(충렬왕 19) 1월 문도들에게 설법과 게송(偈頌)[256]을 남

---

256) 불교 교리를 담은 한시 형식의 노래. 8음절을 하나의 구로 하여 2개의 구가 하나의 행을 이루고, 다시 2개의 행이 모여서 총 32음절로 이루어진다.

上大元皇帝表　　　釋宓菴卷

其興也勃風雲千載之都俞往乎來王帛諸侯
之奔走照臨所詢踰舞悉均恭惟皇帝陛下辭厥
聰明湯其齊聖化流蠻貊四方咸歸于仁信及豚
魚萬物各得其所大功不宰盛德難名伏念臣支
連笠土之一枝嗣松迴處於荒陬謾謏勞延頸惟此華
禪精舍創從普照聖師是小邦選佛之場種禪流不
旦常切觀光迴緣處於...禪
時然以僻在林泉遐離城市之春秋收之盡關午
臧於數千損抑大國祝君之地祝君陛下郿同失六
今天使尋別宮之服藉將備兵粮勦頮包容之度
呼情迫聞天之鶴唳儂懞皇帝陛下廓...十七三
迴覆育之私詔下我國達魯花赤及管勾兵粮使
佐勑今別護我叢林求錫我田壤鎭作恁玄之禪
數終為奉福之道場則臣敢不益勵熏功倍忠
懇五雲影裏長懸魏闕之心一炷香中常爇華封
之祝。

<東文選四十><十七三>

▲ 원 황제에게 올리는 글

기고 속세 나이 68세, 법랍(法臘)[257] 39세로 입적하였다.

　충지의 선풍은 무념무사(無念無事)를 으뜸으로 삼았고, 선교일치(禪敎一致)를 주장하여 보조국사(普照國師) 지눌(知訥, 1158~1210)의 종풍(宗風)을 계승하였다. 문집으로『원감록(圓鑑錄)』이 있으며,『동문선(東文選)』에도 그의 글이 수록되어 있다. 그의 시문을 번역한『원감국사집』이 진성규 옮김(아세아문화사,

---

257) 출가하여 승려가 된 해부터 세는 나이

▲ 원감국사 부도

1988)과 이상현 옮김(동국대학교출판부, 2010)으로 나와 있다.

송광사 뒷산에 있는 감로암(甘露庵)은 그가 세운 암자이다. 암
자 앞 건너편에 비가 있고, 뒷산에 부도가 있다. 임금이 원감국사
라는 시호(諡號)와 보명(寶明)이라는 탑명(塔名)을 내렸다.

87

김굉필

동방오현의 한 사람 순천에서 생애를 마치다

순천시 옥천동에 옥천서원(玉川書院)이 있다. 조선조의 성리학자 김굉필을 모신 곳이다. 그는 무오사화를 당해 순천에 유배와서 살다가 생애를 마쳤다. 옥천서원은 그의 학덕을 기리는 곳으로 1564년(명종 19)에 순천부사 이정(李楨)이 설립하였으며, 1568년(선조 1) 사액(賜額)을 받아 순천의 중심 서원이 되었다.

김굉필(金宏弼, 1454~1504)은 조선 전기의 문신이요 성리학자이다. 본관은 황해도 서흥(瑞興)이고, 자(字)는 대유(大猷), 호(號)는 한훤당(寒暄堂)과 사옹(蓑翁) 등이다. 1454년(단종 2) 서울 정릉(貞陵)에서 태어났다. 어릴 때 집안을 따라 달성군 현풍으로 이주했다.

어렸을 때는 자유분방하여 얽매임이 없었으나 성장하면서 분발하여 학문에 힘쓰기 시작했다. 1472(성종 3)년 열아홉 나이로 합천의 순천박씨와 결혼하였고, 처가(妻家)의 근처에 한훤당이라

▲ 김굉필 상

는 서재를 짓고 공부를 하였는데, 그것이 자신의 호(號)가 되었다.

1474(성종 5)년 스물한 살 때 김일손(金馹孫, 1464~1498), 정여창(鄭汝昌, 1450~1504) 등과 함께 점필재(佔畢齋) 김종직(金宗直, 1431~1492)의 문하에 들어가 수학하던 중 〈소학(小學)〉[258]의 글귀를 읽고 깊이 감동하여 스스로 '소학동자(小學童子)'라 일컬었다. 그는 〈소학〉을 행동의 근간으로 삼아 〈소학〉을 알지 못하고는 학문을 할 수 없고, 사서육경[259]을 알 수 없다고 주장하였다. 그는 김종직의 문하에서 김전(金詮), 권오복(權五福), 남곤(南袞), 이목(李穆) 등과도 교류하게 된다.

스물일곱 살이던 1480년(성종 11) 생원시에 합격하여 성균관에 수학하였다. 1492년 스승 김종직이 세상을 떠나자 이후 관직에 나가지 않고 고향에서 서실을 열고 성리학을 연구하며 제자를 길러냈다. 수많은 양반 관료와 중인, 양인의 자제들이 찾아왔고, 그는 신분을 가리지 않고 문하생을 받아들였다. 그의 문하에서

---

258) 송나라 주희(朱熹)의 제자 유자징(劉子澄)이 아동들에게 유학을 가르치기 위하여 1187년에 편찬한 수양서.

259) 사서(四書)는 논어(論語), 맹자(孟子), 대학(大學), 중용(中庸)이고, 육경(六經)은 시경(詩經), 서경(書經), 역경(易經), 예기(禮記), 춘추(春秋), 악경(樂經)이다.

▲ 옥천서원

김안국(金安國)과 김정국(金正國) 형제, 이심원(李深源)과 이연경
(李延慶), 이약수(李若水), 이장곤(李長坤) 등이 공부하였다. 그는
정몽주에서 비롯되어 길재와 김숙자, 김종직으로 이어지는 성리
학을 널리 퍼뜨렸다.

김굉필은 1494년(성종 25) 마흔한 살에 경상도관찰사 이극균
(李克均, 1437~1504)에 의해 성리학에 밝고 지조가 굳은 것을
인정받아 천거되어 남부참봉(南部參奉, 종9품에 제수되면서 벼
슬길에 올랐다. 1496년(성종 27)에는 군자감주부(軍資監主簿, 종
6품)에 임명되었다가 얼마 후 사헌부감찰(司憲府監察)을 거쳐
1497년(44세)에 형조좌랑(刑曹佐郎)에 올랐다. 이때 그는 옥송
(獄訟)을 판결하면서 늘 공정하고 법도에 어긋남이 없었다.

1498년(연산군 4) 7월에 김종직의 〈조의제문(弔義帝文)〉[260]이 문제가 되어 무오사화(戊午士禍)[261]가 일어났다. 김굉필은 점필재의 문도(門徒)로 김일손, 권오복, 남곤 등과 붕당을 만들었다는 죄목으로 장형(杖刑) 80대를 치르고 평안도 희천(熙川)에 유배되었다. 그는 귀양살이하면서도 평상시와 마찬가지로 학문 연구와 후진 양성에 힘썼다.

때마침 소년 조광조(趙光祖, 1482~1519)가 부친의 임지(任地)를 따라 평안도 어천(魚川)에 오게 되어 김굉필을 찾아와 배우게 되었다. 이로써 우리나라 유학(儒學)의 맥이 한훤당으로부터 조광조에게 전수되었다.

그로부터 2년 뒤인 1500년(연산군 6) 마흔일곱 살의 나이에 순천으로 귀양지를 옮겨왔다. 순천성 북문 밖에서 거주하며 같은 시기에 유배 온 조위(曺偉)와 동병상련으로 임청대에서 유배의 시름을 달래는 한편, 학문 연구와 인재 양성에 힘썼다. 최산두(崔山斗, 1483~1536)를 비롯하여 유계린, 윤신, 최충성, 유맹권 등이 당시의 제자들이다. 그러다 1504년 갑자사화(甲子士禍)[262]를 맞아 51세의 나이로 유배지에서 처형되었다.

---

260) 조선 전기의 학자 김종직이 항우에게 왕의 자리를 빼앗긴 초나라 회왕(懷王) 의제(義帝)의 죽음을 슬퍼하는 조문(弔文)이다. 단종을 몰아내고 왕위에 오른 세조를 빗대었다고 하여 일이 커졌다.
261) 조선의 첫 사화이자 조의제문(弔義帝文)을 사초(史草)에 실으려고 해서 일어났다고 하여 '사화(史禍)'로 불리기도 한다.
262) 무오사화로 사림파를 타격한 데 이어 연산군이 생모 폐비 윤씨의 복위문제로 자신을 견제하던 훈구파까지 제거한 사건. 폭력적인 사화로 연산군은 권력을 독점하게 되었으나 정당성과 권력 기반을 잃어버리는 결과를 낳았고, 마침내 훈구파와 사림파의 결속된 반격으로 왕위에서 쫓겨났다.

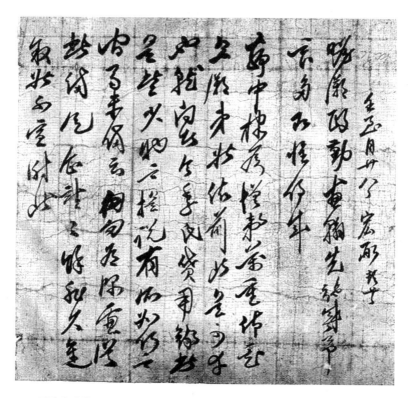

▲ 김굉필 필적

  그 뒤 1506년 중종반정(中宗反正)으로 연산군이 물러나고, 그는
제자였던 조광조의 노력으로 신원(伸寃)되어 승정원도승지, 1517
년(중종 12) 우의정(右議政), 1575년(선조 8) 영의정에 추증되었
다. 1577년(선조 10년)에 문경(文敬)이라는 시호(諡號)를 받았다.
그리고 1610년(광해군 2년)에는 정여창과 조광조, 이언적, 이황
과 함께 동방오현(東方五賢)의 한 사람으로 문묘(文廟)에 제향(祭
享)되었다.

이황은 그를 '근세 도학(道學)의 조종(祖宗)'이라 하여 성리학의 정통으로 규정했다. 그의 제자인 조광조를 비롯하여 백인걸, 이이, 성혼 등을 통해 기호학파(畿湖學派)가 이루어졌고, 그들은 다시 선조 때에 서인(西人)을 형성하였다.

그는 순천의 옥천서원을 비롯하여 충남 아산의 인산서원(仁山書院)과 경북 현풍의 도동서원(道東書院), 황해도 서흥의 화곡서원(花谷書院), 평안도 희천의 상현서원(象賢書院) 등에 배향되었다. 저서로는 『한훤당집』, 『경현록(景賢錄)』, 『가범(家範)』 등이 있다. 조현범이 지은 『강남악부』의 〈선생수(先生鬚)〉에 그의 일화가 전하고 있다.

88

김종일

향교교육을 강화하여 순천에 학풍을 일으키다

순천향교에 가면 비석군이 있다. 열여섯 개의 비가 줄줄이 서 있는데, 그 가운데 유난히 돋보이는 비석이 둘 있다. 그 가운데 하나가 '부사김종일흥학비(府使金宗一興學碑)'이다. 조선 인조 때 순천에 와서 학풍을 진작시킨 순천부사 김종일의 공적을 기려 세운 것이다. 오늘날 순천이 교육도시로 자리매김할 수 있는 것은 이와 같은 선현의 노고가 있었기 때문일 것이다.

김종일(金宗一, 1597~1675)은 본관이 경주이고, 자는 관지(貫之)이며 호는 노암(魯庵)이다. 임진왜란 때 의병을 일으켜 왜적과 싸운 부친 김경룡(金慶龍)의 장남으로 1597년(선조 30) 경주에서 태어났다. 어려서 신지제(申之悌)에게 배우고, 정경세(鄭經世)와 이명준(李名俊) 등과 교류하였다. 성리학자 장현광(張顯光, 1554~1637)의 문인(門人)이다.

그는 효성이 지극하여 아홉 살 때 부친상을 치르며 밥도 먹지 않

▲ 김종일 문집 노암집

고 슬퍼하였다. 모친이 죽을 권하자, "어머니가 드시면 먹겠습니다."하고 어머니를 따라 먹었다. 한때 술을 마셨으나 모친의 꾸지람을 듣고는 평생 술을 끊었다. 모친이 병환 중에 수박을 먹고 싶어 하였으나 제철이 아니어서 구해 드리지 못했는데, 그것이 한이 되어 평생 수박을 먹지 않았다. 모친 사후에 시묘하면서 죽만 먹었고 한 번도 집에 가는 일이 없었다.

1624년(인조 2) 생원시와 진사시에 합격하고, 이듬해 스물아홉의 나이로 문과 별시에 장원급제하였다. 1628년 정언(正言)[263]이 되고, 1630년 지평(持平)을 거쳐 진주목사가 되었다. 1636년 병자호란 때는 순찰사의 종사관(從事官)으로 일했다.

전란이 끝나자 강화도를 지키지 못한 김자점(金自點)과 김류(金鎏), 윤방(尹昉) 등을 탄핵했고, 이듬해 직강(直講)과 지평(持平)을 지내다가 소현세자(昭顯世子)가 청나라 심양에 볼모로 잡혀갈 때 사서(司書)로 수행하였다.

---

263) 조선시대 사간원(司諫院)의 정6품 관직. 왕에게 간쟁 논박하는 일을 맡았다.

그는 청나라에서 조선의 역관 (譯官) 정명수(鄭命壽)[264]가 청나라 장수 용골대(龍骨大)와 결탁하여 비리를 저지르는 것을 고발했다가 되레 역풍을 맞아 추방되었고, 영덕에 유배되었다가 1643년에 풀려났다. 그는 심양에서 청의 동향을 관찰한 것을 토대로 장차 청이 명을 물리치고 패권을 차지할 것을 예언했다.

▲ 부사 김종일 흥학비

김종일은 1647년(인조 25) 9월 순천부사로 와서 1649년 1월까지 1년 5개월 동안 재직했다. 이 때 교학의 진흥을 임무로 생각하여 향교 교육을 강화하고 퇴락한 문묘를 크게 보수하였으며 공노비를 속량(贖良)하였다. 고을 사람들이 그의 공적을 기리는 흥학비를 두 차례에 걸쳐 세웠다. 조현범이 지은『강남악부』의〈흥학교(興學敎)〉에 그의 일화가 소개되어 있다.

순천부사 재임 이후 1651년(효종 2) 수찬(修撰)과 교리(校理)

---

264) 병자호란 당시 청나라에 조선의 사정을 밀고한 모반인. 1636년 병자호란 때 청나라 장수 용골대(龍骨大)와 마부대(馬夫大)의 통역으로 입국해 청나라의 조선침략에 앞잡이 노릇을 하였다. 그 뒤 청나라의 세력을 믿고 조정에 압력을 가해 영중추부사까지 올랐다. 1653년(효종 4) 심양(瀋陽)에서 성주포수(星州砲手) 이사용(李士用)에게 죽었다.

를 거쳐 삼척부사를 제수받았으며, 1657년 울산부사를 지냈다. 1660년 자의대비(慈懿大妃)의 상복에 대한 예송(禮訟) 논쟁에서 허목(許穆)과 함께 3년설을 주장하였는데, 그로 인해 평해에 유배되었다가 이듬해 풀려나 금산군수로 임명되었다. 73세에 상의원정(尙衣院正)을 끝으로 관직을 마치고 1675년(숙종 1) 향년 일흔아홉 살에 세상을 떠났다. 저서로 〈노암집(魯庵集)〉이 있다.

진주목사 때 좋은 정사를 펼쳐 1630년 진주성 안에 선정비를 세웠다. 1703년에 순천향교에 부사 김종일 흥학비(府使金宗一興學碑)를 세웠다.

89

한백유

굶주림 속에서 양사재를 지키며 가르침을 펴다

순천향교에 '양사재(養士齋)'라는 현판을 단 건물이 있다. 원래 이 양사재는 석현동 향림사 앞에 있던 것으로 순천부사 황익재(黃翼再, 1682~1747)가 향교에서 아우르지 못하는 유생들의 교육을 위하여 세웠다. 이 양사재에 태인 출신 한백유 선생이 상주하면서 굶주림 속에서 순천의 자제들을 가르쳤다. 김형삼(金亨三)이라는 제자와 얽힌 일화에서 진정한 사도(師道)의 모습을 찾아볼 수 있다.

한백유(韓伯愈, 1675~1742)는 본관이 청주(淸州)로서 자는 퇴여(退汝)이고, 호는 오천(鰲川)이다. 1675년(숙종 1) 태인(지금의 정읍)에서 출생하였으며, 외종조부인 최서림(崔瑞琳 1632~1698)에게 학문을 배웠고 효심이 깊었다. 벼슬에 뜻을 두지 않고 학문과 후진 양성에만 전념하였으며, 성리학에 몰두하여 사서육경(四書六經)과 제자백가에 이르기까지 두루 달통하였다. 특히 남의 글에서 문장을 찾거나 문구를 베껴오는 것은 부끄럽게 여겼다.

그 무렵 순천부사 황익재가 지역 인재를 가르치기 위하여 향림사 근처에 양사재를 짓고 1717년(숙종 43) 태인에 있는 그를 훈도교수(訓導敎授)로 초빙하였다.

한백유는 양사재에 와서 열다섯 살 이하의 학동에게는 〈소학〉을 가르치고, 열여섯 살 이상에게는 〈중용〉과 〈대학〉, 〈논어〉, 〈맹자〉를 가르쳤다. 성실하고 열성적으로 가르치고자 애썼으며, 항상 의리를 앞세우고, 돈이나 재물 따위를 밝히지 않았다. 종일 단정하게 앉고 좀처럼 눕는 일이 없었다. 삼척동자가 한밤중에 질문을 해와도 무릎을 반듯이 모으고 앉아서 응답해 주었다. 어떤 것을 비유할 때는 아주 가까운 것을 예로 들었다.

그런데 어느 해 흉년이 들어 학생들의 발길은 끊어졌다. 그리고 양사재에 대한 후원이 넉넉지 못하여 훈장 혼자서 양사재를 지키며 굶고 있었다. 조현범이 지은 『강남악부(江南樂府)』(1784)의 〈사일탄(事一歎)〉에는 당시 그가 삼순구식(三旬九食) 중에도 제자를 생각하는 모습이 나타나 있다.

당시 김형삼이란 제자가 선생을 찾아가 보니 이레째 밥을 굶고 있었다. 제자가 밥을 올리자 선생은 "너나 먹어라, 어찌 나를 염려하느냐?" 하고 받지 않았다. 제자가 다시 올리자 비로소 절반만 먹고 나머지는 제자에게 먹도록 하였다. 다음날 제자가 관가에 가서 선생의 딱한 형편을 이야기하고 쭉정이 곡식이지만 겨우 한 섬 얻어다 드렸다.

이 일화를 통해 굶주림 속에서도 학교를 지키면서 밥 한 그릇까지도 제자와 함께 나눠 먹으려는 제자 사랑의 자세를 볼 수 있다.

▲ 향림사

또 『강남악부』의 〈명사행(明師行)〉에는 한백유의 개인적인 면모가 자세히 소개되어 있다. 그는 집안을 꾸림에 가난을 걱정하지 않고, 친척이나 벗이 두루 구하면 거절하지 않았다. 제사를 받을 때는 집안 사정을 헤아려서 비록 보리밥과 물이라도 반드시 받들었으며, 제사음식을 남에게 빌려서 충당하지는 않았다. 조상 숭배에 정성을 다하되 자기 형편에 맞추어 제사를 모시고 허례허식에 매이지 않았음을 알 수 있다.

그는 제자 김형삼에게 이렇게 말했다.

"선비가 이 세상에 태어나 가문을 영예롭게 하는 것은 과거를 보는 일만 한 것이 없으나, 문과에 오르기는 드물고도 어려운 일이다. 사람으로서 할 일을 먼저 행하고 천명을 기다리는 것이 옳다. 자기를 헤아리지 않고 출세만을 꾀하면 이롭지 못하고 반드시 재앙을 받게 된다."

과거에 합격하여 영달하는 것도 좋지만 너무 그것에 매달리지 말 것을 주문하고 있다. 출세를 위한 교육보다 인간교육을 중시하고 있는 점에서 그는 인격적으로나 학문적으로나 매우 훌륭한 교육자였음을 알 수 있다.

그는 만년에 고향에 돌아가 저술에 매진하여 『오천유고(鰲川遺稿)』를 비롯하여 『천도인도지원해(天道人道之原解)』, 『팔괘지의해(八卦之義解)』, 『언해삼략(諺解三略)』, 『주해판당음십권(註解板唐音十卷)』 등의 저서를 남겼다. 1757년(영조 33) 정읍 용계서원(龍溪書院)에 배향되었다.

90

황익재

양사재를 지어 흥학에 힘쓰다

순천향교 경내 비석군에 여러 개의 비석이 줄줄이 서 있다. 열일곱 기의 비석 가운데 가장 큰 것이 '부사 황익재 흥학비(府使黃翼再興學 碑)'이다. 순천부사 황익재는 소수의 제한된 생도들만 향교에서 공부하는 것을 보고, 더 많은 생도가 교육을 받을 수 있도록 향림사(香林寺) 앞에 별도의 학교를 세웠다. 그것이 곧 양사재(養士齋)이다. 그는 또 전라북도 태인의 학자 한백유(韓伯愈, 1675~1742)를 훈도교수로 초빙하여 순천 자제들을 가르치게 하였다. 고을사람들은 황익재 부사의 남다른 교육열에 감격하여 향교에 흥학비를 세워 그 공을 기렸다.

황익재(黃翼再, 1682~1747)는 본관은 장수(長水)이고, 자는 재수(再叟)이며, 호는 백화재(白華齋)이다. 황희(黃喜)의 10대손으로 부친은 증 좌승지 황진하(黃鎭夏)이다.

1701년(숙종 27) 식년문과에 급제하여 권지부정자(權知副正

▲ 부사 황익재 흥학비

字)265)가 되었고, 박사와 병조좌랑을 거쳐 평안도사를 지냈다.
1705년 성균관전적 및 예조좌랑에 올랐으며, 이듬해 병조좌랑을
거쳐 1707년 충청도사가 되었다.

---

265) 조선 시대 승문원(承文院)이나 교서관(校書館)에 속한 임시 벼슬.

▲ 순천향교 양사재

　1709년 전라도사로 가서는 조정에 바치는 공물의 조운(漕運) 과정에서 발생하는 폐단을 엄격히 단속하였고, 1711년 무안현감으로 재직할 때는 거듭된 흉년에 시달리는 농민 구제에 적극적으로 노력하였다. 이에 어사 홍석보(洪錫輔, 1672~1729)[266]가 그의 치적을 조정에 올려 포상이 내려졌고, 나주 조군의 통솔권을 받았다.

　뒤이어 1716년 12월부터 1718년 11월까지 순천부사로 만 2년 재직하면서 빈민 구제와 더불어 양사재를 건립하였다. 이처럼 고

---

266) 개풍 출신으로 전라우도감진어사(全羅右道監賑御史)가 되어 양전(量田)의 필요성을 힘써 주장하였다. 1718년 전라도관찰사 때 조정에서 그의 의견을 받아들여 양전을 실시하였다. 1721년 동부승지가 되어 노론 네 대신과 함께 세제(世弟) 책봉을 주장했다가 신임사화(辛壬士禍)로 영암군에 유배되었다.

을 자제들의 교육 기회를 확대하는 교육시책을 펼쳐 관민(官民)의 칭송을 받았고, 그 공적으로 순천향교에 홍학비가 세워졌다.

다음으로 사헌부장령과 영광군수를 거쳐 1728년(영조 4) 통정대부(通政大夫)에 올라 종성부사가 되었다. 이때 이인좌(李麟佐)의 난이 일어났는데, 도순무사 오명항(吳命恒)과 영남안무사 박사수(朴師洙)와 함께 청주에 달려가 난을 평정하는 데 큰 공을 세웠다. 그러나 적도들과 연루되었다는 모함을 받아 함경도 구성(龜城)에 유배되었다가 7년 뒤인 1736년(영조 12)에 사면되었다.

그 뒤로 다시 벼슬에 오르라는 명을 받았으나 사양하고 낙향하여 퇴계를 수용한 성리학 연구와 후진 양성에 전념하였다. 경북 상주의 봉산사(鳳山祠)에 제향되었고, 저서로는 『백화재집』과 『서행일록(西行日錄)』이 있다. 상주 백화산에 세심석(洗心石)이라고 새겨진 바위가 있는데, 그의 만년의 발자취를 엿볼 수 있다.

91

이기풍

순천중앙교회 목사로서 매산학교 설립에 힘쓰다

순천시 매곡동에 매산중학교와 매산고등학교, 매산여자고등학교 등 세 학교가 있다. 이 학교의 모태는 1921년 문을 연 매산학교이다. 이 매산학교가 생길 때 순천중앙교회 이기풍 목사가 큰 역할을 하였다. 그는 당시 순천선교부에서 재정난을 이유로 보통과만 설치하려고 한 것을 지역의 교인들과 힘을 합쳐 고등과까지 개설하도록 건의하였다. 그의 노력에 힘입어 매산학교는 처음부터 방향을 크게 잡고 순천 사학의 명문으로 성장할 수 있었다.

이기풍(李基豊, 1865~1942)은 1865년 12월 평양에서 출생했다. 어려서는 한학을 수학했는데, 성격이 괄괄하여 술 마시고 싸우기를 좋아했고, 젊은 시절 서양 선교사들에 대하여 반감을 지니고 있어서 1890년 평양 시내에서 전도하는 마포 선교사에게 돌을 던져 얼굴을 다치게 하기도 했다.

그러던 어느 날 꿈에 예수님이 나타나서, "기풍아, 기풍아! 왜 나

▲ 이기풍 목사

를 핍박하느냐? 너는 내 복음의 증인이 될 사람이다." 하는 말을 듣고 비로소 깨닫는 바가 있었다. 곧장 소안련 목사를 찾아가서 고백하고 1894년 마침내 기독교인이 되고자 결심하였다. 나중에 마포 선교사를 찾아가 과거의 잘못을 고백하고 용서를 빌었다.

1894년 소안련 선교사에게 세례를 받고 1898년부터 4년여 동안 함경남북도를 순회하며 성경책을 팔고 복음을 전파했다. 이어 1902년부터 6년에 걸쳐 소안련 선교사와 함께 황해도 안악과 문화, 신천, 해주 등지를 돌며 전도했다.

1901년 장로가 되고, 1903년 마포 목사가 설립한 평양장로회신학교에 들어가 신학을 공부했다. 이때 길선주(吉善宙, 1869~1935)와 양전백(梁甸伯, 1869~1933) 등도 입학했는데, 그들은 훗날 삼일운동 33인 민족대표로 활약하였다. 1907년 신학교를 졸업하고 평양 장대현 교회에서 조선인 최초로 목사 안수를 받았다.

1908년 제주도 선교사로 파송되었는데, 당시 제주도는 1899

년 '이재수의 난'[267]이라고 불리는 신축교난(辛丑敎難)[268]을 겪은 후유증으로 주민들의 기독교에 대한 감정이 극도로 나빠져 있었다. 그는 주민들의 적대감 속에서 여러 차례 죽을 고비를 넘기며 굶주림과 생활고에 시달렸다. 그런 어려움을 이기고 복음 전파에 전력을 다한 결과, 400명이 넘는 교인이 생겨났고, 성내교회를 비롯해 성안, 금성, 성읍, 조천, 모슬포, 용수, 중문, 삼양, 한림, 법환, 세화 등지에 교회를 설립할 수 있었다.

1918년 광주 북문안교회 초대목사로 전임하였다. 1920년 전라노회장 및 총회 부총회장에 피선되어 막중한 책임감으로 활동하다 보니 몸에 이상이 왔다. 성대가 막혀서 목소리가 잘 나오지 않았고, 관절염에 귓병까지 겹쳐 휴직하고 서울 세브란스병원에까지 가서 치료를 받았다.

그 후 건강이 호전되어 1920년 3월 순천중앙교회 제3대 목사로 부임하였다.

순천에 재직하는 동안 대지 8백 평을 매입하여 교회당을 기역자 형으로 개축하는 한편 매산학교(梅山學校) 설립에도 힘썼다. 그가 부임하기 전인 1916년 6월 은성학교(恩成學校)[269]가 성경과목 교수 금지로 자진 폐교한 바 있었다. 그랬다가 그가 중앙교회 목사로 왔을 때 교명을 매산학교로 바꾸고 다시 문을 열고자 준

---

267) 박광수 감독의 영화 〈이재수의 난〉(1999)이 있다. 배우 이정재가 출연하였다.
268) 현기영의 장편소설 『변방에 우짖는 새』(창작과비평사, 1983)가 이를 배경으로 하고 있다.
269) 1913년 9월 변요한 선교사와 고라복 선교사의 노력으로 개교하였다.

비하고 있었다.

애초 준비 과정에서 순천선교부는 경비 문제로 초등교육 과정인 보통학교만 설치하고자 계획했다. 그러나 주민들은 중등과정인 고등보통학교 과정을 같이 개설하기를 기대하였다. 이에 이기풍은 지역 주민이 경비의 일부를 부담키로 하고, 오영식 장로와 김양수 등과 함께 광주선교사회에 찾아가 매산학교 고등과의 설치를 주장하였다. 마침내 1921년 4월 초순 보통과 4년과 고등과 4년 과정으로 인가를 받아 15일 대강당에서 개교식을 거행했다.

이기풍은 1924년 순천 시무를 사임하고 고흥교회로 옮겼다. 그리고 1927년 다시 제주도 성내교회 위임목사로 부임하였다. 1933년에는 벌교교회로 파송되었고 1934년에는 도서벽지인 여수군 남면 우학리교회로 들어갔다.

1936년 무렵 일제는 신사참배를 강요했다. 그가 참배를 거부하

▲ 1920년 6월 28일자 동아일보 기사

자 일제는 그에게 미제의 간첩이라는 죄목을 씌워 순천노회 산하 오석주, 나덕환, 김상두, 김순배 목사 등과 함께 1938년 체포하였다.

그는 칠순의 노구로 심한 신문(訊問)과 고문을 당하며 건강이 나빠졌다. 광주형무소 이송을 앞두고 풀려나기는 했지만 회복되기 어려운 지경이었고, 마침내 1942년 6월 20일 사역지 우학리에서 77세를 일기로 소천하였다. 그의 유해는 섬에 묻혀 있다가 1953년 광주 기독묘지에 이장되었다.

1959년 대한예수교장로회에서 평생 그를 위해 헌신한 부인 윤 씨에게 표창장을 수여하였다. 1962년 12월 부인도 향년 84세로 세상을 떠났다. 유족으로 딸 하나가 있었다.

92

변요한

순천에 교회와 학교,
병원을 세워 복음의 씨앗을 뿌리다

순천매산여자고등학교 교정에 프레스톤관이 있다. 일제강점기
에 순천에서 선교 활동을 펼쳤던 변요한이 거주했던 가옥이다. 그는
1903년 한국에 선교사로 파견되어 1940년 일제에 의하여 본국으
로 강제 추방되기까지 37년간 목포와 광주, 순천 등지에서 사역하
였다. 특히 순천중앙교회와 매산학교, 알렉산더병원을 설립하는 등
순천 복음화의 초석을 놓았다.

변요한(邊約翰, John Fairman Preston, 1875~1975)은 1875년
미국 조지아주에서 출생하였다. 테네시주의 킹대학과 프린스턴
신학교대학원을 졸업하고 목사안수를 받았다.

1903년 남장로교 선교사로서 부인과 함께 내한하여 목포에서
선교를 시작하였고, 해남과 강진에도 복음을 전하였다. 당시 목포
에서 활동하던 배유지(裴裕祉, Eugene Bell, 1868~1925)와 오기

원(Clement Carrington Owen, 1867~1909)[270]이 광주로 옮겨갔기 때문에 그 자리를 이어받은 것이다. 그는 1905년에는 목포 영흥학교 교장으로 학교건물을 지었다. 아울러 강진의 학명리교회, 매곡교회, 해남의 원진과 맹진, 남창 교회를 개척하였다.

1909년에 광주의 오기원 선교사가 과로로 순직하자 광주로 옮겨서 그의 후임을 맡았다. 1908년 광주 숭일학교 초대 교

▲ 변요한 선교사

장을 맡아 1910년 학교건물을 신축하였다.

그 후 배유지 선교사와 함께 순천과 전남 동부지역을 방문했다. 이때 보성의 무만리교회와 신천리교회, 고흥 옥하리교회, 순천 평촌교회, 여수 장천리교회, 광양 신황리교회, 구례 읍내교회 등이 설립된 것을 보고 이 지역을 관할하는 선교부가 필요하다고 판단하고 광주선교부에 순천선교부 설립을 건의하였다. 1911년 그의

---

270) 미국 버지니아주에서 출생하여 신학과 의학을 공부하고 목사이자 의사로 1898년 11월 목포선교부에 부임하였다. 1904년 배유지와 광주선교부를 개설하고 광주 남부와 전남 동부지역을 맡아 선교활동을 펼쳤다. 1900년 12월 조지아나 의사와 결혼하여 목포에서 의료전도를 하였으며, 해남 선두리교회를 비롯하여 완도 관산리, 나주 방산리, 장흥 진목리, 고흥 옥하리 등 열두 개의 교회를 개척했다. 1909년 장흥에서 순회 전도하던 중 과로와 폐렴으로 소천하였다. 그의 헌신인 전도가 바탕이 되어 순천선교부가 개설될 수 있었다.

▲ 순천매산여자고등학교 프레스톤관

제안이 받아들여져 순천 선교부 설립 책임자로 임명되었고, 1912
년부터 순천에 거주하면서 사역하기 시작했다. 1913년 4월 선교
사 주택 프레스톤관을 마련하였다.

그는 1911년 안식년을 맞아 미국에 돌아가 있는 동안 기업인
조지 와츠(George Watts)[271]를 만나 순천 선교부 건립에 필요한

---

271) 미국 사우스캐롤라이나 더럼의 사업가. 변요한은 1910년 순천선교부의 개설 승인을 받고, 은
행 대출로 순천 매곡동 언덕 2천여 평의 땅을 매입하여 건축 계획을 세웠다. 그러나 경비 부족
으로 난관에 봉착하자 1911년 본국에 돌아가 모금 순회강연을 하던 중 조지 와츠를 소개받았
다. 그는 더럼장로교회의 장로이자 전주에서 활동하는 선교사 전킨(W. M. Junkin)의 처남이었
으며, 선교사 13명의 생활비로 매년 1만 3천 달러를 기부하겠다고 약속했다. 이후에도 그는 수
시로 특별헌금으로 순천 선교부를 후원하였다. 그 공적을 기념하여 조지 와츠 기념관이 건립되
었다.

경비 지원을 약속받았다. 이에 조지 와츠는 순천 선교부 사택 7동의 건축비를 비롯하여 병원과 매산학교의 건축비, 선교사의 선교비를 전액 지원하였다. 조지 와츠는 매산학교가 신사참배 문제로 폐교 위기에 처했을 때 몸소 방한하여 총독부와 교섭을 하여 폐교를 막기도 했다.

1925년 조지 와츠의 후원으로 설립한 2층 석조건물이 현재 '조지와츠기념관'이란 이름으로 남아 있다. 이 건물은 조선인 교회 지도자를 양성하는 성경학원으로 사용되었는데, 지금은 1층은 순천기독진료소로 사용되고, 2층은 한국기독교선교역사박물관으로 만들어져 재정 후원자였던 조지와츠의 자료들이 전시되어 있다. 지금도 건립 당신의 모습을 완벽하게 유지하고 있다.

변요한은 1910년 고라복과 함께 학생교육을 위한 사숙(私塾)을 시작하였다. 금곡동 향교 근처에 있는 한옥 한 채를 사들여 서른 명가량 되는 학생들에게 성경과 신학문을 가르치기 시작했다. 이 사숙은 1913년 은성학교가 학교의 모습을 갖추고 개교할 때까지 운영되었다.

또 조지 와츠의 후원금을 받아 1916년 매산관(梅山館)을 완공했다. 이 건물은 처음에는 벽돌로 지었다가 1930년에 가서 석조건물로 개축하였으며, 지금 순천매산중학교 본관으로 사용하고 있다. 국가등록문화재 제123호, 전남교육문화유산, 기독교 선교유적 등으로 지정되어 있다. 고라복이 초대 교장을 맡아 운영하였고, 변요한도 1935년부터 2년간 교장을 맡았다.

변요한은 또 안력산병원의 설립을 주도하였다. 안력산병원은 알렉산더 선교사가 순천에 와서 사역한 인연으로 재정적 후원을 하여 지어졌다. 알렉산더는 순천 부임 두 달 만에 부친이 별세하여 농장을 이어받을 자녀가 없어 고향으로 돌아갔다. 그러한 인연으로 순천의 병원 설립 경비를 후원한 것이다.

변요한은 순천 가곡리교회와 평중리교회, 사룡리교회의 설립에 힘썼고, 1918년에는 순천읍 교회에 시무하면서 교회 역사 수집위원으로 활동하였다. 1921년부터 1923년까지 3년간 여수 우학리교회와 여수서교회, 봉전리교회, 서정교회에서 동사목사로도 시무하였다. 또 순천노회장을 지내며 여수와 순천 지역 교회의 설립과 당회를 조직하는 등 폭넓은 활동을 하였다.

▲ 변요한 선교사가 지어 선교사들의 휴양소로 사용했던 지리산 노고단 수양관

그의 사택이 '프레스톤관'이라는 이름으로 현재 순천매산여자고등학교 교정에 남아있다. 1913년에 지어진 2층 석조건물로 국가등록문화재 제126호로 지정되었다.

변요한은 1940년 일제의 강제 추방으로 미국에 돌아가서 선교 활동을 계속하다가 1975년 4월 별세하였다. 가족으로는 부인 애니 윌리(Annie Willey)와 슬하에 일곱 자녀를 두었다. 부인도 변요한을 도와 사역에 힘썼고, 매산여학교 교사로 활동하였다. 1909년 출생한 아들 프레스톤 주니어도 우리나라에 와서 안력산병원과 광주기독병원에서 8년간 일했다.

93

고라복

벽안의 선교사 순천에 선교의 터를 닦다

순천시 매곡동에 코잇 선교사 가옥이 있다. 일제강점기에 순천 기독교 전파를 위해 몸 바친 미국 선교사 고라복이 살던 집이다. 그는 35세의 젊은 나이로 순천에 와서 교회와 학교를 짓고 전도와 교육에 일생을 바쳤다. 그의 헌신적인 노력으로 순천에 기독교가 굳게 뿌리를 내릴 수 있게 되었다.

고라복(高羅福, Robert Thornwell Coit, 1878~1932)은 1878년 미국 노스캐롤라이나주 샬롯에서 태어났다. 미국 남장로교 기독교 고등교육을 대표하는 데이비슨대學을 졸업하고 루이빌신학교에서 신학을 공부하였다. 루이빌신학교는 1904년부터 2년간 호남지역을 개척했던 배유지(Eugene Bell, 1868~1925)[272] 선교사가 공부했던 곳이기도 하다.

▲ 고라복 선교사

고라복은 1907년 6월 목사 안수를 받고, 7월 해외선교사로 임명되었다. 1908년 9월 세실리에(Cecilie McGraw Woods)와 결혼했다. 그는 미시시피대학 음악과에서 성악을 전공한 여성이었다.

1909년 2월 남장로회 선교사로 샌프란시스코에서 출발하여 3월 목포를 통해 광주에 도착했다. 처음에는 광주 선교부에서 변요한(J.F. Preston, 1875~1975)과 활동하다가 전라남도 동부지역 선교부 설치의 필요성을 절감하고 1913년 4월 순천으로 거주지를 옮겼다. 그리고 1929년까지 17년간 순천에 살면서 광양과 구례, 보성, 고흥 등지를 다니며 복음을 전파하고 교회를 설립했다.

---

272) 본명이 유진 벨(Eugene Bell)이며, 미국 켄터키주에서 태어났다. 1895년 4월 한국에 와서 1898년 3월 목포에서 선교사역을 시작했다. 목포 양동교회를 세우고 1903년 영흥학교와 정명여학교를 세웠다. 1904년 봄 광주 양림동에 선교부를 개설하고, 1905년 의료선교사 오기원(Owen)과 함께 근대식 병원 제중원(광주기독병원 전신)을 열어 한센병 환자를 치료하는 한편 1908년 숭일학교와 수피아여학교를 세웠다. 1901년 부인이 심장병으로 세상을 떠나고 1904년 재혼한 둘째 부인마저 1919년 제암리 학살사건 조사 중에 교통사고로 숨을 거두었다. 1922년부터 평양 장로교신학교 교수로 있다가 다시 광주로 돌아왔으며, 1925년 9월 57세의 나이로 소천하였다. 1995년 배유지의 한국 선교 100주년을 맞아 그의 후손들이 미국에서 유진벨기념재단(Eugene Bell Foundation)을 설립했고, 2002년 한국에도 재단이 설립되어 북한에 의약품을 지원하며 결핵 환자들을 치료에 힘쓰고 있다.

▲ 은성학교 개교, 고라복 선교사가 초대 교장을 맡았다.

특히 교육 사역에 힘을 기울여 1910년 금곡동 향교 근처에 한
옥 한 채를 사들여 예배당으로 사용하면서 30여 명의 학생을 모
아 성경과 신학문을 가르치기 시작했다. 그리고 1911년 매곡동에
천막 교사를 마련하여 선교를 더욱 본격화하였다. 마침내 1913년
9월 매곡동에 학교건물[273]을 짓고 은성학교(恩成學校)[274] 설립자
겸 초대교장을 맡았다.

고라복은 1913년 4월 아들과 딸을 잃는 불행도 겪었다. 이질에
걸린 일꾼이 우유를 짜온 것을 끓이지 않고 마신 것이 탈이 나서
부인은 가까스로 회복되었으나 어린 두 자녀는 끝내 목숨을 잃었

---

273) 지금 순천매산중학교의 본관인 매산관이다. 1913년에 착공하여 1916년에 준공하였다. 처음에
　　 는 벽돌로 지었다가 1930년에 현재의 석조건물로 지었다. 등록문화재 제123호이다.
274) 1913년 9월 개교하여 1916년 6월 일제의 성경 과목 교수 금지에 항의하여 자진 폐교하였다.
　　 그리고 5년이 지난 1921년 4월 매산학교로 이름을 바꾸어 다시 문을 열었다.

다. 그는 자식을 잃은 슬픔 속에서도 선교 활동을 멈추지 않았다.

1914년 미국에서 안식년을 보내고 1915년 5월 다시 돌아와 광양과 구례 일대에 30여 개의 교회를 세우고 순회 관리하였다. 또 교회 초등학교와 유치원에서 250여 명의 학생이 공부할 수 있도록 지원하였다. 선교잡지에 여러 차례 기고하여 교회 초등학교 운영의 중요성을 역설하기도 하였다. 1922년 두 번째 안식년을 미국에서 보내고 1923년 다시 순천으로 돌아왔다.

1929년 2월 독감에 걸려 병세가 악화되어 10월 미국으로 돌아가 2년 6개월의 투병 끝에 1932년 5월 54세의 나이로 소천했다. 유해는 그가 학창시절을 보낸 솔즈베리에 묻혔다. 2019년 10월 매산중학교 교정에 기념비를 세웠다.

순천매산여자고등학교 뒤쪽에 자리 잡은 고라복 선교사의 가옥은 1913년에 건립된 2층 석조건물이다. 1910년대에 형성된 순천 선교촌에 남아 있는 건물 가운데 가장 보존이 잘된 상태이며, 한국 기독교 전래사에 중요한 의미를 지니고 있다. 2005년 12월 전라남도 문화재자료 제259호로 지정되었다.

94

김종익

학교 설립으로 순천교육 발전의 주춧돌을 놓다

순천 죽도봉공원 연자루 뒤쪽 언덕에 동상이 하나 있다. 양복 입은 신사가 의자에 앉은 모습이다. 그것은 순천의 거부로서 육영사업에 관심이 컸던 김종익의 동상이다. 김종익은 부모로부터 재산을 많이 물려받기도 했지만 탁월한 사업 수완으로 부를 늘렸고, 교육만이 나라를 살릴 수 있다는 생각으로 육영사업에 많은 지원을 하였다. 특히 순천공립농업학교를 비롯하여 순천공립중학교, 순천공립여학교 등을 설립함으로써 오늘날 순천이 교육도시로 나아갈 수 있도록 든든한 기초를 다졌다.

김종익(金鍾翊, 1886~1937)은 본관이 김녕(金寧)으로 자는 경백(景佰), 호는 우석(友石)이다. 1886년 순천시 월등면 대평리에서 태어났다. 부친은 순천의 대지주로서 사천현감을 지낸 묵초

▲ 김종익 상

(墨樵) 김학모(金學模, 1860~1925)[275]이다.

김종익은 경성중동학교를 거쳐 1931년 일본 메이지(明治)대학 법학부를 졸업하였다. 학창시절 김성수(金性洙, 1891~1955)와 송

---

275) 본명 김학초보다 김사천으로 많이 불렸다. 고리대금업으로 재산을 늘려 '8만 석 부자'로 알려졌으며, '사천구렁이'라는 별명이 붙었다. 그가 가진 전답은 무려 3백만 평에 달해 "김사천의 땅을 밟지 않고는 서울을 갈 수 없다."는 말이 나올 정도였다. 그러나 흉년을 당해 1만4천 금을 희사하는 등 빈민 구제에도 힘써서 송덕비가 몇 곳에 세워지기도 했다.

진우(宋鎭禹, 1890~1945), 여운형(呂運亨, 1886~1947), 김양수(金良洙, 1896~1971) 등과 사귀면서 민족의식을 키웠고, 일제강점기에 조국의 미래는 교육과 경제 발전에 달려있다고 판단했다.

귀국한 뒤 관료가 되기를 희망하는 부친의 뜻과 달리 사업가의 길로 들어섰다. 그는 부친에게 경제적인 지원을 받지 않고 상경하여 쌀거래로 성공을 거두고 기반을 닦았다. 1933년 경영상태가 좋지 않던 조선제지(朝鮮製紙)와 조선제사(朝鮮製絲)를 인수하여 회생시키는 한편 재산을 배로 늘리는 수완을 발휘하였다.

1925년 부친의 사망으로 농지 3십만 평을 상속받아 순천 매곡동과 동외동에 대평농장(大坪農場)을 설립하고 소작료를 증권에 투자하여 농업자본의 산업 자본화를 추진하였다.

그는 교육사업에 관심을 두고 1935년 농업 인재를 육성하기 위해 순천공립농업학교[276]를 설립하였다. 그는 사회복지 사업에도 관심을 가져 적십자사와 나병협회 등에 거액을 희사했다. 조선성악연구회 설립 및 활동비용 등 국악에 대한 지원도 아끼지 않았다. 특히 딸을 병으로 잃고 의술의 필요성을 절감하여 의료인 양성을 위한 학교 설립에 관심을 두게 되었다. 그리고 경제 발전을 위해 조선인 최초로 증권회사 설립을 추진하였다.

1937년 5월 급작스레 병환을 얻어 향년 51세의 나이로 타계하

---

276) 1935년 순천공립농업학교에서 출발하여 1946년 순천농림중학교, 1951년 순천농림고등학교, 1965년 5년제 순천농림고등전문학교, 1973년 2년제 순천농림전문학교, 1979년 순천농림전문대학, 1982년 4년제 순천대학으로 개편을 거쳐 1991년 종합대학인 국립 순천대학교로 승격되었다.

였다. 그는 자기 재산의 절반에 해당하는 1백75만 원(현 5천억 원)을 육영사업에 써달라고 유언했다. 불우한 학생들에게 학비를 대줄 것, 순천농업학교를 갑종(甲種)학교로 승격시킬 것, 순천에 남녀고등학교를 설립할 것 등이 골자였다.

그의 뜻에 따라 1938년 미국인 여의사 홀(R.S. Hall)이 운영하던 경성여자의학강습소를 인수하여 재단법인 우석학원(友石學園)을 만들고 경성여자의학전문학교와 부속병원을 개원하였다. 또 같

▲ 순천고등학교 장학기념비

은 해 장학회 묵초육영회(墨樵 育英會)를 설립하고, 그의 특지 기부(特志寄附)로 순천공립중 학교를 세웠으며, 1940년 순천 공립여학교가 문을 열었다.[277)]

그가 설립한 순천공립농업 학교는 꾸준히 발전을 거듭하 여 1973년 순천농림전문학교 로 이름을 바꾸었다가 1982년 순천대학으로 승격하여 오늘의 국립 순천대학교로 발전하였 다. 우석학원은 1964년 국학대 학(國學大學)을 인수 합병하여

---

277) 순천공립중학교는 1950년 순천중학교와 순천고등학교로 분리되고, 순천공립여학교는 1951 년 순천여자중학교와 순천여자고등학교로 분리되었다.

종합대학인 우석대학교로 개편되었고, 1971년 고려대학교로 합병되었다.

김종익의 묘소는 순천시 해룡면 해창리에 있다. 1995년 우석기념사업회에서 순천 죽도봉공원에 선생의 동상을 건립하였다. 순천고등학교에는 기념비가 있고, 순천대학교에는 흉상이 설치되어 있다. 고려대학교 의과대학에서도 1958년 흉상을 건립했으며, 2018년 의과대학 창립 제90주년을 맞아 흉상을 재정비하여 의과대학 광장에 세웠다.

우석 김종익은 일제강점기에 민족의 미래는 교육에 달려있다는 교육 구국의 신념을 실천하였다. "사람이 살아가는 데 먹을 것만 있으면 족하다. 나머지 재산은 사회 공익사업에 쓰는 것이 사회인의 의무이다."라고 말한 그의 베풂의 정신은 오늘날 순천이 교육도시로 발돋움하는 밑거름이 되었다.

▲ 김종익 묘

95

구례인

한 가족 여섯 명이 선교활동에 헌신하다

순천매산여자고등학교 뒤의 공마당길 옹벽에 여러 개의 꽃 그림이 타일벽화로 장식되어 있다. 이 그림은 1913년부터 1956년까지 무려 마흔네 해 동안 순천에서 선교활동을 펼친 구례인 선교사의 부인 플로렌스 크레인이 그린 것이다. 구례인은 그들 부부뿐만 아니라 누나와 동생, 아들과 딸까지도 모두 한국에서 교육와 의료선교에 몸을 바쳤다. 가족 아홉 명 가운데서 여섯 명이 모두 한국에서 사역하였다는 점에서 그들의 한국 사랑이 얼마나 대단했는가를 짐작할 수 있다.

구례인(具禮仁, John Curtis Crane, 1888~1964)은 미국 미시시피대학교를 졸업하고 유니온 신학교를 졸업한 후 목사가 되어 1913년 아내와 함께 순천에 왔다. 당시는 변요한(邊約翰, John Fairman Preston, 1875~1975)과 고라복(高羅福, Robert Thornwell Coit, 1878~1932) 두 선교사가 광주에서 순천으로 옮

▲ 구례인 선교사　　　　　　　▲ 구례인 부인

겨와 순천선교에 나설 때였다. 그들은 교회와 학교, 병원을 차례
로 건설하기 시작했다. 다행히 순천에는 그들이 들어오기 전부터
교회가 있었으므로 교회보다 학교와 병원을 세우는 데 힘을 더
쏟을 수 있었다.

　1915년 구례인은 매산학교의 전신인 은성학교(恩成學校)를 맡
아서 교육선교를 시작했다. 그는 독실한 청교도로서 유식하고 깊
이 있는 강의로 사람들의 마음을 사로잡았다. 일제는 사립학교규
칙을 개정하고 종교교육을 금지했다. 그러나 그는 성경교육을 멈
추지 않았다. 일제는 사립학교규칙 위반으로 은성학교를 압박했
고, 1916년 6월 자진 폐교하기에 이르렀다. 학교가 문을 닫은 기간
에는 순천에서 고흥까지 자전거를 타고 다니면서 전도에 힘썼다.

▲ 구례인 선교사의 한옥주택에서 기념사진

　그 후 1919년 삼일 독립만세 운동이 일어나자 일제는 유화정책
을 펴기 시작하였고, 1921년 4월 매산학교로 이름을 바꾸어 다시
문을 열었다. 이때 매산학교 교장을 맡아 이듬해 8월까지 학교의
기틀을 닦는 데 최선을 다했다.

　1940년 11월 16일 일제의 강제 추방으로 조선에서 활동하던 선
교사 219명이 인천항에서 미국으로 철수하였다. 그중 50명이 남
장로교 선교사들이었다. 그러나 구례인은 윌슨 의사 부부 등 일
곱 사람과 함께 일제 탄압으로 연금되어 있다가 1941년 극적으
로 탈출하여 중국을 거쳐 미국으로 돌아갔다. 그 후 광복이 되어
1946년 8월 15일 다시 순천으로 돌아와 순천선교부 복구에 매진
하였다.

1949년 폐렴에 걸려 치료를 위해 다시 미국으로 돌아가 투병하며 조직신학을 집필했다. 1954년 9월 한국에 돌아와 서울 장신대학에서 두 해 동안 조직신학을 가르쳤다. 그리고 1956년 10월 안식년을 맞아 미국으로 귀국했는데, 다시 한국으로 오지 못하고 1964년 7월 심장마비로 세상을 떠났다. 그가 한국에서 선교에 몸 바친 기간이 무려 44년이나 된다.

구례인의 아내 **플로렌스 크레인**(Florence Hedlestone Crane, 1888~1973)은 미시시피대학 생물학과를 졸업하고 1912년 구례인과 결혼했다. 그리고 이듬해 남편과 함께 조선으로 들어와 순천에 정착했다. 남편이 교장을 맡은 매산학교에서 미술교사로 일했다. 과거 미시시피대학교 재학 중 월드페어 미술부 최우수상을 수상할 만큼 그림 솜씨가 뛰어났다.

그는 들판에 핀 148종의 꽃과 나무, 과일, 채소 등을 그리고, 그것들에 얽힌 전설을 찾아 기록하였다. 동경제국대학 교수의 자문을 얻고, 순천선교 후원에 적극적이었던 조지 와츠(George Watts)의 미망인에게 출판비 지원을 받아 1931년 일본 산세이도 출판사에서 영문판으로 출판하였다.

1933년 10월 콜롬비아대학교 조선도서관후원회 주관으로 꽃그림을 서울 동아일보 사옥에서 전시했다. 1969년 한국가든클럽에서 그것을 다시 출판했고, 꽃을 좋아하는 육영수 여사가 한정판으로 출판해서 주로 외교관 부인들에게 선물하기도 했다. 현재 이 책은 『한국의 들꽃과 전설』(최양식 옮김, 선인, 2008)로 출판되어 있다.

구례인의 누나 **구자례**(具慈禮, Janet Crane)는 1919년 12월부터 전주 기전여학교에서 음악과 공예를 가르쳤다. 과외로 수업료를 받지 않고 피아노를 가르치고, 공예부 학생들에게는 코바늘과 뜨개질을 가르쳤다. 나중에는 순천 매산학교로 옮겨서 1954년 6월까지 교육선교에 전념했다.

구례인의 첫째 동생 **구보라**(具保羅, Paul Sackett Crane, 1889~1919)는 역시 목사로서 1916년 내한하여 목포 교육 선교를 맡았는데, 1919년 3.1운동 때 제암리 사건이 일어나자 배유지 선교사와 부인 마가렛 벨(Margaret Whitaker Bell, 1873~1919)과 함께 조사하고 목포로 돌아오던 중 수원 인근 건널목에서 열차 충돌사고로 작고하였다. 유해는 광주시 양림동 호남신학대학교 선교사 묘역에 안장되어 있다. 구례인의 둘째 동생 윌리엄(William Earl Crane)이 죽은 형을 대신하여 형수와 혼인하여 평생 집안을 돌보았다.

구례인은 2남 2녀의 자녀를 두었는데, 일찍이 딸 엘리자베스와 아들 존을 풍토병으로 잃었다. 구례인의 딸 **릴리안**(Lillian Crane)은 1915년 생으로 미국 버지니아주 리치몬드의 장로교신학대학을 졸업했다. 같은 대학 출신의 톰프슨(Thompson Southall Jr)과 혼인하고 1938년 순천에 와서 선교활동을 했다.

구례인의 아들 **구바울**(Paul Shields Crane, 1919~2005)은 존스홉킨스대학 의대를 졸업하고 1947년 한국에 들어왔다. 1948년 4월 일제강점기에 폐쇄되었던 전주 예수병원을 다시 열고 의료선교를 시작했다. 전주 예수병원장으로 22년간 재직하였으며, 미국에서 40만 불을 모금하여 전주예수병원 현대화에 힘썼다. 1948년

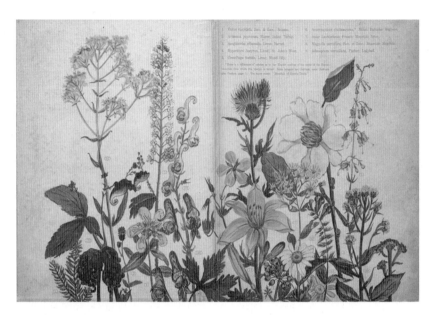

▲ 한국의 들꽃, 구례인 부인의 그림이다.

한국 최초로 수련의(修鍊醫) 제도를 도입하여 1956년부터 1958년
까지 전국 36개 병원에 인턴과 레지던트 교육프로그램을 제공했
다. 1964년 겨울 9살 여아의 몸속에서 1,063마리 회충이 나온 데
에 충격을 받아 전국적인 기생충 박멸 운동에 앞장을 섰다.

　1961년부터 한미정상회담에서 네 차례 통역을 맡기도 했다. 1969
년 스물두 해 동안의 한국 생활을 마치고 미국으로 돌아가 노스
캐롤라이나주에서 살다가 2005년 6월 별세했다. 그의 아내 소피
(Sophie Montgomery Crane)는 1947년 남편과 함께 전주에 와서
1969년까지 22년 동안 전주예수병원에서 간호사로 봉사하였다.

96

효봉

법복에서 승복으로 갈아입고 불교계에 우뚝 서다

　순천 송광사 경내에 효봉영각(曉峰影閣)이라는 건물이 있다. 그리고 그 앞마당에 큼지막한 탑이 하나 자리 잡고 있다. 바로 '효봉대종사사리탑(曉峰大宗師舍利塔)'이다. 이 탑의 주인공 효봉은 일본 와세다대학을 나와 조선인 최초로 판사가 되었던 인물이다. 38세 늦깎이로 불문에 들어와 송광사에 주석하며 대한불교 조계종 종정(宗正)까지 지낸 우리나라 불교계의 큰 인물이다. 구산(九山)과 법정(法頂)의 은사로도 알려져 있다.

　효봉(曉峰, 1888~1966)은 속명(俗名)이 이찬형(李燦亨)으로 1888년 평양에서 태어났다. 어려서부터 영특하여 신동으로 알려졌다. 조부에게 사서삼경을 배웠고, 열네 살 때 평양감사가 베푼 백일장에서 장원을 차지했다.

▲ 효봉스님

평양고보를 나와 일본으로 건너가 와세다대학(早稻田大学)[278] 법학부를 졸업하고 스물여섯 살에 판사가 되었는데, 조선인으로는 최초의 일이었다. 그로부터 서른다섯 살까지 10년에 걸쳐 서울과 함흥의 지방법원과 평양의 복심법원[279]에서 법관 생활을 하였다.

그러다 1923년 한 조선인 피고인에게 사형선고를 내린 데에 회의를 느끼게 되었다.

'인간이 인간을 벌할 수가 있는가? 내가 무슨 권리로 사람을 죽일 수 있는가. 어떻게 사는 것이 인간의 참된 길인가?'

이러한 번민 끝에 홀연히 판사 생활을 내던졌다. 아내와 어린 세 자녀가 있었으나 행방을 알리지 않고 자취를 감추었다. 입고 있던 양복을 팔아 엿판을 마련하고 엿장수로 변신하여 3년여 세월을 조선 팔도를 떠돌았다.

---

278) 도쿄에 있는 사립종합대학으로 1882년 개교했다. 도쿄대학(東京大學)과 게이오기주쿠대학(慶應義塾大学)과 함께 도쿄 3대 명문대학으로 알려져 있다.
279) 오늘날의 고등법원

1925년 서른여덟의 나이에 금강산 신계사(神溪寺) 보운암(普雲庵)에서 석두화상(石頭和尙)을 은사로 출가하였다. 그는 자기의 과거 행적을 숨긴 채 그냥 '못 배운 엿장수'라고만 말했기 때문에 모두 그렇게만 알았다.

그는 늦깎이로 출가한 만큼 수행에 더욱 열의가 높았다. 한번 참선을 시작하면 장시간 꼼짝하지 않고 자리에 앉아 있다 보니 엉덩이가 짓물러 깔고 앉은 방석이 달라붙을 정도였다. 밤에도 눕지 않고 앉은 채 좌선하였으며, 한 번 앉으면 절구통처럼 움직일 줄 모른다고 해서 '절구통 수좌(首座)'라는 별명을 얻기도 했다.

그러나 출가한 지 5년이 지났어도 깨달음에 이르지 못하자, 1930년 봄 금강산 법기암(法起庵) 뒤의 토굴에 들어갔다. 그리고 득도하기 전에는 죽어도 밖에는 나오지 않으려고 결심하고 하루 한 끼만 먹으며 토굴 속에서 용맹정진했다. 1931년 여름 마침내 깨달음을 얻고 벽을 발로 차서 무너뜨리고 밖으로 나왔다. 그리고 석두화상에게 오도송(悟道頌)을 지어 올려 깨달음을 인정받았다. 1932년 유점사(楡岾寺)에서 동선(東宣)스님에게 구족계(具足戒)와 보살계(菩薩戒)[280]를 받았다.

그 무렵 그와 함께 근무했던 일본인 판사가 유점사에 구경 와서 우연히 그와 마주쳤다. 그는 자기 일을 절대로 발설하지 말아 달라고 당부했으나 결국 소문이 나버렸다. 그로 인해 '판사 중'으로

---

280) 불교에서 보살이 지켜야 하는 계율. 여성 불교도인 청신녀(淸信女)를 '보살'이라 부르는 것은 그들이 보살계를 받았기 때문이다.

소문이 났고 사찰에 법률문제가 생기면 다들 그를 찾게 되었다.

그는 번거로움을 피해 금강산을 떠나 남행길에 올라 1933년 여여원(如如院)과 마하연(摩訶衍)에서 수행하고, 부처님의 사리가 모셔진 전국 적멸보궁(寂滅寶宮)[281]을 전전하며 한 계절씩 정진하였으며, 1936년에는 당대의 고승 한암(漢巖)과 만공(滿空)으로부터 도를 인가받았다.

1937년 스님의 나이 쉰 살이 되던 해 순천 송광사(松廣寺)에 이르게 되었다. 송광사는 고려시대 보조국사가 정혜결사(定慧結社) 운동을 벌인 도량으로, 그는 선방인 삼일암(三日庵)의 조실(組室)로 10년을 머물렀으며, 이때 정혜쌍수(定慧雙修)에 대한 구도관이 확립되었다. 이때 대종사(大宗師)의 법계(法戒)를 받았다.

1946년 가을 가야산 해인사의 승려들이 해인사에 종합수도원인 가야총림(伽倻叢林)을 만들고 초대 방장(方丈)으로 주석하며 한국전쟁 때까지 총림을 지키며 인재 양성에 힘썼다.

그는 평소 계율을 철저히 지키고 검소하게 생활했다. 우물가에서 쌀을 씻다가 쌀알 하나도 함부로 흘리지 못하게 하고, 촛불 심지가 다 타서 내려앉기 전에 새 초를 갈지 못하게 하였다. 수도인은 가난하게 사는 게 곧 부자 살림이라고 말했다.

---

281) 석가모니불의 진신사리를 봉안한 불교건축물. 석가모니가 〈화엄경〉을 설한 인도 마가다국 가야성의 남쪽 보리수 아래의 적멸도량(寂滅道場)을 뜻한다. 우리나라 5대 적멸보궁은 ① 경상남도 양산시 영축산 통도사, ② 강원도 평창군 오대산 중대(中臺), ③ 강원도 인제군 설악산 봉정암(鳳頂庵), ④ 강원도 영월군 사자산 법흥사(法興寺), ⑤ 강원도 정선군 태백산 정암사(淨巖寺)에 있다.

어느 제자의 질문에 대한 답변이 널리 알려져 있다.

"스님, 흔히 삼학(三學)을 닦아 불도를 이루라고 말하는데, 삼학 중 어느 것이 으뜸입니까?"

삼학이란 수행에 필요한 계율(戒律), 선정(禪定), 지혜(知慧) 세 가지의 길을 말하는데, 무엇이 가장 중요하냐는 물음이었다. 그는 평생토록 '무(無)'자 화두 하나를 가지고 살아온 선승이었으므로 '선정'이 으뜸이라는 대답이 나올 것 같았지만 뜻밖의 답변이 나왔다.

"삼학을 집 짓는데 비유하면, 계율은 집터요, 선정은 재목이며, 지혜는 집 짓는 기술과 같은 것이다. 아무리 기술이 뛰어나도 재목이 없으면 집을 지을 수 없고, 또 아무리 재목이 많고 기술이 뛰어나도 집터가 없으면 집을 지을 수 없다. 따라서 어느 하나도 소홀히 할 수 없는 법이다. 계(戒), 정(定), 혜(慧)를 함께 닦아야 불도

▲ 송광사 효봉대종사사리탑

를 이룰 수 있다."

1956년 11월 한국 불교도를 대표하여 동산(東山, 1890~1965), 청담(靑潭, 1902~1971) 등과 함께 네팔에서 열린 세계불교도 대회에 다녀왔다. 귀국 후 조계종의 의결기구인 종회(宗會)의 의장에 취임하였고, 1957년 1월부터 이듬해 2월까지 총무원장을 맡았으며, 1962년 통합종단 초대 종정에 추대되었다.

1966년 5월 밀양 표충사(表忠寺)로 옮겨갔으며 그해 10월 15일 오전 앉은 채로 열반에 들었다. 마지막까지 "무(無)라, 무라." 하였는데, 이는 평생의 수행도구로 삼았던 구자무불성(狗子無佛性)[282]의 화두를 한시도 놓지 않았음을 뜻한다. 구산(九山, 1909~1983)과 법정(法頂, 1932~2010)이 그의 제자이다.

---

282) '개에게는 불성이 없다.'는 뜻이다. 선종 화두의 하나로서 '조주무자(趙州無字)'라고도 한다. 당나라 때 한 수행승이 조주선사에게 "개에게도 불성이 있습니까?" 물었을 때 "없다(無)."라고 대답하였다. 이에 대하여 '일체중생에게는 모두 불성이 있는데 왜 개에게는 불성이 없다고 했는가?'를 골똘히 의심하는 것이다. 이 의문을 타파하면 견성(見性)에 이르게 된다고 한다.

97

정문기

한국 근대 어류학에 큰 발자취를 남기다

다산 정약용의 형 정약전은 흑산도에서 유배 생활을 하는 동안 〈자산어보(玆山魚譜)〉(1814)를 썼다. 무려 226종에 달하는 물고기의 이름과 생김새, 습성, 및 쓰임새 따위를 상세히 기술한 이 책은 조선 후기에 나온 최초의 해양생물학 백과사전이라 할 수 있다. 그런데 국내 수산생물의 분류를 체계화하여 한국 수산학박사 제1호 보유자이자 근대 어류학의 최고 권위자로 꼽히는 인물이 있다. 그가 바로 순천 출신 정문기이다. 그는 우리말로 최초 어류학 서적을 발간하며 한국 근현대 수산어류학 분야에서 독보적인 성과를 이루어냈다.

정문기(鄭文基, 1898~1995)는 1898년 9월 순천에서 태어났다. 순천보통학교와 미국 남장로교 선교사가 세운 은성학교(恩成學

▲ 수산어류학자 정문기

校)[283], 서울 중앙고등보통학교를 졸업했다. 그리고 일본으로 건너가 마츠야마고등학교를 거쳐 1929년 도쿄제국대학 농학부 수산과를 졸업했다. 그 후 귀국하여 조선총독부 수산기수(水産技手)를 시작으로 평안북도 및 경기도에서 수산기사 겸 수산시험장장을 지내고, 조선총독부 수산시험장 목포지점장과 부산수산시험장장 등을 맡았다.

광복 후 중앙수산시험장장을 지내다가 1947년부터 3년 동안 부산수산대학 학장으로 재직하면서 농림부 수산국장을 겸하였다. 1949~1950년 싱가포르에서 열린 인도 태평양 수산 회의에 한국 대표로 참석하고, 이듬해 제1차 한일 회담에 한국 대표로 참석하였다.

이후 서울대학교 문리과대학을 비롯하여 성균관대, 동국대 및 경희대 강사 등을 지냈고, 1957년 동국대학교 교수에 올랐다. 1962년 부산대학교에서 명예 이학박사 학위를 받았다. 1965년 한국수산기술협회장, 1977년 선박해양연구소 고문 및 문화재위

---

283) 1913년 9월 개교하였으며 일제의 성경과목 교수 금지로 1916년 6월 자진 폐교하였다. 2021년 4월 매산학교라는 이름으로 다시 문을 열었다.

원회 부위원장 등을 맡았고, 1981년 대한민국학술원 원로회원이 되었다. 그에게는 늘 '수산학 박사 1호'라는 명칭이 따라다녔다. 1995년 9월 세상을 떠났다.

저서로 『한국어명보(韓國魚名譜)』, 『한국어보(韓國魚譜)』, 『한국어류생태』, 『어류박물지』, 『한국어류도보(韓國魚類圖譜)』 등을 펴냈다. 정약전(丁若銓, 1758~1816)의 『자산어보』를 한국어와 일본어로 번역 출간하기도 하였다.

▲ 어류박물지

1955년 제4회 서울시 문화상 및 제1회 대한민국 학술원상, 1973년 과학 기술상 대통령상을 수상하였다. 그밖에 삼일문화상, 수당과학상, 국민훈장 모란장을 받았다. 국립수산과학원은 '수산과학인 명예의 전당' 제1호로 그의 이름을 헌액하였다.

98

서채원

못 배운 한을 풀고자 고향에 학교를 세우다

순천시 대룡동에 순천효천고등학교가 있다. 1984년 개교하여 2021년 현재 제35회 졸업생으로 총 15,984명의 인재를 배출하며 명문 사학으로 자리 잡고 있다. 이 학교의 설립자는 재일동포 사업가 서채원이다. 일찍이 가난 때문에 배움의 기회를 얻지 못했던 그는 고향의 2세들이 못 배운 설움을 되풀이하지 않도록 고향에 학교를 세웠다.

서채원(徐採源, 1921~1987)은 호가 효천(曉泉)으로 1921년 1월 승주군 별량면 원창리에서 농부의 아들로 태어났다. 별량보통학교를 졸업하고 워낙 집안 형편이 어려운 탓에 순천농업학교나 여수수산학교의 진학을 포기할 수밖에 없었다.

열다섯 살 때 부모님의 돈 10원을 몰래 가지고 무작정 상경을 했다. 남원까지 열차로 갔으나 차비를 잃어버리는 바람에 서울까지 걸어서 갔다. 서울의 일본인 가게 점원으로 일하다가 함흥과 청진으로 옮겨갔고, 나중에는 만주와 대련까지 떠돌며 여관 종업원 등의 밑바닥 생활을 했다.

1943년 12월 스물한 살 때 부모님의 권유로 고향으로 돌아와 낙안면 이곡리 출신 규수와 결혼했다. 그리고 조선총독부 노무 알선 지도원으로 군수사업체 건설에 동원되어 강원도 원산항 제련소 작업장 반장으로 일했다.

▲ 설립자 서채원

광복 이듬해인 1946년 일본으로 건너갔다. 고향 선배의 셋방에 기숙하며 막노동을 하다가 오사카 민족학교에 교사로 들어갔고, 거기서 동포 2세들에게 민족혼을 심어주고자 애썼다. 이어서 민족진영의 납세조합과 금융조합 등에 일하면서 건설위원장을 맡아 민족학교를 여러 개 설립하였다.

1955년 히로시마의 동양건기(東洋建機)를 인수하여 3년간 운영했고, 뒤이어 내셔널회관을 경영했다. 1960년 재일교포 신용조합 이사장을 역임하고, 1977년 히로시마흥산주식회사(廣島興産株式會社)를 경영했다.

특히 1974년 〈계간 삼천리〉를 창간하여 제50호까지 발행하였다. 이 잡지는 재일동포에게 민족혼을 불어넣는 내용으로 재일동포 80년 역사에서 전무후무한 문화 사업으로 평가되었다. 1982년 역사 교과서 왜곡 사건 때도 일본의 군국주의 시각을 비판하며 동포들

▲ 순천효천고등학교

에게 민족의식을 심어주고자 힘썼다.

서채원은 소년 시절 배우지 못했던 한(恨)을 떠올리며 1981년 회갑 때 고향에 찾아와 효천장학회(曉泉獎學會)를 설립하고 학생들에게 장학금을 지급하였다. 아울러 인재 육성을 위한 학교 건립을 구상하고 장소를 물색했으며, 1983년 4월 학교법인 효천학원 설립인가를 받고, 6월 순천시 대룡동 원당골에서 기공식을 했다.

마침내 1984년 3월 순천효천고등학교(順天曉泉高等學校)가 '자주, 창조, 진취'의 교훈을 내걸고 18학급 규모로 개교하였고, 그는 초대 이사장으로 취임하였다. 초대 교장으로는 유영휘 선생이 취임하였으며 2021년 현재 제11대 교장 윤석현 선생이 학교를 가꾸어가고 있다.

서채원은 1987년 9월 일본에서 세상을 떠났다. 정부로부터 국민훈장 동백장을 받았으며, 1999년 10월 효천고등학교 교정에 설립자 동상이 세워졌다.

99

인휴

순천의 검정고무신 119 구급차로 다시 태어나다

순천매산중학교 교문 앞을 지나 정감 어린 흙돌담이 뻗어 있는 매산등을 오르자면 오른쪽 길가에 군청색 차량 한 대가 놓여 있다. '랜드로버'라는 이름을 가진 지프 승용차이다. 전남 동남부 농어촌 지역 곳곳을 누비고 다니며 복음 전파에 몸을 바친 인휴 선교사가 타고 다녔던 것과 같은 종류의 차량이다. 그는 1954년부터 서른 해 동안 이런 차를 몰고 비포장도로를 달리며 선교 활동에 일생을 바쳤다.

인휴(Hugh MacIntyre Linton, 1926~1984)는 아버지 인돈(William Alderman Linton, 1891~1960)과 어머니 인사례(Charlotte Witherspoon Bell Linton, 1899~1974)의 아들로 1926년 12월 전라북도 군산에서 태어났다.

그의 아버지 인돈은 미국 조지아주 출생으로 조지아공대 전기공학과를 수석으로 졸업하고 미국 유수의 기업 GE에 입사가 예정돼 있었으나 이를 포기하고 1912년 스물두 살의 나이로 한국에

▲ 인휴 선교사

와서 전주와 군산, 대전 등지에서 교육사역에 헌신했다. 군산 영명학교의 교사로 시작하여 전주의 신흥학교, 기전여학교의 교장을 지냈으며, 암 투병 중에도 1959년 한남대학교의 전신인 대전대학을 4년제 정규대학으로 인가받았다.

그의 어머니 인사례는 전남 기독교 선교의 선구자 배유지(Eugene Bell, 1868~1925)의 딸로서 목포에서 태어났다. 어머니를 일찍 여읜 바람에 미국 할아버지 집에 의탁하여 학교에 다녔으며, 장로교 여지대학을 마치고 선교사를 자원하여 1922년 다시 한국에 돌아왔다. 그리고 같은 해 군산에서 사역 중이던 선교사 인돈과 결혼하고 교육사역에 진력하였다. 1960년 남편과 사별한 뒤에는 목포성경학교 교장을 지내며 일생을 보냈다.

인사례의 아버지 배유지는 광주에서 교육사업과 의료사업을 전개하여 숭일학교와 수피아여학교를 설립하고 근대식 병원 제중원과 한센병 환자 병원을 열었다. 그 뒤로는 평양장로회신학교 교수와 광주 북문교회 목사를 지냈다. 1925년 쉰일곱의 나이로 순직하여 광주 양림동 선교사묘역에 안장되었다.

인휴의 아버지 인돈은 철저한 기독교 원칙주의자였다. 기독교

▲ 인휴 선교사가 타고 다니던 차

학교로서 설립 목적과 존립 근거를 훼손당하지 않기 위하여 일제의 신사참배를 단호히 거부하였다. 그로 인해 학교가 문을 닫고 1940년 본국으로 추방당했다. 광복 후 전주로 다시 돌아온 그는 제일 먼저 기전여고의 화장실을 옮겼다고 한다. 일본 신사를 뜯어내고 그 자리에 화장실을 지은 것이다.

인휴 선교사는 청소년기까지 한국에서 지내다가 1940년 부친이 신사참배 거부 문제로 추방당할 때 가족과 함께 미국으로 돌아갔다. 그리고 에르스킨대학과 콜롬비아신학교에서 수학하였고, 해군 장교에 지원하여 태평양전쟁과 한국전쟁에 참전하였다. 1953년 프린스턴신학교 석사과정을 졸업하고 곧장 선교사를 지원하여 내한한 다음 부모와 함께 대전에서 사역하다가 1954년 순천에 내려와 선교활동을 펼쳤다. 순천선교부를 중심으로 전남 동남부 섬 지역까지 방방곡곡 찾아다니며 2백여 곳이 넘는 교회를 개척하고 의료와 교육 사업은 물론 간척 사업까지 벌이며 선교에 열중하였다.

그는 평소 검소한 생활을 하였고, 배를 타고 섬에 다닐 때는 풀빵이나 고구마로 요기하였으며, 늘 고무신을 신고 다녔기 때문에 '순천의 검정고무신'이라는 별명이 붙었다. 고무신이 낡아서 구멍이 나면 자전거 타이어 수리점에서 땜질하여 신을 정도였다. 그는 전라도 풍습에 익숙하여 전라도 사투리로 설교하였고, 그러한 서민적인 모습이 사람들을 감동시켰다.

그는 가난한 사람들을 돕기 위해 영혼의 양식만 아니라 육신의 양식이 필요함을 깨닫고 간척 사업에도 뛰어들었다. 광양 일대의 바다를 막아 20여만 평의 농토를 일구어 농민들에게 나누어주었다. 일에 묻혀 지내다 보니 집에 돌아오지 못하는 날도 많았는데, 하루 이틀은 보통이고, 3~4주 만에 귀가하는 경우도 있었다.

그의 아내 인애자(Lois Elizabeth Flower Linton, 1927~)는 미국 플로리다 출신으로 1947년 인휴와 결혼하였으며 1954년 선교사로 내한했다. 초기에는 남편을 도와 섬 지역 전도에 힘쓰다가 1957년 세 아이가 결핵에 걸린 일을 계기로 결핵환자 치료에 전념하였고, 1963년 순천에 결핵진료소를 세웠다. 1965년에 무의탁 환자를 위한 요양원을 세우고, 1969년에는 결핵환자 수용시설 보양원을 세우며 결핵 환자 치료에 힘썼다. 그는 검소한 생활과 고매한 인격으로 사람들의 칭송을 받았으며, 결핵 퇴치의 공로를

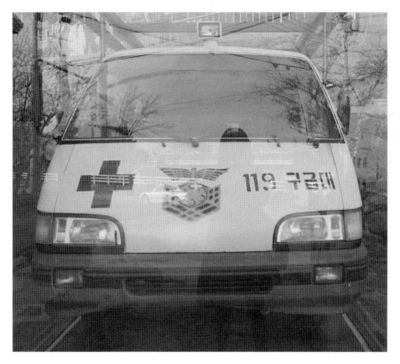

▲ 한국형 구급차 제1호 차량

인정받아 1979년 대한민국 국민훈장 목련장, 1993년 대한결핵협회 봉사부문 대상을 받았다. 1992년 은퇴하고 귀국하여 노스캐롤라이나에서 생활하고 있다.

인휴는 1970년 등대선교회를 창립하고, 전국적으로 1천 교회 개척운동을 전개하였다. 한창 일이 무르익어 가던 무렵 1984년 4월 자동차 사고를 당했다. 교회 건축 자재를 싣고 가던 중 음주 운전 버스와 충돌하여 크게 다쳤다. 급히 택시로 광주의 병원으로 이송하는 도중에 과다출혈로 숨을 거두고 말았다. 당시에는 위급

환자를 운송하는 구급차가 없었다. 이 사고를 계기로 그의 막내 아들 인요한(John Linton, 1959~현재)은 위급환자용 구급차의 필요성을 절감하고, 미국의 남장로교로부터 받은 추모자금으로 15인승 승합차를 구입하고, 그것을 개조하여 구급차를 만들었다. 그 결과 오늘날 한국의 119 구급차가 나오게 되었다. 인휴의 묘소는 순천시 조례동 결핵요양원 뒷동산에 있다.

인휴는 6남 1녀의 자녀를 두었는데, 세 아들이 한국에서 봉사활동을 지속하고 있다. 큰아들 인다윗(David Linton)은 해외선교에 열중하고 있고, 둘째 인세반(Stephen Linton)과 막내아들 인요한은 1995년 배유지의 한국선교 100주년을 기념하여 '유진벨재단'을 만들어 북한 결핵환자 치료와 의료지원 활동에 힘쓰고 있다. 두 형제가 결핵환자 진료를 위해 북한을 방문한 횟수는 지금까지 1백여 차례가 넘는다.

특히 인요한은 연세대학교 의과대학 교수 겸 세브란스병원 국제진료센터 소장으로 일하고 있는데, 스스로 '순천촌놈'이라고 말하며 스스럼없는 전라도 사투리 구사와 함께 고향 순천에 대한 애정을 과시하고 있다.

100

법정

무소유를 설파하며 맑고 향기로운 삶을 실천하다

순천시 송광사의 일주문을 지나 절을 향해 걷다 보면 왼쪽으로 길이 갈라지며 '무소유길'이 나온다. 그 길을 따라 산길을 한참 올라가 대숲을 지나면 조촐한 암자가 나타난다. 법정 스님이 거처하며 〈무소유〉를 집필하던 불일암이다. 스님은 떠나고 없지만 지금도 그의 맑고 향기로운 글을 기억하는 독자들이 찾아와, 무소유란 아무것도 갖지 않는다는 것이 아니라 불필요한 것을 갖지 않는다는 뜻을 새기며 그의 숨결을 느끼고 있다.

법정(法頂, 1932~2010)은 속명(俗名)이 박재철로 1932년 10월 전라남도 해남(海南)에서 태어났다. 목포상업고등학교를 졸업하고 전남대학교 상과대학 3년을 마친 1955년 통영 미래사(彌來寺)로 출가하여 이듬해 효봉(曉峰)스님을 은사로 하여 사미계(沙彌戒)를 받았다. 1959년 통도사 금강계단에서 자운(慈雲)스님에게 비구계를 받고, 이어서 해인사 전문강원에서 명봉(明峰)스님을

▲ 법정

강주로 대교과를 졸업하였다.

그 뒤 지리산 쌍계사와 가야산 해인사, 조계산 송광사 등에서 수선안거(修禪安居)하였고, 《불교신문》편집국장과 역경국장, 송광사 수련원장과 보조사상연구원장 등을 지냈다. 이후 서울 봉은사(奉恩寺) 다래헌에서 운허(耘虛, 1892~1980)스님과 불교 경전 번역 일을 하던 중 함석헌(咸錫憲, 1901~1989), 장준하(張俊河, 1915~1975) 등과 함께 1971년 민주수호국민협의회를 결성하여 민주화 운동에 참여하였다.

1970년대 후반에는 송광사 불일암(佛日庵)에서 청빈한 삶을 실천하면서 살았다. 이때부터 수필 창작에도 힘써 『영혼의 모음』(1972)과 『무소유』(1976)를 비롯해서 『서 있는 사람들』(1978), 『산방한담』(1983), 『텅빈 충만』(1983), 『버리고 떠나기』(1993), 『새들이 떠나간 숲은 적막하다』(1996), 『오두막 편지』(1999), 『물소리 바람소리』(2001), 『홀로 사는 즐거움』(2004), 『아름다운 마무리』(2008) 등 여러 권의 수필집을 출간하였다. 그의 글은 특정 종교에 편향되지 않는 미덕을 지녔으며, 무소유 정신에 바탕을 둔 인간의 바람직한 삶을 추구하는 내용으로 꾸준히 독자들의 사랑을 받았다.

◀ 불일암

그는 김수환 추기경과 이해인 수녀 등 다른 종교인들과도 가까이 지냈다. 1984년 한국 천주교 전래 200주년 기념 미사 때 김수환 추기경의 초청으로 명동성당에서 설법했고, 1997년 길상사(吉祥寺) 낙성법회 때는 김수환 추기경을 초청했다. 김추기경은 『무소유』를 읽고 "이 책이 아무리 무소유를 말해도 이 책만큼은 소유하고 싶다."며 종교를 뛰어넘는 공감을 드러내기도 했다.

1994년부터는 순수 시민운동 단체인 '맑고 향기롭게'를 만들어 이끄는 한편, 1996년에는 서울 성북구의 요정 대원각을 시주받아 이듬해 길상사를 창건하였다. 그러나 절에 머무르지 않고 강원도 산골에서 홀로 글을 쓰며 무소유의 삶을 실천했다. 만년에 폐암을 앓다가 2010년 3월 속세 나이 일흔여덟 살, 불교 나이 쉰네 살로 입적하였다.

그는 생전에 "장례식을 하지 마라. 관(棺)도 짜지 마라. 평소 입던 무명옷을 입히고 다비해라. 그리고 재는 내 오두막의 꽃밭에다 뿌려라."라는 말과 함께 자신의 이름으로 출판된 책을 더 출간하지 말라는 유언을 남겼다.

참고문헌

- 국립순천대학교박물관, 『이순신의 전쟁기록과 전라도 수군의 활동사』, 2016.
- 권준표, 『옥천서원지』, 순천예술문화재단, 2008.
- 김대현, 『이충무공전서 이야기』, 한국고전번역원, 2015.
- 김성종, 『여명의 눈동자』, 남도출판사, 1988.
- 김승옥, 『김승옥 소설전집』, 문학동네, 1995.
- 김양호, 『전남 기독교 이야기』 제3권, 사람이크는책, 2020.
- 김영호, "순천도호부사 남구명 선생의 목민적 삶과 학문", 〈왕도 경주〉(제3집), 2013.
- 김준엽, 『장정』, 나남, 1990.
- 김훈, 『칼의 노래』, 생각의나무, 2001.
- 남성숙, 『우리가 꼭 알아야 할 호남인물 100』, 송원백화점, 1996.
- 남성숙, 『호남사상 호남문화』, 도서출판 민, 1995.
- 노경상, 『한국화 백문백답』, 금호문화, 1995.
- 류성룡, 김홍식 옮김, 『징비록』, 서해문집, 2003.
- 매산100년사편찬위원회, 『매산백년사』, 2010.
- 박관수, 『양지를 향하여』, 마을, 2011.

- 배숙, 진인호·허근 역해,『순천고전 매곡집』, 순천문화원, 2001.
- 백문임 외,『르네상스인 김승옥』, 앨피, 2005.
- 백승현 외,『전남의 설화』, 전라남도, 2007.
- 서정인,『강』, 문학과지성사, 1976.
- 서정인,『베네치아에서 만난 사람』, 작가정신, 1999.
- 서정춘,『죽편』, 동학사, 1996.
- 송갑득,『낙안읍성』, 순천시, 2006.
- 순천강남여자고등학교,『강남25년사』, 2009.
- 순천대학교,『사료로 엮은 순천대학교 70년사』, 순천대학교, 2005.
- 순천별량면지편찬위원회,『순천별량』, 향토지리연구소, 2005.
- 순천승주향토지편찬위원회,『순천승주 향토지』, 순천문화원, 1975.
- 순천시사편찬위원회,『순천시사』, 순천시, 1997.
- 순천시해룡면지편찬위원회,『해룡면지』, 피앤비, 2012.
- 『순천의 마을 유래지』, 순천문화원, 1993.
- 안영배,『정유재란』, 동아일보사, 2018.
- 엄주일,『순천왜성대첩과 충무사, (사)이충무공유적영구보존회, 2011.
- 윤선효,『역대호국승장』, 한진출판사, 1979.
- 윤종균, 진인호·허근 역편,『유당시집』, 순천문화원, 2003.
- 이민웅,『임진왜란해전사』, 청어람미디어, 2004.

- 이수광,『승평지』, 순천대학 남도문화연구소, 1988.
- 이수광, 허석 역주,『승평록』, 아세아, 2018.
- 이순신, 노승석 옮김,『난중일기』, 여해, 2016.
- 이순신, 허경진 옮김,『난중일기』, 한양출판, 1997.
- 이은영, "조선 처음으로 조총을 제조하여 바친 정사준",『정유재란과 순천부』, 정유재란역사연구회, 2019.
- 이종범,『나는 호남인이로소이다』, 사회문화원, 2002.
- 이훈 외,『정유재란과 순천 왜교성 전투』, (사)이충무공유적보존회, 2012.
- 임진왜란사연구회,『임진왜란과 전라좌의병』, 보고사, 2011.
- 장병호,『연자루에 올라 팔마비를 노래하다』, 도서출판 아세아, 2013.
- 장병호,『척박한 시대와 문학의 힘』, 국학자료원, 2019.
- 장준하,『돌베개』, 청한문화사, 1971.
- 정조,『마지막 기수』, 범우사, 1989.
- 정종민,『다시 읽는 순천인문학』, 늘보기획, 2018.
- 정찬주,『이순신의 7년』, 작가정신, 2016.
- 정채봉,『스무살 어머니』, 샘터, 2006.
- 정채봉,『오세암』, 샘터, 2006.
- 정채봉,『초승달과 밤배』, 한국예술사, 1987.
- 조원래 외,『다시 보는 임진왜란과 호남』, 전라남도, 2014.
- 조원래 외,『임란기 이순신 장군과 호남민중의 활약상』, 2016.

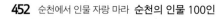

- 조원래 외,『한중일 공동연구 정유재란사』, 범우사, 2018.
- 조원래,『남도의 백성이 지킨 나라』, 국립순천대학교박물관, 2016.
- 조원래,『임진왜란이 남긴 호남의병항쟁사』, 국립순천대학교 박물관 전라남도, 2001.
- 조정래,『박토의 혼』, 문학아카데미사, 1991.
- 조정래,『태백산맥』, 한길사, 1991.
- 조정래,『황홀한 글감옥』, 시사IN북, 2009.
- 조현범, 순천대남도문화연구소 역주,『국역 강남악부』, 순천문화원, 1992.
- 진인호 외,『걸으면서 배우는 순천』, 순천시, 2007.
- 진인호·허근 역해,『순천 옛시』, 순천문화원, 2004.
- 허근,『임학수 시 전집』, 아세아, 2001.
- 허석,『손부사와 호호』, 한국설화연구소, 2021.
- 허석,『순천의 설화』, 도서출판 아세아, 2020.
- 허석,『전남의 설화와 인물』, 한국설화연구소, 2019.
- 황현, 허경진 옮김,『매천야록』, 서해문집, 2006.
- 다음백과(100.daum.net)
- 디지털 순천문화대전(http://suncheon.grandculture.net)
- 위키백과(ko.wikipedia.org)
- 한국민족문화대백과사전(http://encykorea.aks.ac.kr)
- 한국역대인물종합정보시스템(http://people.aks.ac.kr)
- 한국학중앙연구원 향토문화전자대전(https://www.aks.ac.kr)

찾아보기

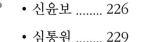